乐维华 著

乐维华文存

上海文艺出版社

乐维华

1979年作者与大学同学钱江观潮,创作散文《潮魂》。后排左起:林伟民、吴竹筠、陈保平、乐维华。前排左起:糜若焉、钱虹、张大计

1980年访九华山僧人,创作黄山、九华山系列散文。左起:乐维华、真果法师、耿百鸣

2003年，乐维华在四姑娘山

2009年，乐维华在西昌土林

乐维华与香港《大公报》工作人员在一起

乐维华与社区报工作人员在一起

八十年代文坛的青春"舍利子"

夏中义

（一）

为《乐维华文存》序，份量不轻。

乐维华（1954-2017）是我四十年前读华东师大中文本科时的同窗。"同窗"嵌一"窗"字，似特勾魂，它惹人忆念母校文史楼七七级共享的315教室的东南拱窗之铁锈斑驳，更惹人忆念我班用过的308教室的北墙拱窗也铁锈斑驳。这或在暗示77034"同窗"同得大多很"铁"。

维华是我班"大一"时的首任团支书，也是班上辨识度不低的帅哥。一头微卷的黑发飘洒得极自然，自然得看不出有打理的痕迹（理发是其拿手活）。他中等个头，偏瘦，一张书生脸很雅气，近视镜片后的大眼睛很专注，注满诚恳。他脸上最吸睛的是两片棱角分明的多肉的厚唇，老嘟着，随时想噗地笑出声似的。大概维华未必不知其双唇别具性感,故在写吹巴松的青年演奏家时会说他也生一对"富有肉感的双唇",吹奏贝多芬《命运》时分外迷人。这不禁让人遥想列夫·托尔斯泰年轻时也颇暗恋自己有两只"聪慧而沉思的大眼睛"(哲学家才有),写小说时便忍不住将它们移植到男主人翁的脸上去。

由于我读本科时潜心于西方美学,故最初对系里"小作家"(孙颙、赵丽宏、王小鹰为代表)的动静不太在意。直到名刊《散文》推出维华的两千字《潮魂》,才恍悟这位与我同样来自底层的沪上生产组知青,对美文的雕琢竟如此精微:其文风宛若是借放大镜才细雕成的、一圈圈旋转自如的象牙绣球,温润、典雅而灵动——虽然背景是吞云吐月的大江狂潮,天地为之震颤且变色。这种用极精致、极纤秾、错金镂玉的笔触来缩微宏大山水的匠心或胆魄,在绘画史上,也只有皇家版的北宋院本才算典型。维华却年纪轻轻(约25岁),一不小心,在初出茅庐时就有此手笔,自当大喜大贺,校园一时传诵不已,洛阳纸贵。

然嗣后颇长一段时间,我依旧不晓维华于创作之始已在默默"两手抓",交替着写散文与短篇及长篇小说。这倒与他历来做得多、说得少、羞于张扬、不喜言表的品性相契。这一"左右开弓"状态,大约延续到1982年春履新《解放日报》文艺部记者乃至整个八十年代,他皆如此。于是才有了这部厚达四、五百页的《文存》。这是作者在1978-1988年用心谱写的文学序曲,时24-34岁,故也可谓这是维华献祭当代文坛的青春"舍利子"。

俱往矣。陶诗云："一世异朝市。"古贤以三十年为"一世"。陶潜（369-427）是公元四至五世纪人，其三十年尚且令朝代更迭、江山易帜，当遑论咱这群跨世纪人（"文革"后首届大学生）近四十年所历经的空前之历史变局了。若具体到笔者，则更是从"迟到的青春"一下挨近古稀之龄（我读"大一"29岁）。犹记1978年春抵丽娃河报到、与维华在一宿隔壁而居（他151室、我153室）不久，他就当了我的理发师，整整四年，直到1982年春毕业。他戏说我的黑发粗得像"优质猪鬃"。后来无暇再打理这"猪鬃"，且不说这黑"猪鬃"也早因沧桑而皓首若霜。再后来，也就没后来了，维华遽然骑鹤西去，不再回来。

也因此，近日当我兀地触摸故人遗稿，虽也能重温作者留在书里的体温与心跳不至于陌生，但终究逝者如斯，我品鉴故友旧文时的那架孰重孰轻的天平已生倾斜。直言之，近四十年的学术历练已让我不再惊艳作者的美文修辞，往日曾令吾心慽慽的"吴山点点，飞鸟淡淡"、"现实以历史来充实，历史靠现实来生辉"等骈文式对仗，已不觉奇警；相反，倒是作者另些我未曾关注、现实感不薄的短篇叙事，虽带有探路者难免的青涩，却意外给人诸多回味，即使置于当下语境，依旧有深意在焉。

（二）

深意一，有涉"诗性叙事"之文体实验。

"诗性-叙事"在坊间眼中大抵属两回事。"诗性"拟指诗歌艺术侧重于心灵层面的吟诵或隐喻,它特别敏感于主体性情的瞬间颤栗或微妙波动(近乎神经质),这当是他者的肉眼所不易捕捉或洞察的。"叙事"大体相反,它更借重日常视野(体外空间)所呈现的直观性场景、物像来讲故事。这似是两种行当,各有各的游戏规则。故远非小说家皆能写诗,亦非诗人皆能写小说。这大概取决于那位作家有否钱锺书所说的"异量之美",即兼具"诗性-叙事"这双重才华。

曹雪芹无疑是有双重才华的,故其《红楼梦》故事能讲得这般诗意凄美且凄恻。罗贯中《三国演义》只是讲历史传说而已,无甚诗性。唐宋曾流行传奇,李白、杜甫、苏轼、辛弃疾作为诗人之生涯皆不乏"传奇",然他们在文学史上留下的也只是不朽诗词,并无叙事名著。相比较,现代文豪中兼具"诗性-叙事"双重才华者倒颇有人在。鲁迅以短篇小说彪炳于"新文学"史,然其旧体诗在"新文学"作家中也属顶尖。郁达夫以"私小说"惊世骇俗,然百年后重读旧作,真正能令后世感怀且咀嚼不已的,恐还是其旧体诗耐人寻味。无须说曾以小说《围城》轰动文坛的钱锺书,其《槐聚诗存》更像钻石一般沉凝着整整一代知识者的历史悲悯。

然现代小说史上,有没有出现过这类前驱:他们有意要让"诗性-叙事"这对元素水乳交融于同一故事,从而探索出某种异构于故事模式的"诗性叙事"文体?应该说有,却甚少,例如废名的《桥》，又如孙犁的《荷花淀》，然与满足于讲"好故事"的小说家阵容相比，那些不满足于讲"好故事"、还想探寻怎样"更好"地讲故事的文体家终究凤毛麟角。无怪有人感慨这些珍稀的文体家拟是"小说家中的小说家"。

我在读维华文存时惊喜地察觉，我这位老同学也有文体实验之意向，此意向宜从他写沙康、沙心、永林（都市知青）的那组短篇中叠出，维华确实想悄悄地独自踩出一条融"诗性－叙事"为一炉的新文体路子来。

维华就其内在气质而言，性近诗者，乍看讷言却敏于思，也可谓"闷骚"，否则，当其散文将自我置于大江之滨、深山之怀，他就说不出那么多深情绵邈的绮语，比绣花针还细，比豆蔻年华的樱桃嘴还嗔。但维华就其身世、履历而言，却又有难以割舍的"底层情怀"，他不会因自己跻身大学象牙塔、或后因专职采访文艺界为业，而淡忘了"沉默的大多数"的日常生存困窘。故其小说银幕所反复衍射的电线杆、菜市场、裁缝摊、小阁楼诸意象，始终在弥散某种草根式卑微、挣扎，却又贫而不贱，良知不泯，温馨犹存。不难认维华所心系的都市视野，首先植根于小巷平民乃至贫民。这便与擅写白俄给民国法租界带来"风花雪月"（芭蕾、钢琴、油画、咖啡馆、舞厅）的陈丹燕迥然异趣（饶有生趣的倒是，丹燕与维华当年皆属母校中文系七七级，丹燕后为人妻，其夫君陈保平——后任沪上《新民晚报》老总——恰与维华同班，保平作为班上第二任团支书，又恰是维华的接棒人）。不妨说，这对异性校友是从不同视角,先后书写了1949年前后的上海历史版图的异质块面。

但症结又偏偏在于,当维华将其惺惺相惜的主人公(沙康、沙心、永林)置于灰蒙蒙的叙事框架,让他们去忍受有形、无形的生存挤压时,他又怕主人公原先藏在心底的、若干诗意般娇柔的人生憧憬因经不起折腾,最后可能连这拨"城市文青"所应有的、感应现世万象时的那根纤细的诗性神经也被磨钝,变得粗鄙。故细读者不免诧异:叙事者为何老喜欢在故事演进的间隙,迫不及待地去代人物抒情?有时,某一街景暨道具(诸如脏兮兮马路上的梧桐一棵接一棵)明明更适宜用"俗语"(大白话)来叙述的,作者偏要在布满"饮食店、熟食店、食品店、邮局、浴室、理发店、报刊门市部"与"裁缝店"这段上下文之间,横插如下抒情"绮语":"街两旁种了许多梧桐树。白天,就在阳光下,晚上,就在路灯下,它们总爱把影子倒在柏油铺成的街面上,让来来往往的汽车数着自己的影子驶过去。"颇不协调。

这拟有两个解释。

解释一,这是因作者对人物的"移情"式描写惯性所致。例证便是他有一短篇曾写沙心收到高校拟录取通知、却被诊断有心脏病后,心境大跌,"脑子里一片空白",他走出医院,便"在一条肮脏的马路上徘徊,发呆似地盯着一根电线杆子,然后再盯着另一根电线杆子,一根接着另一根数,喃喃地数着,最后软绵绵地斜靠在一棵粗大的法国梧桐上,泪如雨下……"这大约是维华将其亲身见闻嫁接到人物身上去了。维华在"文革"期间因病滞沪,当有机会体恤另些因心脏有恙而未下乡,后好不容易熬到大学恢复高考招生、即将"名题金榜"者的微妙心态。后来他又将此心理片段爱不释手地镶嵌到另篇小说(差异是从数电线杆变成了数梧桐树)。

解释二,这更可能是因为"诗性"(抒情)本属维华写散文的看家本领,一俟要换另套笔墨来讲"城市文青"如何被世俗困境所裹挟得透不过气,他就不免忧虑他那套唯美的"诗性"工笔是否会被"叙事"框死,英雄将失用武之地。于是,他竭力想为"诗性"在"叙事"框架争一席之地,这一纯属"形式主义"的焦虑,客观上也就成了其文体实验的内驱力。也因此,在未觅得"诗性叙事"文体的"正确答案"前,他的文体实验与其说是按理性预设而左冲右突,毋宁说他更酷似一个"烟鬼"。这就是说,维华写散文仰赖"诗性"宛若烟瘾。故当他转向"叙事",也就无异于跌入"诗性"禁烟区,其结果,他若不见缝插针地瞅着"叙事"间隙拼命喷几口"诗性"过瘾,岂不被憋得难受?话说到这份上,或许读者也就愿体谅作者写小说何以常常"急人物所急"之缘由了。无非是"诗性"惯性太厉害,由此导致人物在小说还未走到须抒情的地步,作者已按捺不住。

说来好玩,维华小说对"诗性"之痴迷,尚不止体现在代人物"抒情"。不妨以"菜场里飘然而来的是阵阵腥气和烂菜皮的气味"为例句来分析。症候是"飘然而来"这四字。通常"叙事"

写到鱼腥气或烂菜皮味,用"飘来"二字足矣。维华用了"飘然而来"四字,仿佛不在"飘——来"中间嵌"然而"二字,便不能传达秽物浊气之作呕似的。然维华写散文用惯了"飘然而来"这一"诗性"词组,结果在写小说里的秽物浊气时也随手用了"飘然而来",尽管鱼腥气与烂菜味不配"诗性"。诸如此类。

这是文体实验在未成功前须预支的代价。好在维华后来写《巴松,就要起拍了》《一个假再现》这两篇音乐家题材时,"诗性-叙事"这对元素因不兼容所造成的"语际串味"(犹如沪语中夹杂英文单词而成"洋泾浜")现象已近化解。这表明维华文体实验的心血并没白流。只是当《巴松》《假再现》足以支撑"诗性叙事"文体创新的正当性时,"诗性"与"叙事"之间的边界在这两篇作品中也就变得模糊,以致读者很难断定这两篇作品孰是小说孰是散文,尽管维华是把《巴松》归小说,而让《假再现》归散文。其实这已无所谓,只要这两篇弦乐般起伏且萦绕不已的情思文字足以让人难忘,只要让有识者一读就敢认这非出自维华手笔不可,维华在八十年代文坛也就有了立足点。

将维华文体实验与八十年代文坛扯上关系,勉强吗?不勉强。这不仅因为维华创作起步于八十年代前夜,也不仅因为维华的文学足迹纵贯整个八十年代,更重要的理由是,眼下高校的当代文学史书大凡提及"八十年代小说文体突破"话题,动辄拿马原、格非、余华、苏童等"先锋派"说事,且往往"攻其一点,不及其余",这就不免诱发误判,似乎当年小说文体创新仅仅属"先锋派"的专利。殊不知任何断代文学史书与相应文坛史实之关系，皆是标志性花木与根基性土壤之关系。故笔者在此明言八十年代文体实验作为史实也渗有维华的青春血液，这至少表明小说文体实验在那激情澎湃的年代并非只是"先锋派"的特立独行，其实更是整个文坛的普遍性创新诉求。这两者的区别仅仅在于："先锋派"在当年因走得更远，故有幸在自己活着时便走进了文学史；于是，笔者也有理由祈愿文学史家在维华走后能知晓他的姓名。

（三）

维华留给八十年代文坛的青春"舍利子"，其实含"怎么写""写什么"两块："怎么写"有涉"诗性叙事"之文体实验；"写什么"则有涉"自由诉求"之母题演绎。

维华小说贯穿着一条叫"自由诉求"的思考主线，这宜从《买卖》《绿野上的重逢》《他是记者》《在那条小街上》这系列短篇依稀析出。具体而论，"自由诉求"母题又一分为二：一是个体性"自由诉求"，此即《买卖》《绿野》；二是公共性"自由诉求"，这就是《记者》《小街》。限于篇幅，本序着重讲《绿野》《记者》。

《绿野》主人公沙心，其兄长沙康，恰好又是《记者》主人公。彼此相差十岁。若能将这对"城市文青"弟兄，依次读作维华对其生命史两个时段（读本科与从业新闻）心境的文学隐喻，则其埋入小说的那条"自由诉求"主线也就得以绵延乃至跌宕。

沙心这一人物，凝聚着维华对八十年代大学生心理、品性的亲证式想象，这就是全身充盈着阳光般升腾的个体性"自由诉求"，其内核即马斯洛的"自我实现"。刚走出"文革"废墟不久的大学恢复高考招生，并不意味着全部校园皆已"思想解放"，至少在1980年前后的丽娃河畔，谁斗胆说"自我设计""自我实现"这些新词语，还不免招致犯忌的眼光。但这已不能压抑沙心对其人生的憧憬晶莹如晨露，虽然当时他还未像沙康已跨入大学门槛。八十年代初的"思想解放"对当时年轻或不太年轻的大学生（含准大学生）来说，其直接感召与其说是政治性破除迷信（中止"两个凡是"），毋宁说更是精神性人格解套，即不再像"文革"那般在内心狠斗"私"字一闪念，把任何有涉人性升华的美丽心愿皆掐死在摇篮。这就是说，八十年代对沙心来说，它已是一个可让青春心灵置于"绿野"较为自由地呼吸的时代。这是1915年《新青年》先驱曾为之摇旗呐喊、至1978年又终于姗姗降临的时代。走进这一曙光重燃的时代，能让沙心想想他最愿考外语学院而成为翻译家，而且，那位值得他仰慕、已在做本科毕业论文的哥哥也极珍惜他心愿的美丽，这实在是让他最欣慰、最幸福的事。

维华对八十年代大学生心理、品性的亲证性想象之二，是沙心所喻指的个体性"自由诉求"须以问心无愧的纯洁道德为根基，这便与钱理群后来所痛斥的当下大学正在培养一群"精致的利己主义者"，恍若隔世。沙心"自由诉求"之道德感包括两个戒律：

一是杜绝物欲之炫耀;二是谨防虚假之蛊惑。这对戒律令沙心观世察人时的眼睛容不得半粒灰尘。沙心所以一度对沙康生出隔膜,就是因为他震惊曾赐他思想"闪光"与"雷电"的兄长身边冒出的那位俗女,竟然涂着"红指甲",且无名指上套着的那个"黄圈圈"也并非真的金戒指。更让沙心厌嫌的,还有沙康竟然附和母亲的算计,在毕业分配之际交个女朋友,或许能造舆论有助沙康留在沪上,而不分配到外地。这种并非因爱情而临时凑合的异性交际,在沙心眼中未免虚假。如此一俗一假,也就促使沙心"对哥哥的敬佩快要崩溃了:哥哥也是陈旧的";哥哥以前下乡时"用皮肉熬出来的真理都已经被用完了,如今他枯竭了",故也就无力抵拒世俗对他的心灵揉捏。所幸上述一切,后来并未像沙心忧虑的那般恶化,故才有这哥俩在小说尾声的"绿野上的重逢"。无须说,这"绿野"在维华心中,不啻是八十年代大学生的心灵家园或价值净土。

维华对八十年代大学生心理、品性的亲证性想象之三,是从不轻浮地把"自由诉求"臆测为天上掉馅饼或免费的午餐;相反,维华很早认定"自由诉求"对每个人来说,既是其合法权利,同时也平添一份责任或负担。打个比方,当你在瞄准"自由诉求"这一靶心扣动扳机时,你肩头也就须承受因射击所生发的后座力。"自由诉求"的动力愈大,它所激发的反方向的阻力也愈大,恰成反比。从这意义上说,亦可谓"自由诉求"即"自讨苦吃"。关键全取决于你在精神上是否已有充分准备。维华在八十年代初便拟领悟这"自由诉求"力学定律,这表明他对人生不易之价值透视,实是比其同龄人(暨七七级同窗)更具慧眼的。也因此,切莫小觑维华写沙心报考外语学院是始终瞒着母亲这一细节,似仅仅是为了点化沙心这一人物的心理深度。不,维华是已看准沙心已陷于"两难":因为沙心报考大学想当翻译家的"自由诉求"逻辑,与其母希望他留在身边结婚、生孩子的坊间"幸福程式"是大相径庭,直接悖反的。沙心深知"妈妈有妈妈的生活程式,这程式虽然古老,却充满了无私的母爱",然他又"实在无法接受妈妈这种古老的生活程式,无法忍受这种母爱"。但沙心又有孝子软肋,不忍心让母亲知道自己内心已经疏离庭训而惹她哀伤。故沙心除了笨拙地瞒着,拖着,"沉默着,两手打颤,鼻子发酸,他痛苦极了"外,无所作为。

不妨作此解读:沙心所以迟迟未对母亲表白心愿,这与其说是沙心不敢想象,毋宁说是维华写《绿野》时还未替沙心想好母亲若真发现次子铁定走自己的路,她将作何反弹。事实上,维华演绎"自由诉求"母题之要害,本在于能否逼真地呈现"自由诉求"的动力与阻力之纠结的吊诡曲折,既吸人眼球,又耐人省思。这就亟需维华另辟平台来安顿此母题涵义的纵深演化。维华后来果真这般做了,此即《记者》。与《绿野》的家庭伦理空间相比,《记者》的社会新闻舞台开阔多了。主人公也换了,从20岁的沙心换成了30岁的沙康,他已本科毕业,当了城市《日报》记者。其"自由诉求"也从"个体性"转为"公共性"。

怎么读小说《记者》？大体两种："外行看热闹，内行看门道"。若将《记者》浅浅读作新闻故事之一例，也不见得有何热闹，因为它在当下大陆已颇寻常：无非是一个有正义感的记者登报揭了某部门（官员）的无良，结果碰了一鼻子灰。但若能冲着维华"自由诉求"之公共性践履视角去作深阅读，特别是寻思主人公最初是怎样热血沸腾地打上门去对"开后门"的金经理咄咄逼问，到批评稿见报后，沙康又为何反倒变得里外不是人，似乎犯错的最终并非是"开后门"的菜场经理，却转换成揭发"开后门"的报社记者，是非、曲直几近颠倒，这怎不叫天良者抓狂？这究竟是什么世道？

维华诚然明白记者与经理在这"公共新闻事件"中的攻防所以逆转得如此诡异，与其说是经理这满是鱼腥气的"油腻男"在官场混久了，致使犹是书生的沙康不是对手；毋宁说经理更熟识日常社会结构其实已被各色"潜规则"所浸润乃至绑架，故只要经理心一横，不再顾忌"先进单位"这块招牌，最后被"公共新闻事件"闹得心若灰烬的，肯定是沙康这位孤独、文弱、无力回天的记者。于是，沙康不得不无奈地瞅着他愿为之奋斗的"人民"一个个背对着他隐去。

第一退避者是"泼大姐"，尽管沙康仗义为她夺回了买排骨的权益，但她仍反对登报揭露，这样涉案者"半年奖金就泡汤了"。第二退避者是"胖子"，本是与沙康插队落户时的好兄弟，又属报社同仁，但因事先他已"从金经理手里弄了不少紧俏货"（羊肉、肝肚、蹄髈），他也就形同在编辑部阻挠沙康的"深喉"。第三退避者是社会部主任，作为资深"老报人"，他主张新闻批评宜"掴一记耳光，再抚两下"，他当着沙康的面将校样上的关系户全删去，并将《昌林菜场里的一幕闹剧》这一醒目标题改为《菜场的苦恼》，改得沙康气都没吭。第四退避者恐是沙康本人，因为他从未想过文稿若将涉案的关系户（比如环卫所）也曝光，这将意味着菜场"垃圾堆成山也不给你车，天冷还好对付，大热天两天不车，垃圾堆里就爬出蛆来了"，谁担当得起？第五退避者则是报社食堂里卖饭递菜，"那穿白色工作服的小姑娘长波浪一晃，塞到你跟前的全是炒青菜"，报纸既然严禁菜场"开后门"，那么，全市菜场也就不再给报社"开后门"送鱼虾蛋肉，报社员工也就来找沙康"开涮"："你这篇通讯得不偿失，鱼没了，肉没了，肚皮里油水也没了……"他知道大伙儿是"说着玩玩的，可沙康也受不了。他像做错了什么事似的，感到对不起大家，只要一进食堂，就赶快低下头，沿着墙根走路。这还不算，他索性避人，每天吃饭，他总是先在食堂外'散散步'，等食堂里的人走完了，他才进去吃……"。

《记者》结尾也余味颇厚，社会部主任一脸庄重地"希望大家勒紧裤带支持沙康的工作！"于是哄堂大笑，惟独沙康一丝笑意也挤不出来。其初心不过是想为社会承担道义故不惮得罪金经理，谁知到头来却是得罪金经理一人，也就无异于得罪了社会所有人。这是沙康最想不开的死结。

沙康对此死结所以郁闷至极，在维华看来，软肋仍在沙康太纯真（纯真得像沙心，毕竟皆属八十年代大学生），没弄懂"自由诉求"之动力与阻力的悖反定律就冲锋陷阵，便没有不碰壁的。其实，先哲早就将其洞明悖反定律的答案压在"胖子"的玻璃板下了——此即"铁肩担道义，妙手著文章"这两句诗，但又须从这上下文读出"因果律"。这就是你想用"妙手文章"来践履公共性"自由诉求"么？那就务必先掂量你承受后果的那个肩头是"铁铸"的，还是"肉做"的？非"铁铸"的肩头终究扛不起庄严而凝重的公共道义。

不得不说，事隔三十年，终于读懂维华1986年埋在小说里的这一冷峻思考，不由得肃然起敬。我不是当代文学史家，故无意检索1986年前文坛是否有人对公共性"自由诉求"话题也说过类似维华的深思卓见。我只想说，当年在学府号称"与李泽厚对话"的书生于自由观念论域所提出的最具冲击力的"两次分离"说（一是原始人作为一个类族从自然界"分离"；二是个人作为价值主体从社会群落"分离"），充其量仍囿于个体性"自由诉求"范畴。只凭这一点，我就有理由向维华（我的老同学）致以迟到的"思想史"的敬礼。维华在生前从不以"思想者"自居，然他留给八十年代文坛的青春"舍利子"中间，确有一枚，其名字叫"思想"。

是为序。

目录

散文

潮魂	2
雨夜	7
短歌二曲	9
光碑	13
前面有人家	17
系船儿的地方	24
广场的路	30
亦是雨夜	34
往日的风	39
葱姜伯	44

列传第一百二十三	50
一个假再现	54
山趣	60
蛇诗	66
龙华寺晚钟	72
南岳两章	74
僧趣	78
真果法师	82
山的含蓄	85
宛在水中央	87
祭	89

故乡	96
拖长的影子	102
淡黄色的墙	107
妈妈的夏天	109
澳洲纪事	112
广饶吟	122
美味入口日，幽思盈怀时	126
皇甫君在澳洲	131
书鬼	158
黄河游览区杂记	161
月桥河	163

小说

买卖	168
岁月，有回声	173
伴侣	183

晚霞	192
绿野上的重逢	209
他是记者	229
在那条小街上	251
巴松，就要起拍了	268
狼山贼水	288
龙华荡三异僧	357

纪实文学

太阳在呼唤	392
生活的旋律	407
片段	418
他不是"多余的人"	430
画坛一怪谢春彦	433
胡晓平，中国的歌声	440

散文

潮 魂
——钱塘潮抒情

在地图上只是那么一丝,在眼前却是水烟浩淼。钱塘江吞波吐浪,缓慢地流贯东西,草原、山丘、乡村、城镇,吴山点点,飞鸟淡淡,它说:它时常想看看两岸的黄帝子孙。

江潮呵,忘不了人们,人们也忘不了江潮。金风送爽的秋天,就是江潮和人们相会的日子。于是,人们就沿江而望。美好的相会,自从数百年前的南宋起,每年的农历十八日……

秋天,带着满满的月亮来了,据说今年是六十年来罕见的大潮,沿江许多乡村和城镇住满了观潮人,山湖好友,异国宾客,都兴致勃勃地慕名而来,我呢,也怀着对大自然的虔诚来了。

那是一个清凉的秋夜,我踏碎满地的月光,拨开密密的芦苇丛来到江边。风波、水影、月色,淡淡的,是天边的远山,呆呆的,是泛光的月亮,轻轻的,是水波在拍岸,这秋夜的景色呵,真是画不尽的画中画,写不尽的诗中诗,我看得那么专一,满目的空旷清淡在胸中化为诗情画意的饱和。我真羡慕大江,在这充满幻想的秋夜里,它得到了永生。

农历十八日是"潮魂"的生日,春秋、战国、七雄、五霸,东流水轻轻的一个波纹,把我的思绪送得那么的遥远……

早就听说了，钱塘江的潮水常年咆哮翻卷，是伍子胥和文种这两人不散的冤魂在倾诉不平。一个屡谏吴王，却落个皮囊裹尸、埋骨大江的结局。一个立下了汗马功劳，却得了个伏剑而死、狗烹弓藏的下场。这两个敌国之将，由于共同的冤屈，死后携手归好了。《水经注》里说：伍子胥背着文种日夜在江河上遨游，还常常摆动清静的秋江，扬起连天的雪浪。所以潮水一到，前面的浪就是伍子胥，后面的浪就是文种了，人们称之谓"潮魂"。每当潮起的时候，浪潮两面就涌起了人潮，浪潮奔腾，人潮鼎沸，汇成惊天动地的呐喊，一直冲向天际，可见人们对忠魂受屈是愤愤不平的，这种愤慨借助伍子胥和文种的故事，溶化在吞天卷日的大江之中，一直奔流到今天。于是我就想了：无情的历史可以演出人们的种种遭遇，却无法把人们的感情垄断……

平静灰暗的江面披上了一层红红的光，我回头一看，不知什么时候，岸上已经聚满了观潮人，人们乘着潮水未到前的幽静，有的把酒临风，听涛谈笑，有的席地而坐，说古论今，也有人沿江点起了一堆堆的篝火，映红了一草一木。依着火光，隐隐约约地可以看到一座塔影。这座塔名曰"镇海塔"，明朝万历年间就矗立在江边了。飞起的檐沿，静卧的椽梁，飘荡的铜铃，坚劲的吊链，塔顶塔身斑斑驳驳，野草杂生，偶尔还有几只小雀喳喳的从里面飞出来，有人说它像风度翩翩的郎君，有人说它像亭亭玉立的少女，有人说它俊逸潇洒，有人说它风韵神秀，俯瞰百媚秋色，威镇千里大江。我却不以为然，溢美之辞是毫无价值的，不过是随波逐流的野草罢了，"镇海塔"，顾名思义吧！忠魂受屈，既成事实，不过吹来一丝风，兴起一簇浪罢了。

其实，造塔也是徒劳的，不过几百年的风雕雨蚀，这塔已千疮百孔，奄奄一息，显得那样的苍老了。月光和火光相映生辉，我再看这塔，仄歪着，摇摇欲坠了，而钱塘江依然是汹涌澎湃，势不可挡，依然是潮魂和人们会心的相会。据说文物管理部门要修复这塔，也好，留着作个见证吧。

风平浪静，侧耳细听，千里大江没有一丝声息，举目眺望，一江秋水呆呆地泛着白光，我呼吸着秋夜清凉的空气，穿过嘈杂的人群，来到一座亭子前，这是观潮亭，早年孙中山先生曾经在此观潮，吞吐天下风云，所以又名"中山亭"。我不由得肃然起敬。这亭子虽然造型简朴，没有过分的修饰，却显得稳健踏实，落落大方，长年来为观潮人遮风避雨，做尽了好事。我斟满一杯酒，一饮而尽。天地一色，水月互相弄影，幽静的夜笼罩着幽静的江，也笼罩着幽静的亭子，这亭子没有半点夸耀和表功，默默地陪伴人们等待着潮魂的到来。

我又斟满一杯酒，送到嘴边又放下了，不知道该把这酒敬献给谁。

"来了！潮来了！……"人们惊叫起来。翘首东望，乱云飞渡，白光微微的泛起，有细小的声音从远处传来，嘤嘤的如同蚊蝇嗡叫，是真的！人们左呼右喊，携老扶幼，跳的，跑的，滚的，爬的，一起涌到江边，啊！黑蒙蒙的水天之间，一条雪白的素练乍合乍散地横江而来，月碎云散，寒气逼人，人们惊叹未已，潮头已经挟带着雷鸣般的声响铺天盖地地来到眼前，惊湍跳沫，大者如瓜，小者如豆，似满江的碎银在狂泻，后浪推着前浪，前浪引着后浪，浪拍着云，云吞着浪，云和浪绞成一团，水和天相撞在半空，沙鸥惊窜，鱼鳖哀号，好像千万头雪狮踏江怒吼，乱蹦乱跳，撕咬格斗，你撞我，我撞你，一起化为水烟细沫，付之流水。波涛连天，好像要和九天银河相汇，大浪淘沙，好像要淘尽人间的污秽，潮水腾跃，好像要居高临下，俯瞰风云变幻的世界。天地间三分是水，三分是云，还有三分是阔大的气派！我解开衣襟，让江风吹入胸膛，突然，我觉得我的身躯在散开，我的心胸在升华，大江冲进了我的胸膛……

两岸的观潮人齐声叫好，许多人追着潮头狂奔，欢叫，腾跃，有人点起了纸团，又在芦秆上投入江中，火光随着流水飞也似的去了，一会儿被抛向空中，一会儿又被沉下深渊，黑漆漆的夜空中，点点火光跃跃沉沉，飘飘浮浮，好像江底翻起了许多闪光的夜明珠。

潮头哗哗地过去了，它又匆匆地回首看顾，飞云已经在遥远的烟波中了。无情的流水，多情的潮魂，秋风飘拂，被洗净了的月亮显得更白，飞云显得更轻，水影月色，清空疏淡。篝火旁，有人在诵诗："……城上吴山遮不尽，乱涛穿到岩滩歇，是英雄未死报仇心，秋时节……"

浩瀚的钱塘江沉浮起伏，一喷一吸，我知道：这是潮魂在呼吸。四望皆空,我把满满的一杯酒酹入大江,算是对大江的安慰;人间已擒得恶虎,得把满腔的冤气化为倾盆的泪雨了。秋风秋水,我的心在江上盘旋;潮魂呵,这故事虽然古老,却也新鲜……

江水易流,心潮难息,现实,往往是以历史来充实的,历史呢,又是靠现实来生辉的,现实和历史,生活的航船就是用这两枝桨划动驶向彼岸。

"岁月消磨人自老,江山壮丽我重来。"我沿着铺满月光芦影的江岸踱步,念着古人的诗句,作为对潮魂的良好祝愿。

雨　夜

幽深幽深的山，漆黑的夜，滂沱的雨。

在这小小的山坳里，有七八间泥瓦小屋，豆油灯在夜色中忽闪忽闪的。

雨天留人。我这个避雨的过路客，住进小屋已经三天了。捻了捻灯芯，屋里亮堂起来，充满着烟味、汗味和年轻人身上特有的灼热气味。

灯影摇曳，像淡淡的泉水在人们心里流过，年轻人感到一阵惬意的享受。

我凝视着灯下的人们："小算盘"收起了账本；"戏迷"关掉了抱在怀里的半导体收音机；阿萍，二十四岁了，刚才还拿着块花布量身比划，这会儿也凑到灯下；还有那个二十八岁的母亲，背上是男娃，怀里是女伢，摇呵摇，拍呵拍的……

人们在那只烘桶边围成了圈。

山区多雨，家家户户有只把烘桶以备不时之需。姑娘的头巾，小伙子的披肩，老汉的烟袋，娃娃的肚兜，湿了，放在烘桶的竹架上，拨拨火旺的炭盆，不消半个时辰就干了。可是现在，竹架上却摊开着一本湿漉漉的文艺杂志。一张张因遭水而发软的书页，一个个如蝇如蚁的黑体字,吸引着年轻人。他们耐着性子一页一页地烘干,一字一字地品味。是呵,小说,诗歌,散文,不看,肚子里痒痒的,看上一眼,陶冶性情,净化灵魂,年轻人就心满意足了。

山外的云雾怎样变幻?山外的飞泉如何歌唱?山外的芝麻怎样开花?山外的玉米如何拔节?还有山外的人们,山外的山……成串的问题把年轻人的心引到了天南海北。

这本杂志,刚刚从十几里外的邮电所取来。山高路远,风雨飘摇,油布伞被狂风吹成一朵丑陋的喇叭花,年轻人脱下仅有的褂子,把书包了一层又一层,双手捂在心口,呼哧呼哧,吸着被雨水洗涤着的空气,归心似箭。然而雨水却是那样的无情,书还是给淋得透湿透湿,一张张发软的书页。雷电狂风暴雨已经多时,天地之间,水影相接,风摇地动。星星和月亮早被吞噬,茅屋四周积水又涨高了。可是雨天世界中,油灯还亮着!灯下,一本沾满雨迹的杂志摊开着,还有"小算盘"、"戏迷"、阿萍,28岁的母亲……

"就是这本杂志,第七期。"我默默地思忖着,没有脍炙人口的小说,也没有流芳百世的诗文,可是山里的年轻人却如此陶醉,侍奉着它度过许多美妙的时光……

我凝视着那一盏豆油灯,仿佛听到了年轻人在顽强地呼唤着文化。

祖国960万平方公里的土地上,深山何其多!年轻人何其多啊!

短歌二曲

我的大学生活已经三年多了,所见所闻,难道就这两件事么?

网

他是我们系里的义务邮递员。他在织着一张网。拖着大皮鞋,"叭哒、叭哒",面对着遥远的夕阳,他渐渐地走进金灿灿的诗里去了。瘦削的身影闪闪现现,小了,小了,他被绿森森、青苍苍的树丛淹没了。

他听惯了虫鸣,他数遍了草芽,他的感情默默地舔着脚下的小路,从宿舍那截破旧的门槛,一直到收发室那扇黄澄澄的小门。

小路像一根网线,就是他,每天来来回回地扯着这根网线,扯得紧紧的,一刻也不肯放松……

下雨了,雨水迷乱了天空,飘飘洒洒地落下来了。小草和老树都溢出了甜丝丝的气味,在清风摇曳中沙沙地涌出水淋淋的光。雨停了,落日余晖从棕榈树那阔大的巴掌缝里漏出来,形成一束束五彩缤纷的斜光。于是,虫又鸣叫了,鸟又啼啭了……

这时,他来了。

"叭哒,叭哒",他从绿树丛中出现了,瘦削的身材,原来还有一张清秀的脸。他的胸前是一大堆报纸、杂志,还有一叠信件,顺便捎带来两只中药瓶,像捧着自己的孩子,小心翼翼,胸前那一捧东西仿佛是他的生命。

眼睛一转动,他的羞涩苏醒了,他咬着嘴唇笑了,他隐隐约约地看见了宿舍的窗玻璃那边……

那边,摇摇晃晃地伸出几个脑袋:三七开的分头,一刀齐的平头,在那个乱蓬头的腋下,钻出了一个喳喳叫的小辫子。

"你们听呀,'叭哒,叭哒'……"于是,人们笑了。冲一杯浓浓的麦乳精,多加点糖,给信使!噢,对了,抽屉里还有两只橘子哩!

下雪了,"叭哒,叭哒"……

打雷了,"叭哒,叭哒"……

枯叶索索,"叭哒,叭哒"……

是的,他是信使,他拖着大皮鞋走在小路上,他把这根网线扯得紧紧的,他用这张网打捞着生活的真谛。

记 忆

他没有追随着时间的脚步而把记忆抛弃。

事情已经过去半年多了,可是他还是经常向同学们提起。

谁说他受宠若惊!你听他说嘛——

……是那天,我在雨中行走。风,把我的伞吹成了一朵花,伞骨折断了,伞面耷拉着。路旁的荷花池,水波淡淡,莲叶田田,雨珠打落在荷叶上,沉沉浮浮。这儿突然跃起一条银光闪闪的梭鱼,那儿刷地漾开一个层层相连的波环。

算了吧,别再搜索枯肠地搞什么诗情画意了!我沮丧地看着手里的伞,朝一株大树下趸进身去,不好,我缩缩脖子,一串雨珠从这儿滑了进去……

绿影摇曳的水光天色中,一辆乌黑的小轿车驶来了,轻轻飘飘,隐隐现现,最后居然在我面前停住了。

"小毅,哪里去?"车窗里传来一个苍老的声音,随即又探出一张满是皱纹的脸。

"报社。"

"去干啥?"

"给校刊拿几个铅字。"

"上车!"

于是我上车了。湿漉漉的衣服连同我的伞紧贴在他旁边,坐垫上一定有一层水印。

小汽车飞驶着,雨点敲打着雪亮的玻璃窗,发出欢快的节奏。泛着水光的路面上,贴着小轿车的倒影,倒影流动着向前驶去,一切都抛在身后了。

我看看他,他六十几岁了,我才二十多;他是校长,我是普通学生;可我们是朋友,这样的老人我见的不多,看这脸上的皱纹,一道一道的,深深的,里面仿佛隐藏着什么。

……下车以后,我默默地站在雨中,目送着小车在大雨茫茫里渐渐消失。我总觉得,在这远去的小车后面似乎拖着一缕长长的记忆。

雨下得更大了,一大片一大片地倾泻下来,冲刷着空旷的世界。

光　碑

挥去一把汗，揽过一片云，我在悬崖上极目远眺，眼前，山峦起伏，耳畔，山涧淙淙……

想问个山名，樵夫说：

"山太大了，就唤作大山吧。"

此刻烟云弥漫升腾，松涛此伏彼起。虽说天霁风暖，千里群山依然一片缥缈，只见风戏云，云追风……

我拨开一丛繁茂的灌木林，意外地发现一座坟。坟前有块石碑，昂然挺拔，俯瞰八荒四野。我仔细打量这块碑，洁净光爽，竟没有一个文字。看来这并非风雨侵蚀使碑文龙蛇不辨，而是一块不曾刻凿过一个文字的光碑！

于是我疑云团生。回顾山野，想找人探询，却不见一人、一兽、一鸟……

顺着溪流走，走到溪尽头。

转过山腰，发现一角屋檐。似乎有人家？我长长地嘘了口气，快步走去要碗水喝。

快到跟前了，怎么不见炊烟袅袅？

到了。原来是一座倒塌了的小屋,断壁残垣,杂草丛生。屋子正中有尊小小的弥陀佛,端坐在壁凹里眉开眼笑,悠闲自得。

风又来了,尘土飞扬,漫山遍野地飞扬。我举手拂去门上的尘土,两个字赫然显现:水屋。

水屋?供水解渴之所。

不远处有一眼井,近前一看,井已枯了,一堆桶板散乱在地。

供水者何去何从?

于是我疑云团生。四顾山野,想找人探询,却不见一人、一兽、一鸟……

一条盘蛇似的山路,绕向白云深处。一路上,十里一长亭,五里一短亭。息一阵,走一阵,长亭更短亭。

白云生处有人家——一座毁坏了的亭子,橼断柱裂,亭内布满了蜘蛛网。亭子边有一洼池塘,池边荆蔓丛生,一派荒凉景像。倾斜的亭顶一块横匾,上书:"乐善亭"。一手洒脱豪放的好书法,下面落款是:水屋法师。

哦,似曾相识。

于是我疑云团生。四顾山野,想找人探询,却不见一人、一兽、一鸟……

好,快到那片黑松林了。

掬起把清泉水尝一尝,真甜。抬头看,古柏参天,岩石狰狞。

乳白色的雾气在林中流动,寒气袭人。

曾听说这儿山山相争,峰峰斗奇,地势险要,是兵家必争之地。当年日寇纵火烧山,山民们组成大刀队,和敌人白刃相见,三天三夜杀得山川震撼,日寇尸横遍野。

过去了。如今我小心翼翼地走进松林,那突兀的岩石上刻满了诗词,骚人雅士好兴致,常在恶战之后舞文弄墨。

我踏着枯枝腐叶寻路,三转四转,那几棵老松后露出一片蓝天,半空中悬壁上一块巨石飞起,上面镌刻着七个鲜红的大字:"水屋法师饮血处!"

法师者,出家人也。出家人乐善好施,怎能杀生饮血?阿弥陀佛!

于是我疑云团生。四顾山野,想找人探询,却不见一人、一兽、一鸟……

山光水色。我又回到了那座坟前,回到了光碑前。

没料到这儿突然变了样,香烛高照,烟气缭绕。山民们潮水般涌来,在坟前烧纸钱,供祭品。

人们抹着眼泪,不为别的,就为这一块光碑?

"不,为法师……"山民们说。

建屋供水,修亭迎客,他有一副菩萨心肠,修一番善心,自我解脱,也想普度众生。但是抗日烽火四起,民族的灾难唤醒了他。法师一舒臂,一伸腿,背起一口红缨大刀,参加了山民们组成的抗日大刀队。他倒下了,白花花的胡子在风里飘动,鲜血汨汨地渗进了大山的底层……

山民们根据他生前遗言,在坟前竖起了一块无字的光碑,曾记否?弥留之际他仰天长叹:"一生清白,光碑足矣!"

一步一回头,我该走了。大山深处,在那密密的树林中,在那茫茫的风尘里,一水屋,一残亭,一巨石,一光碑。

松影森森,岩石嶙嶙,烟云雾气间仿佛隐藏着一个传奇!像大山那样丰富,像光碑那样坦然。

前面有人家

今天是几月几日星期几?

我忘了,忘得一干二净。独自一个走在翠绿森森的大山里,什么都忘了。鸣蝉在烈日下昏昏沉沉地叫,小溪在野草间叮叮咚咚地流,天空中飞鸟点点,山顶上游云淡淡。我甩下把汗水,翻过翠微峰,再登洋湖冈,大洋湖,小洋湖,据说那儿有条小道可以通向黄山后海,可是山有多高,路有多长,恢宏博大的山里怎么连个人影都不见?古柏乔松呆呆地挺立着,浮光掠影悠闲地荡漾着,四周静悄悄的。我淹没在这静谧的天地里了……

走了几十里路,总算遇见了一个人,是个老伯,老得像段枯槁了的树根……

是老了。进屋时我给他一支烟,他笑呵呵地收下了,那笑声浑浊沉闷,真像山涧里古老的松风鼓动。

悬岩壁立中就这么一间茅屋,刚才我到门前叩门,没人。场院里一堆刚砍下的木柴,一尊老掉牙的石磨,一双穿烂了的草鞋,连条看门狗都没有。

再敲门,有人了。不过不是在屋里,而是在离我约二里远的绿叶葱茏的山冈上传来一声吆喝。我不由得从心底里泛起一阵喜悦,到底碰上人了,不要别的,就是说几句话也够舒畅了。

老伯从山冈上一颠一簸地跑来,人还没到先送来一阵笑声,虽然是苍老苍老的,可我感到心里痒丝丝的暖和。

"是来玩山的?"老伯放下锄头,抖抖索索地从怀里掏出钥匙开门。

"嗯,"我顺手从柴堆里掏出根硬实的松枝!"老伯,前面路好走?"

"没路。"老伯抽出柴刀,把我手中那根松枝要去劈劈叭叭地削掉疙瘩,"撑棍要直要光,爬山才有力,进屋吧。"

没路?我纳闷了。现在可是进退两难,继续走吧,没路。回去吧,也没路。来的时候在半人深的野草里乱拱,不也没路吗?没路也过来了,没路也能往前走。

"你有没有火?"老伯把我按在床沿上坐下,自己坐在一段树桩上,眨巴着眼睛好不容易弄清了我的意思。

"我有电筒可以照明。"我执意要走。

"山里有豹子,我那条黑狗叫豹子拖去的。"老伯伯咧咧嘴,嘴里只有两颗黑黄的老牙了。

我浅浅一笑。老伯在唬我,可他为什么要唬我呢?要我留下陪他过夜?也许。他一个人在这儿生活了一辈子,这儿虽说山青水秀,空气新鲜,可没有人呵!

"喝口水,歇歇再走吧。"老伯叹口气,找出一只搪瓷剥落的杯子叫我快喝:"这是仙水,喝了能保平安。"我拨开枯枝败叶一看,哪是什么仙水!一眼泉,一眼清冽的泉,水蜘蛛无聊地在水面上跳过来滑过去,水草懒洋洋地躺在水底,水真甜也真凉快,我把肚子撑得溜圆溜圆。

我想赶路了,老伯硬要我吃了饭,说赶路人肚子要实打实。看他,坐在灶门前,脸上一闪一闪的红光,灶膛里的火一定很旺,都是最好的干豆秸。一根干草粘在他眉梢上,额头上有三五条刀刻般的皱纹在欢天喜地地舒动。饭大概快好了,一缕缕烟气从锅盖缝里飘散开来,老伯的脸庞就一隐一现地出没在烟气里。

我走的时候,老伯又在我衣袋里塞进两只饭团子。走出老远了,他还站在屋门前张望,烈日下光气滚滚,老伯浑身上下滚过一层古铜色的光。我不知道他的姓,也不知道他的名,我就知道山里还有这样一个老伯……

一两片乌云在山前山后张牙舞爪地盘旋,两三只燕子在云上云下惊惶失措地徘徊,一滴,两滴,下雨了……

哗哗啦啦,风挟着雨,雨裹着风,好大的雨点子,打在身上麻辣辣的。高高的石壁上本来只有一两丝涓涓细流顺着石缝淌下来,可这会儿不知从哪儿窜出来的,一三五,二四六,数不过来。石壁上垂满了一挂挂悬流飞瀑,水沫四溅,一落千丈。水流到山沟里，山沟满了。于是涨出来的水漫山遍野地流淌，草呵花的在水里摇曳着翠绿色的身姿，群峰在雨天世界里朦朦胧胧。

我的头发湿了，眉毛湿了，口袋里胀鼓鼓的全是水，浑身上下都湿透了。淋着雨在野草丛中寻找路径，瓢泼大雨中，我突然感到了寂寞，不安地四面看顾，找什么呀？不用说是找人了。

"来人了！"循声看去，那条鼓动着惊湍跳沫的小溪边有片竹林，竹林掩映着三间茅屋，屋檐下有三个小伢，看见我走来，都把眼睛睁得大大的。

"大人呢？"我给他们一人一块糖。

"上山修坝去了！"声音脆生生的。像风竹满林。是的，三间屋都半掩着门扉，几条黄狗蜷缩在屋檐下打盹。没有大人，怎么办呢？

"叔叔，洗洗吧。"那个拖鼻涕的小伢说话了。看我浑身透湿冷得瑟瑟打抖，他说："我家有热水。"

"我家也有热水，叔叔……"

"我家也有……"

叽叽喳喳的是一群欢快的小鸟，扑啦啦地飞到我心里来了。

屋子里黑洞洞的，朝南有扇格子窗，窗外是一片南瓜地，一片芝麻地，一片玉米地，都浸泡在雨水里。灶膛上汤锅里水正沸腾，咕嘟嘟地冒着热气。桶在哪里？勺子在哪里？我唤小伢们，没人应，只传来一阵翻箱倒柜的声音。我再唤小伢们，小伢们来了。

"叔叔，你穿，阿爸的新衬衫。"我一看，哟，真的，这小伢子手里捧着一件雪白的的确凉衬衫,衬衫簇新连袋口划粉的痕迹都没拍掉。

"叔叔,穿我大哥的……"毛茸茸的脑袋钻到我腰里,一定要我穿,也是件雪白簇新的的确凉衬衫。

"叔叔冷,叔叔冷……"拖鼻涕的小伢把一件棉背心直朝我怀里塞。

嘻嘻,嘻。那两个小伢在笑他,这么个大热天要人家穿棉背心,真笨!

小伢子们红扑扑的脸蛋都朝着我,黑葡萄似的眼睛多可爱。穿吧,为了我,也为了小伢子们。我摸摸这个的头,亲亲那个的脸,擦去他们拖得长长的鼻涕,真的把棉背心套在身上了……

雨刚停下来,云和雾就兴冲冲地赶来了。于是我操着松枝拨开茅草,在闲云野雾里寻找着路径……

路在哪里?黑色的雾气一片片地从山脚下涌上来,漫过了我的脚,漫过了我的腰,没等我喘过一口气来就把我淹没了。指南针成了废物,我东奔西突,悬崖边虬曲的松枝挑起一片片云倒挂在嶙峋怪石上,翡翠色的水塘泛着冷漠的光泽,天空上飞鸟不见,地底下爬虫隐迹,古藤缠绕,荫天蔽日。我就靠着夕阳挣扎出来的最后一束余辉在野草中辨认人迹。

"噢——噢——"远处有隐隐约约的呼唤声,像松涛那样含浑不清地吼着,我回头一看,嗬,不看则已,一看连心都飞走了。隔着一条深不可测的山涧有座高耸入云的山峰,半山腰里云雾弥漫,云雾中间飘出一间茅屋,有个老太太正对着我咿咿呀呀地喊叫着。有人了,又碰上人了!我兴奋的真想蹦过涧去,但又怕乐极生悲。侧耳细听,风声搅乱了老太太的声音,不知她在喊些啥,看她急得两手直晃荡。

茅屋里又出来一个,踉踉跄跄的好像是个老汉,两人一起喊着,可是风太大,我还是听不清楚。

又来了一个,是个小伙子,脸红脖子粗,三个人把手放在嘴边当话筒,这下听见了,什么,我走错了?他们说我走错了!我看看脚下的草径,茫然不知所措。

"朝北绕——过——去,朝——北——"小伙子的嗓门真大。我拨开野草一看,朝北的方向真有一条小径,小径弯弯曲曲像条细小的水蛇扭动着柔软的身段绕向山背后去了。

"朝北有——人——家——"他们还在喊,不过又加了个女娃子细细的嗓音,我起手一挥,把我的全部谢意甩给他们,然后举起了望远镜。

看清了,一家老少四口。老汉捋着白胡子,老太太瘪着没牙的嘴,小伙子连锄头还在肩上,女娃子身着红肚兜,两只酒窝欢快地跳起来,他们笑了,笑得那么有情,我也笑了,笑得那么有意,笑声里真是情意融融……真是,山有情,水有意,在这世间,只要碰上人,只要有人和人在一起,什么东西都会变成有情有义的。

雾气一团团地在我脚下滚动,枝叶在我身边舒展着身姿,群山莽莽,云海浩浩,我知道了,前面有人家……

系船儿的地方

我的家乡在江南一个四面环水只有几户人家的小村里。

梨子、桃子、鲫鱼、水鸟,鸡飞狗跳、鸭子嘎嘎地叫,家乡什么都有。村口还有一片松树林子,林子里常年弥漫浮游着霭霭的雾气。一曲弯弯的小道穿过林子一直延伸到明晃晃的小河边。河边上一簇五彩缤纷的秋牡丹,拥着一块皱巴巴的老树桩,村里村外来往摇橹荡桨的,都把船系在这老树桩上。

岁月流逝,什么都像轻轻的烟,慢慢地从记忆中飘去,飘得很远很远。可是唯独这秋牡丹簇拥着老树桩还在清晰的记忆中。当年,我从这儿来,也从这儿走。

"什么秋牡丹,打破碗花花!"

这是表姐十几年前的声音。那时我才十六岁,来家乡投亲插队落户。表姐比我大三岁,在老树桩边接我,颤颤抖抖地从浮动的船舷上跨岸,看着长得黑黝黝,粗咧咧的表姐,我怯生生地叫了声秋牡丹。我虽是个小伙子,可生性文弱。来家乡之前,妈妈挺担忧,爸爸却说:"别,有秋牡丹在。"

表姐一面替我背上行李铺盖,一面说:"别叫我秋牡丹,叫打破碗花花吧,乡下人爱土气。"我默默地点一下头,偷偷地看表姐，她力气真大，一只方方正正的背包和一只鼓鼓囊囊的旅行袋一挟就走，袖口卷起处露出的那段黑壮胳膊怕比我小腿还粗些。问了一声我才知道，秋牡丹就是打破碗花花，打破碗花花也就是秋牡丹。一学名，一俗称。

秋高气爽，鸟不鸣，虫不叫，就听见我和表姐叭哒叭哒的脚步声了。我们顺小道进了松树林子，一路上都是秋牡丹在晨风里晃动。回头一看，还能看见明晃晃的小河和河边的老树桩。

四周静极了。

寒冬腊月的队里正组织劳力挖河泥。小河两岸堆满了黑糊糊的充满着霉水气的河泥，挑河泥的人穿梭似地在岸上喊着号子跑，都是壮劳力，只有表姐一个是女的。

看我个头小，队长斜一眼没让我去挑。

中午，我坐在河边发愣，对岸挑河泥的人们正在吃饭，他们三三两两地围在一起打趣说笑，饭香和河泥味浑然一气，引得满天灰不溜秋的麻雀叽叽喳喳地飞个不停。表姐也在那儿，她扒拉着的饭是我做的，我已经学会用土灶把米饭煮得喷喷香了。一条腌鲤鱼，几块咸肉，还有半斤新稻米饭，少一粒也不行，表姐真能吃。

没办法，十六岁好歹也算个小伙子了，却给女人烧火做饭。我无精打采地回到屋里，把床单收下，把被子拆了，今天太阳好，在城里一个月至少洗一次，可是这儿……

又走到河边，老树桩旁有几级下水的石阶。

河水晃荡了。我低着头,看着一圈圈忽闪忽闪的波环,河水清清,几尾正在水草里觅食戏闹的小鱼吓得四散奔窜……

对岸传来咿咿呀呀的言语声。原来是挑河泥的人全都拥到河边来了,指指点点的分明是在说我。

"快,快来看……"

"看,男人洗被子……男人……"

声音尽管很轻微,然而东风吹,吹入我的耳朵里,大惊小怪,蠢!

"放下!"忽听哇的一声吼叫。表姐不知什么时候出现在我身后,双手叉腰,袖子卷到肘上,裤腿卷过膝头,被太阳晒得油黑的皮肉都在抖动:"你还算个男人?"

对岸传来一阵哗笑。

我茫然了,默不出声地看着满地的秋牡丹。阳光下,秋牡丹摇曳茎叶搔动着表姐那滚圆的沾满了河泥的脚杆。

春天就要来临,老树桩四周那些簇簇拥拥的秋牡丹上还蒙着一层似有似无的暗霜,那年,我虚岁十八了。

朦胧的晨雾中,我把成捆成捆的甘蔗,从土堆里刨出来,用河水洗净,切成尺把长的一截放进筐里。

"别忘了,五分钱一截。"坐在灶膛前的表姐探出头来吩咐着。

炊烟袅袅,一个风和日丽的好天气。田野、水沟、小麦青青、天空朗朗。我挑着甘蔗担子向镇上去。临出门时,表姐追出来说:"实在卖不完,三分钱一截也行,只是要早些回家……"

这满满实实的一大担至少可卖他个几十元钱，这下能给表姐买双高帮胶鞋了，别让她老是满脚泥的。太阳，从东方喷出一团团火红色的云，浮浮冉冉，升起了……

然而，太阳落山的时候，我蜷缩在镇边的长途汽车站里垂头丧气了。一担甘蔗还是满满的，在镇上来来往往地吆喝了一天，除了走亲戚的老妈子和馋得口水直流的小伢们偶尔买几截外，就再也无人问津了。

镇上人影稀落了，做买卖的都挑着空担子兴奋地归去，一面走一面蘸着口水点钞票，夕阳在他们脸上滚过一道又一道古铜色的光。

镇口闪过一个人影，两根羊尾巴似的小辫搁在厚实的肩膀上。是表姐，瞧她正踮起脚东张西望呢！

"打破碗花花！"一声喊过，我轻松了许多。

表姐一看我这愁云笼罩的脸，一弓背挑起甘蔗担子拉着我走出了小镇。忙三火四地跑了一段路后，在一个土坡上歇下。不远处有许多人在吆五喝六地挥铲运镐，是了，他们在开一条又宽又深的大龙沟。

"卖甘蔗罗——"表姐一声喊，人们八面应。顷刻间，人流像潮水一样涌来，看着那些挥汗如雨渴得慌的小伙子成群成群不要命地跑来，我护着甘蔗担子真怕被一抢而空。

"站住！"表姐又是一声喊，然而刷地脱下花布褂子摊开在地，用手一点："五分一根，先把钱留在这！"

说也怪，五大三粗的小伙子乖得像绵羊。

我在土坡上挥手把甘蔗一根根地往下扔。夕阳无限好，只是近黄昏，早一步来该有多好。

落日余晖普照着土坡上风雾摇曳的秋牡丹，暮霭飘拂，水样的清风吹来了。

我该走了，城里来了上调令，让我进工厂去赚工资。

夏夜，上弦月，小河弯，一只小舢板懒洋洋地躺在水面上任水飘。

表姐要我陪她在小舢板上坐坐。已经半天了，她一言不发，随那习习晚风抚摸着散乱的鬓发，好像心事重重。我呢，扶着把二胡正拉着《二泉映月》，如泣如诉的琴声悠悠地在迷人的夏夜中徜徉，在秋牡丹簇拥着的老树桩边徘徊，在期期艾艾地诉说着埋葬在心底里的阵阵悸动。日子过得真快，一晃几年，像行云，像流水……琴声哑了。

"城里人很多是吗？"表姐若有所思地问道。

"嗯。"

"姑娘一定也很多，是吗？"表姐的声音像一掠而过的银白色的月光。

我点了点头。

"都是细眉细眼细腰板！白白嫩嫩的……"表姐突然吼起来，吼着吼着又没声了。

天真热，表姐只穿一件方领衫，紧绷绷地显出丰满结实的体态。月光很白,表姐的皮肤很黑,还隐隐地透出一丝丝汗味。一群长脚蚊子嗡嗡地围着她转,她挥手挥脚怎么也赶不散,只好"扑通"一声跳下河,河面上漾出一个很大的波环。

"你拉琴吧,我爱听。"表姐钻出水面,黝黑的脖颈边飘忽着片片绿色的小浮萍。

充满着依依情思的琴声从琴筒里一缕缕往外冒,像一团团悲婉的雾气伏在流萤斑斑的小河上慢慢地爬动着。小船悠悠飘移,是表姐一面踩水一面推着,船在老树桩边停住了。表姐一声长叹:"乡下人没办法。"她突然咆哮起来:"谁不想细皮白肉!谁不想涂着香水扭着腰跳舞!可是呢?捉稻、耙地、割草、背柴、挑水,还有扶犁、挖河、放鸭子、上集市……谁来干?"表姐爬上船躺下,呆呆地望着亮晃晃的月亮一声不吭,像睡着了一般。

"秋牡丹。"我怯生生地叫了声。

"不要你叫!"

"打破碗花花!"我看见表姐转过脸去,破涕而笑了。

夏深了。

秋牡丹开花了。长茎梗,花瓣片五,白色的,淡红色的,紫色的,都默默无言地在老树桩边摇动。我走了……

小河水清悠悠,小河弯弯曲曲。船走了好远,一个弯道处,松竹掩映中我看见表姐了。黑黑的表姐真像老树桩,能系船,也能放船……

广场的路

广场没有路。

黄昏,铅灰色的云缓慢地在天空中蠕动。绵绵细雨,雨丝揉在凉凉的清风里。一脚踏进水洼,水四溅,湿了球鞋。

风吹东,风吹西,今日又黄昏,黄昏又下雨。雨丝很小,一个老人走来了,他没撑伞,他没穿雨衣,拄着一根拐杖。一个小孩叫一声:"教练!"

老人笑了。

好久好久,老人天天来这儿。

广场东边一角,一场足球赛鏖战正激。红球衣、绿球衣,都是些十多岁的孩子。你盯住我,我咬住你,小脸激动、庄严、神圣。丝丝缕缕的水汽,点点滴滴的雨意,和着睦里哇啦的吼叫!冲锋陷阵!他们自名为"广场队",他们自名为"大道队"。"四四二"阵式对"四三三"阵式,你"上三路"来势凶猛,我后卫线攻守兼备……

球门快到了。一只书包,隔二十码,又一只书包,这就是神圣不可侵入的球门。运球、过人,单刀直入,起脚射门!

突然,三个孩子同时倒地滚作一团。

"当心!"——是那老人,他心中一阵颤动……

老人曾是个了不起的右边锋,只是往事如烟云飘散,轻轻地飘散了……那时的阳光、汗水、球、好斗雄风,还有那绿茵茵的草地……

射门!三个人同时倒地滚作一团,只是腿再也站不直了。往事,已飘散了……

断一条腿,区区小事。球可进了!他冲着球直笑。

因为这微笑,他成了孩子们的教练。

"后卫压上,控制中场!"老人的声音像孩子。

雨天世界。体育宫、主席台、国际饭店、天上的云,都把影子倒在水光迷人的广场上。

广场上,绿的红的,矫健的身影在水影中快速滑动。

一个小孩摔倒了。

硬邦邦的柏油地,还有细碎的石子。

软绵绵的小臂肘,还没长硬的骨头。

"不要哭。"老人替孩子扎上块手绢,说,"快,冲锋去!"

孩子感到委屈了。

"冲锋,这是足球队员的……"拍一下头,又拍一下头,老人想了一会儿,说,"本色。"

西面郁郁葱葱的绿树荫下有一堵矮墙,灰不溜秋的矮墙。

矮墙上有五个字:"进军西班牙!"

"教练,我来提墨汁桶!"

"教练,我来拿排笔!"

"教练,我写字比你好看!"

确实,老人不太会写漂亮字,可他毕竟没让人,亲手刷了这五个字,一笔一画,像刀刻进墙。他的背后,红的绿的,一片兴高采烈的叽叽喳喳。

过去了,都过去了,荧光屏前那最后的一刻。手心捏出汗,大气不敢出,球,黑白相间的球,仿佛从心头滚过,碾碎了亿万人的希冀。

关上电视机,老人回过头。漆黑中一片低低的呜咽声。

"教练……我们输了……"

广场没有路。

老人拄着拐杖在徘徊,两三点雨,四五片风。

"教练……我们输了……"这呜咽声长久地在他心尖尖上盘旋着。孩子,好孩子,不说容志行,不说李富胜,不说整个球队,而是说"我们",我们!

黄昏的云翩然而起,黄昏的雨飘拂而过。老人站在矮墙前。

他扭头看广场,那儿杀声正酣,晃动着,晃动着,凉丝丝的雨帘中,红的和绿的……

他又回头看矮墙,这儿在闪光,闪光,"进军西班牙"这五个日晒雨淋已经褪色的字,在他心头闪光……

广场没有路。

老人苍老的声音说:"路从这儿起……"

亦是雨夜

原来想翻过那些荒山野林的，皓月当空时离开马镇。一根棍子拨草，一支电棒探路，一人行。几十里山路，不见一人一兽一飞鸟。树影森森，山道陡峭，蛇吟虫鸣，月影清疏。

刚翻过两个山包，月影模糊了，从参天水杉疏枝密影中窥得夜空乌云滚滚，亦听得见远处闷雷隐隐而来。不一刻，瓢泼大雨如注如泻，山风吹东吹西，水沫横飞，把我浑身上下淋得透湿。

"有人吗——嗬咿——喂——"我拉长脖子直吼直叫。喊一声，没动静，喊二声，没动静。人在难处就分外地想人，我再喊一声，有动静了，前面树枝草叶纠缠不清的地方传来一片踢踢踏踏的脚步声，接着，古藤晃悠，那儿钻出五六个山民模样的年轻人，一色箬笠蓑衣。

"有人家吗？"

他们看看我，不吭声。

"我，我……过路人。"

"二里路，往南奔。"听声音是个女的，她往南一指，说着摘下箬笠，刷地解下蓑衣："披上吧。"

雨意迷蒙，水烟淡淡，山前山后的枯藤老树和古柏乔松都呆呆地耷天入地。他们走了。她也走了。她回过头走的时候,在我眼前留下两条又粗又黑的辫子。

往南走二里,山凹里果然有五六间茅屋,电闪雷鸣,屋顶上水光迷离。我急步赶去,一个枯瘦的老伯捻亮煤油灯,把我引进屋去。

屋里团坐着十多人,树桩、木墩、石疙瘩都坐着人。少不了含笑点头,寒暄几句,然后擦身子换布衫。夏天暑气热,虽然淋了一场雨,两个喷嚏就打发了。

老伯接过那蓑衣时一愣,发黄的老眼眨巴眨巴:"你见着妹子他们了?"

"妹子?"我突然领悟了,赶忙用手比划着说:"长长的,辫子?"

"是喽。"老伯眨巴着眼睛,高兴得眼都眯成一条缝了。

"妹子那辫子长,盖屁股。"一个喂奶的妇女笑盈盈地说。

"妹子那辫子长,前山绕后山。"一个胖娃似的老头一咕噜,屋里飞起欢笑。

我满室环顾,只见屋里尽是些老头大娘,没一个年轻人。老伯搬来一只烘桶,桶底炭火正旺,桶口几根竹爿架起我那几件湿衣衫。

"一顿饭一袋烟,又暖又干。"

是了,衣衫已经在冒热气了,热气中弥漫着一股丝丝悠悠的汗味。

"妹子在雨里……"我内疚地说。

"没事,山里人,山风山雨吹惯了。"老伯凑过去对胖娃老头说,"妹子爹,马镇来回八十里,他说多久回来?"

"天亮,山那边翻鱼肚白。"

胖娃老头喜滋滋地对我说:"山里出了大事,上报啦,嗬,皇帝老子,《人民日报》呢!"

"说说,再说说。"屋里人都围了过来。

"山那边传来的信儿。还记得半年前那过路人吗?人家可是个文化人,那天夜里,雨也是下这么大,风把那过路人吹进屋避雨,是吧,大伙不是都在?那夜,小耿子把书翻烂了的……耿子爹,那本什么文学的?"

老伯搔搔头皮,想了一会,一拍手:"那叫《安徽文学》。"

"是喽,小耿子把《安徽文学》掖进裤带去斫柴,不想掉进山溪里,心一急,捞起捧进怀。小耿子把它烘干的时候,还冒出点气味来。那伙傻小子,自然,也有咱妹子,凑在那文学上一张一张地看字,说那里面有山外的趣事。我让她读,她还嫌我耳悖……"

屋里又是一阵欢笑。

这个说:"那文人就把这事写上了。"

那个说:"也许把妹子也写上了……"

显然,这事他们已咀嚼过好多回了。

"是山那边传来的信。"胖老头咳一声,"不要见笑,山里纸片样的东西少,年轻人见书比见爹妈还亲热。"灯油火苗一晃一晃,指动在每一张黑红色的脸上。

"我让妹子去马镇邮电所里看看,快去快回,耿子也要去,说把那篇文章抄来,算他能认几个字,酸着呢!一哗然,年轻人都哄着去了……耿子爹!"

屋里没人应,老伯不见了。

一会儿,有人一发喊:"正屋外,我瞧瞧,他们多咱回来。"

屋外,依旧是雨声淅沥,天空泼墨似的黑,水光泛起的地方,见老伯着蓑衣站在!雨天世界里,正翘首北望。

我凝视着忽闪忽闪的火苗,默默无语。他们说的事,我知道。《人民日报》上那篇千把字的文章,我记得已过去三个多月了,我读过一遍,就像一阵风,从我眼角边掠过。掠过的记忆在今天这个雨夜泛起了。记得文章的题目叫《雨夜》,十月十七日刊出,人们茶余饭后瞄一瞄,就过去了。

"我读过,那过路人写的文章我读过。"我尽力说得平心静气些。

"是在《人民日报》上?"

"是写这码子事?"

"妹子,写了妹子的长辫子?"

"写了,都写了。"

屋里人兴奋了,一阵骚动后又平息了。唱半导体的关了"电匣子",抱着孩子的母亲也停了"摇篮曲",胖娃老头不敢呷茶,喂奶妇女也不敢打哈欠,老伯那张好奇的脸伸进了门缝……

"还写了些什么?"

"文章有两句至关紧要的话,我没忘。"我大声说,"深山何其多,年轻人何其多!"

"深山多,年轻人多……"满屋子的人都交头接耳地品味着。胖娃老头突然插话:"那何其,何其两字说的是啥意味呢?"

何其,是啥意味?

风声,雨声,声声入耳,我再也说不出个所以然来了。

大山那边,隆隆雷声,飒飒风声,一群年轻人,在泥泞崎岖的山道上,一步,一步,他们走来了。

往日的风

我在大江边徘徊,寻找往日的风。

荡桨撑篙,船动了。湿淋淋的纤绳,一头系在驳船的纤杆上,一头搭在我消瘦的肩膀上。

我下放的时候就干这活,老大和爷们哥们说:"这活咱干了多年了……"

江水缓缓地流淌着。近岸处,菜皮、草茎,还有枯瘪的芦秆都在水里飘浮。

也许风太大,纤绳绷得太紧了。纤绳像根弦,弦上蹦出一阵阵响亮粗犷的号歌声。风吹过,号歌声随风而去,散开在广袤的天空里。

迎风,有一片摇曳的芦荡,一片抖索的茅草。夕阳火红火红,趴在青灰色的云间,染红江水,染红田野。一阵鸟语声,一阵号歌声。黄昏中,船,随着纤夫们的脚印,艰难地移动着。

一步又一步,江滩上潮涨潮落。几十里跋涉,露脚趾的鞋陷进泥泞中,拔出来,又陷进去,又拔出来。

好重啊!忍不住回头看一眼,船走得太慢了。乌黑乌黑,满满实实,是一船煤。

江村快到了。

不远处,暮霭轻纱般飘游的地方冒出一排瓦屋。看那,村边竹篁里,飞出一群雀。

我在大江边徘徊,寻找往日的风。

下雪了,雪花纷飞。

田野上一片洁白。

船靠岸了。这对老大和爷们哥们来说是家常便饭;可是对于我,还是第一次。稍稍嘘出一口气,搓搓冻僵了的手。船上的煤,得挑到村口晒场上去。

当年,我十八岁,装担老汉看我个儿高,却实打实地给我装了一担。试试吧,我硬挺起腰,把担子搁上肩。真没出息,才摇上几步路,喉咙口一阵腥恶,嘴角边丝丝缕缕流出血来,一滴,两滴,三滴,滴滴落在雪地上。

红的是血,白的是雪,相映之下,红的更红,白的更白……

船老大哇哇叫着扑过来,一巴掌把那装担老汉打得直踉跄。

我在大江边徘徊,寻找往日的风。

数过去,数到第五家,门口有只缺了口的大水缸,缸沿上蹲着只小花狗。

老大的女儿叫秋牡丹,长得五大三粗,一张黑漆漆的脸。是她用雪白的手巾替我擦去嘴角的血痕,是她把我带到灶膛前,捋几把干豆秸生起火,把灶膛烧得红红火火。我们坐在干草堆里烤火。衣衫上的零星雪花,一朵一朵无声无息地融化了。火光中,小花狗吐着鲜红的舌头,跳一阵,滚一阵,然后乖乖地伏在秋牡丹脚边。

秋牡丹大我四岁。她脱下我那双又潮又脏的鞋放在灶膛口烤,然后又把我那双冻僵了的脚搂进怀里死命地用手搓。

锅里煮着一碗羊肉,热气腾腾,香气馋人。火光里,我看看秋牡丹,她的手掌真粗糙。也许刚挑了河泥,她衣衫上沾着河泥味,我启动鼻翼,使劲吸着……

窗外,暮色已深,雪花还在飘舞,像流萤漫舞在深蓝色的天幕上。小桥、流水、竹园、田圃,天苍苍,野茫茫,抬起头可以望见大江水、水上帆;竖起耳,可以听见大江的涛声。江面上,风鼓帆,鸟追风,霭气过处,显出一带暗淡隐约的远山来。

我感到脚底板痒丝丝,一看,小花狗舔着一只,秋牡丹用小指头勾搔着一只。

笑。

我在大江边徘徊,寻找往日的风。

休息了几天,我伸胳膊蹬腿,又想闻闻大江的气息了。

天色大明,放船。

老大和爷们哥们围成一圈嘀咕着什么,见了我,散开,快些散开。

"老大,放船了,我背纤绳。"

老大搓着双满是茧花的手,看看我,又看看我,他为难了。

"我回力了。"我拍拍胸脯:"不信问问秋牡丹……"

秋牡丹担付水桶到江边挑水来了。水桶落下,一晃一个波环,搅得江面波纹环生,漾开,又漾开。江滩上庄户人家吆五喝六,哨声齐鸣,赶着牛,肩着锄耙筐担出工了。

"再休息一天吧。"老大拍拍我的肩膀。

"是啊,今天顺水船,不拉纤。"装担老汉怯生生地说。

我仰头望望蔚蓝色的天空,抓把细沙扬上天,北风吹,沙土自然而然地往南洒落。于是我知道了,今天是顶头风,逆水船,落帆、摇橹、拉纤绳,还是重头纤哪!

"走吧,老大,"我套上纤绳说,"太阳高了。"

大江水,水光接天。天朗气清.秀色迷人。太阳出来暖洋洋,普照大地,雪化成了淙淙流水。田野,山冈,都是湿淋淋的,大地在迷朦的朝雾中闪闪发光,苏醒了。

船,在慢慢地移动,芦秆不摇,鸟雀无声,一步一步,我又开始了一天的行程。大江上下,寂静无声。渐渐地,江村远了,快被雾气淹没了。回头看,村边缀着一点黑,是秋牡丹。侧耳听,村边传来一抹汪汪声,是小花狗,江村真的远了……

前面又是无尽的水,无尽的路,无尽的风。船老大带头喊起了号歌。接着,十几只粗犷的嗓门吼开了……

我在大江边徘徊,寻找往日的风。

夜色迷人。

自从我放下纤绳,背上书包上大学以后,至今,已有四年了。

四年了,四年的号歌声,四年的读书声。如今,我脚底生风,回到大江边,老大,秋牡丹……

慢一些吧,小径上草叶纷繁,踩出声来,惊飞一对雀。

数过去,数到第五家。门口有只缺了口的大水缸,是当年的景像!

叩门,再叩门,人无声,狗不叫,屋里漆黑一片。身后有窸窣走路声。

"呵,是……"是当年那个装担老汉,我不知怎么称呼他。

他的嘴唇在颤抖,一缕口水从嘴角淌下来:"老大?"

我点头。

"去了……"

我一阵痉挛。

"秋牡丹……"老汉抬手一指,指向茫茫夜幕中:"嫁了,嫁得好远好远……"

我回到了大江边,深情地呼吸着江上的风。那往日的风呢?曾经温暖过我的心的风呢?如今吹向哪方去了?老大,爷们哥们。还有秋牡丹、小花狗,也曾经给我留下过温暖,然而都悄悄地去了,去了……

葱姜伯

风吹过了。雨,也飘落了。

下雪了,一朵朵洁白的雪花在昏暗的寒风里抖抖索索地旋转,那儿扬起一缕缕雪雾,积雪快把屋檐压塌了。

弄堂口,竖着一根电线杆,趴着一堵矮墙,愣着一眼枯井。有一个老人坐在屋檐下,守着膝前的葱姜摊,一动也不动,叫他葱姜伯吧,左邻右舍都叫他葱姜伯。

哦,三五间一簇,一簇又一簇的瓦屋后面,一条古老的小河没人管似的居然还在流淌,河水清且浅。

葱姜伯住的那间老屋就在小河边上。老屋南窗下,小河北岸上有块巴掌大的泥地,葱姜伯划个圈,用竹枝柳条搭起篱笆,就是一小块田园了。于是他把土耙细,肥料上足,水灌饱,种上葱姜。

前年,是前年吧,正是秋高气爽的时候,也许地里肥料厚实,姜茎上居然神奇地开出了花,橙黄色的花被,紫色的唇瓣,还点着不少白星子。秋风秋雨中,那花还冲着葱姜伯撒娇似的摇上几下。

天上几朵秋云悄然拂去,葱姜伯咧开嘴笑了,凑着那一畦姜茎姜花这儿闻闻,那儿嗅嗅。邻人们说,姜花不是随随便便开的,一定是有了什么喜事。

果然,一场秋雨过后,儿子考上了大学。

已是几度秋风秋雨了。老了,葱姜伯也真老了。

儿子上大学该有两年了吧。葱姜伯天天坐在弄堂口卖葱姜。

肘里挎着篮子,手里提张小皮凳,到了弄堂口用四根棍子支起块木板,就算把摊子设好了。

"一分钱一把喽!新鲜水嫩喽!"葱姜伯就会这么喊两句。

声音在空气里颤动。苍老的声音渐渐地去远了,消失了。

湿漉漉的弄堂石子小路,也快把葱姜伯那双老布鞋底给磨蹭破了。

春风潇潇,秋风瑟瑟。

随着四季交替,葱姜伯时而赤膊袒胸,时而单衫披肩,时而背着老棉袄戴着大棉帽。

然而,葱姜伯总是葱姜伯。

这是个大城市,有十字街头,也有弄堂小巷。

街里巷外谁都知道这儿有个葱姜摊,葱姜摊上有个葱姜伯,煎鱼要烤葱,下阳春面要葱星子,只须稍稍朝弄堂口挪几步就能买到。

云移星动,树影沙沙。

不知谁家半夜三更来了不速之客，小河边老屋的门叩响了。葱姜伯咳几声，披衣下床，打开门唠叨几句，随后借着银白色的月光去地里给你捋几把葱来，睡眼惺忪的有时还会多找还你几个钱。

夏夜，兀自拖鞋的声音。

静谧，安宁，沉睡的人们在翻身梦呓。

影子跟着身子，身子顾着影子。不知什么时候起，葱姜伯感到孤单了。这会舒心了，乘凉的人们归去了。远处，小河上的泊船处，芦篷里传来一阵悠扬的胡琴声，琴声伏在静静的水面上低徊，和风细雨，如泣如诉，可是《紫竹调》？可是《彩云追月》？葱姜伯听不懂，可是他会独自一个呆呆地坐在岸边竖起耳朵听，许久许久。

听腻了，再去葱姜地里转转，分葱、细香葱，龙爪葱，数过来又数过去，葱姜伯全认得，像看顾儿子，松松土，除除草，弯下身子细细瞧。

蚊子来了，大蒲扇甩得风快。

瞌睡虫来了，两腿一伸上床睡觉。

别人看葱姜伯怪可怜的，奉劝他一声。"别这么起早摸黑地卖葱了，城里城外去逛逛，开开心，亮亮眼……"

"嘿，嘿嘿。"葱姜伯傻乎乎的笑个不停，然后羞答答地说了一声。"儿子念大学哩！"

"一分钱一把喽!"

苍老的声音在街巷里盘旋已经好久好久。

儿子念大学哩!自家门庭里祖祖辈辈从没有出过读书人。爷爷大字不识一个,爸爸念了三天私塾,我,嘿嘿,不讲了不讲了……卖葱卖姜,好歹赚几个钱,鼓鼓儿子的钱包也好看。

嗤——别人笑了,卖葱卖姜能赚几个钱?

葱姜伯连连摇头,不以为然。这钱到手,儿子每月能多买一本书,多一本书就多一份知识,多一份知识处世为人就多一分正派……

老屋南窗下,小河北岸上的那块葱姜地,却照样是油绿水嫩,香飘四季。

儿子每星期回来一次。

葱姜伯万万没想到,儿子居然学会抽烟了!洗衣服的时候口袋里倒出的除了只校徽外,还有半把拉拉杂杂的碎烟丝。

"一天要抽几包?"

"一天抽几包?"儿子笑了:"三天才抽一包呢!"

小河水清清流淌,漾起涟漪纹纹,葱姜伯心里结起了疙瘩,怎么也伸舒不开。一分钱一把喽,三毛八一包……葱姜伯一下子老了许多。

夜里,月光皎洁。

葱姜伯独自一个坐在葱姜地里发愣。

朦胧的霭气缭绕,绿油油的葱叶在晚风中自由自在的摇曳,月光散发出一缕缕温情,在高天阔地间徘徊,弄堂口的电线杆,矮墙、枯井、屋檐,还有那嘶哑的叫卖声……

夜霜来了,一个寒噤打过,有人在他肩上披了件夹袄,回头一看,是儿子。

唔,也许……

也许儿子功课紧,晚上睡得晚,早上起得早,熬夜是得抽支烟提提精神的。是的,儿子不会叼支烟站在弄堂口一抖一抖,也不会到处递烟摆派头,……读书够苦的,儿子也真用功。

想着想着,葱姜伯浑身来了劲,一头钻进葱姜地里松土上肥,哧哧地笑了。

日影西移。

一天,又是一天。

屁股下那张小皮凳断了条腿,把葱姜伯跌得四脚朝天。耳朵上夹支铅笔的小木匠看见后,拿来三下两下就修妥了。

人老了,四肢五官都由不得自己,弄堂口有弄堂风,阴森森吹过,清水鼻涕不知怎的就淌下来了。葱姜伯不习惯用手绢,只是用袖子一擦,就是这一擦两擦,擦得久了,半截袖子擦得精亮。王妈看见,赶忙剪了半尺布来给他换上一段。

两年前,葱姜伯的头发还看得出黑流流的发亮,如今也花白了,而且养得很长很长,长得盖住了耳朵。剃头店里的唐师傅下班后用木梳敲着他的头皮，一面数落着一面嚓嚓嚓地给他剪了个刷齐的平顶头。

只要一听见"一分钱一把喽"，人们就会软下心来。走过葱姜摊前总要四处查看一下，看看有什么事要帮忙做。

不知什么时候，"一分钱一把"的叫卖声变成了"伊文成伊哇……"

葱姜伯的牙齿全烂了，无奈只好去医院拔光。医生说三个月以后才能装假牙。前楼的新媳妇见葱姜伯不能吃东西，不声不响地在他篮子里塞进两包奶粉，葱姜伯怎么也推不掉，那张老脸上像孩子一样飞起两朵大红花，好半天才喘过气来。接着，一开一合，瘪嘴又大声叫卖了。

"歇会吧！"不少人心疼了。

葱姜伯搓着瘦骨嶙峋的手过了好一会才喃喃地说："儿子，儿子……念大学哩。"

风吹过了，雨，也飘落了。

雪，纷纷扬扬的雪，正下得心安理得。

葱姜伯坐在弄堂口，一动也不动，像尊古雕。

电线杆，矮墙，枯井，屋檐，那儿，每天都等待着新的阳光。

列传第一百二十三

指着西南麓,卖豆腐花的老妇人用好奇的眼光看着我,把手指在暗蓝色的围布上一擦,默默地指向西南麓……

灵岩山的西南麓,北宋末年的抗金英雄韩世忠的墓,就在那儿。枕一片暮霭沉沉的野际,无声无息地与长风明月为伴。

我趁着渐渐昏暗的天色,从位于灵岩山顶的灵岩寺出门,拐弯,顺着松柏相夹的石径拾级而下。弥勒阁、大雄殿、藏经楼、香光厅,黄墙碧瓦,紫烟缭绕,香客游人嘈杂的话语和着袅袅而起的钟声,一起消失在高天阔地间。

居高俯瞰,山阿里一片白花花的坟地,灰褐色的暮气来回徜徉,风竹一动,便一团一团地往山上涌。远远望去,西南麓云雾缥缈间一块巨大的石碑矗立在群坟中间。

急步下山,见两个小和尚正在流溪边挑水。他们是佛教协会的学员。一嘻笑,一打闹,水珠打湿了灰色的衫袍。那样顽皮,一问才晓得一个十四、一个十五。灵岩寺是中国佛教净土宗著名道场之一,所谓净土,即"极乐世界",在松涛山林里寻闲云、戏野雾,独有一番妙乐。小和尚面露稚色,乐亦乐,其乐无穷……我撇下他们,径自下山了。

曲径通幽。我来到一片墓场。满目碑坟漾出阵阵荒凉肃穆之气，韩世忠墓就在其间。我沿着墓台走了一遭，四周老树孤寒，萋草无边，静谧安宁。墓台占地二亩左右，封土高出地面三尺，石碑极高极宽。碑额有宋孝宗亲笔写的十个大字："中兴佐命定国元勋之碑"。据说碑文长达一万三千九百余字，由赵雄撰文，周必大书写。我抚摸着坚硬的墓碑细细察看再三，一叹，再叹，年代久远，风雕雨蚀，那碑文早已龙蛇不辨了。

灵岩寺梵钟悠然而鸣，似轻云薄雾回荡，山光水色又暗了一层，隐去了余晖浅浅。奔涌的山势在云雾间出没变幻，山恋着云，云追着山，山吐云气，云壮山色。有气无力的余晖点染着山峦，无限诗情画意。

我仰视灵岩山巅，挺拔秀丽的灵岩塔耸入霄汉，和飞檐凌空的钟楼遥相呼应。紫光烟色升腾而起，上激缠绵悱恻的依依青云。孤霞一朵掠过，映照着山前山后寻路下山的三三五五的人群。卖豆腐花的挑起担子。卖砚台的收拾着摊布。烧香磕头的来如潮、退如潮。身着蓝布衫，足蹬圆口鞋，漫山遍野的游人，现在，也都兴尽而归了。不一会儿，山上山下夜幕笼罩，寂静无声，数千年灵岩翳翳山景依然如故。

清风萧瑟，一群寒鸦哇哇西来，在韩世忠墓的上空盘旋，然后飞向远山近水去了。

这儿荒草萋萋，一看就知道很少有人光顾。灵岩山高一百八十二公尺，古迹满山，游人满山，可就是没有人来这儿晃晃。不见断香一炷,不见残烛一支,石泉咽,风云泣,琴歌未见,酒赋更无,只有高松明月投下模糊的影斑,清寒凉冷。

一部宋史,从宋太祖建隆元年至元世祖至元十六年,兵戈铁马,血流成河。论三百二十年间兴衰荣辱事,英雄高节,奸佞卑琐,一起流传百世。列传第一百二十三,记载着民族英雄韩世忠的一生。他勇鸷绝人,身经百战,在宋高宗南渡国势倾颓之时,赤心振国,大破长驱直入的金兵,保住了江南半壁江山。在黄天荡,他率八千士卒,和金兀术十万精兵相持四十八日,身先士卒,奋进杀敌。夫人梁红玉亲自擂动战鼓,大破金兵连绵数十里。韩世忠毕生转战沙场,死时十指仅存四,遍体刀痕箭瘢如麻。

暮色深了。夕阳早已坠入远山,沿山影留下一道金碧辉煌的光痕。一片惨淡苍白的冷月悄然升举中天,朦胧之际,依稀可见墓碑上横七竖八有修补的痕迹。据说此碑高三丈,四十多年前被大风吹倒,碎成十余块,七年后,由灵岩山妙真法师倡议修补重立。韩世忠勇敢忠义,事关社稷,必流涕陈言。《宋史》载:"岳飞冤狱,举朝无敢出一语,世忠独撄桧怒。"而今,试想西湖边笙歌弦乐之中,岳王庙整修一新,终日香火不断,而韩世忠长眠灵岩山阿八百余年,却兀自形影相吊,岂不可叹!这时隐约可闻灵岩钟楼最后一声钟鸣飘然入云,我又记起溪边小和尚光脑袋在阳光下一闪一闪地说:"一声钟响,就有一万八千个黄泉之魂重投人胎……"说得天趣旁流。然而韩世忠如果九泉有闻,鼓动寒潭清波,冥茫世界不知会生出多少感慨!

兴尽悲来，墓边老梅寒菊在月景之下瑟瑟摇动枯枝。我信手折取几枝，放在月光如泻的墓台上，权作香火点燃。那清凉烟气居然冉冉升起，或无声无息飘散在清旷的月光竹影之下，或和着万里长风，盘旋于吴山越水之间。我兀自思忖着列传第一百二十三和这缕缕青烟，聊以自慰。

空中云翳渐渐散去了，一轮明月渐高。夜鸟惊寒，声断青山黛丘。灵岩夜景如此迷人！一步一回首，我离开了韩世忠墓。明代文豪袁宏道曾对灵岩僧人说：灵岩之景似绝色西施，你们如何熬得住那七情六欲，快快避去为是……一戏语道尽灵岩风情。而今夜，我踏月归去，却总觉得心头上沉甸甸，沉甸甸……

一个假再现

难道这高超的哲理仅仅寓于夕阳下一个渐渐远去的白色背影之中?

他一声不吭,走过去,任凭微风吹乱他的头发。

这儿离音乐学院已经远了,刚才还听见广播里在放勃拉姆斯的《第二交响曲》,现在,这宛如落日景色的乐声淡淡地去了,一点也听不见了。

夕照下的绿荫小道上,梧桐枝叶把自己的影斑涂抹在柏油路面上,偶有斜风,斑影闪烁,闪烁出一亮一亮的流光来。

他已是白发苍然,漫无目标地在这条熟悉的绿荫小道上散步。路面上,柏油熬过一天的曝晒后,冒着如丝如缕的热气,似乎在微微地喘息。

四周静极了。

他是音乐学院的教授。他有一个学生,和他一样,也长着个花岗岩般的下巴。

他爱这个学生,因为这个学生和他一样,老实。

那年上课时,他分析贝多芬的《田园》第二章,三连音构成碧波荡漾;当潺潺流水自信地流过后,长笛、双簧管、单簧管分别摹仿夜莺、鹌鹑、杜鹃三重唱。

这时,他对学生说:"这是一幅大自然在晨曦中苏醒的图画。"他的学生想象不出来,瞪着眼睛看他。

于是他又问:"你早晨起来听到的是什么声音?"

"鸡叫声。"

"不,是鸟叫声。"

"不,是鸡叫声,"学生很倔强。"在山里才听见鸟叫声,在这城市里,我每天从三层阁里起来,只听见鸡叫声,还有……是刷马桶的声音……"他叹了口气,拍了拍学生的肩膀,这肩膀厚敦敦的,很硬实。

明天,这个学生就要毕业了,还要在毕业音乐会上指挥学生乐队演奏《第二交响曲》呢……他一声不吭,走过去,任凭微风吹乱他的头发。

《第二交响曲》是一首非常迷人的浪漫主义田园诗,充满了古老维也纳诗意的田园诗。当年,他在莫斯科柴科夫斯基音乐学院学习指挥时,第一次听到了这部作品,他马上感受到了这部作品宁静柔和的光辉,可是不知什么原因,他也感受到,在一些神秘的和弦中,长号凄凉地奏出一种声音,这声音恍如一声遥远的回响。

原来,勃拉姆斯为了充实主题,在第二乐章里安置了一个主题的假再现。

"假再现是什么呢?"上课时,学生问他。

他垂下头，把指挥棒支着额角，怎么说呢？

学生的眼睛像两个跳出来的音符，在他面前游移不定。

于是，他讲了一个故事：一个小伙子，在傍晚的火烧云里走进绿荫小道，他倚着一棵法国梧桐，在那儿等待着，不知在等待什么，也许等待本身在他心里就有一番主题。这时，一个婀娜少女远远地走来了，着一身洁白的连衣裙，走得很慢，在一片红色的火烧云里，犹如一朵白色的游云。难道这就是主题？夕阳趴在远处屋檐上偷看，泛出的阵阵红光在少女身上滚过。小伙子目不转睛地盯着少女。渐渐走近了，少女从他身边一闪而过，连看也没看他一眼，依旧那么从容地在微风中荡漾，渐渐远去了，她留给小伙子一个难以忘却的洁白色的背影……"这就是主题的假再现？"学生的花岗岩下巴颤动着。

"看上去像主题，可是近去一看，却不是……"他的花岗岩下巴也颤动着。

学生似懂非懂。

"而且，还给人留下一丝惆怅，"他自言自语。随后浅浅一声叹，"多么迷人的假再现呵！"

学生没理会他的叹息，继续追问道："人们都认为：这第二乐章是勃拉姆斯高超的哲学抒情诗中最独特的篇章，难道这高超的哲理仅仅寓于夕阳下一个渐渐远去的白色背影之中？"

学生在追问他。

那么，他又去追问谁呢？

他一声不吭,走过去,任凭微风吹乱他的头发。

该去追溯长长的绿荫小道了,真的,假再现就在那儿。

当年,他到莫斯科柴科夫斯基音乐学院学习时,就是从这条小道上去的,五年以后,他抱着满满一摞"五分",也是从这条道上回来的。

绿荫小道笔直笔直,直通音乐学院。

他在音乐厅举行汇报音乐会,一百多人的大型乐队呈扇形而坐,居中高台上是他:身着黑色燕尾服的年轻指挥,头发往后一甩,甩出一股青春气息。

他的身后,翻腾着眼睛的波浪,都是专家同行,带着挑剔的眼光审视着来自莫斯科的"五分"。

橙黄色的柔和灯光下,他张开双臂,起拍了。

是勃拉姆斯的《第二交响曲》……1872年,这部作品由维也纳乐队首次演出时,听众在每一章结束时都热情地起立鼓掌,向坐在楼座上的勃拉姆斯欢呼致意。

时隔八十多年,他在音乐厅里呼唤着勃拉姆斯。

他自信地站在指挥台上,指挥棒在空中画出一道道激动人心的弧线,在他的指挥棒下,法国号在坦率地独白,双簧管由单簧管和大管伴随,天真而略带伤感的吟唱,音乐厅里,他呼唤着小提琴、中提琴、大提琴;呼唤着小号、大号、法国号;呼唤着到处飘游的音乐精灵……最后一个乐章也快要结束了。一个音乐评论家信服地说:"他将是中国最有希望的指挥家……"他张开双臂,兴奋地挥动着,乐曲到这儿活泼而富有生气,可是他哪里知道:人们在远远地看他的背影,那背影竟然像一只表示终结的黑色十字架……他一声不吭,走过去,任凭微风吹乱他的头发。

当时,无数封请他去各地乐团任指挥的聘书飘落了,就像秋天的梧桐叶一样,作响地飘落了。音乐学院呼唤着他,留校任教吧!我们的指挥系师资奇缺、我们的指挥艺术太落后了!

响应这一呼唤,意味着他永远是一个教师而不是一个指挥家了。

他在绿荫小道上漫步沉思,凝视着绿荫掩映下的音乐学院的围墙,像凝视着一张陌生的网,留校任教,在这张网里吐尽蚕丝?

他的思绪又纵横驰骋在音乐世界里,确实,在音乐发展的长河里,奔腾呼啸着一个个永垂不朽的巨大浪峰:托斯卡尼尼、卡拉扬、伯恩斯坦、小泽征尔……可是,浪峰中没有中国指挥。

太阳落山了,暮霭来临了,夜深人静了。

他倚着音乐学院那堵围墙,终于长叹一声。那围墙上月光漾动,漾开一个微笑。

他留校了,在指挥系当一名普通助教。

那天晚上,当他踅回身走出绿荫小道时,突然想起了《第二交响曲》里的假再现,多么迷人的假再现!

这条绿荫小道,他一声不吭地走过不知多少回了,可是他还是走过去,任凭微风吹乱他的头发。

明天,那个有花岗岩下巴的学生就要毕业了,他呢,送走这最后一个学生,也要退休了。岁月熬白了他的头发,他的白发,浇灌出了遍天之下的桃李芬芳。

多少年过去了,他再也没有上过指挥台,尽管他把许多学生扶上了指挥台。

他逢人便说:"指挥台对我来说,仅仅是个迷人的假再现……"长长的绿荫小道笔直笔直,像一根琴弦、拨出了一个假再现。

他顺着这绿荫小道,慢慢地走去,走远了,迟暮的身影渐渐消失在浓郁的绿荫里了……

山　趣

这山，像是一抔土。

据说是为了追问人生，他们来到这里，爬山来了。

他们都很年轻，男的刚刚买了剃须刀，女的呢，写了半年日记，沉浸在"爱情是多么的甜蜜"里。其实，男的也写，每天晚上蹙着眉川冥思苦想，然后再写下"生活是多么的艰难"之类的感慨。

他们相视无言，握手。

这手拉着手，已经没有羞涩感了。

他们把山脚下的小镇扔在身后，小镇上有"突突突"吐着黑烟的手扶拖拉机，构成背景的，是刺目的阳光，和阳光下闹哄哄的小吃部、馅饼铺，还有苍蝇嗡嗡飞舞着的鱼摊子。

他们是来爬山的，在漫山苍翠的乔松古柏，还有白杨水杉，还有像窗栅栏那么密的竹林子，他们想求得一点清净。

于是，一条洒满碎光的小路，一弯、又一弯，从幽静的绿树丛中伸到他们脚下。

这是上山的路了。

女的把手伸到男的肘弯里，男的气喘嘘嘘地拖着她。山虽小，却也有数百级触鼻而上的石阶。山虽小,却也有枯藤老枝左右盘回地碍手碍脚。阳光来了,经过松针遮挡后,落到地上时已像一缕缕白雾了。在一根根长满青苔的树干间,他们看见阳光在徘徊,山冈上突兀而起的石块上,阳光留下了一丝一痕,或者一小片阴影。

突然,姑娘脚一滑,她踩在一块松动的石阶上,石阶带着泥土滚下山去,静悄悄的山里传来微弱的回声,于是,更加静谧了。一只肥大的蛤蟆鼓着眼睛出现在姑娘脚下,慢条斯理地一跃、又一跃,钻进了湿漉漉的草丛里。

松柏舒展开粗犷的枝条,用密密的松枝把山覆盖住了。这么小的山里,居然也响起了低沉的松涛。他们俩隐没在树林子里了,再也看不见了。松涛平静下去的时候,才能隐隐约约地听见他们俩零乱的脚步声。

阳光,在枝叶上盘动往来,抹上了一道迷人的光芒,绿色的枝叶绿得浓烈不安,而枝叶下的山坡上,却是阴暗潮湿,一泓清流七拐八拐地绕过布满青苔的山石,自信地摸下山去。

"你摸小刀干什么?"树林里传来姑娘不安的叫声。

一阵让人不安的宁静以后,男的说:"削苹果给你吃。"他笑了,把沉甸甸的背包卸下肩来,肉鼓鼓的右肩,衬衫上已渗出一条汗涔涔的水印。

声音没有了,追过他们的脚印,看见他们俩正坐在一块大石头上,男的在用小刀削苹果,苹果皮像一串项链似地落在地上。阳光透过枝叶,把他的影子凝固在地上,在他的影子旁,也凝固着她的影子。她的嘴抿着,嘴角爬出一丝笑意,笑意很安闲。

一群什么东西飞来了,在他们脚边得意洋洋地飞舞,像在飘。

男的用手赶。

女的说:"别赶,是花蝴蝶。"

"花蝴蝶这么小?"

"是小花蝴蝶。"

于是,他们俩一个继续削苹果,一个继续等苹果吃。

脚踝子上痒丝丝的,手一拍,满手血。

"是山蚊子!"男的给女的看满手血。

"是……山蚊子!"女的低下头去,把满手血偷偷地擦在青草里。

终于,他们爬上了山顶。

山顶上有半截墙,墙上爬满着墨绿色的爬山虎。眼睛一眨一眨,光照和阴影互相变幻着。那边,绿草和灌木夹着的小道绕向后山,小道旁设一具小茶摊,四根支棍上按一块木板,木板上几杯茶,一个在阳光下头发眉毛以及衣着都是银白色的老人,呈半透明,坐在茶摊前看着他们。

他们也坐下了。

"真可怜,这么大的年纪把水挑上山来。"姑娘的脚戏弄着迎风摇曳的小草。

"我们去买几杯水喝,他……老头可怜巴巴的。"男的掏钱,转脸看女的脸。

"上山时刚刚喝过两杯桔子水,喝不下了,"女的拍拍肚子,又悄悄地说:"再说,这茶杯,不卫生。"

于是,男的若有所思地点了点头。

山顶是块平地,才巴掌大。他们转了三圈,叫了几声:"哟,青山绿水!"

然后,他们下山了。

回头看那老人,阳光热烈地普照,老人还是那样,白得凝固,呈半透明。

他们回到小镇时,一丝凉钻进脖颈,姑娘叫一声趸进屋檐下:二三滴脚前、三五滴脚后,淅淅沥沥地下雨了,如烟如雾、湿淋淋的意境开始了。

手扶拖拉机不管雨,吐着柴油烧出的黑烟,拉着肉猪,拉着粪肥往来穿梭,小吃部和馅饼铺里挤满了浑身泥巴的庄户人家,鱼摊子移到屋檐下,照例是苍蝇成群,人声嘈杂。

看着这一切,姑娘说:"你看,有多烦,还是山上清净,但愿一辈子莫下山……"

男的眉心结成"川"字,也许又想到"生活是多么的艰难"之类的日记了。

"再回到山上去,好吗?"女的拉拉男的衣角,悄悄地问。

"下雨呢。"

"我有伞。"

"好吧。"

女的从挎包里取出一把自动伞，打开，像一朵火红色的蘑菇。

他们没事可做，又从原路上山去了。

两人躲在伞下，摇摇晃晃地上山了。伞上滴滴嗒嗒的雨声，伞边飒飒作响的风声，声声入耳。

他们肩并肩挤作一堆，拥着一朵红蘑菇，在苍翠欲滴的树林间时隐时现。

被雨水洗刷过的天空渐渐昏暗了，被雨水洗刷过的树林却显得分外宁静。枝叶依然翠绿，却绿得水意朦胧，微微地泣出一片透明的鹅黄，树干被雨水抚摸以后，又黑又硬，像铁一样黑漆漆的。

不小心踩进一个水洼，鞋湿了。

不小心踏上一片青苔，仰天一跤。

爬起来，再走，红蘑菇在翠绿的林间浮漾。

又来到削苹果的地方。男的想开个玩笑，又亮出了刀。

女的却已经失却了刚才的兴致，只是微微一撇嘴："又想喂蚊子吗？"她垂下黑丝绒般的眼睫，凝视着地上的苹果皮，苹果皮已经枯萎了，像被抽干了血的肢体，上面爬满了山蚂蚁。

红蘑菇转了个弯，沉默着改道上山，这是一条没有石阶的小道，泥泞里留下了纷乱的脚印。

山顶上，是雨天世界。爬山虎不动声色地匍匐在那半截墙上。

雨意缠绵，爬山虎枝藤缭绕，每一片叶尖上都滴下慢悠悠的水珠。

回头看，绕向后山的小道依旧；然而道旁卖茶的老人已不见踪影了，泥地上只有支架留下的四眼清痕，里面灌满了雨水。

小道尽头，一片云水雾气。天一色，水一色，水天之际茫然缥缈，空白。

红蘑菇下，他们俩相视无言，握手，但又沉默了。

下山吧，他们看着自己留下的脚印。

他们知道山脚下小镇上的景况，然而还是下山了。

山尖尖上，有一团湿漉漉的云沉重地缓动，把山尖尖拥抱得朦胧不辨。

按说，云有云的本色，水有水的本色。

而人呢？

何况，这山仅仅是一抔土。

蛇 诗

都是些残山剩水了，蛇很多。

蛇把乳白色的肚皮在腐朽的植被上来回摩沙，游来游去游出拉拉杂杂的响，蛇也盘起来无限温柔盘入一个圆的梦，蛇有三角形的头颅和突前的吻端，蛇的嘴脸太丑却不能怪蛇，蛇的太丑是天生的，蛇的嘴脸也是天生的嘴脸。蛇有鳞片，鳞片上穷凶极恶还有刺，蛇还有该死的蛇信子，蛇信子呈暗红色在恐怖的空气里微微颤颤，好像如歌的慢板。蛇吃鸟，蛇吃鼠，蛇吃兔子，当然也有吃蛇的熊，听说在武夷山自然保护区里蛇多得像锅里的面条，于是熊便捞面条吃，吃完了放几个响屁放掉了肚里的蛇毒。

我进武夷山自然保护区是夏季。有猖狂的毒日，我靠在大卡车的栏板上专心致志地看飞快滚动的汽车轮胎，山高不高水低不低，还有马尾松香樟树花榈木青岗栎山玉桂福建柏美还是不美都不在意，我就看汽车轮胎，进山前就听说蛇会把汽车轮胎缠住叫汽车寸步难行。我自叹不如熊故而我怕蛇，当然怕蛇不犯法，我知道怕蛇不犯法于是我怕蛇怕得理直气壮。

"张三在哪里？"

"就在隔壁。"

远处山狗乱泣，泣得天色渐渐灰蒙蒙湿糊糊，张三在隔壁，可是抬腿便是十五里。这儿人少每平方公里三口人，这儿蛇多每平方米两条半。隔壁是谁究竟是张三还是蛇？蛇都是五步蛇毒得昏天黑地我怕得尿闷，于是找茅房去撒尿。

柳杉，自说自话便长到和云一般高，也自说自话便长在茅房边，天已经擦黑擦黑仿佛是被毒毒的太阳晒黑，月亮浮下光来温情脉脉揉呵揉的给天消暑。我去茅房时约了几个和我一样怕蛇的，鬼鬼祟祟好像偷袭茅房，进茅房后发现茅房无灯于是在漆黑的空间叮咚夜琴，琴罢，又如鬼魂般游出茅房速度迅疾。

睡前，我把窗关严还吻着玻璃看看有没有蛇也吻着玻璃窗，打开被子时先翻开一只角小心翼翼，然后跳开一步，然后再打开一只角又跳开一步，这样往来跳跃总算打开被子摸一摸，还松软，松软得均匀并无条形的东西嵌在里面，我又看床底下，床下黑非肉眼能见，便用竹杖乱挥乱扫，又看门后，又看桌下，又打开抽屉柜门，又看木讷讷的屋梁，又看壁上镜柜的后面，又看地板缝里，看周全了，确信无蛇可看了，便想睡，却听到蛇一样的笑声，嗤嗤，嗤嗤，原来是招待所的服务员在笑，这样的笑实在太草率，一直在我的梦乡里蓬蓬勃勃地缠绕。

黄昏无限的沉静无限的空虚，红的夕阳托着腮在想入非非，晚照好像是描出来的平静的弧线，风晃荡晃荡，溪水也在晃荡晃荡，晃荡晃荡的水面突然浮出几只白净的臀，那是几个同行的朋友在游泳，游来游去仿佛是几朵白生生的大荷漾动有情有致，水是那样的清澈，以致负了臀的重累吐出一串串透明的泡沫，水也是那样的嫩弱，臀过处，便被撕开了去，思绪也被撕开，远远地到了武夷山的中生代去，又有当时的火山灰劈头盖脸地蒙裹住，于是再看臀，迷蒙中臀又变成了恐龙的臀。

毕竟无心再看，就自得其乐地扬眉笑过，走开去，走到一处河礁，招待所有一个女人正在洗蛇，女人蹲着，穿一件无袖布衫，手里抓一条去了皮的蛇，加上她两条白玉似的手臂，远远看去仿佛晃来晃去有三条蛇在她胸前。蛇被去了皮，便成裸体，裸体还在作不死的蠕动，于是残弱的夕阳在裸体上微微游动，游出斑驳光影却是静谧无声。蛇已成肉色，血滴已被洗净好似一条挽联，蛇已无精打采，蛇被女人扔在竹篮子里时依旧蠕动，夕照盘来盘去在蛇的裸体上徜徉，蛇没有一丝声息，蛇的头天真无邪朝大自然的夕阳微微举起，蛇很艰难，而夕阳板起了嘴脸，蛇终于一动也不动，被女人拎起时下垂成一支玉色的笛管，即是此刻，我也觉得蛇的生命之火还没有熄灭，蛇的五脏六腑呈一堆五彩色被女人扔在河边的草丛里安详无梦，女人见了我像孩子一样笑起来也是天真无邪，她说："晚上请你们吃龙凤汤了。"

夕阳无声，兀自河水吟唱。

人是傲慢的，喝龙凤汤时所有的喉咙发出傲慢的声音，人支配蛇，蛇这时已乖乖地沉在清澈透明没有一点油星的汤底下，任凭所有的竹筷子翻搅，味道好极了，这是一条不小的五步蛇，吞吐胎息壮阳补气据说是皇帝老子吃的贡蛇，历来捕蛇者被视为三教九流的最末一流，而吃蛇者却总以为能和皇帝老子并驾齐驱。龙凤汤冒着微微暖息，仿佛蛇还在呼吸，其实汤里已经无蛇，支配蛇的人把蛇肉吞进肚里，把蛇骨吐在地上吐出一付零星残局。我也吃蛇，因为喝了几杯蛇酒，残红上脸，不觉一步三摇摇出一片迷蒙，脚下的武夷山云雾浮冉舒卷，飘飘欲仙的我看着蛇的残骸，苦思冥想这残骸的去处，成群的蛇在死去，在变成化石，武夷山在这种死的变化中慢慢隆升。于是我想，武夷山有时被称作蛇山也许是因为这山原本是蛇的残骸堆成的。

　　清晨就有人被蛇咬了，惊恐得嗷嗷叫，这么一叫便叫出了几个住山已久的蛇医，蛇医背了药葫芦，操把刀看，伤口在手指上，手指是当中的手指，已经呈黑紫色迅速隆起，一定痛得厉害，那人的神色好似鬼魂附体，喃喃地呓道也许是在作最后的遗嘱，有蛇医在，便一刀斩了半截手指，涂了药，用白纱布裹了，推把藤椅让那人坐了，我跟着看热闹，那人旁边还坐着几个被蛇咬的人，脸色自然没有神采，木然得很，不声不响，臂上、腿上、手上，纱布裹不住的伤口边缘，都呈黑紫色像红木家具刚上了漆，还有点沮丧的透明，他们已经把思绪抛到了远古时代，终于理解了自己的祖先为何把蛇当作图腾。

　　来武夷山之前我打算深入到武夷山腹地的原始森林里去，想到原始便想到武夷山古生代时期的羊齿植物，当时被一种原始的氛围笼罩思绪直向遥远的某一刻奔赴，想象着优闲踏步的野猪山豹还有笨拙的熊，庄严得做作的孔雀，懒洋洋的巨蟒，甚至还梦想着幸运的际遇，遇到一架恐龙化石，我看见蛇医斩下的那截手指，才知道原始森林不是动物园而是紫黑色的血迹，那血迹凝结在地上凝成一块巧克力，武夷山一下子变得陌生起来其实本来就很陌生。

武夷山的森林在清晨时刻浮漾着稀薄的安详，到处是鹅黄色的影斑和深绿色的苔迹，枯断的树枝上沾满露水似的涕泪痕迹，空气香喷喷洁净无梦，我在清晨的草丛里探路，这是一条蛇一样细小的幽径，不时有莫名其妙的声音响起，每走一步都是一次战战兢兢的探险。终于，走到了原始森林的边缘，这时我又想起了那只紫红色的断指。

几天来处在蛇的恐怖之中，可是没有看见过一条大自然里自由自在的蛇，故而惋惜故而不甘就此作罢，我是要离开武夷山的恐怖了，然而离开之前却独自来到了原始森林的边缘鬼使神差。

我在森林前徘徊，这片森林由一根根翠绿的毛竹组成，毛竹粗大像脸盆一样粗大不知度过了多少风风雨雨电闪雷鸣个世纪，毛竹组合得紧紧密密喷出雾网状的暗色，毛竹也高，犹如苍天的长腿。我在犹豫还有清晨的阳光也在犹豫，森林里飘出一股股腐息显示出过分的富饶，基调是平静，时有风过沙沙沙仿佛在和颜悦色地与我喃呢，我紧张地扫视着一片片绿色冷艳的竹叶，如果那里隐藏着条状的东西肯定是蛇而不是妙不可言的天鹅的长脖子，走进这片森林意味着走进坟墓，人都要死故而人不怕死，我不怕死但如果被蛇咬死就死得轻如鸿毛，这样算计下来明显吃亏不合算，于是我便在合算与不合算的思绪里徘徊。森林中清晨的阳光毫无表情，因为森林和阳光不是为了我也不是为了蛇而存在，森林和阳光是为自己而存在，我怕蛇故而想看看蛇从而修补我的欲念，我想我如果是一条蛇便能窜入森林自由自在，可惜我是人因而失却了这种自由。小径依然幽静依然优雅，蛇逼着我退出了蛇的天地依然回到了小径，蛇对人类的傲慢不能容忍自古而然坚持不懈，蛇似乎是弯曲有致的像形文字无声无息，这种文字组合起来是一首蛇的史诗，诗中自然也有蛇的傲慢与人毫不逊色，当蛇游入忧伤的暗淡的寂寞的森林时，蛇一定在缅怀蛇的图腾时代，或者悄悄地思考着将来的好日子……

龙华寺晚钟

龙华寺是宁静的寺,龙华寺有悠沉的晚钟,显得更宁静。一到秋末,树梢上褪尽了绿意,龙华寺的飞檐黑森森像牛角刺入青天,而暮色里的晚钟也响得更加悠然,响得更有穿透力,如烟似霰深进片片流彩溢金的晚霞里。耳遇晚钟,心里犹如点上了一炷香,烟四散,一片清光,扬眉笑过,于是心中无佛无魔,了却了万般思绪。我游龙华寺,独憩钟楼,有了晚钟相伴,那黄昏夕照便敛了无端的狂念,慢慢化成一首诗。

龙华寺的传说渺茫虚无,钟楼四处有无叶的梢头在寒风里抖瑟,显出一抹寒伧。龙华寺曾毁于兵火,毁于风雨。二十年前,我在寺前探路,可是寺门像两只眼睛紧闭,大雄宝殿成了肥皂仓库,钟楼也哑了,应了唐代诗人皮日休的诗句:"今市犹存古刹名,草桥霜滑有人行。"

钟楼里晚钟重鸣是几年前的黄昏,我过龙华寺,看龙华寺晚景,感慨钟声,赞叹婆娑世路崎岖艰难,也赞叹僧侣们但得一心勤奋念佛。龙华寺遭灾后疮斑未除,晚钟却又起:似乎一切都未曾发生过。龙华寺确是宁静的寺。

龙华寺前有塔影依旧。如果说龙华塔是大地上的凸影,那么龙华寺就什么也不是了。于是，龙华寺便显得愈加平静。还有寺南的龙华港，流水喧闹，也衬托出龙华寺清净无欲。

龙华寺晚钟是禅也是诗，当无际的思绪和钟声一起飘逸起来的时候，禅与诗都会告诉人们：大疑有大悟，心地自然明。

南岳两章

僧取僧

游南台寺,摸遍寺院。闻经诵,闻梵钟,独独不见人影。长廊粉墙上有几个字:"小心有蛇"。我对同游的画师说:"蛇,肆虐一生。"画师点头,若有所思地吼:"不如杀了它!"

"杀"字出口,寺里便晃出僧来,僧是老僧,有眉无须,但确实是僧,还是寺中住持。款款地请到堂上坐定,发声喊,一个鸦形鸱面的小沙弥端上两杯茶,据说这茶用菩萨的尿煮泡,顶风香十里。呷一口神智顿清,才知道小沙弥也四十多岁了,只是刚入佛门,不曾受戒。我看他在一边挺胸收腹,臂膀子鼓出肉来,就悄悄地问老僧:"他玩武?""武在少林。"老僧微哂:"南台讲究坐禅。"说罢便盘腿打坐,脚心拍天。

茶尽,老僧向画师索画,画师欲推无辞,漏了嘴说:"明晨可取。"说完悔之不及。

当晚,画师赤膊运气,画了一幅直轴达摩。达摩拟鬼,蟹壳似的脑袋历历骨影,手合十,焚香而坐,袈裟如黑云裹身,露出脚趾头一、二、三、四、五只。画师兴致高,又在达摩顶上空白处洒脱题诗,一时墨瀑淋漓。画毕,画师怵了,仄歪在床上喘息,像刚刚生了条小生命。

翌日清晨,小沙弥如约取画,忸怩门外,画师看看他,又看看达摩,便说:"午后再来取吧。"小沙弥也不开口,点点头,气喘嘘嘘地翻过一匹山回去了。午后,小沙弥又翻过一匹山来。画师却说:"夜里再来吧。"小沙弥一愣,抖抖索索地从怀里掏出封信笺,信是那老僧写的,意思是关照午后取画,敢不从命云云。阅毕,画师走了神,我知道他是舍不得那达摩。

夜里有雨,雨后天低月近,清净处流萤一粒渐渐漾来,是小沙弥打着手电来了,画师笑得万般灿烂,把画卷了,包了,递到小沙弥手中,咕咕咕,小沙弥笑如蛙鸣。

住持是僧、达摩是僧、僧取僧,却忙坏了小沙弥,但反转思忖:谁叫他是个"小"呢?

画 尼

听说福严寺里有二十岁的小尼,于是大哗。

画师想画尼,我便与他执杖而行,月影中杖底浮云翩翩,寺里正做晚课,铃声铮铮,木鱼笃笃,几个老尼围着如来像一声声唱,一声声念,阿弥陀佛光明炯炯照无穷。看得索然无味,我与画师趔入隔壁佛堂,拖把藤椅子坐定了,还想躺下小憩。这时门口黄袍一闪,忽地一个小尼举案入室,端上两杯茶。"客气。"我说。"不客气。"她说。"坐。""站着好。""能坐吗?""能坐。""那坐吧。""站着好。"于是,我便由她站着了。

画师拿出画具来画小尼,落笔之前,先痴看小尼。小尼意颇飞动,似雨中秋荷。这时,门外黑暗处有枯枯的训戒声:"是非之地,缄口闭心,归思色空之境……"声音腌过一般,于是小尼垂下如扇眼睫,羞羞地退去了。

画师涂墨迅疾,但也只画了一眉、一眼、一耳。喝下半杯茶,还不见小尼来,我们便快快归去。

隔夜,画师说要补齐眉眼,我们便捉月叩寺,转入寺中就躲在大柱后面,看那小尼托食钵、进斋堂、然后诵经,然后打坐,小尼气色极佳,仿佛入梦。画师握笔之余心跳怦然有声。课后,尼子们散入寒衾,唯有小尼悄悄闪入一条长廊,廊暗,小尼的身影渐乱、渐迷、渐失。我与画师正茫然,忽见长廊尽头亮出一豆烛火,勾了小尼倩影,小尼正看书。小尼用功孜孜于幽辟之地吞吐梵文经典,将来必成一代宗师。我与画师肃然起敬,便理了衣衫鞋袜,唤声:"小师傅,别来无恙?"小尼一惊,欲遁,一看是我与画师,于是两只酒窝浅浅地跳跃,把书关了。我一看书名,欲点人中,这书竟是本《爱情小说选刊》!画师抹了抹昏眩的眼,又痴看小尼,小尼却说:"这是我的业余时间!"然后撒腿大笑,还踢踢廊柱下一堆新土说:"蝼蚁照样筑巢呢……"

我咬着画师的耳根说:"原以为僧尼们自耕自刈、如鹿如麇、谁知……"画师走了神,我看他手中的画,那小尼眉眼虽已补齐,可是只觉半边生半边熟，半边佛气半边俗息，画师亦浪漫，画中小尼一只手臂长袖拂地，另一只手臂竟是赤裸裸的玉色，舞入空中化开，仿佛在召唤什么。

僧 趣

我游九华。我一不剃度出家,二不归隐山林。在这千佛山光里,我只想推敲一下地藏王的弟子们香火是否还旺,经诵可好?

用半只西瓜换得两壶水,还可借一本发黄的书翻翻。书是善明和尚写的,墨韵酣畅的九个字:《地藏菩萨本迹灵感录》。书里说地藏王并非超尘拔俗之辈,他姓金名乔觉,本是新罗国太子,一千五百年前,他引着白犬善听来到九华,抱鹤唤猿,焚香苦行,最后终于得道成为菩萨。自从唐末把九华辟为地藏王的大道场以后,寺院庙宇依山而起,善男信女慕名而来,九华的上空顿时飘举一轮佛日,与峨嵋、五台、普陀一起并称为我国四大佛山。

看了书以后,我精神为之大振,举手投足,摸遍了九华那九十九个莲花山头。

俯瞰,游人们趋之若鹜的名刹有祇园寺、上禅堂、慧居寺、天台寺、拜经台、肉身殿、百岁宫等。漫山遍野的黄墙碧瓦,在云开雾合中载沉载浮。

湿漉漉的山径左拐右拐,不知不觉地通向林荫幽处。迎面有八十四级几乎触鼻的石梯,石梯尽头有座庙,飞檐翼然。山门前站着个和尚,他是个独眼,所以用一只眼睛看人。走进大殿,一座金碧辉煌的塔居中而坐,塔里塑有雍容自得的地藏像,再看四壁,有十八罗汉在那儿挤眉弄眼。

"地藏王的真身就在这塔下。"独眼和尚不知什么时候悄然而入,还煞有介事地顿顿足说:"前些年长镐圆锹,'造反派'围着这塔掘地三尺,想把地藏王揪去游斗,谁知刚刚破土,地下突然冒出一股黑气,挖地的拔腿便逃。你道这黑气从何而来?"独眼和尚神秘地看着我,一只眼睛眯成一条线,另一只眼睛翻成鱼肚白。我愕然,他竟哈哈大笑。

笑毕,独眼和尚说:"塔下有十八缸油长年燃照,地藏王废寝忘食,普度众生,当然,地藏王审功论罪,不会走后门的。"

我这才注意到门上一副对子:"众生度尽方证菩提,地狱未空誓不成佛。"

拨开闲云野雾,跃过幽泉暗溪,我来到一个阒无人声的山洞前,古藤缠挂的洞门上写着:"清华真佛地,庄严古洞天。"这儿确实别有洞天。

洞里有二十二只眼睛,二十二只眼睛都死死盯着我手中的照相机。我数了数,一共十一个老尼。

那个白脸尼一拍大腿又止,躺在竹榻上的老尼也吃力地抖开满脸皱纹,癞头尼拍手拍脚地跳,长脚尼倚门框上抿嘴儿笑。

"山路难走,坐一坐吧,有竹凳……"

"天像火烧,喝口茶吧,有缸子……"

都是苍老的声音。

白脸尼要我给众师弟拍个照,还凑过头来,悄悄地指着竹榻上的老尼说:"师兄八十七了,还没有见过自己那副脸面……"

"愿天常生好人,愿人常做好事。"众老尼对我齐声唱经。

于是,我在洞门外选了景,顺手拖几把小竹凳。老尼们早已挽上洁净袈裟,互相扶携着出洞,白脸尼还背着竹榻上那位师兄。她们背后是飞泉叠瀑,茂林修竹,再后面是山山争雄、峰峰斗奇,……

听山里人说:佛钟一响,地藏王就打开地狱之门,放出一万八千个幽灵来人间投胎,还美其名曰普度众生。我不禁暗自思忖,若果如此,那计划生育岂不是要打乱了吗?

远处山巅上有小巧钟楼,梵响阵阵飞进满天彩霞里。

我循声来到钟楼,里面是一口巨钟,一个和尚正在打钟,双目如铅,呆滞无光。

我数一数,平均二十分钟一次钟响,如此看来,大鬼小鬼正蜂涌来到人间。想和那和尚搭讪他没好气色,脸皮绷紧似鼓面。我只好装作欣赏那口大钟,以饰尴尬之态。钟上也确有小诗数行,大多龙蛇不辨,依稀可见的几个字是:"闻钟声,烦恼轻,离地狱,出火坑……"落款者是位"发心扣钟者"。我极没趣,步出钟楼,在崖前一团乱麻的老藤前站定,俯瞰四荒八野,方圆百里的九华沉浸在落霞晚照中,静谧安宁,显出一片孤寂,最后几只老鸦归巢而去,淡化在青山黛峦间。

突然,那和尚"哇"地吼一声,飞也似地窜出钟楼,劈胸一把将我拖出几步。我再看脚下那团老藤不禁倒吸一口冷气。原来这藤悬空挂着,藤下空空如也的是万丈深渊,再往前移一步,我就要乐极生悲,和青山明月长年为伴了。

暮霭沉沉,残阳如血。我也该走了。我游九华,自信在色色空空的僧趣中觅着了真九华。

真果法师

九华像是被一团团紫色的雾缠抱着,昂然卓立。回头一看:一串恍如冒着汗气的脚印消隐在绿森森的乱草丛中。

一路来,三步一寺,五步一庵,到处弥散着袅袅烟色。前面树林掩映处,一个红点在闪动。走近了,才看清是个十来岁的小男孩,抱着一条红被面的被子。

"哪里去?"风竹鼓动,把我的声音漾开去。

"真果法师那里去,"小孩的声音脆得田野像嫩竹在拔节:"被子洗好了,给他送去。"

于是,小孩抱着被子在前面走,竹枝被碰得窸窸窣窣地响。我后面紧跟着,气喘嘘嘘。渐渐地,我们走进了一条幽静的山道,两边的荒草没过头顶,露珠沾衣,寒气逼人,天色仿佛也暗了一层。

忽然眼前豁然开朗,只见茂林修竹、小溪慢流,一座不起眼的瓦屋静卧山冈上,门口有阳光的地方,一个眉须如霜的老和尚躺在一张藤椅上,像睡着了一般。

小孩飞也似地窜上山冈。

我绕过一股野泉,也上了山冈。真果法师一骨碌翻身而起,他眉须飘拂,双目炯炯有神而又慈祥地看着我,然后打开庙门。

真果法师为我沏了一杯香茶。小孩悄悄地凑过头来:"真果法师年轻的时候,一只鸡从门前的山冈上飞下去,他也能跳下去,捉了鸡后再跳上来。"

"师傅高寿?"

"虚度七十有二。"也许是来这儿的人少,他显得格外兴奋,皱皮巴巴的老脸对着门外的青山绿水,滔滔不绝地说起话来。他捻着一串佛珠,出口成章,满口佛经、佛理。我听得不知其然,也不知其所以然。

真果法师自小跟着父母讨饭度日,十三岁那年在重庆走散后,峨眉僧人收留了他,充作一名烧火的小和尚。小和尚跟着师傅诵经读书,在夜鹤晓猿的陪伴下渐渐长大成人,自得一番佛理,以后又游历名山大川,寻师问友,佛道日高,成了独主一坛的法师,前几年应九华山佛教协会邀请,来九华修身养性,布施道理。

不知什么时候,小男孩去山林里折了一捆柴来,扔在灶头边上。

我在烛台边放了几枚镍币,想想老和尚没柴烧,又扔了几枚,想想老和尚没人洗被子,又扔了几枚,想想……于是,我把兜翻过来,把身上所剩的那几块钱统统放在了烛台边。

"不,不要,"真果法师连连摆摆手:"你是出门人,出门人到处得花钱。"

我一笑,指着案边一句佛语:"真正活佛,有求必应。"我以为和尚都是爱钱的。

他也笑了,把钱抓还给我:"一生清苦,足矣!"

于是,手和手推来推去,小男孩在一旁傻笑。

末了,真果法师郑重其事地叫我在蒲团上跪下;自己披起黄色的袈裟,手执法器、木鱼、捻珠,口中念念有词。木鱼笃笃、法器叮当,我无可奈何地照他说的那样做,双手扑地,然后掌朝天,头磕地,伸腰时双手合掌拜几拜,如此反复有三。我不知道这是什么意思,只知道真果法师在隆重地为我"祝福",而我有此宏福却还不知身在福中。

净土寺边有一棵古松,曲干虬枝,人称"凤凰松",远远看去,青翠茂密的松针真如一只迎风起舞的绿凤凰。这,当然是九华的一大名胜。临辞,我和真果法师在凤凰松下合影留念,他双手合掌,我也双手合掌,背后是清泉流溪,飞瀑鸣湍,松风鼓动时,山坳里传来阵阵松涛。

多少年过去了,我的记忆像九华的雾,模糊不清了。但是每当我拿出这张照片时,真果法师的容貌便会跃然眼前,于是,我默默地念起了真果法师当年给我的赠诗:

日月如流水,光阴去不回。

自己身上事,何必要人催。

山的含蓄

秋色好,便游了千岛湖。

湖面上波光粼粼,湖水里据说有鱼虾散乱,但是看不见。行船半日余,舷边揽一派湖水,湖水再清澈,也不见鱼一尾、虾一枚,于是想,鱼一定又大又重,浮不起来,沉到百丈深的湖底石缝里憩了。

千岛湖首先有湖,湖广百里,水量足有一百七十八亿立方米。当年修新安江水库,大水恣肆汪洋,席卷而来,淹没了整个淳安县,几十万父老乡亲离乡背井,食他乡明月去了。于是淳安县城便从地球上消失,唯一幸存的便是湖上星罗棋布的森森岛屿,如一颗颗不甘沉沦的头颅挣扎而起,凌波湖上,遥相呼应,又如一盘残局,布满了种种含蓄。所以这山也瘦,山上的树石更瘦。

然而千岛湖的景色却是分外的迷人,尤其有烟岚轻曼地拂过时,湖上的岛便在仙境里载沉载浮。其景如韵参松籁,味品茶清。水澄碧,水中倒影款款如与岛屿对唱和歌,然后便闪闪地无际晃荡,晃荡得水天一色,茫然无意了。待到夕阳如血时分,潮面便污成一块血迹斑斑的绷带,想起古战场时。夕阳已落,月色湖光冉冉泛起,岛上小有人家,归舟的归舟,就岸的就岸,茶灶炊烟里一片鱼鳖腥香。

游千岛湖在排岭作家楼下榻,两幢小楼玲珑剔透,依湖而坐。临窗看湖,湖上风习习扇动衣襟,湖上月楚楚舔湿意境,窗前湖色有山有水有月,还有湖边倦倦的几枚小舟,如竹叶细细眠在湖里。

于是走出小楼. 徐步岸边,湖边无沙岸,只有尖利的岩石扒拉刺拉,举步之间就格外当心,月光不忘清净,洒在湖面上,湖面上有风,吹动涟漪,湖面上便是流萤斑斑,似千万只鱼眼眨巴眨巴,辉煌之极。

有笛声起,幽咽得很,一缕缕似清风白月,又不似清风白月,因为这笛声里显然有一番情绪。如古风,也如新歌,像不安的梦,而且梦得浓烈。坐岩久听,笛声久久地不散,听得久久,便有厌烦恼上心来. 如此良辰美景,无须生命介入,但求自然,而笛声却毁了这番消受。

循着笛声走去,走到几只竹排前,竹排上有几只鸬鹚,也有几个渔人,想来是淳安遗民,当年躬耕,今日捕鱼,靠山吃山,靠水吃水,白虾肉鱼取代了瓜果菜蔬。见有人从月影里冒出来,竹排便急速划开水面,声音像竹叶吹哨,鸬鹚便扑拉拉地扑响翅膀。竹排已是远远地离开岸,在湖里黑暗中淡淡。

于是才知道万顷湖面下的淳安县城虽然破败,却还有着一种破败的美。往日的山丘把峰耸出水面,露出含蓄的面容。但愿人们在千岛湖滟潋的波光里,时时想着破败了的淳安古城,听听淳安在湖底的呓唔

宛在水中央

有山出水，便是岛。洞庭西山便是这样的山，也是这样的岛。太湖上烟波浩渺，水天一色，我乘游艇驶向西山。

沿湖一带，岛中洞穴格外含蓄，半入水中，半出水中。有烟岚收了雨去，又懒懒散散地摸过来，把青苍的岛摸得湿润润的。上岛便见枇杷，西山盛产白沙枇杷，码头出口处，一街枇杷摊子延绵几里，如两条黄黄的带子，手把瓢带的，个个慈眉善目，野朴纯净。卖枇杷却不张口吆喝，好像生计与己无关似的，只是为了点缀这街的景致。

西山岛上，满眼都是黄澄澄的枇杷。鸟儿也黄，黄得透明，哦，想必是吃枇杷长大的吧？一条白净的水道从湖面溜进来，弯弯曲曲通往幽幽的林间。林间有几间茅屋，我见水道上有舟一叶，便划动双桨，划过那几间茅屋时，闻狗吠，却不见人；门近水，舟上便可叩门，也不见人，转过弯，却见这家老少在自耕自刈，见我时如见一棵枇杷树。

洞庭西山原是吴越之地，当年古战场弓矢斯张、戈坠戚扬，舟楫之间箭雨刀光，而今却是炊烟茶灶，淳厚民风。山间小道上走，时时走出几块破碎的古碑，年代久远，自然龙蛇不辨，于是想起两句诗来:"残碑卧地无人识,独托车痕溯渺茫。"

西山也有造房子的吊车耸入云天,招呼着幢幢渔民村平地而起。我问一个干部模样的岛民,岛民告知:西山除了枇杷,还有鱼髓蟹脂。不过,渔民虽然有渔民村广厦千间,却情愿住在莲蓬船里聚家度日,这是西山的俗习。

我归去时依然泛舟太湖,果然看见岛边湖上有成群蓬蓬船在月影下宿夜,悄悄无声息,如同一幅静物画。我不禁频频回首……这岛。树茂石坚,又有鱼虾簇拥,实在是应了《诗经》里那句诗:宛在水中央。

祭

水是无声无息地淌。

轻轻地来,正如轻轻地去,水是无声无息地淌。

离江西鹰潭不远的贵溪和离贵溪不远的龙虎山里,有很瘦的泸溪河一条。

也有很瘦的舟一条,像根毛在水里漂,舟上十几二十个人坐得舒舒坦坦吃一路风景。水浅,浅得亲切,浅水里鱼也像人一样欢狎还有心旌摇荡的水草,相信即使躺在河里睡觉也能悄然入梦。

撑船挣钱混饭吃的女人点篙时弯腰,黄汗渍渍的布衫太短露出腰部一圈肉,逼在眼前自然没有风景好看,还生发出一股动物园里的味道。赤着一双脚,脚背的皮皱皱巴巴粗糙得凹凸有致,时不时走来走去像两只蛤蟆蹦来蹦去,一路没开口,开口时便似乎有一眼枯井洞开在黑黝黝的脸上,又把颧骨抬高了。

女人开口说话的时候舟刚刚趸到骷髅岩,跟着小舟一起趸的还有几头漆黑漆黑的水牛。这么浅的水里水牛居然能把庞大的躯体隐没,只探出鳄鱼般的嘴脸,两弯角雄壮地朝天刺拉刺拉。

女人说话极快,声音嗤嗤嗤嗤好像翻书翻得飞快,一下子翻到六百年前。女人说她姓许,是骷髅岩后许家村人氏。六百年前一个姓许的男人带了一个嫁给姓许的男人的女人，折腾折腾，用一付雅俗共赏的对子作证："人上人，打起精神做人。物中物，敞开肚量容物。"横批是："彼此彼此。"于是六百年前的两个人变成了六百年后的六百个人，有了一个不知有汉无论魏晋的许家村。女人指着一个莫名其妙的地方，指了半天才嚅嚅而说那里有一棵六百年老樟树，活得很旺很旺比许家村里人还旺。

十几二十个人怔怔地看着女人洞开的嘴巴泛黄的牙齿新鲜的龈肉，好像里面飞出了一只断线风筝然后不知了去向。

小舟终于过了骷髅岩豁然开朗，十几二十个人眼前出现一个确确实实的村庄。这个村庄三面危崖，一面临水，有炊烟扑簌扑簌发青发紫，袅袅袅袅，袅袅上升。不论远看还是近观，村子呈实实在在的枯色灰蒙蒙仿佛裹了道袍，村庄寂静似乎沉沉睡去，揪了耳朵听，有微微如游丝般的颤音颤在透明的晶莹的空气里，一定是村庄的鼾声，打鼾打出了炊烟般的气息，于是十几二十个人便连气也不敢出一寸。

舟渐渐靠上村庄时，舟前有一舟诚惶诚恐，像许家村吐出来的一根舌头。天太热。女人早就说过村庄里人进出走水路，那舟离去，居然惹不动水，水面连泡沫都没有吐出一个，静悄悄发痴。

然后，十几二十个人的眼珠子仿佛都落进水里拼命游向岸边，岸边水阶上有三缕笔直上升的黑烟，仔细看了，才看出是三粒娃，娃脏，却安详无梦。这时，又有几头水牛裸露着油黑光亮的背琐琐碎碎地游弋，十几二十个人上了岸，进了村。

烟雾载欣载奔屋舍却静得怡然,芳草鲜美,狗屎一堆,隔岸数十步薄贫的土坎一板,坎上有井,十几二十个人都舀了井水依次呷,呷毕便款款地浮想联翩,想的是这井水许是道人的仙水许是道人的骚尿,喝下肚去吐纳有顷,导引胎息真气,便渐渐感觉到羽化登仙飘飘乎而不知其所止了。

定了神又看娃,娃赤膊光屁股,又细细地看,才看出娃的肚脐眼里填满了泥,于是想:六百年的老樟树娃的肚脐眼里肯定能种。

十几二十个人怕只怕自己变成了化石,于是纷纷上舟,催那女人动桨行舟,女人便如一把黑黑的锁被咔嚓打开,舟动了。

平静如镜的河水像一匹长长的绷带徐徐展开,又回看,许家村原来是只停了的表。

天长地阔里舟小得那里还有舟的影子,空气洁净飘来飘去仿佛要把舟和舟里十几二十个人吐出来的污言秽语洗却。

舟还是行,缓慢悠悠地行。十几二十个人在正午炙热的阳光下渐渐困倦,又渐渐苏醒。茫然一片的时候,舟过仙梳岩,舟横了一会,竖了一会,刚才过了石鼓峰又过了卷积石又过了金钟峰,一路过,现在过了仙梳岩,于是到了天女献花,十几二十个人里肯定有人是故地重游并且深知其中三昧,因为有声音在船篷里炸将出来:"这是个美不可言的景点!"说罢分明能听见他咽口气臭烘烘的声音,又见他双手背后,鼓胀着满脸粉刺,风度也讲究,待舟一靠岸,便俨然居首,领着十几二十个人成蜢蚱串,风风光光,一只一只蹦上岸去,又一只一只隐入绿屏里。

山树一簇一簇绿得看上去绿,出了绿的粘液很不文明,也哑然无声。河水漫延渗透到干涸的岸,岸,顿时有了起色起了一片一片绿色的树林子。无数棵树像无数台水泵的导水管狠命又贪婪吸吮水的润意使自己有了润意而且心安理得,阳光心猿意马地在树篷上滑来滑去,想钻进去钻到树篷下面去,钻进去的阳光是碎的阳光,落在地上如同杯盘狼藉的残席发出沉闷无奈的气息却又不甘沉闷无奈,依然心猿意马。总算有了风来,像一只女人的手拂过,于是阳光在枝叶里展示的光点和阴影全部消尽,化成一片迷蒙的绿雾。

"他妈的,这像什么话!"女副县长手里的那柄双筒猎枪响了,当枪口飘起一缕青烟棉絮一般的时候,直逼蓝天的峭壁顶端上一撮毛茸茸蒿草被连根打断,乌鸦折翅般掉下来掉也掉了半天因为峭壁太高。女副县长口袋里插着两支钢笔似乎也是双筒猎枪,女副县长两条修长的腿似乎也是双筒猎枪,女副县长两只眼睛两只鼻孔似乎都是双筒猎枪、女副县长就是一柄呱呱叫的双筒猎枪……

双筒猎枪的那声响是在二十年前,枪声如沉沉的春雷漫延,回声四处游散,在山峦里转来转去至今还无处栖息。

……十几二十个人钻进树林子、一路踢沓步履迅疾,待树林子稀疏时,眼前有了峭壁就是当年双筒猎枪响过的地方。

头里的那个声音说:"看那,这就是仙女献花。"

峭壁呈灰黄色，有十几二十个人簇拥而来，灰黄色不安地扭怩片刻失却了光泽。峭壁高得想侵占天空，峭壁顶端起至底端有一条垂直的干涸的裂缝，裂缝呈不规则状其实状如一片竹叶，无限寂寞、无限伤感，却染一抹病态的红晕。

天女献花？十几二十个人努力想象。

"只可意会，不可言传。"那声音徐徐款款不无得意又深奥玄乎，神奇百般地道出三个字："自己想。"

十几二十个人智商有限，于是声音便尽可能含蓄地说："如果峭壁上那缕水还在流，如果当年女副县长不举枪，那就更像了！"

十几二十个人大彻大悟在绿雾里骚动不安，骚动不安却又都装得与己无关，侧目观花，观了以后还长叹一声以示别人的堕落。

龙虎山有九十九峰二十四岩一条清流都愤愤不平地蠕动起来，山窜出云表水化作青烟，山里的风伫立和水上的雾一起伫立，而那百丈峭壁则委屈得想把十几二十个人统统压死，当然先要塌下来。

在河里漂来漂去漂得久了，便要寻个荫处泊，随便泊，便泊在了拥有成群岩墓的悬壁下。

这么一泊，十几二十个人才醒悟：人原来是会死的。

天是蓝色的山是黛色的水是秋香色，后来变了，天是黛色的水是蓝色的山是秋香色，后来又变了，山是蓝色的水是黛色的天是秋香色。

十几二十个人昏昏然浸在小舟里泊在壁荫下，无色。

茫茫无限的宇宙里一叶小舟和面对着死气沉沉的岩墓群的人，构成一个哑谜。

真的迷上了悬壁上的岩墓群，不仅是因为龙虎山的岩墓群名闻遐迩。一百多只洞里有一百多具棺木，残存的碎棺杂屑颜色淡一些再淡一些比土黄色的山色淡一些，一根断木伸出，洞口有微微的活力尽管经过几千年的风销雨蚀，十几二十个人想象着洞里留下的春秋战国时代的纺织机、丝织品、十三弦琴、陶器、瓦罐、玉佩当然还有老祖宗洁白如玉的尸骨。于是洞口仿佛飘出了淡淡的暖意。

于是还想到了历史。

十几二十个人驾一叶小舟不知不觉地投入了历史是偶然的，雾气飘缈也是偶然的。一百多只黑幽幽的洞也偶然地变成了一百多只嘴巴而且自然而然，也仿佛爬动起来最后挤作一堆面对苍然世界喃呢梦呓，诱使十几二十个人远离现实，刻意耸诮十几二十个人陶醉青山绿水的自作多情。

岩墓群居高临下俯瞰水中日复一日浮漾而过的小舟和东流之水，也不知阅尽了多少人间演习出来的沧桑，自然淡漠得很。

苔藓密集蔓延在湿意迷蒙的岩壁上，河用水拍击时孤单的声音如同孤单的影子，从眼睛到眼睛孤单的影子盘旋，笼罩十几二十个人，被水沾湿的石头和被石头击碎的水一样百无聊赖，没有水鸥，也没有云彩，水面上山的倒影里似乎还有汗迹犹存的道人的脚印星罗棋布,早就光怪陆离的神话传说和探幽访胜的诗文词颂不如匍匐在湿岩上的蜥蜴来得实在,于是山连绵不连绵水清秀不清秀松孤独不孤独石怪异不怪异景色美不美天气热不热都失去了意义。

十几二十个人坐在一动不动的小舟里一动不动,目光在游移飘忽其实目光早就被岩墓群囚俘。想来想去想不通;宇宙之大却偏偏选择岩墓群这个地方,历史之久却偏偏选择这个时间,众生之盛却偏偏选择这十几二十个人,变成了一枚偶然的琥珀,稍纵即逝,于是人们潸然而祭。

但是祭也疲倦了。

故　乡

他的故乡有一座小冈子。

小冈子上野篁几枝，碧泉一泓，时常来两三抹云，再来七八片风，于是，小冈子就在霭霭雾里载沉载浮了。

小时候，他竟会久久地趴在格子窗上眺望那小冈子，看着看着，就比划着对福泉公说："看，那山……"说得那么认真。

他穿的是父亲留下裤子，裤筒子长得拖在湿漉漉的泥地上。

福泉公喝得七分醉意时，举起小酒杯说："这山？哼……"福泉公摇摇头，再摇摇头："这是山？一抔黄土嘛！"

他看见福泉公的鼻子已经通红通红了，和小冈子衔着的半片夕阳一样红。

这时，他就在格子窗里看那小山冈，江南温馨的薄暮渐渐降临，远远地铺过一层柔光来，暮霭吞吐着那竹、那泉、那山，小冈子在他的记忆里留下了一片神秘的色彩。

他的裤筒子接了又接，接长了三次以后，他长大了。他离家远去，福泉公说："他闯到世上学本事去了。"福泉公不知道考古是怎么回事，于是就说："他这本事，是把老祖宗唤醒来……"

时隔数年，他带着一应器具，乘着考古队的车子，摇摇晃晃地开到了小冈子下。那天,全村人都去看他,唯独福泉公躲在柴堆旁,偶尔从格子窗里瞄他几眼。

小冈子下有古墓群。

动土前一天的夜里,他和福泉公对坐小酌,一直到很晚很晚。

"明天动土了?"福泉公已问过多次了。

"嗯。"

"小冈子下面有些啥东西?""嗯……"

"有祖宗的坟?""嗯。"

"那你,是来挖祖宗坟的吗?""嗯。"

"嗯个屁,祖宗坟是随便挖的吗?"

他还是"嗯"了声。

福泉公和当年一样,喝得七分醉意,鼻子通红通红。

"挖出来的有啥用?一堆烂骨头。"

福泉公的话真多。

他又像儿时那样,趴在格子窗上看远处的小冈子。小冈子在夜幕笼罩下,显得安谧宁静。风,闲得四处游荡,小冈子上那几枝野篁在风中凄声苦语。明天,这片野篁就要被铲去,然后去掉封土,挖下去。说实话,小冈子是他眼前的故乡,他还想再挖出一个古老的故乡来。

田野里蛙声一片,月光下,河泊沟塘都闪现着点点水光。

夜,很深了。倦意袭人,福泉公醉醺醺地掀开门帘,朝里屋走去,他也跟了进去。

里屋案几上点着蜡烛。月色入窗,烛光月光两相依,屋里散发出一股清冷的寒意。

昏暗中,他看见案几边放着一具寿材,黑漆油亮。他一惊,回头看福泉公。

一阵鼾声悠然而起,福泉公没等上床,已瘫作一堆,蜷缩在门边角落里呼呼入睡了。

黑暗隐没了福泉公的身影,鼾声起处,只有那一头苍然白发凝固在烛光月影下。

他回味着福泉公刚才一连串的问话,睡意全无,呆然倚坐榆木门槛上,在酒气弥漫的屋子里等待晓日临窗。

几天以后,小冈子发掘古墓群的事上了报。

报载,这是一个高出地面七米,方圆七千平方米的小冈子,目前的挖掘深度已至十米,共发现三十六座汉墓,两座战国墓,四座良渚墓和四座崧泽墓。记者看见墓坑的土壁上有一条条长线,这是考古工作者根据生活遗迹划分的地层分界线:最底层的是距今六千年的马家浜文化,在它的上面是崧泽文化,再上面就是良渚早期和晚期文化。挖掘出土的各种文物如玉璧、玉斧、玉锥、玉坠、玉环、玉镯、玉璜、玉佩,还有石铲、石凿、石斧、箭镞、骨针、鱼网等不计其数。记者站在十米深处,脚边躺着几具祖先的遗骨,据现场考古人员介绍,这里掩埋的可能是距今六千多年的母系社会末期的一个家族……

周末，考古队搭车上县城里看戏去。

他留下了。

他顺着土埂走，顺着土梯下，来到了墓坑底层。土壁上，淡黄色的土是浮层，灰黄色的土是良渚文化，暗灰色的土是崧泽文化，墨也似黑土是马家浜文化。十米深处，地下水汩汩地往上渗出。

他的脚边，躺着六千年前的祖先遗骨，安安静静地袒露在六千年后的蓝天白云下。

白天看稀罕的嘈杂人群早已散去，四周很静，偶有飞鸟鸣啭一二。

终于挖出了一个古老的故乡，此刻，新的故乡，老的故乡，都沉浸在诗的一般的黄昏晚照中。

他蹲下。

祖先的牙齿被当年的粗食磨得又粗又平，他用尺子量一量，用毛刷刷一刷，用竹签剔一剔，六千年前的祖先和他同享落日晚照。

一片阴影飘落在他眼前，他仰起头，看见福泉公蹲在十米高的墓坑坑沿上。

他俩一声不吭，眼睛看着眼睛。

福泉公的背后映衬着一碧蓝天，和蓝天上宁静的彩霞，白发在夕照中呈半透明。

逆光，他无法看清福泉公的脸。

他只能默默地想象着福泉公的额,和额上的皱纹。

那额,像墓坑的土壁,皱纹,就像土壁上的线条:第一道是良渚文化,第二道是崧泽文化,第三道是马家浜文化……

福泉公老了,他想起了那具寿材。

福泉公慢慢地做了个手势,声音飘落下来:"六千年?"

"嗯,六千年了。"他低下头,用小刷子轻轻拂去祖先尸骨上的浮尘。

十米高处又飘落下一声长叹:"唉,六千年了,六千年了也得挖出来……"那声音苍老苍老的。

他仰起头,福泉公的身影已经从十米高处的坑沿上消失了,眼前仅剩下一轮苍老的落日。

他听见一阵噼叭噼叭的脚步声。噼叭噼叭,渐渐远去了,很耳熟,那是福泉公没醉时的脚步声。

福泉公终于把那具寿材卖了。

"胡乱要个价吧,留着没用,看,人家六千年的尸骨都挖出来了,我……"福泉公说这话时难为情地笑了笑,古铜色的脸上居然也飞起了两朵大红花。

格子窗下,也是明月,也是星光,也是蛙声一片,也是对酒小酌。

发掘任务已经完成,考古队就要撤走了。他沿土梯默默地走上墓坑坑沿,土梯边的土壁上,一条条的层分界线还是那样清晰触目:马家浜,崧泽,良渚……六千年的故乡路就这么漫漫茫茫地走过来了。

  他把祖先的遗骨包装好,起出墓坑。恍然之间,他觉得祖先像一颗种子,播种出了一个崭新的故乡。

拖长的影子

沙滩黄色与我的肌肤同色，沙滩上留下了我的脚印像一只耳朵跟着一只耳朵一直来到海边，大海安详无梦，蓝色的笑容延伸到渐淡渐远的地平线，听海，像鹿一样竖起耳朵听海，听出一股咸<u>丝丝</u>的味，在呻吟的是苍凉的老龙头。

作为主体的绝不是大海而是老龙头，大海只是这片苍凉的背景。我是来看望老龙头的，一直有梦魂牵绕，梦里说老龙头是万里长城的入海处，万里长城腾山越岭蜿蜒曲折到这里才像一条巨龙脱海而去，所以我的梦久久不散，梦得久了，便找到了这一片苍凉。

老龙头的城墙呈灰褐色看似一堆泥沙草草垒起，与八达岭和山海关相比，老龙头是一件埋藏得太深太久的出土文物，令人想起最原始最古老的陶罐。

这时我再看我在沙滩上的脚印，已变成无数远古时代的洞穴，胡乱地挤作一堆喃呢呓语，并且微微地散发着缕缕原始气息。

老龙头是一个筋疲力尽的老人，老人爬到海边饮水时把枯竭的头颅搁下睡去再也不动了。远处，淡淡的山影隐藏着淡淡的历史，白云在广袤的天际舒卷出一条白色的挽联，草在很短很短的风里抖瑟，似乎想描绘什么，于是我在沙滩上的脚印又自然而然变成无数眼睛游鱼般潜入大海深处，看见海底的暗流龇牙咧嘴正在悄悄地剔净老龙头的尸骨。

老龙头的梦原来是这样。

我的肤色消失在蓝色的海水里，我下海游泳时看见层层波纹把无数海藻、海带和小小的贝壳冲上沙滩，一切都被阳光晒干。老龙头破败的城墙下有一条破败的阴影在阳光强烈的照射下，惊慌得想站起来，老龙头悄无声息无限孤寂，似乎被奸了一般。

我在大海里一沉一浮，一沉一浮里我觉得经历了某种情调。

老龙头已经虚弱得奄奄一息，于是大海充满了伤感，其实是我在伤感。当我击起水花水雾迷蒙时眼前才失却了老龙头沉重的印痕。

八达岭是长城的一段，我曾经在八达岭城墙上留连忘返想榨出一点感慨来。时值春色宜人时节，那时候我推敲着每一块城砖，认为每一块城砖里都有着一则无人知晓的故事。夕阳残照，我拍遍雉堞，举目长城内外，都是连绵起伏的丘岭，丘岭上的树在斜阳下静止，仿佛是古代的兵俑。我不知到哪里去寻找沉沙折戟，于是便想象着古战场上干戈威扬狼烟滚滚的情景。风来时树和风一起怒吼，于是四面八方涛声隆隆又掀起当年兵刃相见时的呐喊，这当然是历史的回声还在天上盘旋，似乎千年之久还没找到一个踏实的栖息之处。我突然想起有人慷慨激昂写过《雄关赋》，想起长城意味着中华民族悠久的历史灿烂的文化，想起月球上能看到地球上唯一的建筑便是长城,于是就想像《雄关赋》里面一样"啊"几声以壮胆识,刚提了气运想想这"啊"不过是别人的话语别人的模式,于是便闷声不响继续信步走去。

前面的城墙在修补,也许破败得羞涩,有几个赤膊的石匠背上肌肉一鼓一鼓在阳光里变幻出一个一个笑靥。走过一个箭楼,有块木牌挡道,上面写着:"游客止步,违者罚款。"想想这八个字也是一种模式便轻蔑一笑依然看夕阳。八达岭上满地痰痕在我脚下布成一付残局,来过八达岭总要有个依据,便找了个镜头拍照,拍完后觉得这个景点似曾相识,在杂志、画报、壁画、挂毯、汗衫、烟盒甚至火柴盒上都见过,每天的电视节目里也有,原来又被编入一个模式。念及此,不禁索然无味。

老龙头与八达岭相比苍凉无限我更喜欢这片苍凉,我游泳,游完了爬上沙滩,我的脚趾上缠满了绿色的苔条,沙滩是很枯燥的黄色,大海波动漾出一个个如歌的慢板,我又想扑进大海,掀掉这层蓝色的毯子,看看大海实实在在的颜色。

沙滩上有三五个人,在我看来仿佛多了三五棵树,真正的树有几棵在沙滩后面的斜坡上,游泳的人都躲在那儿自欺欺人赤条条地换衣服,我也是,我不得不进入这个模式,尽管我的肌肤和沙滩和大海和山丘和天空一样没什么好稀奇的。很扎实的一阵风吹过,天上卷起黑云,好像风把谁的头发扯去了一把。

如果没有老龙头的城墙像一床残缺不齐的老牙,我坐在沙滩上就会失去思索,如同一粒黄色的沙子。也许这样人生会变得更完美。

长城是单一的线条，而我却曾经迷惑，在山海关登上城楼，登的是山海关东门的城楼。"天下第一关"五个字苍劲得名不虚传，二层箭楼修葺一新，箭楼的腰檐如女子腰带，歇山顶又似公子玉冠，数一数箭楼一共有六十八个箭窗，平台上人如鸦集挤来挤去，等我看清平台四周有女儿墙和雉堞时已和三个人吵了架，这儿有卖汽水的也有买汽水的，有卖鸡蛋的也有买鸡蛋的，有骂人打人的也有被骂被打的，当然也有随地吐痰的声音清脆响亮像一个个巴掌打在地上，一派升平景像，于是我疑虑万分以为找错了地方。

往东看也往西看，无数雉堞是长城的耳目被长城穿成串延伸而去，东西两面城墙都已断裂，原来山海关早已脱离了长城本体变成一个繁闹的自由贸易市场。也许自由贸易市场便是山海关当今的模式，我已经进入了这个模式却总是想象古时的模式，而且认为只有古时的模式才是模式。

老龙头的墙沿下也是沙滩而且黄得纯净，我躺在墙沿下和沙滩溶为一色。苍凉的沙滩上，只有我蓝色的游泳裤，像大海失落的一滴眼泪被太阳慢慢地吸吮。我不是伤感而是热得难受在墙沿下找片阴影小憩，小憩中依然有梦梦见这片苍凉。

梦的依稀中海浪轻轻拍击沙滩拍击出一个个谜：长城究竟是什么？是历史？是一种知识？是为现实装饰而存在的一种结构？是一种工程？是一种责任？是一种巫术？是一副扑克牌？是一个能与之对话的生命？是一帖包治百病的药方？是一个可以重温并

慰藉心灵的旧梦？还是一条狰狞的锁链？

我浑身沾满沙粒在沙滩上踽踽独步，夕阳想把我晒成一粒沙子可是徒劳，只有我的影子被越拉越长，于是我想长城也许是一个人或者一个民族拖得太长太长的影子。

梦中我想把我和影子分开，当然这是我自己的影子，然而我却不能再想下去，因为八达岭上有八个字："游客止步，违者罚款。"

淡黄色的墙

又看塔去。暮色里有闲散的野云，野云笨拙，缠着塔身搔首弄姿，野云去了，龙华塔才显出极清晰的骨影来。

龙华塔雄距吴越已千年之久，却如同襁褓里的婴囡被淡黄色的围墙裹起，围墙有门，门上有锁，锁上有锈，那焦黄的锈色仿佛比塔还要古老。来了看塔人，成群结队，脚印似秋叶纷扬洒地。有淡黄色的墙隔着，看塔人明白塔是不能摸，不能抚，更不能攀援而上俯瞰千里，于是只能看看而已，站在淡黄色的围墙外翘首而看，看得久久，墙还是挡在眼前泛出淡黄色的冷艳的光，于是看塔人蔫了。龙华塔因了这堵围墙，看塔人蔫了一批，又蔫了一批。近年来，看塔人渐渐稀去，到了今年元旦这天，塔下仅存我一粒。

也是暮色，龙华寺里梵钟悠远，僧侣们经诵念得如同夏季的蟋蟀鸣唱那样动听，响彻四野。草短霜白，寒风无处可扑欺。便朝我身上不客气地扑欺。

隔着淡黄色的墙看塔，只看见四层半塔，还有两层便被墙吃了。塔自然是飞檐曲栏，妙不可言，然而隔着这堵墙，塔是塔，我便是我，塔与我恍如隔世。古人语：塔能放光明，塔能聚神龙，塔是文笔峰。即便如今，龙华塔也是宝贝蛋似的文物。

当年三国纷争，西竺康居园会和尚怀五色舍利过龙华荡，神龙让宅，结茅修行，光明炯炯里突现大莲花，于是大地上便有了龙华塔。有了龙华塔，便有了沧桑变：唐乾符二年，龙华塔被兵火毁去；九十多年后，荡然无存的龙华塔又被拉扯到人世间；清光绪十八年，龙华塔又遭兵火，八层塔成了七层塔。多少年来，龙华塔歪了又修，修了又歪，歪歪扭扭仿佛等我至今，还想放光明，还想聚神龙，还想文笔峰，龙华塔却是生命一条，几度消隐几度重现，恨只恨被牢牢地钉在龙华野际，不能撒腿跑掉。

我在淡黄色的墙边独步，耳遇水声，想来是龙华港不息的水流。暮霭沉沉，水面如雾，船一尾，桨一片，调戏涟漪，惹动鱼虾，放下一朵浪花，驶入浩荡乾坤，水流到龙华塔边，渐入佳境，波纹喷瀹，抖抖索索描出了塔影。

我还看塔，暮色苍茫，那塔影肥也不肥瘦也不瘦气色具佳骨腴全在，但终因有了淡黄色的围墙，龙华塔便渐渐褪尽气血，变成了一缕黑黑的孤魂。塔前有我一粒，慢慢地我便恍然如塔，塔如看我，一定能看出几番脉脉情义来，也是有了这堵淡黄色的围墙，塔看我时也不能尽兴。看了久久，塔看我也是孤影一缕，消尽了血肉，散却了气骨。我顿时醒悟：淡黄色的墙隔了塔，自然也就隔了我。于是塔下风紧。

妈妈的夏天

天很高,高得泛白,碰碰撞撞的是热浪。妈妈出汗时我也出汗。我已经有了很粗的毛孔一根根黑色的汗毛如同抽水机的吸管,太阳是水泵太阳托着不要脸的光照吸吮我的汗水,妈妈也出汗但是妈妈的皮肤细腻洁白她的汗涨潮了。夏天的颜色是恶毒的嚣张的残酷的,我和妈妈在汗水中喘息着寻找着克制着,我困倦时已经没有闲暇做梦梦见清凉世界。妈妈是我的妈妈,我的妈妈用一把泛黄的芭蕉扇给了我一个清凉世界。清风习习的时候我还年轻,岁月常常不知疲倦地掀动我的身影。现在,我才知道问一问自己:妈妈曾给予我一个清凉世界可是谁给妈妈一个清凉世界呢?

我在妈妈的芭蕉扇下摆脱了夏天炙热的锁链。徐徐清风如微雨迷濛喃呢而语迎来了凌晨。我看见妈妈缄默的嘴角线和不断滚动的白色的手臂,都在黎明中发出不倦的声音。妈妈的表情如同芭蕉扇那样金光灿烂,妈妈的容颜却在一夜间变得苍老仿佛勾划了整个夏天的历史,我年轻的时候不知道现在我却知道了:夏天是妈妈的夏天而不是我的夏天。夏天是沉重的浑浊的,夏天对妈妈来说只有责任,对我来说只是一声口哨,妈妈的芭蕉扇款款而摇永不停息地在对夏天晓之以理动之以情,而我却在夏天的热浪里悄悄失踪。我现在总是在夏天的火烧云里眷恋妈妈的芭蕉扇。这样的眷恋充满了母与子的哲思但仅仅是哲思,我无法也没有必要用一柄老掉牙的芭蕉扇去扇动妈妈早已冷却了的身躯。我只想早日将妈妈的尸体火化,让妈妈的灵魂随着袅袅升腾的的烟灰去诅咒蒙着黑布像蒙面人似的夏天。夏天决不明净夏天是一块充满污秽的抹布。铺展在天空上飞扬跋扈,我只想挑起熊熊烈火烧死夏天,让夏天知道比夏天还要热的是复仇的火焰。

妈妈死了,妈妈为什么死?妈妈的死是因为一枚杨梅,红红的杨梅如果还有一点儿悟性和记忆,就该泣血谢罪,做出一番崇高壮美的举动来,可是至今为止杨梅还是保持着原始状态,透着黑气散发着甜丝丝的毒汁。杨梅的家乡是妈妈的坟墓还唤起我没完没了无边无际的仇恨。我对家乡曾经有过真挚如诗的情感,而现在我的情感却变成了一泡尿,也许谁也没有察觉家乡的丑陋,可见现实是何等的简朴和草率。妈妈还没死的时候已经瘫痪,她的身躯虽然像花岗岩一样固执却还包容着母亲的伟大情感和热流。夏天的时候我用一架电风扇取代了她的芭蕉扇,以为就此可以为妈妈消暑去热。我的罪过就在于不了解家乡的丑陋,我向妈妈鞠躬时我那盛产杨梅的家乡也沾了光。家乡的光照金斑流萤在我的眼中模糊以后变成了虚设的影子。如果我在阳光下走家乡是一个浓黑浑浊的投影。如果我在月光下走家乡是一个冷淡冰凉的投影。如果我在天光的家乡走我四周也会有蚊子的嗡叫苍蝇的扇翅声。妈妈的死是因为我的电风扇不动了,电风扇停止转动是因为供电所三天三夜停电。供电所停电是因为我家乡的杨梅没有及时向电老虎孝敬贡奉。于是风没有水没有空气没有连声音也没有。妈妈想听我的口哨因为我说过夏天仅仅是一声口哨。妈妈就是在三十八度的高温里渴望我的口哨，她的渴望无济于事因为杨梅没有孝敬没有贡奉没有，妈妈是被夏天的毒热烧死的。她一个人孤独无援地负带着沉重的瘫痪之身，永远告别了夏天告别了我的口哨，我在她的床边捡起她的芭蕉扇轻轻哭泣，芭蕉扇的颜色把妈妈的脸映得蜡黄毫无血色。

我噙着悲伤的泪珠亲吻那柄曾经伴随我童年的芭蕉扇，那是妈妈伟大的像征。

夏天不再属于妈妈，属于妈妈的仅仅是一捧黑色的骨灰，映照烈日时骨灰微微发生红色的光芒，好似妈妈红色的笑意。在伟大的妈妈面前我早已失去了我的年龄，从此，我还将失去了我的口哨，我还患了恐怖症，我怕杨梅，怕我的家乡，可是我不再惧怕夏天因为夏天从此怕我。从此以后，家乡所有的杨梅都将变成我发红的眼睛，变成我慷慨激昂的檄文后的红色省略号，变成我投向家乡的一颗颗红色原子弹。变成我对妈妈不尽思念的赤子之心。由此，我才完整地走进了中国八十年代的一个真实的故事里。

澳洲纪事

一个就读生的亲身经历

去年年底,我去澳大利亚墨尔本的一所语言学院学习。澳大利亚是一个很美丽的国家,但是对负重负累在那里学习和生活的中国留学生来说,又是怎样一种感情呢?短短的几个月里,我有了一些见闻,感触之余,便写成了文字。

"狼牌"的扫荡

毫无疑问,赴澳学习的中国学生因其在国内的背景不同,赴澳的目的也不同,每个人都怀着各自的热情和希望。我到澳大利亚时正值圣诞节之前,许多中国学生带着浓厚的兴趣投入了圣诞的烛光晚会,然而当圣诞的烛火熄灭之际,中国学生也陷入困惑的境地。面对现实,每个人都在严肃地考虑如何起步。打工是不可避免的,因为要吃饭,要卸掉肩上背负的沉重债务;学习也是不可逃脱的,因为要保持出勤率,保证签证期的稳定。要想在澳大利亚图谋发展,必须走好这两步棋。我的希望是尽快闯过语言关,然后攻读学位,然而这时候我才得知,澳大利亚政府已经取消了所有海外留学生的奖学金。这对我无疑是晴天霹雳。因为我们深知,澳大利亚学费昂贵,攻读学位的学费每年在1万澳元以上,所以要想在学习之余靠打工凑齐这笔学费简直是天方夜谭。于是我们只好放弃了这个奢望,和所有的中国学生一起,汇成了寻工的大潮。

墨尔本历来被称作是"打工的天堂",然而从去年年底开始,这个"天堂"便被无数双寻工的"狼牌"(一种国内合资企业生产的旅游鞋)疯狂地巡踏着。由于中国学生大量涌入,劳力市场供过于求,工作变得极其难觅,就近的职业早被占有,于是大家的工作线路便向郊区扩展,常常是天没亮起来,沿着铁路线朝工厂区进发。中国学生三五成群,自称"扫荡队",挨家挨户叩响工厂办公室的玻璃门。一个寻工者只要进入工厂区,从日出到日落,往往要叩开几十家工厂的大门。今天未能如愿,明天重新来过,日复一日,天天如此,如能在一个月里找到工作,那便是幸运者了。有的工厂被中国学生无休止的"拜访"激怒了,干脆在厂门口贴出告示,上面用英语和中文写道:"没有工作"。有一次,当我敲开一家工厂门时,老板朝我喝道:"没有工作!今天你已是第16个中国人了。"尽管如此,中国留学生还是不死心,把目标瞄准远离铁道线的厂区,足踏"狼牌"四处奔波,两个星期穿破一双"狼牌"的大有人在。澳大利亚夏季40度的气温炙烤着寻工者,人人被晒得油黑闪亮,一个学生在超级市场碰到我,高兴地说:"我今天总算找到工作了,老板问我是不是来自非洲。"

这并非神话,而是真实的故事。

最让人恻动怜悯之心的是那些女学生，她们早已舍弃了一切化妆品，含着泪花游移在街头厂区，出国前美好的甚至是浪漫的美梦被现实撞击得粉碎。按理说，雇主和被雇者的关系应该是你可以选择我，我也可以选择你，但是这种平等关系由于劳力市场失去平衡而彻底倾斜，中国学生只有被动地去要求甚至是乞求，除此之外别无他路可走。于是，有些黑了心肠的老板乘机压低工价。在悉尼9角澳元1小时的工也排着队争抢。我认识一位来自广州的女画家，她有一口流利的英语和出类拔萃的专业技能。一家广告公司选她前去试工，试工期她忙得累死累活，每天带两片面包充作午餐，可是从上班到下班，她连吞咽这两片面包的空隙都没有。3个星期后，老板还是炒了她的鱿鱼，一分钱也没拿到，她明白这是一场骗局，可是又向谁去诉说呢？我回国之前，她要我带给她丈夫一个口讯：只要丈夫开口，马上打背包回国。她后悔地说："当初是我自己吵着要出国，背了一身债，现在要我自己提出回国，实在是难以启齿。"

敢问路在何方

寻工难，但是即便找到了工作，高兴三天，随后便蔫，打工之苦，远非所料。由于厂区大多在远郊僻地，学生们必须天没亮起床，拎着书包饭盒赶路，路上来回三、四个小时是家常便饭。"QUICK！"（快）这个词如雷贯耳响彻在车间工场。下班以后，还要风风火火地赶到学校去保出勤率。上了课堂男同学发呆打瞌睡，女同学趴在桌上抽泣。平心而论，有些老师的工作态度是极认真的，但面对日益凋零的课堂也按耐不住要发脾气，甚至把粉笔朝你头上投将过来。放学回到住所已近晚上9点，吃完饭，然后再烧第二天要带的饭。中国学生最恨的是闹钟，闹钟一响，心惊肉跳，难捱的一天又开始了。我的楼上也住着一群中国学生，某日清晨，闹钟大作，只见一个中国学生风驰电掣般地冲下楼梯，身上仅有一条三角裤，问他干什么去，他如梦初醒，揉着满眼的眼屎说：“我听见闹钟响，就……”中国学生最怕的是什么？是一曲"梁祝"，一听到那幽怨的曲调，便浮想联翩，心里泣血，但越怕还越是要听，一盘"梁祝"随身携带，能听则听，不能听则自己哼几声。每当下课的时候，车站上像中国人的自由市场，都是中国话，吴语、闽语、粤语，还有京片子。上车以后，车厢里一半是中国学生。在落日余晖中要么蜷缩在座椅上打瞌睡，要么瞪着忧郁的眼睛出神。精疲力竭的是中国人，凡是中国人都精疲力竭。我每天和我的同胞们一起坐地铁回住所，黄昏暮色里，我们的身上洒满了血一样的夕照，这是一幅难以忘怀的凄凉写照。

我回国以后，看到国内的报刊上有些文章介绍了中国学生在澳洲的困难境遇，我认为这些都是真实的，但我又认为这些文章并没有把中国学生最悸心的问题讲清楚。中国学生在澳大利亚的"痛点"是什么呢？用西游记里的一句唱词便可概括："敢问路在何方？"

在我的同学里，有医生、运动员、干部、厂长、教练员、工程师、教师、演员、记者、设计师、画家等等。他们在国内都有自己的专业，就是到了国外，目标也不仅仅是为了钱，他们依然怀有自己的追求和抱负。然而现实却是无情的。在80年代末90年代初这个划时代的时期，澳大利亚人民连续欢度圣诞和新年，而中国学生的遭遇就如当地的中文报纸所描绘的那样：无家可归，流落街头，马路上随处可见穿着"狼牌"大汗淋漓的寻工者和打工仔。在中国学生中不乏愿意拼搏愿意奋斗愿意甩开头发大干一场的强者，然而在澳大利亚，这一切又能换来什么呢？所有的人都在考虑这个问题。学习深造由于奖学金的取消和学费的昂贵已成黄粱。再说只有半年签证期，大多数人找到工作时已过了两三个月，所以要想在半年里捞回本钱或者还清债务也成了黄粱。半年过后想再获得签证，就必须把揣在怀里尚未冷却的钱再去交学费。那么以后呢？要想在澳大利亚合法地呆下去，就必须不断地交学费买签证，形成恶性循环。当然，也有一些中国学生准备半年以后走黑道，成为四处躲避的非法居留者，从此便过上了一种失去任何机会的日子，而且必须逃过移民局的查询。有极个别的中国学生为了想移居澳大利亚改变生活环境，付出了政治上的代价，何况还是一厢情愿的单相思，这条路是绝大多数中国学生所不屑走的。看来，只有打工挣钱了，不管什么黑民白民，合法非法，签证不签证，捞到钱再说。但这种想法又引起争论，既然仅仅是为了钱，既然已经辞职，放弃自己数年来孜孜追求的专业，一切从零开始，那么何必非要到澳大利亚来呢！在国内这些年里合法守法发家致富者也大有人在。那么就回国吧，可是身上的债呢，提起债，每个人都枯萎。似乎没路好走。吃苦算什么，中国人死都不怕，还怕苦吗！但唯有前景渺茫，走投无路，才使中国学生感到揪心的痛，这便是他们真正的"痛点"。

有种说法，认为中国学生到澳大利亚以后会经历四个时期：一是不习惯，二是想家，三是孤独感，四是习惯了。我曾问一位在澳已近二年的朋友，他说前三条都对，就是第四条狗屁，"什么习惯，而是麻木，是进入思想休克！我在云南插队八年，可是澳洲的艰难甚于插队。在这里，再男子汉，再英雄气长也要落泪。"中国学生出国前也许有过辉煌的憧憬，可是在现实面前他们已将生活的标准降到最低点，在澳洲无路可走，可是回国呢？一是债务，二是辞职以后，即使回国能否回到原单位，回原单位后，能否从事原来的专业，也难说。反正里外不是人，既然同是无业游民，那就在澳大利亚烂泥萝卜擦一段吃一段，他们的口头禅便是一句俗语：度死日。

困惑的哲学

墨尔本有理由是个美丽的城市，它有无数绿树成荫水泊清澈的公园，望不到头如鳗鱼背那样溜光的高速公路，花团锦簇掩映着的漂亮别墅，浓烈的色彩，纯净的空气，奶油似的云，水天一色的海滨。市区内有怡然自得的熙熙攘攘和商业上的赫赫声势。自从中国学生大量涌入后，墨尔本最热闹的市中心又出现了一番新的景致：在灯红酒绿、男欢女爱的商楼大厦下面，中国学生在设摊画肖像，在给身高马大的澳大利亚市民推拿按摩，在捏面人或泥人卖钱，这里面不乏有成就有前途的艺术家、大学教授、外科医生。一位来自沈阳的笛手吹起一曲《夜深沉》，其调幽怨，特别是墨尔本市进入梦乡而中国学生还在深夜里等候最后的生意时，此情此景便显得分外凄凉。我的一位朋友原是位热衷于旅游的山湖好友，可是尽管墨尔本有许多宜人的景点，他都不感兴趣，他时常光顾的地方是 LYGON STREET 边的一片墓地，似乎唯有此地，才能平息他心中的恶气。

说起恶气，中国人一个多世纪以来受得够多了，否则，"中国人民从此站起来了！"这句话决不会惹动亿万中国人的热泪。在"白澳政策"已成为历史的今天，绝大多数澳大利亚人对人以平等为原则，其讲文明讲礼貌，乐于助人善良宽厚的美德令人感动；但是也有少数人种族歧视的阴魂不散。我的几位朋友一起坐在电车里聊天，不料引来一个白种人的大声呵斥："这里是澳大利亚，只能讲英语，要讲中国话就回去！"我因打工学习四处奔波，时常泡在地铁车厢里，我多次看见白种人互相让座，但从来没有看见过一个白种人为中国学生让座。

还有更悖心的。中国学生因车祸而死的消息时常传来，我在那里仅两个月，就有三个中国学生死于车祸。有位中国学生在某铁路线上遭抢,肾脏被打得粉碎。他是一家中国餐馆的洗碗工,消息传出,这家餐馆门前便涌来很多中国学生,都想来争抢这份工作。我自己也遇到过麻烦事。当我在站台上候车时,尽管边上有许多候车的乘客,可是依然有三个彪形大汉摊着手掌朝我逼来,没人帮我,我自己也帮不了自己,只好给他们几块钱。他们拿了钱,微笑着对我说:"THANK YOU。"

前途渺茫,不知归途,亲人分离,何时团聚,再加上偶尔撞上的种族问题,如此等等,使中国学生的希望渐渐破灭,也使他们对澳大利亚原有的某种亲切感悄然逝去。刚踏上澳洲土地时,中国学生的言谈举止绝对文明,但过了一段时间,就感到既然谁也不对我们负责,那么也该让小僧伸伸腿了,何必把所有的"使命"都搁在自己的身上呢。先温饱而后知礼仪嘛!为了节省开支,许多人有逃票之举,战场便在地铁里,而且有各种各样的逃法,在这方面中国学生有令人赞叹的创造性,大家聚在一起还互相交流最佳手段。此外是打长途电话,由于思念亲人,打长途是少不了的,但费用高昂,寥寥几句话便榨取了几小时的苦力,故一旦打听到某个电话亭里的电话计算器出了毛病,一传十,十传百,大家都蜂拥而至。有一个大雨滂沱的夜晚,我的一个朋友也遇到如此福分,当他赶到那个电话亭时,亭前已有长龙,他排了5个小时的队才挨上。关于打长途电话还有更聪明的一种揩油办法。有的学生打听到某所公寓期满退租但电话尚未拆除以后,便冒用假名跑到房屋介绍所去讨钥匙,就进入公寓打长途,一小时两小时随心所欲，打完以后将钥匙还到房屋介绍所，说是看不中，然后扬长而去。澳大利亚人最初不了解中国学生的这些花招，但久而久之，他们也渐渐弄明白了。换言之是中国学生教会了他们，在这方面，中国学生确实"好为人师"，"出口"了不少旁门左道。澳大利亚人有自己的生活方式。他们悠闲地度过每个周末：游泳、划船、晒日光浴，或是在家里油漆围栏、培育玫瑰，到夜总会狂欢，到酒吧里听爵士乐。他们无忧无虑，纵情地享乐，把自己的国家称作"幸运之邦"。遇到中国学生，不管是学校里的教师、修理汽车的工人，还是坐在街心花园里晒太阳的老人，都会问同样一句话："你喜欢澳大利亚吗？"中国学生也去过海滨，去过花园，只是这美丽的地方并不是自己的土地。几乎所有的中国学生都不会去问澳洲人："你喜欢中国吗？"也许中国只有中国人自己喜爱，也只有中国人自己会因为自己的祖国贫穷落后而神色沮丧。但是绝大多数中国学生对自己的故土怀有深深的思恋，这种思恋是他们在国内时所意想不到的。我回国时有不少朋友送我到机场，由于飞机误点，我们便在机场等候，机场的平台上有几架单孔望远镜，可以观赏机场全景。当一架飞机从遥远的跑道上慢慢移近时，大家不约而同地叫起来："是中国民航！"因为我们都看见机身上有一点红，毫无疑问，那是一面五星红旗，于是大家争先恐后地跑到望远镜前观看，泪水哗哗地流。我回国了。在澳大利亚还有我许多同学和朋友，他们还在那里如浮萍似地漂泊，不知漂向何方。尽管他们非常依恋故国、思念亲人，但是由于种种原因一时还无法回国。有的人债务尚未清掉；有的人在国内家庭不睦；有的人很清楚自己这一辈子难有作为，多挣点钱为下一代吧；有的人想到回国以后成闲散人员，心里无法平衡；有的人找到了一份还过得去的工作，觉得澳大利亚的生活毕竟要比国内好得多，就干脆期待澳大利亚政府推出某种政策……每个人都有自己的具体情况和想法，同时也都为某种传统的观念所困惑，诸如"好马不吃回头草"，"既来之，则安之"，"当一天和尚撞一天钟"等等，于是困惑归困惑，大家还是在这种观念的习惯中生活着。

在澳大利亚的日子里，我和许多中国学生亲身感受到了中国人在这个世界上的地位。我们常常在想：130多年前涌入澳大利亚淘金的先辈，他们为历史留下的仅是几眼枯萎了的淘金坑；而作为已经进入90年代的中国年轻人，将怎样去让世界感觉到中国的真正存在呢？我们到底应该走怎样的路呢？

广饶吟

广饶无山石,草短霜白,一马平川,是杀伐的好地方。出名的遗迹是柏寝台,风流的人物是孙武。前者乃一抔土,二千六百多年前齐桓公称霸会盟,曾在此割牲歃血,至今还雄踞野际,可以登临做帝王梦,也可以在台下绕圈子做幽思状。后者则以一部《孙子兵法》名声大震。说起来孙子并没有赫赫军功,只是善于用兵,而且是纸上谈兵,但其心术之养却与孔夫子的儒术一样,足以使乱臣贼子惧,也足以为乱臣贼子用。

上灯时节,与十几二十个人到广饶,面对古战场,苍茫满视野。同行中有三位画家:春彦、江宏、周成,放歌唱《大风》,然而大风阴噎,唱得五音不全。

于是先游柏寝台。

将近柏寝台时,脚下的碎瓷片瓦被踩得哗哗响,都是春秋遗骸。十几二十个人顿时逼入历史,俯身拾起细石,四面翻看,有釉色有理纹,如读残编断简。一直走到台下,才发现千年遗物遍地皆是。柏寝台高数十尺,举头仰视,目遇青天。在台下走走,就动了真情,想感慨沧桑想吞吐古今也想穿越时光隧道重新做人。登上柏寝台,夕阳已经红透,迎风伫立时,胸臆之大可以摇动旌旗可以奔腾黄河。据说不少失路英雄无门儒雅或独行，或结伴，常来这里遥想齐桓霸业，激励不遇之怀。柏寝台地广数亩，十几二十个人鹤步安详，浮漾在千年历史之上恍恍惚惚，恍惚间又见台上有三五堆晒干的玉米秸子，无疑是农家的柴薪，不远处还有一口井，井为枯井，独眼对苍穹，是百姓屯物之所，低头窥探，昏暗中霉腐气息扑鼻。于是失了雅兴，也失了恍惚，守起神来看四面村舍，因为近在眼前，又是俯视，村舍中景物一目了然。有鸡皮鹤发的老叟，有浑身空翠的村妇，有顽童，也有汉子，有黄牛黑驴，也有群鸡只犬。喂猪的喂猪，织布的织布，玩耍的玩耍，蹲闲的蹲闲，马浡牛溲两相污秽，人与牲畜都在过日子。抬眼又看见无数炊烟袅袅而起，散泊青天，盘旋古今。世人只知春秋有柏寝台，而无视春秋也有农家炊；台之雄伟触目惊心，却是杀伐称霸之台；炊之消散似过眼烟云，却是养育子孙万代之炊。英雄儒雅登临引歌，取幽古之淡远，平头百姓依台躬耕，填口腹之虚壑。二者各行其道已有时日。听说柏寝台将辟为旅游胜地，从前景物，如庙宇殿堂，重房密室，枪头剑刺，辕门红旗，都将一一补葺，还其本来面目。届时，登临者可以在台上切磋六艺政典，研究春秋曲笔，使其梦游更具真实感，而四乡百姓也可以借此发家致富，使炊烟更香更浓。唯此壮举，造福无穷。

　　夕阳又消失，十几二十个人鱼贯下台，台壁很陡，细沙频频抚臀，狼狈不堪．登临既已结束，胸中豪气也随之殆尽，便踅入村舍，与卧牛无言相对。

翌日游小清河，河水淡泊，似清非清，缘水走到一片梨园，便站定了环顾野际，这里是古乐安城的主体地面，也是孙子故里。十几二十个人情切切拜访先祖故人，可是四周只有沉闷的寂静，河道里细杂的水发出细杂的声音，远处是空茫，近处是空茫，便悉心咀嚼这空茫。多年前曾经有人在这片野际上挖池养鱼，但屡挖屡塌，白费了功夫后就谈论孙子的阴魂还谈论孙子的狡诈，并有孙子的语录为证："出而不胜，难以返，不利。"

　　看不到孙子留下的遗痕，三个同行的画家趣味索然，之余，又决定合伙画一幅《孙子悟兵图》。春彦有美髯，江宏有长发，周成不屑须发，唇上一道疤，戏称小舟斜游。是夜，三人霸占一个大厅，兵马未动，粮草先行，笔墨砚、碟盆缸，先摆开阵势，然后捉笔画孙武，墨际毫端诸多气概，还努力想象着孙武的嘴脸和身段，下笔频频，画到午夜时分，笔下孙子岂止三二十，但没有一幅尽如人意，三人蔫了，酒坛翻空，黄须拈断，画得冷暖自知。二更天，画家意识到气韵堵塞，已难以成事，便动手收拾满地狼藉，准备入寝。这时，周成怀中揣着的数十只金铃虫开始营营鸣叫，这一叫叫得天开地阔，叫来了幽崖狐群阴壑之虬，叫来了悲风曛日石泉哭林，也叫来了金戈铁马一片雨血沾衣的古战场。于是画家也叫，其声如纤夫歌长河樵夫唱山岳，重新铺开六尺白帛，渐渐地心中也有了佛唱，叫声平息后，三人同时下笔，画孙武飞舞巾带，画孙武横佩长剑，画孙武仿佛喷过摩丝的发髻，笔到好处时，周成疾声道："来了，来了，孙武飘临纸上已有五寸……"

数日后辞别广饶,闻说孙武故里考证的消息见诸报端后,四乡百姓觥筹交错,普天同庆。于是又忆起柏寝台之游,叹曰:天下滔滔,只知孙武,不知列国之君。车窗外有三驾马拉车,驾辕的驾辕,拉套的拉套,各司其职,奔得一样的欢快。

美味入口日,幽思盈怀时

十几二十个人秋高气爽的时候到桐庐,看见一匹湿淋淋的富春江,欢快得如同网中之跃鱼。长期纠缠在都市的喧哗与骚动里,再说又都是"雅士",看见这样的江领受这样的秋,恨不能骑一素驴款款成仙。

江边下榻数日,餐餐有河鲜,席上鳊鱼、白鱼,鲫鱼、子陵鱼成群结队,只是没有名贵的鲥鱼和鳜鱼,于是感到吃鱼也是虚假的吃。说起鱼,自古就有过许多议论。《说文解字》里说:"鱼,水虫也。"鱼之鲜美虫之腌臜似乎不能同日而语,但对喜食荤腥的美食家来说,只要想吃,鱼或"水虫"皆可啖之。就连一些顽皮的佛家弟子也会找出名目来吃鱼。古时候有个和尚曾说过:"鱼为水梭花。"既然鱼成了一朵花,那就与荤腥无涉,美味入腹,也不致触犯佛门的清规戒律,那就张大嘴巴吃下去吧。古人对鱼的生老病死都有悉心的关注,比如说鱼尾呈赤色,那是鱼太劳累的缘故;鱼眼昼夜不瞑,因为其属阳物;鱼之所以逆水而行,是表明其鳞之顺也;鱼瘦了,浑身生白点,用枫树皮投入水中便可治愈;又说小鱼不尽是大鱼所生,蚊子落水也能化成鱼崽;如此等等,不一而足,虽荒诞却有趣。《物类相感志》里还说:"鱼始雷头向下，未惊蛰头皆向上。"鱼很聪颖。通晓时令节气，但人类更聪颖，算着时令节气来吃鱼。自从鱼和人类相交以来，吃亏的总是鱼。不仅屡屡受骗，而且连性命也送掉，人类骗鱼有小骗大骗两种，小骗者以饵垂钓，得鱼不过二三尾；大骗者则用大网包抄，连饵都省掉了。《文昌杂录》里说："渔家将猢狲毛安置在网的四个角上，鱼在水里看猢狲毛就像人在阳光下看锦缎绣袍，趋之如鹜，于是渔家便大把地捞鱼。"庄子和惠子观鱼时说："鲦鱼出游从容是鱼乐也。"惠子说："子非鱼，安知鱼之乐？"庄子道："子非我，安知我不知鱼之乐？"看来人类很早就分析并摸透了鱼的心理状态。当十几二十个人吃鱼吃得嘴唇作响的时候，还有过一番关于家鱼和野鱼的议论：家鱼的肉如豆腐，野鱼的肉似鹰隼；家鱼味淡，野鱼味鲜；家鱼结构松散，野鱼纤维致密；家鱼空洞，野鱼有内涵；家鱼只能充作席上之花，野鱼则具备滋阴补阳的素质。于是便萌发异想，希望富春江上的养鱼池统统拆除，让一匹清江辟为野生渔场，重新回到盘古年代去。可见人类不仅吃鱼有方，而且对养鱼研究鱼更是精进不已，达到了深奥无穷的境界。当然，人类研究鱼是假，研究吃鱼才是真，一切都不是为鱼着想。故而，当一盆盆热气蒸腾的鱼端到席上时，鱼已无话可说。

富春江的江岸上有成行的大芙蓉，陆龟蒙有诗说芙蓉："莫引西风动，红衣不耐秋。"不知唐代的芙蓉和今天的芙蓉有什么区别，今天的芙蓉在今天的秋风里照样开得熙熙攘攘，只是花的颜色不如人意，红而不艳，白而不洁，使人想起肮脏二字，总而言之不是玩意儿。所以十几二十个人无心赏花，目光所注，唯江渚江汀江甸江沱而已。

缘江闲步，江堤上时见江埠，埠下有延伸到清波里的水阶。埠边几尾小船胡乱地泊在午后倦慵的阳光下，船上的渔父在打理鱼网，渔童在光雾里游戏，渔妇则扭动柳腰肥臀蘸水浣纱，有几只蓬舱里传出如雷的鼻声，懒洋洋地盘旋江面。十几二十个人凑到渔父跟前，转弯抹角地表示想跟着去捉蟹。渔父脸面漆黑，喜怒不形于色，像把生锈的锁。于是十几二十个人蹲在光影斑斑的水阶上，脑子里一片空白。那几尾小船却像散乱的鱼虾，荡开江埠，箭一样射向江面，又渐渐消失在空翠中。

古人说舟说得五光十色，辉煌至极。《后汉书》里说："君者舟也。民者水也，群臣乘舟者也，将军兄弟操楫者也。"这字面上说的是舟，骨子里却论及的却是社稷国家，于是舟也伟大起来。《吴越春秋》说："范蠡既灭吴，乃乘扁舟入五湖。"作为人臣，懂得进退，乃出色之人臣。但是这个范蠡进亦好退亦好，总是凭一叶小舟，所谓"乘船曲折不失其度是善乘舟者"，既是古训，也是当世警策，古往今来，乘船的冠军当属范蠡。凌波驾舟，可以探石锺之夜声，也可以网鱼虾之脂浆，可以是山高月小之美，也可以放三国赤壁之火。一舟摇曳，乘舟者各有各的妙用。陆龟蒙有个远祖曾是个太守，他廉政建设搞得好，罢归回乡的时候两袖清风，一尘不染，所乘之舟无物可载，以致"轻不可越海"，只好填石以为重。这是一种乘舟之人。《淮南子》说:"楚人有乘船而遇大风者,波至而恐,自投于水,非贪生而畏死也,惑于死而反忘生也。"这又是一种乘舟之人。最令人疑惑不解的乘舟之人也许是张融,此公"陆处无屋,舟居非水",只是牵一小船在岸上住。

古人自然已经作古,古人的话说得再精辟再动听也只是鬼话,十几二十个人看着将小舟吞没的那片空翠,怅然无限,他们于舟并没有什么非分之想,只是想到江心里去飘飘,到江风里去吹吹,到江渚上去逛逛,到蟹洞里去摸摸,点篙推桨,撒网捕鱼,化装成隐士,做半天仙人,不屑鬼话,也不作人语。只是应了庄子的一番话:"巧者劳而智者忧,无能者无所求,饱食而邀游,泛然如不系之舟。"

要看富春江的景色最好在午夜,因为现在的江已不是古远的江,无幽可探无奇可搜,两岸充斥着杂碎的色彩和平庸的建筑,只有到了深夜,黑暗笼罩世界,那时候坐在江边,眼前流萤斑斑,才有朦胧诗的意境,看对面的岸似岸非岸,听江里的涛似涛非涛,想辨别天地间的五色也似色非色,偶尔有小火轮的马达声自江心起,便误以为秋蛙鸣响,那自然也是蛙与非蛙的感觉。于是,步入美景而不知美景为何物,就如群鱼吞吐万顷之波而不知水为水,进入忘情境界,无须素驴扁舟,也可成仙。十几二十个人希望桐庐永远凝固在这种状态之中,唯有这样,才可以在都市生活之余,到这里来调理元气,求桃源之乐。于是,便寄望于两岸的厂房建筑变成茅屋草堂,垒起的防洪江堤变成滩涂沼泽,机器的轰响变成翠鸟的鸣啭,打夯的喊声变成哀猿的啼叫,小舟的马达改成长橹,就连渔父身上的中山装最好也改成蓑衣,再戴上竹笠。这般美景中,足可以泛舟秋饮,对月赋诗,学学老子的苦笑,学学庄生的狂语,学学苏东坡夜游赤壁,学学陶渊明荷锄月归,也学学冷冰冰的黑色幽默。当然,只是学学而已,如要真干可不行。最好是半载享受都市的豪华,半载享受桐庐的田园,将世上一切纳入狭窄的私心,哪管他桐庐也要腾飞也要发达!

辞别桐庐前.十几二十个人围坐着享用最后的晚餐,据说餐桌上有蟹,每人都有一只。杜牧有诗说蟹:"未游沧海早知名,有骨还从肉上生,莫道无心畏雷电,海龙王处也横行。"黄庭坚也有《咏蟹诗》:"怒目横行与虎争,寒沙奔火祸胎成(据说夜间捕蟹需燃灯火,蟹见灯火即奔竞而至——笔者注)。虽为天上三辰次,未免人间五鼎烹。"坐在一起等蟹吃斯文扫地,便以咏蟹解嘲。户外月白风清,室内杯盘成阵,抿嘴茶的时候像隐士,喝酒的时候又像豪士,茶须静品,酒当狂饮。终于,蟹冒着"五鼎"之气上来了,乌眼赤耳,铁螯金毛。像三K党也像黑手党。《酉阳杂俎》里说:"蟹腹下有毛杀人。"但十几二十个人期待良久,已顾不上古人的训诫,猿臂轻舒,就盘中取蟹?先伸手者吃大蟹,后伸手者吃小蟹,吃得严肃,吃得有味,却被一句俗语说中:一蟹不如一蟹。

皇甫君在澳洲

为什么要拿我们神圣的神话
来换取你们神圣的神话呢？

这是土著诗人凯思·沃克多少年前面对澳大利亚发出的责问。皇甫君在澳洲的时候，脑子里也时时刻刻端着这个问题，好在他的性格从来都很沉闷，只是使劲地想，不喜欢吱声。

八十年代最末一年的最末一个月，当祖国大地上寒风凛冽而澳大利亚却处在炎热的夏季的时候，他正拖着大包小包举步维艰地在墨尔本机场出口处的走廊里蠕动，他身边是他的朋友贺非，贺非披头散发却相貌堂堂，在沪上人称大胖子，在澳洲却是标准身材，会画很好看的画，不论是国画、油画还是肖像画。做人无忧无虑，笑口常开，原来打算去日本，签证都办了，听说皇甫君去澳洲，于是赶忙换了签证，与皇甫君同行，来到了澳洲。他们回头看去，飞机胖乎乎的躯体里仿佛有吐不完的人，成群结队灰不溜秋的都是中国人，言语中有吴越软语，有轰轰响的粤语，有五音不辩的闽语，还有好听的京片子，都是到澳大利亚来读语言学校的。在国内每个人都有各自的招数，又带着各自不同的目的想到澳洲来使几招。

皇甫君突然感到一种挤迫,原来人群已经到了海关检证处。三个检证处坐着三个身穿浅蓝色制服的官员,他们仔细地检验着所有的来客,身高马大的澳大利亚警察带着木讷的神情在大厅里信步走动,皇甫君看见他们粗壮的手臂上布满钢丝般的长毛,偶然滑入窗玻璃的阳光使毛变成温柔的淡黄色。

中国人似乎没有排队的耐心,在走廊前挤作一堆,大家前胸贴后背男男女女的一起往前移动,但是谁也不敢扑到检证台前去挤。离检证台约三米处的地上划着一道黄线,无师自通的中国人知道,这意味着秩序,不管等待检验的旅客再多再乱,检验台前只允许有一个旅客,入乡随俗,再说有巨人似的警察关照着,谁也不想惹麻烦,要挤要抢先,只能在黄线后的中国人群里盘算。上飞机的时候几乎所有的人都穿着牛仔衣和皮茄克,此刻已是大汗淋漓了,贺非的长发被汗水浸透,黑瀑似的挂在圆圆的额头上。皇甫君突然发现,和他们同机下来的那几个白种人不知什么时候已过了检证处,正在旋转着的行李盘边忙乎着,他们难道用不着排队?

皇甫君和贺非总算过了检证处,又在行李盘上找到了自己的箱子,与此同时,皇甫君到借车处借行李车,租金是一元澳币一辆,皇甫君没有澳币,袋里只有美元和港币,如果用美元支付,也是一元,皇甫君脑子里赶忙兑换,想想不合算,尽管仅一元钱,然而一分钱掰成两瓣用的传统思想根深蒂固,于是他又打听港币得花多少，谁知人家听见港币马上皱起眉头，好像胃酸涌起一般，皇甫君无奈，忍痛舍了一美元。推车走的时候，偶一斜眼，看见人人都在排队等候海关验箱，已有箱子被打开，花花绿绿的"内脏"都翻了出来。这时，皇甫君听到有人喊自己的名字，多么熟悉的声音，恍如仙乐飘来，他朝出口处看去，只见他的老朋友何小波、桂永清在出口处外隔着栏杆大声嚷嚷，还兴奋得手之舞之足之蹈之，皇甫君连忙一个大招手，又莫名其妙地喊了声："哈啰。"然后，他和贺非两人把所有的行李都装上行李车，也不知何处来的蛮力和狗胆，齐心协力推着车冲向出口处，门口的警察居然没问一声是否验了行李，甚至连看也没看他们一眼。

走出出口处，他们冲进了温暖和煦纯净透明的阳光里。皇甫君向桂永清和何小波介绍了他的朋友贺非，贺非看见桂永清马上自惭不如，原来桂永清体重二百磅，比贺非还胖，而且还有贺非所不具备的东西——黑线似的胸毛。从此以后，皇甫君和何小波管桂永清叫"胖子"，管贺非叫"胖囡"，他们也都认了。

桂永清扬手叫来了一辆出租，司机是个五十多岁的老头，生就的一张脸眼眶鼻子甚至连嘴都向前冲击，一开口又是硬邦邦的英语，桂永清说：是意大利移民。

汽车在高速公路上行驶时，车窗两面风景如画，第一次出国的皇甫君和贺非眼都不眨地看风景，絮絮叨叨话也特别多，而何与桂二位却没有丝毫兴奋感。汽车进入市区时皇甫君还以为是在乡下某个小镇上，怎么街市上只有三五人影？

市区里堵车很厉害，据说电车工人又罢工了，意大利移民很乖，左拐右拐，突出重围，绕进小道，很快来到一幢红砖砌成的三层公寓前，桂永清说到了，于是大家都跳出车，意大利移民也跳出车，不收小费，还把所有的行李送到公寓门口，桂永清和贺非都赋闲。

这幢公寓的底楼朝右面的一个两室一厅的单元从此成了他们的家，当天晚上，皇甫君在给上海家眷的长途电话中说道：连市委书记都住不上这样漂亮的房子。

晚宴的菜单是：两只烤鸡，无数啤酒，一只五十八斤重的西瓜，用四公斤食油烹制的一大锅明虾。

皇甫君这才有一种到家的感觉。吃完饭，借着酒兴，他们四人一起出动，去捡席梦思和沙发。走在阒无人声的林荫小道上，就有花草清香在四周浮浮冉冉，桂永清光膀子，穿双塑料拖鞋，何小波小排骨一块，削瘦的双肩架着件条纹T恤，皇甫君和贺非初来乍到，对墨尔本当中热两头凉的夏季气候尚不适应，还是穿得斯斯文文，贺非居然还扎着黑白条的领带。

他们的家在墨尔本市北面的SouthYarra，这是墨尔本的富人区，房租稍高，环境极其优美。桂永清的舌尖还在牙缝里探剔，打着饱嗝说：前面树荫下有只席梦思。何小波吹声口哨说。不是一只，是两只。果然是两只，一只三尺半，一只五尺，借助路灯的暗淡光照，他们看见席梦思上都有几圈暗黄色的尿迹，弹簧似乎也很松。但总比睡地毯强，于是四个人喊着号子扛回家，到家门口,不知谁已经扔了两只破沙发在那儿,桂永清意味深长地说:准是有人看见我们来了新朋友,特地送来的。沙发是牛皮包的,没破,只是弹簧断了几个,何小波坐在上面很稳当,桂永清坐上去就吱吱叫了,皇甫君在扶手上摸一把,摸着一手夜露,已经是午夜了。公寓对面的教堂一片沉静,尖尖的屋顶刺向夜空,花草窸窸迎风,万籁俱静。皇甫君素来多愁善感,想想一夜之间,行程万里,新的世界新的社会陌生得很,自己像粒灰尘被吹过重洋,落到了这个地方,这个地方被人称为幸运之邦,也被人称为美妙的谎言。究竟是天堂还是地狱,只有自己去熬了。

狗的思念

虽然贺非有着庞大的身躯,可是只要和他握一握手,就知道他的手有多么的柔软,并且会被一股温情淹没。这是双艺术家的手,充满情感,充满悟性。

贺非为阿花画肖像是到达澳洲三个星期后开始的。厅里有两只沙发,每天晚上贺非就占上一只,借助阴阳不调的黄色灯光,持块画板,凭记忆为阿花画正面脱帽的标准像,画着画着贺非的眼里就平端起两汪水,在灯光里闪烁。尔后,就会躺倒在沙发里仰天长叹,手中的炭笔也仿佛成了一支低沉的箫。

阿花其实是条狗,一条跟随贺非忠贞不渝的大雄狗,由黑白图案组成的毛色又厚又软,抚摸它的皮毛时会产生一种幻想曲的情调。贺非和阿花在飞机场分手的时候,阿花正叼着一只滑轮包为他送行,阿花以为贺非又是外出写生,依然蹦蹦跳跳,直到它看到四周的朋友都两眼汪汪时,才若有所思地安静下来,两只狗眼云翳重叠,耳朵竖起并不时扇动,许多场景都是陌生的都是迷惑的:贺非为什么要和一个人拥抱?贺非为什么要向两位老人作揖?贺非为什么要和这么多人一一握手?最后,当贺非走到它跟前,用那只温柔的手抚摸它的耳际时,阿花呜呜地轻声叫着。

皇甫君与贺非同行,他也走过来伸出手,任阿花潮湿温暖的舌头舔抚。皇甫君深深理解贺非和阿花的感情。几年前,贺非到江南一个小山村里写生,回来时,手掌上托着个蠕动着的小生命,那就是阿花,没想到阿花长大后这么令人惊奇的漂亮,既温顺又凶猛,成为贺非形影不离的朋友。

到了墨尔本后,照例要找工做,还要读书。找工是首要的,其次才读书,人人都有一个肚子,深得无底,还须天天服侍,先温饱尔后知礼仪,可见饱在先,礼仪在后。贺非和所有的中国学生一样,开始了寻工的生涯。一九八九年底,大约有两万名中国学生涌入澳大利亚,再加上本地的学生放假,使原来就不充裕的劳力市场显得更加挤迫,因此,寻工者汇成的大潮也变得分外的惊慌失措。贺非每天闻鸡起舞,以最迅速的动作洗漱吃饭,然后在提包里放几块充作午餐的面包,匆匆赶往地铁车站,加入寻工的潮流之中。和他一起起床一起动作一起寻工的还有皇甫君。至于何小波和桂永清他们早已出门上班了,唯有床上被褥发着微微暖息。

何小波曾说：等你们一找到工作，我就请你们到唐人街珍宝馆去饮茶。

何小波天天傍晚时分看皇甫君和贺非的脸色，想从他们的表情中得出寻工的结果，然而天天使他失望。皇甫君和贺非每天回来天色已经昏暗，那脸色更加昏暗。

一天中午，皇甫君和贺非在墨尔本繁华的弗林顿街上寻工，他们沿街叩开一家家餐馆的门，开口总是一句：I'm Looking for job。说得多了，像和尚念经一样，但得到的回答总是No，有时老板只是懒洋洋地摇摇头，连No也没有。午后的阳光使人疲倦，他们包里的面包片也变得又干又硬。皇甫君胯间的淋巴隐隐作痛，两人便一起坐在街心花园的长椅上休息，街心花园左侧是墨尔本最出色的教堂，深色的尖顶木然地刺向纯净蔚蓝的天空，教堂前有株十几米高的圣诞树，树下广场上有三五稚子在玩滑板，花园里还坐着几个老人。入定似的在和煦的风和温暖的阳光里小憩，边上还有卖鲜花的，花香扑鼻，成群的白鸽咕咕叫着在人们脚下膝前觅食，贺非突然激动起来，他的激动并非为了鲜花和阳光，而是一条狗。这条狗从近处的翠绿中显出身躯，和阿花一样，是条具有黑白图案毛色的花狗，长得和阿花一模一样，简直是对孪生兄弟，更奇怪的是，这条狗湿漉漉的鼻子在地上嗅了片刻，然后朝贺非跑来，它跑的时候才看出它和阿花的唯一区别：这条狗有一条腿是跛的。它跑到贺非跟前，蹲下，还摇尾巴，两眼看定了贺非，狗舌头像朵火焰闪动，也许和狗处得久了，贺非身上有一股只有狗才能嗅出来的狗味，所以狗对贺非特别亲热，而贺非对狗也格外的照顾，贺非从包里拿出自己的午餐——两片面包，递到狗嘴前，狗吃了，吃完后用舌头舔贺非的手，眼光情意绵绵。狗身上的毛色没有光泽，只是一片腌臜，看得出是条没主的狗。贺非养狗有其经久的道行，他的固有结论是：宁愿收留一条狗也不收留一个人，因为人比狗复杂。但是贺非面对眼前的这条狗却没有收留的打算，他觉得自己目前的状况跟狗半斤八两，无力再加上哪怕是一分一毫的负累。所以，他拍拍皇甫君的肩膀，说声：该走了。

面包屑还残留在狗嘴上，狗还在津津有味地啜唇作响。当他们走出很远时，狗仿佛悟出了什么，拐着跛腿，飞也似地追逐他们，可是已经晚了，他们已经上了地铁里的火车车厢，火车启动时，他们透过窗玻璃，看见狗瞪着多情而又不解的双眼，正沿着站台追着火车，渐渐地，狗成了一片模糊的黑白相间的图案，慢慢消失。

当天晚上，贺非给在上海的母亲家里挂长途，说在澳大利亚怎么怎么好，整天吃苹果，啖西瓜，听音乐，享受异国情调，风景这边独好，如此等等，末了，他突然狠狠地叫道：阿花呢？叫它来听电话：电话里一阵响，然后传来几声狗叫。阿花！贺非的声音变得极温柔极动人，于是电话里又传来呜呜的几声狗的呜咽。

以后，贺非的母亲在来信中说：那天贺非在电话里叫了声阿花后,阿花变得六神无主,老是在房间里兜圈子,它不知道贺非的声音从何而来,所以就拼命寻找,无奈了,就用脚去敲打电话机,弄得电话机上都是狗毛。

从此,贺非只要稍有空闲,就坐在沙发里画阿花,先是用炭条画素描,以后又画彩色的,画倦了,就扔下笔,躺倒,或者喝啤酒,喝醉了,就扔下杯子,然后是真正的躺倒,等待着澳大利亚一轮新的旭日,开始新的一天生活。

他们租用的这套公寓有宽大而明亮的窗户,窗外树影扶疏,夜的凉风里瑟瑟。隔壁花园里几乎天天晚上有哗啦啦的水声。如同急瀑,也像急速的快板,那是水洒草坪的优美声响,更优美的是花园中矗立着一幢乳白色的三层别墅,华灯齐放时,辉煌至极,尤其是身着白色纱裙的女主人倚在黑色生铁铸成的扶栏上享受美妙夜景时,真让人心中萌生净化了的佛唱。这个家庭有两个十来岁的儿子,还有两辆奔驰,男主人每日西装革履研究着浑身上下的风度,钻进奔驰扬长而去。他们对来自中国的黄皮肤邻居从不投之一瞥。而皇甫君贺非他们却不论白天黑夜,总是在窗前凝视着这幢三层小楼,看那两个孩子在草坪上玩球,看女主人的倩影,看真洋鬼子的神气模样,夜深了,眼前一片漆黑,他们就站在窗前听那一片雨打芭蕉似的水声。

当贺非画完狗睡着后,皇甫君也听完了水声,他捡起飘落在地的阿花肖像看着,心里五味俱全,画上的阿花实在是条不会跃动不会吠叫的死狗,贺非想向死狗解释什么呢?灯光依旧柔黄如雾却装作什么也不知道。皇甫君往日到贺非的画室里去玩时,经常看见摇尾乞怜的阿花,贺非的模特除了阿花还是阿花,所以,透过毛色直至狗的习性灵魂的观察,对贺非的影响决不停留在表面,可以说对狗的情愫已深深地进入到贺非的灵感之中,这种灵感使贺非对新的陌生环境产生莫名其妙的嬗变和发酵。看着贺非熟睡的姿势,胖胖白白,皇甫君认定这是猪的形像,但贺非身上却实实在在地有着经久不衰的狗的味道。

窗外,隔壁花园里洒水声又淅淅沥沥地响起来,皇甫君睡在枕上,细细地听这水声,如雨的水雾好似在他枕下流淌,清晰而朦胧,飘缈而富有质感。

阳光或暮霭中的 HAWKSBURN 车站

HAWKSBURN 车站离皇甫君的家步行三分钟。当火车滑进站台车门打开时,皇甫君就觉得到家了。走出站台,有几家小酒吧,装潢得很有情调,皇甫君经常到酒吧买 PETER 烟,逢周三周六,他一清早就去等酒吧开门,买专门刊登招工广告的报纸。

皇甫君到澳洲后,整整两个月里墨尔本的电车工人罢工,长虫似的绿色电车死气沉沉地瘫在街上,看来这种景观经常出现,所以墨尔本市民熟视无睹。

幸亏还有地铁,要不然中国学生就寸步难行了。

皇甫君第一次走上 HAWKSBURN 车站,是他到达墨尔本第二天下午，何小波陪他和贺非到学校去报到，顺便去银行办理税产。HAWKSBURN是个末等小站，冷清得连鸡子都没有一只，车站四周的墙上以及候车的木板小屋里都涂满了五色油彩，不成图案也不成画面，也许是立体派、野兽派什么的画家爱好者的用武之地。他们三个站在月台上受用习习凉风，站里售票处的小窗口早已闭去，何小波说：这个车站就上午卖票一小时，随后就关门，地铁老板认为卖出几张票的钱不够一个人工所以逃票很容易。

想到逃票，人人都有兴趣。当天晚上，他们一家四口就围在一起商讨最佳方案。最后还是贺非聪颖过人，说：买袋周票，我来改日期，足以乱真，别说一张周票，就是假护照我也不在话下。

墨尔本地铁的周票大小和张名片差不多，底色淡黄，上面盖有"本月几日止"的黑色章泥，总共七天，每张澳币十二元五角。故如果买了一张3日到期的周票，那只要用黑色颜料笔将3改成8即可，到了8日再在8前加个1字，到了18日再用手术刀将1刮去，把1改成2即可，这样一来，每月买一张周票就可以了，省却几十元钱，何乐不为。

皇甫君他们笑盈盈地凑在灯光下，看贺非的真功夫，贺非的手艺确实名不虚传。贺非也颇为得意，第一个冲进地铁去检验自己的本事，在以后的日子里，他们四个在地铁检票口挺胸凸肚，扬手持票，安然过关，何小波还将改过的车票塞进国内带去的月票夹里，这样一来，透明塑料的那层光雾更加保险无误。桂永清搔着胸前浓密的黑毛道：看来还是你们新来的朋友有门道，真是青出于蓝。

　　这个车站的阳光很充足，车站周围的桥梁、树木、餐馆、酒吧都享受着无穷无尽的美好阳光，可是阳光对皇甫君来说，对贺非来说却意味着又一次的艰难跋涉。因为天亮了，你就得出门，去寻工，尽管希望很渺茫，也明知道回来时将两手空空，墨尔本市区的工作场已饱和，大批留学生涌向郊区，三五人组成"扫荡队"，沿着铁路线挨家挨户找工作，以墨尔本市为中心，十数条铁路线射向四面八方，皇甫君和贺非结伴而行，摸遍了每一条铁路线可是还没有结果，HAWKSBURN车站的阳光再温暖再明媚，然而对他们来说已失却了意义，有时候他们走上站台竟不知何去何从，到处都一样，一片绝望的阳光。用假制周票蒙混过关的得意也已荡然无存，唯有垂头丧气，被阳光晒得一筹莫展。到这种时候，才知道人这种动物是多么的脆弱，为了一羹粥四处奔波，什么艺术理想都成了一片和阳光同色的空白，古人说不为五斗米而折腰，而如今皇甫君和贺非折断了腰也无半斗米，澳大利亚的寻工生涯给了他们一顿实实在在的教训，使他们清醒地认识到人有一个深得无底的肚子，这个肚子此时此刻令人百般的烦恼，皇甫君不禁想起李笠翁在《闲情偶寄》一书中的妙语："草木无口腹，未尝不生，山石土壤无饮食，未闻不长养，何事独异其形，赋而以口腹？"原来人与草木山石的区别仅在于一只肚子，原来人的思维语言人的灵性才华都是为了服侍这只肚子，人的伟大，原来如此。

皇甫君试想着阳光普照下的芸芸众生并不都像自己那样冷淡阳光，阳光下HAWKSBURN车站红砖砌起的楼道和灰色的站台，再加上葱茏草木组成的构图，散发着透明纯净的光照，清晨的车站人来人往，和以往不同了，喧闹取代了冷清，其中许多是中国学生，一样的菜色脸庞，一样的五短身材，一样的牛仔服饰，一样的神色沮丧，大家一起上车，寻工去。贺非是幸运的，他终于以他的标准身材取悦于人。找到一份每小时四元澳币的打包工。从此，在阳光里寻工的皇甫君就感到一种从未有过的孤独感。

和莫名其妙的阳光相比，皇甫君更喜欢暮霭，清凉的暮霭使他感受到某种温暖，每当火车扭动着沉重的身躯驶进HAWKS-BURN车站时，他都有一种如释重负和终归故里的心情，不论白天过得是否愉快，但一天毕竟就要过去，暮霭亲切地笼罩苍茫大地。皇甫君走出车站，走到那条通往住所的柏油小路，路边电话亭始终是空着的，黄砖似的电话本静静地堆在那里无人问津，偶尔有几辆小车从耳边滑过，给人以轻快的梦幻，当小孩的滑板，在粗粒子的柏油道上磨擦时，刺耳的声音又撕破了梦幻一路走去，道路两旁是色彩各异但都带有矮墙草坪的别墅。澳大利亚人向往的生活是冲浪、游泳、阳光、大海，还有奶白色的别墅，绿色草坪外加一架割草机，多么怡然自得并带有满足感。皇甫君每天踏着暮霭归来，总是尽情享用这一路上的祥和与洁净，还有美如仙境的眼前即景，他的寓所虽然比市委书记的家还好，但在这一带只能是末流水平，所以他只能欣赏并羡慕别人的，暮霭像征着难熬的一天就要过去,可以喘喘气歇歇脚了。

贺非没几天就被炒鱿鱼,灾难降临的那天清晨,他根本毫不知觉,依旧拎着饭盒像当年的包身工那样去上班,还兴致勃勃,谁知到了 HAWKSBURN 车站一站,站上冷冷清清,两条铁轨像死了的响尾蛇,等了半天火车还没来,他不觉诧异,走到售票处的小窗口前,关闭的窗口上贴了张告示,上面写着:"火车罢工,停驶五小时。"

五小时后,火车来了,贺非赶忙登上火车去上班,老板眨着冷漠的眼说:你干得很好,只是这几天没活,你留下电话,先回去,等有活了我再叫你。

火车罢工。贺非说,他想解释,又发现解释是多余的,老板也知道火车罢工,老板说:你可以叫 TAXI。说完,把一只信封交给贺非,里面是七十五元钱,是这个星期的工资。

澳洲姑娘

SANDRINGHAM 海滩上风光旖旎,棕色的沙滩蓝色的海面震耳的涛声和炽烈的阳光构成一体,使人感到自身的渺小和鄙俗。因为找不到工作,又不愿作无望的跋涉,皇甫君和贺非在一个周六的下午,相约来到海滨,散散心。

贺非下海了,他有庞大的身躯,尽管脂肪过多,但在澳洲人面前也不太逊色,在碧蓝清澈的海水里,他像只白像,偶尔用宽大的脚掌用力踏水,露在海水的白色胸脯和双乳激越颤动,他大声喊,还做手势,要痴坐在海滩上的皇甫君下海游水。贺非的动作以及他的兴致,和他的画一样路数,讲究色块和韵律,所以中国画画得令人难以恭维,油画倒是很出色。此刻,他自己进入了一幅很壮观也很美妙的油画。

皇甫君的脑子里一片空白,眼前所有的色彩和音响都荡然无存。当他和贺非穿着游泳裤从更衣室里走出来时,他感到无地自容,沙滩上的澳洲人一个个都健壮如牛,澳洲姑娘因了三点色而显得更加美丽。这天下午除了贺非和皇甫君之外,这片沙滩上没有黄种人。贺非下海以后,皇甫君更感到孤独凄凉,他认为自己小排骨似的身躯像一颗失落在这里的泪珠,正被澳洲的太阳吸吮着,他不愿下海,他感到这片大海不属于他,他在国内时曾在青岛、大连、普陀、老龙头、秦皇岛、北戴河的海水里尽情扑腾,然而此时,他正在领悟自己曾经看过的一篇小说,那是一篇日本人写的小说,小说中刻画了作者和一位白种姑娘作爱时油然而起的自卑心理。皇甫君当时对这种心理不以为然,而此刻,眼前的美令他委顿,令他消殒,他觉得海滩上所有的目光都射向自己,嘲笑自己。

离他一步之遥的地方,三个澳洲姑娘嘻笑着爬上岸,湿淋淋的海水珠子在她们身上乱颤,她们走到皇甫君身边后,脱下泳装,呈全裸,拿出浴巾拭擦某些部位,随后将浴巾铺在沙滩上,便仰天躺在浴巾上晒日光浴,对于身边的黄皮肤男士不屑一顾,皇甫君被她们的美震得头昏目眩,同时也怒火中烧,她们似乎不把他当成男人。皇甫君蜷缩着身躯,蹲着,沙滩被太阳晒得滚烫,无法躺下,只能蹲着观看眼前海景,海面上十数颗沉浮的人头,时而有手臂伸出海水划几道弧线,沿岸的浅海里,三五孩童正在玩水球。皇甫君猴子观看,头顶上压着整片天空,他也不屑看顾身边的裸女,思绪却飞到了又一篇小说中,那是澳大利亚作家 H·H 理查逊写的《入浴》,描绘几个澳洲姑娘入浴时的万般风情,小说家用文字描绘的美在 SANDRINGHAM 海滩上得到了印证,皇甫君只能用力蜷缩自己的身躯,他感到自己是多余的,自己的存在会破坏这幅美景。

跟你出来玩没劲!不知什么时候,贺非已从海里爬起,身上散发着海水的腥气,他抱起衣服,自顾走向更衣室,把正在发痴发呆正在遭受心理变态煎熬的皇甫君独自扔在沙滩上。皇甫君捧着两罐可乐凝视贺非的背影,他们临上海滩前买了两罐冰冻可乐,皇甫君一直没舍得喝,此刻已被太阳晒得烫手了。

贺非作为一个画家,自然理解美,也会发现美。都是双眼皮,都是好身材,胸往前,臀往后,腰部一握,青春焕发。这就是他对澳洲姑娘的评价。而对美,他和皇甫君有截然不同的反应。皇甫君在美的震慑下感到畏缩,而贺非却是无比的亢奋,看到漂亮的澳洲姑娘,他两眼便发直,勾勾地盯着看。有一次火车上,对座一位澳洲姑娘,贺非眼都不眨地看,那澳洲姑娘不害羞,也不起怒,看来很懂得贺非的心意,掀开好看的唇,微微浅笑。皇甫君见贺非血脉贲发,脸涨得通红,用结结巴巴的蹩脚英语对那姑娘说:你像圣母,我要给你画张肖像,不收费。姑娘没反应,似乎听不懂走了样的英语,下车时,姑娘却非常友好非常纯洁地赐予贺非一个微笑。贺非事后对皇甫君说:我永远记住这个微笑。

贺非又去找工作,依旧和皇甫君结伴而行,在大街上挨家挨户询问,还是没结果,最后找到一家名曰"西部牛仔"的餐馆,皇甫君先进去,马上被回绝,贺非又进去,刚才回绝了皇甫君的澳洲姑娘即刻春风满面,虽说她自己也只是个打工的小角色,却连声让贺非坐下,先打电话问老板,在电话里叽叽咕咕说了好一阵子,也许老板不要用人,姑娘才无可奈何地挂上电话,对贺非说声 Sorry,见贺非泛起失望神色,她索性扔下手里的活,登上楼梯找老板去,如轻燕上天,许久才下来,下来时脸色沮丧,再三说 Sorry,似乎欠了贺非的债,店堂里有三五个缠头布带的印度人也停下活,神色紧张地看着这一切,就怕贺非抢了他们的饭碗,贺非走时,姑娘送君一直送到大门口,还一再安慰贺非说:你一定会找到更好的工作……

贺非真幸福,皇甫君常常这样想,也想起自己的不幸,并且发誓以后找工作再也不和贺非结伴同行。下雨天,淅淅沥沥,整个墨尔本被浸得湿淋淋,皇甫君独自出去找工,看见 HAWKSBURN 火车站边有个小酒吧,便想去碰碰运气,叩门,没人开,就推门进去,快用午餐时分,店堂里没有一个人,几张餐桌上已放好了刀叉杯盘,皇甫君连叫几声 Sorry,还是没人应,于是他又向店堂深处走去，店堂里静悄悄，犹如一个庄严的教堂，终于，圣女出现了，一个极美的澳洲姑娘在整理餐具，看见眼前踅入一个黄种男人，顿时惊恐地大叫，皇甫君连忙道 I am looking for job! No! 姑娘的嗓门如同教堂钟响，Get out! (出去!) 皇甫君只好退出去，他明白，自己是被当成贱偷或者是被当成打劫的强盗了。从此，皇甫君对澳洲姑娘彻底失望。多少天以后，他独自去海滨，那是个凉风习习的阴冷天气，海边风声如雷，成群的海鸥在旷无一人的海滩上翻飞，当皇甫君坐在潮湿的沙滩上小憩时，海鸥在他身边围成一圈，皇甫君面对这些极通人性的小生灵，心中欣慰无比，只是翻遍口袋，找不出一点食物来酬谢它们，海鸥咕咕有声，四周跳跃，皇甫君不再感到孤独，不再感到凄凉，心田里升起一片温暖。然而好景不长，不知为什么，海鸥忽然离他而去，扑啦啦全都飞往一块焦炭似的大礁石下，皇甫君这才发现礁石下不知何时坐定了一个身着素裙的澳洲姑娘，姑娘神情暗淡，独自饮酒，双眼凝视蓝天碧海，仿佛心思重重，当海鸥围绕着她嘀咕时，她不耐烦地扬手去赶，然而海鸥却是赶也赶不走，依然围着她转。目睹这一切，皇甫君气炸了肺，唯一能够自慰的是：澳洲姑娘也有不顺心的时候! 这个自欺欺人的安慰将保持到何年何月? 皇甫君自己也不知道。

晚上把酒狂饮，他们一家四口围坐在一起，当皇甫君把自己的想法倾吐给同伴们听后，何小波沉思片刻，用极可怜极同情的口吻说："不要想得太多了，自找烦恼……"桂永清说得更直截了当，皇甫先生，你脑子出毛病了！

墨尔本之恋

　　胖子桂永清，过了而立之年，除了一身膘，依然两袖清风，做人无烦恼，所以更长膘。赴澳已经一年有余，自恃英语说得流利，便冒充澳洲的新移民，进墨尔本市中心一家五星级宾馆找工作，还自称有几年洗盘子的工作经验。按常规说，五星级宾馆这种级别的户头有人事部，对寻工者的到来，人事部诸小姐或女士会板起漂亮的脸蛋，先用犀利的目光扫视对象，再给你填张表格，再看你的态度，再了解你的身份，再证实你是否真有过工作经验——尽管仅仅是洗盘子或清洁工，最后，当一切符合了要求，再让你和工头或者是厨房部的头谈话。在这种地方寻工，不亚于过五关斩六将，首先要会吹牛，牛皮吹得越大越好，再则，要懂得如何讨好小姐和女士们，当然，一口流利的英语也是不能缺少的。胖子桂永清很幸运，得到了这份工作，而且出人意料的是：他来了个三级跳远，人事部没了解他的身份，没要他的工作经验，也没让他填表格，一下子到位，当天上班，从宾馆旁一条肮脏小路上的边门上楼，一直到厨房，而且做中班，并经常加班拿加班费。

　　桂永清力大无穷，百来斤重的装盘筐提在手上如同儿戏，他人也老实，叫干啥就干啥，低着头，有时累得吭赤吭赤，额上皱纹蹙起，多毛的脸上勃起粒粒粉刺，便大喝一声：哈！贯通气脉，以免迸伤。工头听见这声"哈"，高兴得也大喝一声：CHINESE！有了这声吆喝，桂永清就会得到一块八两重的煎牛排作为晚餐，桂永清最大的毛病是馋，不仅吃牛排，厨房里收下的残羹残汤，他顺手捞来就往嘴里塞，工作八小时，他的齿间始终在咀嚼运动。

桂永清在沪上原是把桥牌好手，收拾纸牌不亚于香港赌场上的老千，一年盘子洗下来，澳大利亚五星级宾馆里的水抹去了他指上的摩擦力。皇甫君、贺非到澳洲以后，加上何小波，四个人正好凑成局，轮到桂永清洗牌发牌，总是何小波代劳，桂永清的手因为洗了盘子便再也不能顺顺当当地发牌了。

桂永清常常在皇甫君他们面前夸耀宾馆的福利待遇，诸如一年有几天休假，还可以到黄金海岸布里斯班去免费旅游，免费住五天高级宾馆，如此等等。

有一天，桂永清上班时在厨房滑倒，二百磅的躯体结结实实地摔在地上，当晚回家后，整夜难眠，疼得龇牙咧嘴，皇甫君依着灯光察看他的痛处，不得了！即便不出人命也够他受的，在桂永清身子右侧，出现一块二尺长尺把宽的大瘀血，红里带紫，紫里发黄，青里泛黑。桂永清说：就是这块皮肉，硬绷绷摔在地上，于是，皇甫君、贺非、何小波兰人轮流替他按摩，还用热手巾敷，然而疼痛依旧不减，第二天，桂永清忍痛到医院求治，得到几片药和药膏，最可喜的是获得了一张医生出具的病假单，休息三天。虽然这三天将没有分文收入，但为了以后继续挣钱，他必须养一养，蛰居蜗藏，打发这块五色相杂的淤血。

当桂永清手持病假单步履蹒跚地找工头请假时，工头咆哮了：不准请假！桂永清递上病假单，一脸的理直气壮，于是工头再咆哮：你可以休息，BUT 不要再来了！换言之，就是炒了你这个手持病假单的混蛋。桂永清即刻就蔫了，老老实实地干活去，还不准偷懒，工头的眼睛是雪亮的。

干了一年多洗碗工，桂永清当初是积蓄了一笔钱，有了钱，便会有打算，他将钱一分为二，分成两份，各有六千余元，一份存入银行，准备为老婆以后来澳洲相聚之用，桂永清的老婆从照片上看长得小巧玲珑，不算俗气，还替桂永清生了个眉目清秀的女儿。老婆在频繁的电话中屡屡表示澳洲是个好地方，满街的彩电冰箱随意捡，并发誓无论如何要排除万难赴澳、和桂永清一起奋斗。谁知天有不测风云，存入银行的那笔钱因为银行突然倒闭成了镜花水月，桂永清气得七窍生烟，撞上银行评理，最后银行答应还他百分之廿五。这事应了一句俗语：钱财乃身外之物。

桂永清的另一笔钱倒是花得其所，尽管这钱像流水一样，但这是兴奋的水，激动人心的水，气韵生动天趣旁流的水。

这天，他们家里款款然流进一股柔和的水，桂永清挟进此水时满面春风，眉眼间笑意蠢蠢跃动。被皇甫君他们称为水的那个女人是个日本女人，初识时觉得这女人长相清亮，身材窈窕，走进屋子便光照人间，一口日语外加一口英语和皇甫君他们也能对酒神聊，懂礼仪，也识时务，做人做得恰到好处，不卑不亢。但三五日后，便有了更深切的看法，首先是贺非道破：这女人是积年妖狐。

确实，这女人的所作所为，无非是在桂永清的床上采阳补阴，艳帜猎猎，昼夜无度。

皇甫君他们一家四口住二室一厅，皇甫君和何小波合居一室，贺非与桂永清同蛰另一室。自从那日本女子出现后，贺非为了成人之美，舍下床铺和被褥，挤到皇甫君室中三人合住。于是，不论白天黑夜，他们常常听见那头房间里传来娇嗔之声和欢狎之语，有时作爱的男女赤身裸体龙凤颠倒，房门大开，也不避风流，偶尔走过，便触目惊心，真是耳得之而为声，目遇之而成色。

日本女子成欢后，便到浴室求水，然后用贺非的新浴巾拭身。某日，贺非发现浴巾上有斑斑血迹，勃然大怒，好男不与女斗，便揪住桂永清，感觉十分肮脏地问：血从何来？桂永清嘻笑着道：女人每月一次光荣献血，何必大惊小怪！贺非惊诧，问道：在这种情况下，你也不放过她？桂永清道：哪里，是她不放过我，我真有点撑不住了，这女人床上功夫之好令人叹服。贺非无奈，指着浴巾说：这块浴巾送给她了，叫她以后不要再用别的浴巾。

桂永清平时举手投足毛手毛脚，不是摔了碗就是洒了汤，用餐时吃相难看，还咕咕有声，说话更缺乏修养，粗鲁无礼，俗不可耐，可是只要日本女人一来，顷刻会变成一只乖巧小猫，轻声轻气，说不尽的甜言蜜语在女人的耳际飞舞，他以为别人英语能力差，故而说话不避嫌，谁知其他人的英语水平日新月异，他对女人说的那些甜得发腻的话,有一多半皇甫君他们都听懂了。于是,等女人离去,大家就开始嘲笑桂永清,桂永清也不反驳,搔抓着胸前浓浓的黑毛傻笑。

留学澳洲,妻离子散。长此以往,孤独难熬,于是男女之间偷情同居之风骤起,未婚男女乐此不疲,已婚男女如狼似虎不甘落后,借枕席之欢排遣不读书不看报整天浑噩打工的枯燥生活,并满足生理上的不时之需,故在澳学生借租寓所时一般来说以两男两女住二室一厅为宜,需要的时候相互提供方便。皇甫君他们例外,四条汉子蜗居一寓,但日本客来,他们还是毫不犹豫成人之美。

桂永清自小被父母半遗半弃,所谓遗弃之半是其父母在外省工作,而他则被寄养在沪,往往几年不得一见,难说父母和儿子之间有深情厚谊。桂永清结婚后得一女儿,一家三口和岳父岳母同居三层楼,天地狭窄,还时时爆起火花,一三五吵架,二四六冷战。赴澳之举一多半是为了逃避这个环境。有日本女子送上门来,欢狎之中求其快感,亦是人生一大乐趣。故桂永清常有得意之色,耻笑皇甫君他们苛守传统,形影相吊,独钓寒江之雪。

某日夜间,桂永清给在沪的妻子打长途,其妻久久未能来澳,心急如焚,这次,桂永清搁下电话时显得很沉重。牙缝里挤出一句话:她哭了。说罢,自己也禁不住清流两行款款而下。

青灯下,皇甫君他们见此情此景也感到由衷的心酸,相对无言,静坐长叹,只听见浴室里哗哗水声,日本女子正在冲澡,作睡前准备。少顷，出浴美女穿着睡袍袅袅走来，挽起桂永清走进寝室。

第二天，皇甫君见桂永清早出打工，便邀日本女子在厅堂坐定，告诉他昨夜桂永清和其妻通话之事。日本女人听罢抿嘴而笑，然后说：你是他的好朋友，我可以告诉你我的真实想法，我是个短命人，看相先生说我活不过四十，我如今已是三十岁了，人生短暂，我便赴澳游玩，我有一百万美元的私产，足够我花的，至于和桂，也是我的旅游项目之一，人生最快活的事情便是在床上，桂健壮如牛，我很满意，我以前有过很多男朋友，英国人、美国人、韩国人，还有德国人，都不如桂。

皇甫君看看日本女子单薄的身材，苍白的脸，想：这人还能活到四十？

我不会和桂结婚，他是个穷光蛋，除了健壮的身体外一无所有，没文化，没技术，什么都没有……

看着日本女子两片涂得血红富有性感的嘴唇，皇甫君牢牢地记下了她说的每一句话。当晚，他就一字不落地告诉了桂永清，另外还加了一句：现在世界上，究竟谁玩谁？

没想到桂永清苦涩地一笑，说；这些话她早跟我说过。我这个人从娘胎里出来以后，没有享受过爱，没过欢乐，不管怎么样，和日本女人相处这些天来，我感到了欢乐。

在以后的日子里，桂永清和那日本女子依然如故，如胶似漆，难分难舍，桂永清还请了一个月的休假，至于自己这条鱿鱼是否会被炒掉全然不顾。晚间双双投宿，白天捉对游玩，到海滩上晒日光浴，累了，便入海滨旅馆小憩。一个人要是走火入魔，九牛难以拉回，桂永清口袋里的血汗钱去如流水。

说来也奇怪，这对男女互相间慢慢地恩爱起来。咬着耳朵窃窃私语，咀嚼爱情，激动的时刻来到了，当着皇甫君他们的面也会相拥相欢，鬓发厮磨。一日，日本女子带着一架吸尘器来到寓所，挽起袖子，说是来大扫除，没人理会她，她便独自一人先厨房，后浴室，再客厅，干得何其之欢，白皙的手臂上污秽斑斑，都是隔年老油。桂永清当然帮着女人干活，皇甫君他们坐沙发里抽烟，看见桂永清爬上爬下，贺非说了一句：胖子像 MONKEY。话音未落，日本女子勃然大怒，用日语骂了句极难听的话，然后扔下抹布，瞪起美丽的大眼睛，拉着桂永清就走，翌日方回。皇甫君悄声问胖子：她生气了？桂永清浅然一笑，说：没有一个女人待我这样好过……

说话时那女人正在厨房里忙活，少顷，端着一大盆意大利通心面出来，围裙系腰上，笑呵呵地招呼大家吃饭，昨天的不悦早已烟消云散，意大利通心面里伴有西红柿，芝麻酱，味道好极了。

这个日本女人以家庭主妇的面貌进入了这个四口之家。

以后，桂永清和皇甫君他们闲聊时，只要话头涉及女人，便前言不搭后语，思维混乱，但皇甫君还是从他的话中探出某种心迹，桂想抛弃沪上的妻子女儿，娶了日本女子，到日本去过好日子。话没说透，然而桂永清之心，昭然若揭。

正当桂永清单相思想得天花乱坠时，日本女子突然失去踪影，数日不见。桂永清心急如焚，上天入地，差点没把墨尔本翻个底朝天。

皇甫君提示道：她肯定又有新的男朋友了，比你有钱，也比你壮实。

不可能！桂永清毫不含糊。

桂永清的判断是正确的，几天后，一纸飞鸿自东瀛来，是日本女子的信，信中大意是：之所以不辞而别，是因为对桂确实产生了感情，为了不使这种感情破坏自己原定的生活方式，故一走了之，从此断绝一切关系，忘记所有的瓜葛，并感谢桂带给她的幸福日子……

既然如此，也只能取其超然风度，桂永清长叹之余，将这封信和老婆照片放置在一起，这女人毕竟爱过他，也玩过他。

从此，这个家庭依然如故，打工的打工，读书的读书，桂永清还是胖子桂永清。

长夜漫漫，皇甫君和贺非到澳洲几个月了，还在整天奔波寻找工作，他们问何小波，也问桂永清：为什么兴奋不起来？

何小波说：你们将永远不会兴奋。

桂永清说：我兴奋过，但现在我又熄火了。

皇甫君他们知道，桂永清指的是那位有钱的日本女人。

有时候，他们围坐在一起，话题中不时谈起领事馆门前骚动的人群，都想来澳洲，都以为澳洲是个妙不可言的神话。

叹息之余，皇甫君才知道，澳洲只是澳洲人的神话，可悲的中国人以为自己没有神话，正在整个世界范围内寻找着可以接受的乐土，然而乐土安在呢？

书 鬼

我有一个书橱,书橱顶端的那一层是个坟墓,里面按放着茨威格、海明威、川端康成以及好多已经逝去的作家的著作。久久没有去翻阅这些书,以致书上积淀起薄薄的尘翳,轻轻的喘息就会吹起飘渺的灰雾。在光照里随意的散乱。多年来我一直看护着这些书,好似一个守墓的老卒。

曾经有长者对我说:想体验心态可读茨威格,想感受沉静去读海明威,想贪图美境就读川端康成。我确实很努力地读过一些他们的书,读得夜狗乱叫还不忍释卷。我像一条寻找生命之舞的蛇穿行游弋在字里行间,四周都是迷蒙,都是疑惑,充满着因为受了挤压而发出的喘息声,负重的字迹像是成串黑色的泡沫形成一条默然无语的走向,将我的情感和思绪引向我也不知道的地方。我无意去包容他们的世界,却觉得自己正被诱惑着渐渐地褪尽。当我想抗拒这种诱惑时我便将我的思绪蜷缩起来,并盘成一个圆圆的梦,然而梦只能是一个没有实际意义的图腾。

我的朋友中满怀着真挚情意读茨威格读海明威读川端康成的也为数不少。寒不炉,暑不扇,俯觅蝇集如麻,仰思天路茫茫,陋室里静坐如泊,将一怀浓茶尊为知己,只以为至人道就在方册,学学茨威格的撕裂,学学海明威的冰凉,学学川端康成的无奈,到头来依旧是枕中无财宝,手里持黄卷。

读着他们的作品咀嚼他们的情境,我便产生出一种犹如余晖滚落盘的遗憾,如果他们能够坚持走完人生不自戕而死,那么他们的作品以及他们的人生这部有字书和无字书构成的巨著,将会发出更加辉煌的光彩,然而他们却逃避现世自觉地走进了坟墓。这就意味着他们的每一部作品只不过是走向幻灭的声声叹息,更令人心悸的是这种叹息在他们死后频频召唤着读者,谁与这种叹息共鸣并且不能自拔,谁就将失去愉悦的人生。

所以我常常打开书橱凝视着他们的著作默想:这是轻松的笑靥呢?还是混迹于箕中的死蟹?说得彻底些,这或许是陷阱,只是这样的陷阱太美妙太诱人,以至品尝之际并不知陷阱为陷阱,就如群鱼跃然万顷之上而不知水为水。

我现在已经没有热情向茨威格、海明威和川端康成奔赴,因为我把结局看得如此重要,与此同时我也失却了在一马平川的原始之境自由驰骋的酣畅过程。我那坟橱里与其说埋葬着茨威格、海明威和川端康成的遗骸,还不如说幽藏着几乎摄人魂魄的书鬼,结局和过程的反着,酣畅与悲凉的碰击令人难以评判和选择,也许这就是人生的必然和必然的人生,也是人生的理想与理想的人生。

弟子得圣道,春诵夏习秋读冬学,外加弦歌琴鼓,这才叫欢乐读书,然而读茨威格、海明威、川端康成却只有沉重的孤寂。

或许我对他们的丰富和浑身知之太浅,所以我便将他们埋葬,并甘做一个守墓的老卒,为他们去尘晒霉。说不定哪一天我又会有热情去打开这个坟墓,开掘此中的瑰宝,当然这只是后话。

黄河游览区杂记

久慕黄河。今夏有幸游之。某日清晨,小别郑州城,坐车寻万里黄河。车出郊野,只见满地玉米,闻风不动。又见三五幼童一领破席,鸡巴朝天,睡在黑鱼背似的公路上,一任平沙抚摸,享尽"龙床"之乐,车来不醒。车有喇叭,鼻有鼾雷,争鸣良久,车只得绕道而行,此之谓"退一步海阔天空"。

至游览区,即有无数乡亲牵马而来,顷刻受围。一色的灰布烂衫,初以为响马剪绳,细看时才发现黄齿间笑意荡漾。两元钱即可有坐骑送到黄河边。此时乡亲三五十,坐骑三五十,而游人仅三、五户。于是游人不知所措,闷头便走。乡亲则紧追不舍,手中行鞭摇曳,不知是赶人还是赶马。再看那马,四蹄悠闲,笑意中似乎藏匿着阅尽人间沧桑的胸怀。至此,不禁由衷感慨道:乡亲只为斗米奔忙,游人只借黄滔抒怀。不料都被畜生耻笑。

舍了驾驭之趣,快步至黄河边,滔滔黄水如一匹黄色挽联静卧野际,有小船一枚飘来飘去,转如鸿毛。三五游人登船,环顾左右,仅一条汉子驾船。观赏两岸景色时心里苍凉,消磨宇宙的古意也悄然泛起,船至河心,舱板下窜出两个三、四岁的顽童,蓬头垢面. 只是从赤裸的身上才看出大的是童男,小的是童女。

于是游人又增添一层古意。船至二王坝，岸上有四条鸦形鸠面的汉子频频招手，游人深恐有变，便呼船家掉首归棹，船便如箭而返，一路上激出许多波浪。此时见岸边山冈上有巨大雕像，说是禹王。禹王治水，万世流芳，只是黄河水患变来变去还存一个患字，而禹王却愈演愈高大起来。船将靠岸肘，岸上已是风沙漫舞，数十骑在尘雾里翩翩。于是上岸后又被马队围住。三五游人只好跨上马背，牵马者笑道："听说上海人很抠？"马背上的上海人自然默默不语。于是乡亲在马臀上狠狠一鞭，马狂奔，乡亲也狂奔，游人胯间被鞍子铲出痛意，纷纷落马，都被乡亲救起。游人有了马背上的无趣，拍落身上尘土，再拍拍乡亲的肩，递上五元钱，道："不用找了。"乡亲巧用激将之法挣钱，游人有了趣味又有了面子，各捧一掬黄河之水，说声再见，还握了握手。

游人此番算是游过了黄河，心中平添了一番苍凉，苍凉既逝，这片灰黄色也就渐渐褪去。永远咀嚼这苍凉这灰黄的却是乡亲们。

自列祖列宗起至子孙万代，守这片黄土和这份空茫，操壶杓就黄水而饮，结密网就黄水而食，洒清泪就黄水而葬。一匹素骑，一叶扁舟，借黄河之水，了却世间的闲账。

月桥河

傍晚，夕阳浮浮沉沉，满天都是火烧云在飞翔，大运河里流泻着一层金色的光。前面有座桥，七孔，拱形。我忙三火四地奔上桥。看，夕阳离我越来越近了，我快要捉住它了。突然，它一沉，消失在淡淡的暮霭之中。于是，夜幕渐渐地笼罩了一切。

我脚下的这座桥说它有名亦可，无名亦可，有名是因为它的真名实姓叫广济桥；无名则因它不像有些桥那样美名扬天下罢了。

杭州附近的塘栖镇被吞波吐浪的大运河分成两半，广济桥就横跨在河上，贯通镇南镇北。千百年来，人们来来往往，在桥上留下了无数足迹。

当两岸楼阁里丝管悠然而起的时候，月亮爬上树梢，洒下一片黄澄澄的光。清风徐徐吹来，男女老少三五成群，端凳打扇的上桥乘凉了。奏琴的正襟危坐，弈棋的整檠横戈。我是个外乡人，初来乍到的自然引人注目，人们递给我一张竹椅，一把蒲扇，围着我闲聊，从海阔天空到鸡毛蒜皮，从三皇五帝到乡俗民风，东拉拉，西扯扯，但话题总离不开桥和运河。

我没有考古的嗜好，然而一番东拉西扯，也使我对这桥的来历有了个一知半解。

当年造桥的时候,两岸延伸而来的桥体正待合龙,却少了一块镇桥之石,工匠们搔耳挠首,正在焦急的时候,突然,水烟飘渺处一叶扁舟破浪飞来,舟上一位松骨鹤发的渔翁大声呼叫:"送石来了!"果然,只听一声轰响,一块洁白方正的巨石从天而降,落在桥正中,把两面桥体连结起来。巨石大小轻重恰如其分,简直是天遣神工。两岸匠人齐声叫好,欢跳雀跃。欣喜之余再找渔翁,渔翁已不知去向,只有那只小舟在河里无声地飘泊。于是人们就猜测了:"是鲁班先师的神灵显现了吗……"也有人说:"这巨石就是鲁班化成的……"

然而,我知道,这不过是一个神奇的想象罢了。鲁班分明是战国时鲁国的巧匠,怎会相隔千年之遥,在隋炀帝开凿的大运河上施展技艺呢?

夜色抹去了远处最后一两痕山影,月光在慢条斯理的流水上荡漾。一声汽笛的鸣叫划破了静谧,一只拖轮突突地喘着粗气,牵着一串运载煤块的驳船由远而近地驶来,钻过桥洞,然后又渐渐地隐没在黑夜中,排开的水波使劲地拍打着石坝,微风在暗暗地鼓动。

"啪!啪啪!"有人用扇子驱赶蚊子,接着是一场争执。

"这桥,再过一万年你来看,还是这样坚固!""一万年?但愿如此。那么一万年以后,如果这桥还是这样横在运河上迎接来来往往的……什么呢?我不是算命的,将来的东西不能瞎猜。如果这样,我们脸上还有什么光彩呢?"

这又是一个神奇的想象。我佩服塘栖老乡的想象力,他们明知时间不会倒流,却偏要用历史来充实现实;他们明知时间不会超越时代,却偏要用未来来鞭策现实。如此黄帝子孙,真是中华民族的骄傲。

然而,想象力并不能取代一切。人们也曾经有过幼稚的季节。当年,拖轮第一次在运河里露面时,人们对这怪物又怕又恨,蜂拥上桥,把铁条,铜皮,石头,土块,甚至杨梅、李子、菜叶、馒头一起朝拖轮砸去。因为拖轮过处,排开的水波直逼两岸,细嚼慢咽,冲坏了人们辛勤开垦的良田……

但是拖轮也把人们拖进了成熟的季节,人们羞愧地抹去汗水,在运河两岸筑起了堤坝,又争先恐后地把驳船系在拖轮的尾巴上。人们的心声和拖轮的汽笛共鸣了。

呆呆的我,望着呆呆的月亮,月亮是那样的明亮,人间的一切都在这明镜中留下了影子。从幼稚到成熟,从成熟到幼稚……人们就用这样的步履在生活的路途上攀登。

河水发出一阵哗笑,月亮在水乡的上空独自飘浮。桥上已经没有人了,人们是什么时候离去的,我一点儿也不知道。居高临下,我站在桥的最高处,用凝聚的目光抚摸着大河两岸的家家户户。塘栖,不过是祖国母亲身上的一个细胞,然而就在这普通的小镇里,寂静中正燃烧着生命的烈焰。

小 说

买 卖

俗话说:"人到四十五,正是出山虎。"

老五头今年也四十五岁了,是有点虎彪彪的样子,灰布对襟袄一裹,腰上系根黑布带,一条笔挺的隐条的确良裤下露出双黑铮铮的皮鞋,这双不知从哪儿弄来的荷兰式,快被他那宽厚的大脚撑破了。老五头还有只头,稀稀拉拉的几根头发像干枯的野草,刺愣愣的附在光秃秃的头皮上,难怪他当了大队支部书记后,在这儿插队的知识青年把他的绰号换成"仙人球"了。

将近收工的时候,村子里没有鸡叫狗咬,静得出奇,几缕炊烟慢吞吞地从房顶上冒出来。老五头躬着肉团团的背脊,坐在院子里修理自行车。这几天,公社里可热闹了,大会小会像连珠炮似的一个劲儿的响,老五头是支书,几乎天天骑上自行车,黑皮鞋一蹬,一溜烟似地开会去了。他从来不带本子,也不带脑子,队委会上要他作个传达,他翻翻两只铅块似的眼珠,简明扼要地说:"大的是走资派,小的是小生产,会场里哄哄闹闹,像打翻了的田鸡。"别人问他发了言没有,他拍着胸脯:"党委书记老乔说走资派,我就喊打倒,老乔说小生产,我就叫批判!"随后,他凑过头来得意地说:"大道理,不通天就达地,保险!"

自然，路走多了，总有不顺当的事，昨天晚上开会回来的时候，月影下，老五头正盘算着回去后如何布置传达，突然看见公路上横着一条沟，他赶紧揸住刹把，使劲拨转龙头，才没翻沟里，但已撞上路边的树干了，老五头一个跟斗摔下来，还好，头没破脚没拐，只是自行车的前轮子断了几根钢丝，龙头歪了点。老五头嘘了口气，冷汗稍退，再定神一看，哪里是什么沟，分明是电线杆的影子倒在公路上，老五头一跺脚，骑上车子走了。尽管断钢丝叽哩呱啦乱叫着，他毫不在乎，反正不是自己掏钱买的。

今天早晨，他对会计说，修车也是为公，要给十个工分，所以，这会儿他也就心安理得地在这儿胡乱摆弄着。

一片枯叶飘落在老五头的头上，他眼皮一跳，看见面前站着个人。

"什么事呵？竹明。"老五头像捻佛珠似的数着手里的钢珠，龙头里碎了几颗钢珠，老五头正为这犯愁："三、四、五……"

"老五叔，这是我的入党申请书。"竹明也许怕绷坏了声带，说话轻声轻气的。

"什么？七、八、九……"

"我的入党申请书。"

老五头也不抬地说："搁到我书桌上去吧，我正忙着哩。"他还是数着钢珠。

竹明从屋里出来，丧着脸说："老五叔，我已经打了几次申请了。"

"嗯,十七、十八……"

"不,是三次。"

"唉,又被你打乱了,我知道,年轻人,狼不怕打,船不怕翻,要经得起考验嘛!"

竹明看一眼这滚圆的"仙人球"一声叹息,走了。

老五头和竹明是在六年前认识的,那时,竹明披红戴绿的来到这儿,表示要在广阔天地里大显身手,扎根一辈子。他第一张申请书就是交给老五头的。后来,老五头派人一调查,发现竹明的父亲曾经偷过厂里的一把斧子。"偷斧贼的儿子能入党么?"老五头摇晃着脑袋,足足有两分钟。

竹明还沉得住气,他依旧和社员们一起出工下田,挖河挑泥,还在夜校里担任了教师,老太婆们叨叨地称赞这个漂亮的小伙子:又会挣工分,又识文断字,谁家招进这样的女婿,就带动一屋子福了,可是竹明是"上海人"在这儿呆得久吗?

"是啊,上海来的……还得努力一番……"当老五第二次拿到竹明的入党申请书时,他仄歪在床头也这样思忖着,几个哈欠一来,他撕下申请书的一角,卷起一撮烟叶,点上了头,一缕青蓝色的烟莫名其妙地飘散开来……

时间过得飞快,和竹明一起来插队的同学都入了党,入了团,远走高飞了:福康参了军,贺平在师范学院念书,小亮进了钢铁厂,惠新在供销社打算盘,连秀敏也当上了公社卫生站的赤脚医生。留下竹明一个,也想走,可是跳龙门要有金字招牌,他像泄了气的皮球，滚来滚去总是无精打采的。

西边灰蒙蒙的一片，太阳被逼下了山，夜色兴冲冲地赶来了，老五头还在那儿忙着，连老婆的叫声也没听见。"啪"的一声，他如梦初醒，原来是老婆那块油渍渍的抹布打在他背上。

"饭菜供好了，要不要四人轿抬！"老婆说话很爽利。

"先公后私，"老五头挥挥手说，"修好车再吃饭吧，乔书记说我是出山虎，明天要我在大会上演说呢！"

"秀才讲书，屠夫讲猪，你讲来讲去总离不开乔书记，谁知道他是个什么货，听人说，这小飞机头也是抱大腿的好手……"

"你别说这话，谁没有一本难念的经，要说我老五和乔书记……"

说起老五头和乔书记，确实有过一段佳话。那年，乔书记结婚，老五头捉了只最肥的老母鸡，挎着一篮鸡蛋去送礼，在乔书记家门前，他隔窗朝里望去：像开了茶馆店，客人们烟来酒去，嘻嘻哈哈，屋子里有电视机、电唱机、缝纫机，靠门口停着一辆簇新的自行车，墙角挂着支猎枪。老五头看着老母鸡，老母鸡也看着老五头。"咱们巴结不上，咋办？"老五头正为难时，背后走来了乔书记，这个精明人早就知道老五头是个恨不得拉住上司叫亲爹的角色，这会儿，他一眼看穿了老五头的心思。"老五头，请进、请进。"老五头摇摇头，尴尬地看着手里的东西。"没关系，老五头，礼轻情义重，我领了、我领了。"乔书记笑容可掬，老五头心花怒放："对呵，乔书记。"老五头十根黄蜡蜡的指头一起指向心窝:"这儿有,这儿有,情和义我都有……"

从那以后,人们都说:乔书记很器重老五头,老五头也攀得紧紧的,两个星期便当上了支书,连老五头的婆娘也常说:"一只猪杀不出两样心肝来,老五的心上只有乔书记,情和义全在那边了。"

晚饭后,老五头才想起竹明的入党申请书,在那只茶几改做的书桌上,一本布满灰尘的"党章"下压着只大红纸做的口袋,"哼,红皮白心,要入党拿出实际行动来,红纸管什么用。"老五头说着拿起口袋。突然,一块闪亮的手表从里面滚出来,老五头一愣,但马上明白了,嘴角露出一丝笑,他暗暗思忖着:"我老五做官,钱也要,理也要,这小伙子算学会了……"他放下口袋,把表据在手里凑近灯光一看:"钻石牌,八十五。"他很熟悉行情,心里算计着:"惠新的入团申请书是包着两块肥皂送来的,福康参军是没法子,他老子牌头硬,贺平去念书是一辆自行车外加一双皮鞋,小亮进厂是块'上海牌'一百二十,一百二十减去八十五,差三十五。算了,我老五吃点亏吧!"

这时,阿金从窗前走过,老五头"啪"的打开窗子:"阿金,通知支部委员们明天不要去割稻了,到队部开会!"

夜,静得很,老五头的大嗓门五邻六舍都听得见,守在空灶头前的竹明也听见了,他眼里渗出两滴晶莹的泪珠,顺着面颊慢慢地流下来。

他不明白:入党为什么这样难又这样容易……

岁月，有回声

秋天了，天色将晚。

黄花花的路灯飘洒着凉飕飕的光。沙康缩了缩脖颈，搓搓手。他今年二十八，左邻右舍都知道他已经二十八了。路灯光把他的影子摔在街面上，把他的裁缝摊也摔在街面上。今天生意好，这几天都是。天气渐渐转冷，过不了几天西北风就会呼呼地叫起来，于是做衣服的人多了，裁缝摊上也自然兴旺起来。伸手轻轻一摸怀里，真高兴，那儿是钱。

他"嚓"地点上一支烟，然后斜靠在电线杆上慢条斯理地喷云吐雾。现在就业困难，提倡自走门路不要吃闲饭，吃闲饭？哼，有这点手艺走遍天下都不怕！沙康自小跟爸学着了一套好手艺，在这儿摆下裁缝摊不过几天便颇有些小名气了。青烟拂动的地方出现了几个数字：28048。这是电线杆的号码，白底黑字，天天见面。沙康在这儿一手拿竹尺，一手耍剪刀，脖子上套根软尺，一天下来，脚下就撒满了五颜六色的划粉头子。

为这电线杆，沙康也暗暗地自鸣得意。一待天色黑下来那黄花花的灯光悄然飘落，不用付电费就能继续做生意。看，白天在对面卖豆腐花的老太，卖猪脚爪的汉子，卖鱼鲜的哥们，卖绣花针的姑娘,不都被黑暗撵走了嘛!此刻街上清静多了,只有菜场里还不时随风飘来一阵阵刺鼻的鱼腥气。

沙康抚摸着台板,突然心一跳,感情顺着他的手掌流漾开来。他想到爸了,记得四五岁时,爸颧骨上有两团跳呵跳的红晕,三杯酒下肚就把沙康抱定在台板上,用尺从头到脚一量:"还是只小僵鸡,没我的屁重,叫我!"沙康做个鬼脸不肯叫,"不叫吃棒头糖!"爸扬起二指宽的尺,真要打下来了。"叫什么呢?"沙康还在胡闹。"叫什么?听着,叫老——裁——缝。""不,没的,你没的皱纹。"沙康在额上比划着说:"叫爸小——裁——缝。"

爸还是笑了,两团红晕跳呵跳的真从口袋里摸出一支棒糖来:"你将来出息,别学爸样当裁缝,这风里日下的爸尝够了……"说着,爸轻轻地吹去了落在台板上的灰尘。

真是秋天了,东西南北中,伸胳膊蹬腿,到处可以抓到一把秋天。别学爸样当裁缝,说得轻巧!学啥做啥难道由人挑吗!

不知从哪儿来的一只大白鹅,扑拉着翅膀撒开腿,大摇大摆地在街心扯起嗓门戆戆地叫。沿着那截矮墙跑出个老头,颤颤巍巍地追上来,一把没抓住,大白鹅惊叫起来,老头紧追不放。近了,沙康看见了一头花白头发,不高不矮的身材,躬着背,他跑不动了?怎么把头缩在衣领里,冷吗?凉飕飕的是起风了,那快来吧,这儿有个旧车棚,能避风。这身影多像老裁缝,老裁缝老了,也该躬着背了,早就说身体不好,切掉半个肺,抽掉四根肋骨,医院里出来后背上就留下了一条紫红色的疤，沙康小时候洗澡时爱给爸擦背，还傻不哩叽地问爸背书包怎么只有带子没有包什么什么的……

脚上擦着了毛茸茸热乎乎的东西，一晃动，台板摇曳，几块彩色的划粉落下来打得粉碎。"戆"的一声，大白鹅被沙康用腿夹住了。沙康拧着鹅脖子只好自认倒霉。

老头气喘嘘嘘地赶上来，一把抢过鹅塞进竹篮子，然后把沙康上下打量了一番，说一声"裁缝师傅"，不冷也不热。

裁缝摊旁倚着一块牌子，老头用手指弹了弹，凑过头去念了起来："代客裁剪，立等可取，工艺高超，式样优美，嘿，有味，这下面的小字是……生活，是多情，多情的？好新鲜！快为您的美投——资吧！"老头咧开嘴哈出一团又热又酸的气味："有学问，你是从哪抄来的？""抄来的？"沙康看着老头那几颗又黄又黑的大板牙没出声，这老头真会说话！

"小裁缝，正好撞到你的摊子上，你看这天气凉到人骨头里去了，明天立冬，月后就是冬至，我做件棉袄罩衫，裁一下得多少钱？"

"八角！"

"七角五，怎么样？别人摊头上都是七角，也有六角五的，昨天我还看见有六角的。"

"那你找别人去。"沙康并不稀罕这两包烟钱。

"这时候你让我找谁去。"老头朝四下一看嘀咕着："看你，七角五，你我都不吃亏，怎么样？"一阵风从夹墙里钻出来，老头打了个冷战。

沙康不响了，他本来就不是地道的生意人，不想为几分钱讨价还价地搞上半天。

"不过，嘿，"老头摸摸毛拉拉的下巴："请你下手紧凑些，余料还想扣下双鞋面布……"老头得寸进尺了，沙康闷闷地不想多说话。

可老头话很多，瞧他咽了咽口水扯东道西了："布料不好，没骨势，大闺女在乡下自己织的，曲沟沟里也真寒酸，还用小煤油灯，一梭来一梭去的可伤眼神了……"

"大闺女？"沙康嘴里鼓了鼓。

"是呵，谁叫她嫁人！死心眼嫁人！现在下乡的知青都归了窝，就她，还尽说乡下好，在那儿抱着堆瓶瓶罐罐搞什么科研，不照照镜子，没读几年书的料！如今这扎下的根是别想拔动了……"

原来他大闺女也是个知青，沙康仔仔细细地把老头瞅了一眼，看得分明了，苍老的眼睛已经发黄，粘着几抹眼屎，额上的皱纹在乱扭乱爬，七角五就七角五吧，沙康心里一软。

不过仔细想来也没什么了不起。沙康也下过乡，也不过刚回来几天。那时苦的时候咬咬牙，乐的时候咧咧嘴，就是第一回离家时的滋味有点那个，十七岁的少年要走了，老裁缝见全家都闷闷不乐，只好强打精神劝这劝那："乡下空气好，青山绿水，癞蛤蟆叫，尝尝山货河鲜，空闲时去镇上裁缝店谈谈天说说地，再不就去看看戏文，上到天文，下至地理……"两团红晕还在跳，可像在痉挛，沙康看得很真切，一颤一颤的。

"大闺女，哎，心眼最好了。"老头还在唠叨，皱皮疙瘩的手把竹篮提到沙康眼前说："你看，这不常惦着我吗？半篮鸡蛋，还有这只傻鹅，约莫有四斤半吧，都是她托人带来的，千里迢迢不容易呵！离家日子长了，可更贴心了，看我那二闺女，整天打扮，两块镜子一前一后地照，挺挺胸扭扭腰的，还愣着眼睛画眉毛，皮鞋白的黑的足有五六双，今天穿这双，明天穿那双，大闺女穿什么？那年夏天我去乡下看她，哼，赤着脚下水田，虫咬蚂蝗叮，血顺着小腿肚子直往下淌，可她还嘻嘻地冲着我笑，什么会好的，机器会有的，机械化会有的，对我老头子三分骗七分哄的……"

沙康对老头的话没兴致，都是过去的事了，就你女儿吗？谁没经历过，咬咬牙不就过来了嘛！

灰蒙蒙的天越来越暗了，街上的秋叶被秋风掀过来掀过去的索索作响，似乎也在高谈阔论，黄花花的路灯光温情脉脉，落在一老一小的身上，也照亮了 28048 这几个字。沙康用尺在老头身上比量着，他把老头转过来转过去，放下左臂又抓起右臂，老头好消瘦，这浑身上下的肉呢？

"棉袄厚吗？"

"嘻，小棉袄，还是……你不知道吧，过去这一带有个老裁缝，一手裁缝活没话说的，是他做的，八年了，还绷得紧紧的。"

沙康浑身一紧,差点窒息,爸做的衣裳?

"做长些吧,好暖暖肚子,你年纪轻不晓得什么叫老,年纪大了常闹肚痛,什么阿斯匹林的都没用……"老头又要东拉西扯了。

沙康把尺一拉:"两尺两寸,到这里,够吗?"

"这,呵,你看,能不能再长个一指宽吧,好,对喽,这下子屁股都盖住了。"老头莫名其妙地笑起来,晃着脑袋抖开皱纹说:"小裁缝,手上留点神,别忘了给我留下双鞋面布,看我每年冬天脚上总要生冻疮,怎么治也治不好,早些年老裁缝倒常给我做棉鞋,我坐在摊子前晒太阳,他给我捶捶背推推腰,那年我脚后跟裂开两道口子,老裁缝硬是抓下头上的罗松帽给我捂脚,真是个有情有义的大好人哪!"

沙康恍恍惚惚了,好像醉倒在黄花花的路灯光里,神幻离奇的世界里只见两团红晕在跳呵跳的:"别动,再动!好,这下……"老裁缝笑呵呵地把沙康按倒在床上,用手掌在他脚板上比划着:"长这么快,去年做的鞋今年就不能穿了,好,下床吧。"老裁缝把新棉鞋套在沙康脚上:"新鞋子新穿法,上学去不要跳,不要跑,不要走石子路,不要踏黄沙堆,不要拖鞋爿,不要磨脚跟,听见吗!"

"不要不要不要……"沙康怪声怪气地咕囔着:"没听见!"

"好小子,叫你没听见。"老裁缝把手伸到儿子的胳肢窝里呵起来,沙康痒痒的笑得没法喘气……那是好远好远的日子了,记得也是黄花花的灯和凉飕飕的夜。

衣料裁好了，沙康把那双鞋面布裹进衣料里，然后抽出一支烟递给老头，自己也叼上一支。"橡皮头子？"老头用衣袖擦去滴下来的清水鼻涕，黄眼珠里满是欣喜的光，顿一顿，然后把话和烟一起吐了出来："小裁缝，难为你了，价钱怎么算清，七角五吧？"他想掏腰包了。

沙康默默地瞥了老头一眼："算啦。"他也吐出一团青蓝色的浓烟，仿佛吐出了一串闷闷的思绪："别拿钱了，我闲着本来就没事干。"

"哦？"老头一愣，"这那行？这……"他急躁起来了，"你是看不起我还是怎么的？银货两讫，服务完毕，百货公司都是这样，那就别说你这小本经营了，我有钱，真有钱，给你八角吧，我和你闹着玩的，大闺女按月给我寄个三五元钱来，二闺女也时常给个五角六角的，我有钱，真有钱那！"

沙康傻傻地笑了："好啦，别多说了，我知道你有钱。"他在黄花花的灯光下，脸上居然也显出两团红晕在跳呵跳的："我说……反正，我也是和你闹着玩的，你真的别拿钱了。"

"为什么？"老头眨着两眼。

"不为什么。"

"……"老头给弄懵了。

沙康也不再吭气，自顾抽烟。

老头呆呆地看着沙康，把伸出去拿钱的手收了回来，可是他还不离去，有事没事地说上几句没头没脑的话。四周已是夜幕笼罩，街上人影稀疏。"你这地盘好。"他拍着电线杆子对沙康说，"什么星呵月的，都没这灯亮，你真有生意人的眼力，挑个好地盘。"

他抬头向上望去，一直看到了深蓝深蓝的天空里面。"28048。"他念着电线杆的号码，搔搔头皮好像悟起了什么："28048。"他又念了一遍："这儿……当年不是老裁缝的地盘吗？老裁缝，就是刚才给你说起的！不会错的！"他朝四下里一看，"不错！那儿的枯井上现在造了汽车站，你看，尼姑庵也拆掉盖了大楼。"他转身对沙康嚷起来。

"真没错，真是老裁缝的地盘，真是！"

沙康像一脚踩了个空，半截烟从指间失落了。

老头兴高采烈地围着电线杆打转转："好久不见了，28048，老裁缝自小就在这儿跟秃子师傅学手艺，那时他踮起脚来下巴才能扣着台板，三天两头挨竹尺敲。"他拍拍沙康的肩说："像你这么大时，正是三年困难时期，老裁缝冷得直跺脚还把棉衣给儿子披，那傻小子捧着把划粉头子在电线杆上画油条，画鸡蛋，画猪崽子，老裁缝说他儿子聪明有灵气，将来送进画画大学去喝五彩水。你看，没错，28048，还是老号码，只是木杆子不知啥时换成了水泥柱子。"

沙康的记忆苏醒了，老头的声音近在眼前，远在天边，那是岁月的回声在隆隆地震响。他死死地盯着电线杆，电线杆又僵又直，倒是黄光光的路灯光洒下了丝丝柔情。

"老裁缝,咳,多年不见不知去哪儿了。"老头一口紧似一口地抽着烟,烟雾飘散在朦胧的夜色中:"看,电线杆子下换了你小裁缝……"他还是围着电线杆子打转,好像硬要把老裁缝找出来似的。

"老裁缝已经死了。"沙康漠然了。

"死了?"

"嗯。"

"死了,死了吗?"老头喃喃地说,黄眼珠抹上了一层暗淡。

"是的,他是我爸。"旧梦不愿重温,却又撇不开,真叫人心烦。

"28048",沙康只觉得自己在那黄花花的灯光里载沉载浮,台板,剪刀,皮尺,还有曾伴随自己童年的划粉头子,都在流动旋转。灯光摇曳中,他再看"28048",那里面好像有两团红晕在跳呵跳的,跳到他身上来了,痒痒的,在胳肢窝下面,突然,跳呵跳的又去了……

是去了。以前,沙康和老裁缝挤在三尺半的床上睡觉,胳膊腿该放那儿都有默契。老裁缝死后沙康总感觉被窝里少了什么,用脚乱踢乱划,除了掖进的凉风外依旧是空空如也。老裁缝真的去了。虽说没和天地共存,没和日月同辉,可也居然不朽!死了好几年了还有人叨叨地提起他,什么做棉袄,做棉鞋,捶背推腰,罗松帽捂脚,如此等等,说他是有情有义的大好人,这就够了!为人处世的道理全在这里边了。

那老头咬着半截子橡皮头子早已不知去向,一定是因为触着了沙康的痛处而感到不自在,于是一声不响地走了。灯光下只有沙康一个人望着台板在发呆,几十年了,台板也在生活中被磨得光洁溜滑,而且常常会泛起一些奇异的光。今天也是,沙康定睛一看,那台板上有什么东西?

是五只大鸡蛋!不用说,一定是那老头留下的,沙康心头顿时滚过一阵燥热,他扭头向老头消失的地方看去,黑漆漆的什么也没有。老头走了,可岁月的回声还在,黄光光的灯光柔情似水,真的,沙康只感到世间的人情人义,逝去了,又来了,来来往往总是在世间回荡着,那儿也不去,只在人们的心里闪闪烁烁地发光。

"戆——"远处隐隐约约地传来那只大白鹅的叫声,黑夜在这叫声里欢愉得多了。

伴 侣

空气里浮动着一片甜丝丝的味。

幽暗的树荫里，是我的一双脚，我枯枝踏得沙沙作响，旁边还有一双，穿着奶白色的高跟鞋，虽然轻盈娇小，却总是努力地跟着我，终于，她追上了我。

"爱，是在生活中吗？"她的两只小手拉住我的手臂，好像很有勇气。月光，透过树叶，像零星的雨点打在她垂下的睫毛上，她惊怯了，羞涩了……于是我就……不说也知道，真的，现在的每秒钟比黄金还珍贵。

她叫兰珏，是本市汽车出租公司的司机。三个月前，蒙隔壁王家阿婆的介绍，我认识了她，和她一起看了七次电影，逛过八次公园，可是谈"爱"，今天是第一次，她自作聪明，问我什么爱不爱的。

在街心公园分了手，我拖着自己的影子回家，我的脚下还是沙沙作响。因为我有一个习惯，就是喜欢踏着枯叶子走路，似乎这样才能给生活带来轻松的节奏。

"爱"？一丝凉风吹过，我把两手插在裤袋里，在昏黄的路灯下默默地踱着方步，灯光下，我感到了自己的孤独。

我二十八岁，还年轻，记忆的波浪是常常泛滥的。

昨天，我和小陈在碧波荡漾的湖上划船。她两只大眼睛里好像喷出强烈的热浪，在我的脸上徘徊："你为什么要看我？""不看你，我还能看什么呢？"我的心跳得很正常，没有激动，我已经相当老练了，谁知道她的眼睛看什么，我的那套捷克式家具，还有一架西德进口的十四寸电视机也是常常被人窥视的。

曾经刺痛我的心的倒是在印刷厂当打字员的胡萍萍，她流着泪说："我们的感情太苦了，你放一点糖吧……"这话像针，扎得我好痛，我感到了自己的冷酷，殷红的血把脖子根都染红了。不过，这毕竟是一瞬间，一瞬间后，我依旧是沉着和镇静。糖，我是没有的。

路上的人影渐渐消失了。可是我的眼前却出现了许多少女的脸，近来，我托了不少介绍人，一片热心，四处奔波，于是我面前的姑娘就多了起来，张三有张樱桃嘴，李四有双水晶眼，赵七有对柳叶眉，王八有个小翘鼻，有的人苗条多姿，富有线条；有的人五大三粗，臃肿滚圆；有的人温情脉脉；有的人犟头偏脑。我似乎成了一个评判员，要在百花丛中选拔出最出色的。几个月来紧张的琢磨、推敲，慢慢的，许多脸隐陷退去了，只剩下了兰珏、小陈和胡萍萍。这三名种子选手还要进行最后的决赛，然后再拉开优胜者的面纱。

沙、沙、沙，枯叶在叫唤，这声音在宁静的夜晚显得格外神奇，我把这声音当作优美的音乐来享受，只要我能找到乐趣，尽管它痛苦，也任它去吧。况且，它也愿意随着我的脚步。

一个人坠入沉思的时候，总爱把目光凝滞在一个点上。现在，我看着自己的脚，这是一双孤独的脚，旁边一双也没有了，对此，我不知道是欢欣还是苦恼。

脚下踩着了硬东西，借助路灯才看出是一块破碎的瓷片。"瓷！"一股苦涩的滋味油然而起，瓷片前几步远，是两间门面的瓷器店。现在，橱窗早已被盖得严严实实，剥剥裂裂的门板像墓碑一样闪着莫名其妙的冷光。

瓷片引起了我的回忆。这样的回忆简直是苦役，是甜蜜的苦役，那张文静的脸，清秀无艳，她叫晶晶，是我第一次热恋的对像。这家店是她爸爸解放前开的，她的家就住在店铺的楼上，钢窗花墙，红布幔，白玻璃，都已蒙上了一层暗暗的夜色。

"晶晶！"我大声叫着。

这，是我五年前的声音，和现在不同，没有苍凉和呆板。

我追上了晶晶，把她拖进了幽静的地方，也是那样凉爽的天气，那样迷人的月光。

"我不能再沉默了，这会使人变老的……晶晶。"当时我总是认为：只要是手，手和手就会握在一起，只要有情，情和情就会溶在一起。

晶晶没有说话，她低着头，长长的发辫一直垂得胸前，两只小手慌乱地摆弄着衣角，"不，"她抬起头："你不要这样……"

"不吗？那你的嘴角为什么有一丝笑？"

"……"又是一丝笑，很甜很甜。

笑泄露了她的秘密，于是我知道了，高兴了，狂喜了！想叫、想唱、也想哭。

突然，晶晶背过身去，低声说："你看……"手指着树林里，"有什么东西闪了一下。"

其实，周围很寂静，夏天的夜，常常戏弄姑娘的羞怯，我捏紧她的手，真想通过这渠道，把自己的血流到她身上去。

"你听我说……我想……"

"说什么？"

"我们这一生要和别人过得两样。"

"是的……但是……这……是要完全不同。"

"我们一生一世都不要呵……嗯，说一句不亲切的话……"

晶晶呵，真是一块纯洁无瑕的水晶。

当时，我只感到晚风徐徐吹来，飘飘摇摇，摇着我们在她的怀里睡去。

我的心拥抱着一块纯洁无瑕的水晶，被一种微妙的情思缠住了，什么事也干不成。一个春风的沉醉的晚上，我强令自己埋进沙发，摊开一本《电视机的维修》，桌上有一架闹钟，那么就看两个小时吧。

"整流器的各个组成部件，是有不同功能的……真快，半小时过去了。扫描器的线路举例，秒针在走……检波器的电容量……真难熬，变频，还是半小时，天线，再坚持一下，荧光屏，晶晶……"

两种毫不相干的概念居然在我脑子里交替出现。终于我扔掉了书,晶晶占用了电视机。

"胖大嫂"是我妈,她在菜场里卖肉。晶晶的爸爸生日,我就通过妈妈的路数,鸡、鸭、鱼、肉、蛋、竹笋、韭菜、海蜇皮,一大筐,送到她家,晶晶的爸爸得意的打量着我,嘴里不停地吐着烟圈。她妈妈,你看,以前的瓷器店老板娘挺着比下巴还高起两寸的肚子,笑得那样欢畅,地板都在微微颤动。

我最怕的就是心灵的弱点被揭开。可是,它毕竟来了。几天以后,我得到了晶晶的信!"我错了,没有勇气,对不起你,家里的威逼使我不得不退却了。爸爸说:胖大嫂、菜场、卖肉、女屠夫、低贱货……还有不堪入耳的,你不要生气,我们分手了,可是你永远在我心里颤动,我永远是你的不幸的妹妹。送上照片一张,当你怀念消逝的岁月时,你就沉默一会吧……我也是这样,沉默……我恳求你原谅……"

信纸上有几滴泪痕,又加上了我的几滴,都是晶亮的,但终于滚不到一起去。

就这样,我的心碎了!我发狂地吻着信,吻破了!这信里没有半句谎言,可是也没有半点勇气。

沙、沙、沙,以后,我就常踏着枯叶在街上徘徊,独自在沉默中消磨我的青春。这种痛苦,我吞咽了很久。

我感到生活欺骗了我,我只有忧悒和愤慨,于是,很久以后,我用温柔的脚步和惆怅的徘徊,用敏锐的眼光和行动的砝码,用火热的语言和冷酷的心肠,施展我所有的特技,寻找我的伴侣。

可是我好像游荡在一个无边无际的骗局当中,有的人说我裤子上没有两条刀,领子不像猪耳朵那样大,也有的人说我在西餐馆里吃相难看,没有派头。当然,也有的人说我相信什么,那她就发什么誓,……有一位挺有趣,竟以她的青春作为骄矜的资本,我陪她到荷花池边:"你看,红花虽好,也要绿叶扶持,你虽漂亮,没有我的陪伴,那……"她听了扭头就走。我想追去,刚举步就停住了,"为什么呢?"我无力地……在沙发里,点上一支烟,一只只烟圈排着队飘去,好像是一连串的省略号……

我慢慢地也学会了使别人来追求我。

妈妈说,买菜的人最会挑挑拣拣,讨价还价。我也具备了这种本领,脚踏两头船,撒开一片网,红黄蓝绿,五彩缤纷,任意选择。从此,我再也不把谁唤作"亲爱的"。因为受到人骗的人再也燃不起爱的火焰了。从此,我也不那么真情地看花了,即使有好花,也装着不以为然的样子,斜着眼睛瞄一瞄,因为受过骗的人总是怕谎言的。

我朝着幽暗的地方走去,来到了郊外。这儿,田野河流在夜色下犹如一幅恬淡的水墨画。我感到茫然,"青春"、"爱情"难道就这样俯首帖耳地被夜色吞噬吗?难道我就在这儿为我的爱举行葬礼吗?

"晶晶",我又想到了她,她使我绝望,也使我更加神圣。拜伦说过:"爱情,它因为绝望而更神圣。"这句诗我背得滚瓜烂熟。可是，只有在今天才仿佛尝到了这里面的真谛。

"门板""墓碑"，我要在这墓碑里挖出已被埋没的爱情之火，然后再埋入在我身上猖獗横行的功利和刻薄。

"为什么呢？这样激动"，我也这样问自己。可是脚步还是不停地向我要去的地方走去，我要去找兰珏，告诉她爱情是在生活中去，叫她把耳朵放在我的心胸，告诉她这里面毕竟有爱和情的流动。我还要去找小陈，找胡萍萍，叫她们去追寻真正的爱情……

我想得很多，仿佛在这一瞬间，我脱胎换骨了，这是值得庆贺的。为我，也为兰珏。

我沿着一条小巷走到尽头，那里有一片小树林，在凉冷的月光下显得阴森森的。可是这里面有枯叶子，这是我的嗜好，于是我钻了进去。

淅淅沥沥，乌云吞没了月亮，洒下绵绵细雨，我来到一棵大树下避雨，欣赏着凉快的雨夜。"爱，是在生活中吗？"仿佛是兰珏的声音，我知道这是自己的情思在作怪。"亲吻里是一片谎言，推托中是无限欢喜。唉，骗人真是快乐，受骗更是乐不可支！"我闭眼睛，背诵着以前常挂在嘴边的诗句，"爱，是在生活中吗？"声音又起来了，是幻觉吗？我心惊肉跳，我忍受着猜疑的折磨寻声望去，在那棵小柳树的旁边，分明露出一双鞋子，一双奶白色的高跟鞋，呵！奶白色的高跟鞋。

就在树根边摇摇晃晃的草丛里，奶白色的高跟鞋和一双黑亮的广州船鞋交叉在一起,上面泥水,雨滴,肮脏得像蹲伏的癞蛤蟆,太折磨人了,我想逃,逃到安谧闲适的天国去,可是眼前的迷驱使着我要把这秘密揭示,我的心气急,妒嫉,跳得……无法形容了。月亮是我的朋友,她挣扎着穿破云层,洒下几丝光,我定神一看:果然!是她!是兰珏!两只小手拉住那个男子的手臂:"爱,是在生活中吗?"好像很有勇气,也有那么一点惊怯,那么一点羞涩……

雨水把我浑身淋得湿透,发疯、我发疯般地向他们冲去。"沙……"枯叶子也为我助战,粗鲁的举动惊破了他们缠绵幽美的梦,几只眼睛相对而视,大家都很平静了,显示出老练的情场风度。

"中班连夜班吗?"我问,脱口而出,在宁静的夜里非常洪亮。对方没有回答,奶白色的高跟鞋在微微抖动,像舞场上那样轻快。

其实,兰珏是无可指责的,她只不过我和一样,充当了一个醉心于挑挑拣拣的评判员罢了。罢了!"沙、沙、沙",我朝着有枯叶的路上走去,这声音像征着无聊、荒唐、功利、刻薄、谎言、冷酷、扩张、浮散、渺茫……我昏昏欲睡了。反正,我不会用宽厚的仁慈来报答严峻的寒冷,这一切就是我的伴侣,我还寻找什么伴侣呢?它固执地追随着我,在我的血管里哗哗地流,成为我忠实的、永久的、垄断我的伴侣……

雨夜朦胧,马路像一条灰色的带子,扭动着柔软的身段,向前伸去……

我又来到了瓷器店的门前,雨渐渐大了,路面上又光又亮,但始终是黑暗的。"晶晶——"我的心痛楚地呼叫,雨滴泪珠慢慢地爬下我的脸颊,滚落在我的手掌里。这泪水,是晶亮的,和五年前一样,可是我还是把它捏得粉碎。

店铺的门板依然像墓碑一样,闪着莫名其妙的冷光,我知道,我就是在这里背上爱情的墓碑,或者说,在这里,永远地向爱情悼别了……

晚　霞

小河。河面不算宽，挟带着两岸密密重重的芦叶柳条弯弯曲曲地延伸着。清风徐来，一簇绿浮萍飘飘悠悠地在头梢下凝住了，头梢衔着垂直的尼龙丝线在微风中颤抖，钓鱼人躲在芦苇丛中稳操钓竿，身影映在寂静的水面上，心，揉进了清旷的野风中。

坐在河边啃奶白面包，拧开水壶盖咕咕地往喉咙口灌凉水，一根红肠两人分，吃完后抹嘴打个饱嗝。坐在河边一天了，要鱼？要悠闲？还是要打发年华？我看看教授，教授看看我……

天空被落日烧得红鳞斑斑，晚霞在广袤的空中似动非动地变幻着。不远处，老杨树细碎的树梢抹上了一层红光，芦叶尖上跳动着点点火星。

风摇芦荡，芦苇的空隙中可以望见水沟稻畦密布的田野，田野那边，是一条蜿蜒而来的公路，夕阳无限好，公路上光影流泻。

突然，马达声起。我和教授不约而同地扭头看去，只见公路上风尘大作，一辆酱红色的嘉陵牌两用车由远及近，飞驶而来。

"是流舒！"教授一跃而起。

"她怎么知道你在这儿？"

"我在家里留了条纸。"

"她怎么进你的房间?"

"她有我的钥匙。"

我默默地收起两根钓竿,跟着教授钻出芦苇丛。

"流舒。"

"教授!"流舒的声音好听,到底是歌剧院的,她看见了我:"记者同志,你也在?"话说得得意洋洋。

"在你面前站着。"我似乎没看她,她又漂亮了许多,到底是快四十岁的人了,有几十年怎么打扮的丰富经验。她头上往左扣了顶帽子,一顶逗人的、顽皮的小红帽,像随意抛在头上似的。

"教授,我把阿咪带来了。"

"阿咪。"教授深情地叫了声。一只雪白的波斯猫从流舒怀里跳下来,像一团雪似地扑到教授跟前,亲热地用爪子在教授沾满泥浆的鞋子上勾挠。

"阿咪是来吃鱼的。"

"没有。"我抢先一步把鱼筒拎到流舒面前。

鱼筒空空如也,很坦率。

公路边,教授对着晚霞凝视良久,落日正姗姗地沉没,火红的晚霞,一抹一抹,快要消失了。

我和流舒谁也不作声。教授一定又想起医生的那番话了:"多休息,多吃,吃喜欢吃的,能吃多少就吃多少……"

前几天,教授告诉我说:"我患癌症了,肝癌。"

"别胡说了。"这话好像是我说的,我还说:"教授……"然后,我再也说不下去了。

教授抱起阿咪。阿咪乖得很,教授看书写字时,它就愣着一只蓝一只绿的眼睛看,看教授一天天多起来的皱纹和白发。

流舒说:"教授,阿咪和你的头发一样白。"余辉洒落,滚过一道颤抖的光。

村边竹篁里,飞出一群雀。

"既来之,则安之。"过了好一阵子,教授仿佛从晚霞中醒来,阿咪也乘机蠕动了一下。

"写访问记。"

"对。"

"写谁?"

"一个教授、学者,也是个翻译家。"

"有新闻因素吗?"

"有,他快要死了。"

我说到这儿,编辑主任那张饱经风霜的脸才从一厚叠稿子上探出来。咳咳咳……主任想说话,却先咳嗽了。他推推鼻梁架上的眼镜,布满血丝的眼睛若有所思地看着我:"为什么要写他。"

我的眼前迷蒙了。教授,一个微驼着背的身影在图书馆、在资料室、在课堂上晃动,他坐上火车去各省大学讲课,也去区县文化馆办讲座。晚上,书桌边、台灯下,他有一头银发,一脸皱纹,他说:"当我走向生活的时候,生活给了我一堵墙。"那回,他还说:"我翻过一堵又一堵墙,这才叫有滋味的生活。"

"他是知名人士?"主任又问我了。

"不是。"

"他是作协会员?"

"生不逢时,都不是。"

主任把一根烟扔给我,平心静气地拨弄着打火机说:"说吧,说说他……"

"他不是名人,也不是作协会员……"

"年轻人,"主任似乎恼了,"别这样说话嘛!"

"他是个孤老头子。"

"嗯。"

"他上没老下没小。"

"嗯。"

"他,他是个才改正平反的右派。"

"嗯。"

"他还在拼命工作。"

"嗯。"

"他快要死了。"

"知道,你已经说过了。"主任拍拍我的肩,给了我一本崭新的采访本。

看,那幢烟灰色的小楼快到了,印满方格的磨光石台阶……台阶。四年前。

那时,我还在师范大学念书。外国文学研究室新调来一个教授,据说精通英俄法三国文字,专攻俄苏文学。二十多年前错划的右派刚改正不久,一个孤老头子。

读莱蒙托夫的《当代英雄》时,我们几个同学讨论了半天,怎么也弄不懂这样一个问题:

对毕巧林来说,"生活就等于是当差"。

为此,在一个星空月满的夏夜,我和另一位同学登门向这位未曾相识的教授求教。凉风习习。弄堂两侧人们端凳打扇乘凉,拉二胡的、啃西瓜的、谈天说地的、下棋打牌的,充塞在暑天热气中。

踏上印满方格的磨光石台阶,8号,到了。

"这么热的天,怎么关着门?"同学好奇地问。

"也许他是孤独惯了。"

"与世无争?真是右派病。"同学骨头轻,话音重。

我把耳朵贴在门上,里面居然有窃窃私语声:"小流氓又在骂人了。"这是个女人的声音。

于是,门锁响,门大开。

一记火辣辣的耳光甩在我脸上。是他!一白发苍然,满脸怒色。

"你?"我捂着脸,"是谁?"

"堂堂一教授！"

"你怎么打人？"

"落实政策！"教授说话时似乎没什么表情。门缝里，我看见沙发上坐着个女人，两只眼睛像凝固了的水，亮而有质感。

一只肥大的白猫窜出来，弓着背朝我唬唬地吼叫。

同学早已逃得无影无踪，我留下了。

教授不说话。

知道我要给他写访问记的时候，他坐在沙发里不说话。

"要不要配张照片？"流舒笑了，她似乎对教授家里的一切都很熟悉，打开壁橱门，取出一串钥匙，然后打开书桌右边第二只抽屉，拿出本相册。

"要一张生活照。"我打开采访本，从胸前别着的两支钢笔中取下一支。

"这张神态好。"流舒翻阅着相册在自言自语，"那张也不错，有风度。"

我合上采访本，教授为什么不说话？

教授常喜欢念念有词地背几段郑板桥，什么"但使囊有余钱，瓮有余酿，釜有余粮，取数页赏旧纸，放浪吟哦……""只令耳无俗声，眼无俗物，胸无俗事，将几枝随意新花，纵横穿插……"如此等等，再加一句"难得糊涂"。

一束菖兰糊里糊涂地娇艳开放，红花绿枝，各得其所，花杆插在清水小满的花瓶里,维持着一丝生机。

泡上的一杯碧螺春已凉了,流舒还没把照片挑好,看样子,只要是教授的照片,每一张都会是个惊叹号。

这位流舒,教授曾经对我说过:"这位流舒,会朗诵普希金的《叶甫盖尼·奥涅金》,也会唱几句莫扎特的《费加罗的婚礼》,我最喜欢听她弹奏舒曼的钢琴套曲《童年情景》,火炉边,旋律唤起老人们对金色的童年的回忆和惆怅……"

"流舒她……怎么认识你的?"我想说,但改了口。其实教授已经知道我想问什么了:"她过一个月就四十大寿了,成天唱《费加罗的婚礼》,自己却老不结婚。"教授呷了口茶:"我右派改正后不久,那是一个令人销魂的下雨天……"

是的了,雨天世界里,一把红色的尼龙伞自远而来,她来了,晃呵晃的,像雨意空漾中浮动着的一朵红色的野蘑菇。恍惚间,姗姗抖落下晶莹的雨珠……

她说她曾是教授的学生,教授是她心中的塑像,她找了教授好久,总算找到了。她撩起披在额上湿淋淋的头发,颇有风韵。是久别的学生?教授疑惑并惊愕了。桃李满天下,教授!她拿出一张发黄的考卷,二十多年前,教授曾在这张考卷上划下许多红叉叉,她只考了六十分。

教授皱起眉仔仔细细地看着,思绪微微地从发黄了的考卷上泛起,这学生,似乎有过,但似乎没有过,真是,教授搔搔头皮,满头银发里再也榨不出多少记忆了。但是,考卷空白处分明有教授的评语和署名,是教授的笔迹。

"不管怎么样,你不是个好学生。"教授指着考卷上的红叉叉说。

"呵,不一定。"流舒笑了。

"坐吧!"教授抓出一把糖。

"别把我当小孩。"

"坐吧,小孩大人都得坐。"

就这样,流舒成了教授的常客。

"教授,她来的时候,你已经分到三间房子,你已经恢复了原来的工资级别,你已经当了俄苏文学研究会的理事,是吗?"我曾经背着流舒问过教授。

"什么意思?"教授正在给阿咪理皮毛。

"她来得真及时。"

离开教授家的时候,天已经暗了。我在林荫道上踱步,身边树丛里偶尔飘出一两句甜腻的窃窃私语,转脸看,什么也看不见,黑黝黝的树丛好比一眼黑古隆冬的井。采访任务没完成,教授不识好人心,我的心也好比一眼黑古隆冬的井。

"记者。"有人叫,是流舒。

"我有名有姓。"

"知道。"匆匆追来的流舒喘着气儿说,"教授生气了。"

"为我生气?"

"是的,说你不了解他,还说,说……"

"慢慢说,散散步。"

月亮从云层里钻出来了,流影泻意,揉进水一般的温情。身边的冬青、夹竹、棕榈、垂柳,在月光里飒飒作响。

"你是月亮。"流舒说。

"诗?"我没有受宠若惊。

"你想通过太阳使自己闪光。"

"那么说,教授是太阳了?"我记得有一句话说:名人是太阳,记者是月亮,记者通过名人使自己也成为名人,"流舒,可教授他不是太阳。"

"教授的病重了。"流舒站定在一丛夹竹桃的深荫下,"医生说已经扩散了。也没办法,医院没熟人,住不进,也配不到好药。"

教授病重了。哭天抢地?我不会。

"照片。"流舒拿出一张教授的照片,"看看吧,是从相册上偷偷扒下来的。"那是教授年轻时的照片,一头浓密乌黑的头发,五官线条勾勒出一股书卷气,是一幅清秀静谧的风景画。

看够后我说:"想发新闻照片吗?"

"真是月亮脑瓜。"流舒一把抢过照片,"给你长长见识的,还我。"说完,她走了。她走的时候,还说了句轻蔑的话:"肝癌,访问记,携手而来,教授真是祸不单行……"

"水烫可以吗?"

"温水吧。"

"我有手绢。"

"拿块抹布吧,别脏了你的手绢。"

"教授,递把梳子给我。"

"当心,别把阿咪嘴边的胡须洗掉了,它捉老鼠得用。"

门缝里,我看见教授坐在沙发里,也看见流舒正在给阿咪洗澡,一只浅绿色的脸盆,阿咪被按下跃起,跃起按下,弄得水花四溅。阿咪"喵喵"地叫了,是它先看见了我。

"茶几上有热茶。"教授微驼的背染上了一层疲惫。

"我正要陪教授去医院化验。"流舒打开一只柜子给教授找衣服,"看,这么破的汗衫还要穿,像张网。"说着,她"嗤"地一声把汗衫撕了:"明天我给你买新的。"

我是来采访的。任务没完成,昨天主任在我桌上留了张条子:"访问记写好没有?"怎么交代呢?再说,我自信我知道教授这人,对人生是负责的。二十多年来压着"右派"这座大山,他还是孜孜不倦地埋案工作,打字机噼噼叭叭的常常把月亮打进晨曦微雾的黎明。那时,书柜上一排排大部头烫金的资料都是他译编的,可是非但没有一分一厘的报酬,还统统归作"集体编译"。无名无利,教授!三尺半的床铺底下,一捆捆发黄的译稿都是以前翻译的文学名著:莱蒙托夫的《当代英雄》、屠格涅夫的《爱之路》、杰克·伦敦的《野性的呼唤》、海明威的《老人与海》、瓦西里耶夫的《这儿的黎明静悄悄》、康德莱的《黑暗的心》等等,床铺底下是文学宝库,也是血肉宫殿。最近一两年来,教授又在翻译狄更斯的《我们共同的朋友》,整整八十万字!

"都很好,我们都要!"有一天,床铺板摇起的时候,译文出版社的编辑搓着双手又惊又喜。于是,一捆捆译稿被人拎着走,索稿者络绎不绝。稿酬汇款单像雪片一样飞来,读者来信也像雪片一样飞来,教授一下子变成了物质和精神上的富翁。

"教授。"我指指书柜子,又朝床底下呶呶嘴,"你应该让我采访。"

"为什么?"

"你无愧于人生。"

教授坐不住了,他撑着沙发扶手站起来,拔一下额前几绺白发,说:"你当了几年记者了?"

"三年。"

"三年前,我有愧人生?十年前,二十年前,我有愧人生?"教授激动了。

我没激动。

"现在,当肝癌向我扑来的时候,你的采访也迫不及待地来了。"

"你说的是真话。"

"那么,对一个快死的人,对一个活得很旺的人,对人……"教授没讲下去。

可是我懂了。

"小柜里有罐头,还有面条。"

"篮里还有两只鸡蛋。"流舒也朝我一笑,这一笑把她眼角边的鱼尾纹挤出来了。

他们上医院去,流舒扶着教授,教授推开她不让扶,我要跟着去,教授说有流舒就行了。也好,让我一个独自留在这间屋子里,静静地看看,教授是怎么生活的。

有阿咪和我作伴。

刚出浴的阿咪显得分外美,浑身雪白的毛色,沾着微微湿气,似一层霜,似一缕雪、飘然,飘然。它伸出红舌头正在舔干身上的湿气。

书桌上稿纸零乱,教授的字迹。是他正在翻译的狄更斯的《我们共同的朋友》。就剩最后几页了,一束光打在稿纸上,仿佛告诉人们,这也是最后的时光了。这部小说是病榻上的狄更斯献给人们的最后一部著作,也许也是教授留给后世最后一部译作了。美国哲学家兼诗人乔治·桑泰雅纳六十岁高龄之后突然发现了狄更斯,一口气读完了他所有的作品,震惊之余,又叹惜这个世界不赏识狄更斯,不知道狄更斯是降生到地球上来拯救真善美的人物之一。我不以为教授能和狄更斯相提并论,我却以为教授也应该是一个让人们赏识的人物,可是,他不让我写他的访问记。

脸上痒痒,是阿咪跳在我肩上。我把一只鸡蛋敲进阿咪嘴里,阿咪高兴了,一下子窜到教授床上,翻滚爬跳,抓挠勾踢,弓起一张背,竖起一背毛,唬唬唬地朝我撒起娇来。我伸出两手,阿咪把两只前爪搭在我手上站立起来，朦胧间，真像一个蹒跚学步的娃娃……

"你看，一只眼睛蓝，一只眼睛绿。"曾经兴奋地说，那时候，月光没有，星光也没有，只有一盏昏黄的台灯，教授就在灯下写论文，阿咪就这样伏在灯下陪伴着，一动不动，像尊雕塑。等到教授打哈欠伸懒腰了，阿咪就用爪子勾下茶杯，闪闪奇光异新的眼睛。于是，教授笑了，端起茶杯喝茶解乏。每当这时，教授会神志恍惚地悠悠踱步，四处看呵看，仿佛在寻找什么。

可是，这儿只有阿咪和自己的影子。

我回到报社时，办公桌上压着一张纸条："访问记呢？！"又是主任那老韩的字迹。

"主任。"我拿着纸条走进主任室。

咳咳咳。主任的脸从一厚叠稿纸上探出来，他推推鼻梁上的眼镜。

"访问记不写了。"我试着打了个喷嚏。

"为什么？"主任两只眼睛闪忽着疑惑不解的神色。

"因为……"

"说吧。"

"因为他快要死了。"

"什么？"

"他快要死了。"

"当初,你要写他的访问记也是这个理由,现在又是……"

"是的,都是这个理由。"

主任沉思一会,脸又埋进稿纸堆里去了,谁知道他懂了我的意思没有。

流舒打电话给我的时候。声音似乎老了许多:

"总算能住院了,下午去教授家,我也去。"

当我跳上电车时,摇摇晃晃的车厢里人真多,车厢外,马路上熙熙攘攘的人更多,每个人都有自己的想法,浮想联翩。有一次,我对流舒说:"生活真可怕,脑袋一晃就是一个念头……"

"取舍就是了,各得其所,每个人都有自己的需要。"

"教授呢?"

"唯独教授没有什么需求。"

"不,教授需要的就是你。"

我的话直来直去。流舒听了以后什么也没说,轻轻地摇摇头,走的时候,她又摇了摇头,摇得很轻蔑。

"教授,你脸上找不出没皱纹的地方。"流舒拿着一枚放大镜。

"流舒,只有笑的时候,才能在你脸上捉住皱纹,一丝。"教授也拿着一枚放大镜。

我曾经看见他们脸对脸地逗趣,是阿咪"喵"的一声窜上去,才把他们扑散了。

印满方格的台阶又到了。那儿,停着嘉陵牌两用车,门框上靠着流舒,一束有气无力的余晖打在她脸上。

"教授上译文出版社送译稿了。"

"《我们共同的朋友》?完稿了?"我又惊又喜。

"嗯。八十万字,看他抱着那捆稿纸小心翼翼地像抱着娃娃似的。"流舒说,"教授马上就来,住院通知已经收到了。"

教授的房间里整理过般的整洁,床单拉得没有一丝褶皱,桌上灰、地上灰,都一扫而净。烟缸、痰盂、白瓷泛着白光,阿咪也泛着白光,只是有那么一缕沮丧。

"我有句话要对你说。"流舒依然靠在门框上,"教授他并不需要我。"她把前几天的话头提起了:"他真的不需要我。"

流舒的话我似懂非懂。

"教授真可怜,年纪轻轻就横遭迫害,孑然一身度过二十多个春秋,岁月流逝,白发苍然了。刚刚平反,正想磨拳擦掌干一番的时候,偏偏又病魔缠身,别看他有时笑嘻嘻的,其实是皮笑肉不笑……"流舒的眼角、鼻翼、嘴边、额前,都隐隐约约地爬动着皱纹。

我听着。

"来的真及时,这话是你说的,别辩解。"我一惊,我的话她知道了?看她时,还好,她和颜悦色,我曾经听她讲过,贝多芬的旋律即使在最欢乐的时候,也充满着狮子低吼般的味道。

"教授是一个人,人有人的需要,他需要长期以来没有体味过的异性的温暖,于是,我来了……"说这话时流舒没脸红。

"是呵，教授需要你。"

"可是。"流舒说，"可是……"

就在今天下午，流舒在教授那张床上瞌睡了。过去了半点钟，又过去了半点钟。迷迷糊糊地她觉得教授就坐在沙发上，他坐在那儿整理译稿，然后，天倦了，地困了，流舒也想睡着了。教授站起身来，他展开一条毯子盖在流舒身上，他要走了。

"教授！"

教授在门口站住。

"教授，你为什么不吻我？"流舒醒了。

"流舒。"教授那一头白发就像一座冰山，冷静得出奇，他说，"流舒，人与人之间还有尊重……"

"于是，我懂了，我懂得了人与人之间还有尊重。"流舒依然一动不动地扶着门框。这时，天边已透出了火红的晚霞，晚霞把她烧成了一首火红的诗。

那么教授究竟需要什么呢。我想起教授曾经对我说过："当记者的，生活得匆忙，感受得也匆忙。"

我想，这话也许对，也许不对。

远远地，夕阳退去了。

远远地，流云隐去了。

远远地，教授背着满天晚霞走来了。火红的天色，多姿的鳞云，在随心所欲地满天开放。教授微驼的背仿佛挺直了。

"流舒，你看。"我突然发现了什么，"教授的头发变黑了！"

"已经看见了,是染的。"

"教授真年轻。"

"青春。"

"青春。"

绿野上的重逢

一

如今已是盛夏了,沙心还是每天清晨往屋后那片绿野里走。沐浴着晨曦的气息,腋下夹一本书:原版《英国当代短篇小说选读》。两年前,他学英语,想当个翻译,两年后,他还是这样。

他的家位于市区边缘,再过一条马路就是郊区了。屋后有片巴掌大的绿野,人们有兴趣,种点蔬菜,没兴趣,就撂荒着,长草。这儿,是市区向郊区蚕食的痕迹。

这一片绿野,绿也还是绿的。一条河流到这儿打住,河水里经常飘浮着一层薄薄的绿色的污渍,把绿色的浮萍都毒死了,也有一两条小梭鱼翻着肚白一闪一闪,浮上水面。

沙心爱往田野里走,也习惯了,上班前念念外语,散散步,舒舒心。

他穿件红背心,他的哥哥沙康说他像绿野中的一点火苗。

"沙心⋯⋯"沙康在远处小道上向他招手。

沙心笑了,嘴唇上一点绒毛都没有。

沙康翻身跃上自行车,在早晨的阳光里,飞也似地去了。

"这个走读生,"沙心暗暗思忖着,"哥哥每天去师范学院念书,自己每天去上班。"沙康喜欢用粗糙的手掌托起他的下巴:"怎么还没长胡子,我在你这个年龄,哈哈……"

是该有胡子了,沙心今年二十岁,比沙康小十岁。他们的妈妈爱流产,这十年中一口气流了两个,光荣妈妈的梦吹了。

沙心看着沙康远去的身影,这身影挺结实,在自行车上左右摇晃,车屁股的夹子里夹着几本书。似乎还有断断续续的铃声传来。要是能近些,可以看到,沙康的手掌很大,手指很粗,皮肤呈黑灰色,头发一根根都支楞楞地竖起。沙康就是矮了点,说是当年插队落户时让扁担压的。沙心不像哥哥,他比哥哥长得高,也比哥哥漂亮。

今天看哥哥去上学,沙心似乎特别激动。也许,再过两个月,他也能上大学念书去了。沙心朝四周环视,四周依然一片宁静,只有几个老人在小河边慢悠悠地东摸西摸似地打太极拳,还有,屋边墙基旁两个小孩站定八字步,正朝一个土洞撒尿,沙心知道他们想把洞里的蟋蟀灌出来。

静悄悄,静悄悄,沙心激动地从东头走到西头,再从西头回到东头,阳光朗照,他低头凝视自己躺在阳光下的身影,然后闭上眼睛,陶醉了。

沙心瞒着家人做了件事。几个月前,他不动声色地报考了外语学院。从昨天起往前推三天,这三天他坐在考场里,考得很满意。每场考试都提前交卷,然后斜一眼正在冥思苦想的同伴们,走出考场。

但是这一切,沙心没敢和妈妈讲,也没有对沙康提起。前几天,妈妈正在呼哧呼哧地洗衣服,肥皂泡沫甩得满地都是,看见沙心回来,顺手移过一张凳子。"来,坐下,"妈妈一笑,悄声细语地说,"你那四百块钱我送进银行了,定期储蓄八年,八年后利息就有一百七十几……"

精神气仿佛一下子都飘然了,沙心浑身一软,有气无力地说:"妈,我想,去试一试,考外语学院。"

"你还没死心啊。"妈妈没把他的话当一回事。他曾经多次说过这话,妈妈总是一笑了之,念大学奖金没有,工资打折扣,四五年一进一出差几千元钱,再说,外面学外语的人多得热昏,一把把拣,学得再好也没用,何况你念得像田鸡叫……临毕业分配,又要托人讲情,万一分到外地去,一场空……沙心没有插嘴,妈妈低头洗衣服,一绺头发落在额上,遮住一只眼睛,另外一只眼睛看着沙心又添上一句:"读书,当然是好事,可是万事都要从实际讲……"

妈妈有妈妈的实际,那时沙心高中还没毕业,妈妈还没到退休年龄。然而她退休了,让沙心顶替。"现在政策一天变个样,捉牢才能算数,要快!"妈妈风是风,火是火,找厂长,找科长,找医务室医生,再找食堂里的烧饭师傅,叨叨说,"沙心老实,拜托拜托,照顾照顾……"果然,沙心进厂后,推了两星期的平板车,然后白大褂一披,坐进工艺车间按电钮,看电表,上班可以看小说，也可以下像棋，要不，打一会瞌睡，闭目养神都行。

早些年支内去福建长乐的爸爸来信了。密密麻麻的字写了三大张，宁波人爱吃梅干菜、雪里蕻、臭冬瓜，妈妈腌了好几缸，还做了两瓶蟹糊，爸爸信中说，再过三五个月，他就要退休回上海。妈妈躲着沙康沙心抹了抹眼泪，说："团圆了，一家人热汤热水……"

夜深人静，沙心听见床板咯吱咯吱响，妈妈失眠了。他知道妈妈的心思，现在一家老少都有了着落，就看哥哥了，还有半年多要毕业分配。"我们小民百姓，没有后台，"妈妈常对哥哥说，"自己要活络点，不要客气，现在是老实人吃亏……"

二

公司教育科来了张通知，让沙心过两天到中心医院去体格检查，还让他准备三张照片，照片要求是一寸的，正面的，脱帽的。

沙心一喜，又一忧，回家后怎么说呢？他慢吞吞地从那片绿野中抬起头来，仰望天空，天空中彩云飞过后是一片空白。

总算回到家了。门缝里，沙心看见一双红色的半高跟鞋，鞋面上是米黄色裤子，分明是两条腿，架在一起，人称"二郎腿"，膝盖上轻不轻、重不重地按着一只白白胖胖的手，哦，红指甲，无名指上套着一只冒充金戒指的黄圈圈。

沙心想了一想，想出来了，一定是沙康的女朋友。这些天，妈妈到处托人办这事。趁早结婚，这样，毕业分配保定能留在上海了。妈妈对沙康说这层意思时，沙康不置可否，脸色铁青，抽一口烟，青烟从多毛的鼻孔里大团大团地喷出来。妈妈却兴高采烈地说："介绍人讲过了，女方有房子，又是独养女儿，家里一套红木家什，你们要，给你们，你们不要买一套新式的也可以……"

沙心在门缝处张望，却不想进去。

"看到陌生人就死蟹一只了。"妈妈从厨房里探出头来说。她在炒菜，也在笑。妈妈配了许多菜，一盘盘放在沙心的书架上，这只才七元五角二分的竹书架，前天刚买来，沙心花了半天时间，如数家珍似地放上了自己心爱的书。现在这些书都被妈妈一捆捆扎上，塞进床底下了。

有客人在，沙心不好发脾气。他又来到门缝前，那"未婚嫂嫂"比刚才活跃多了，话多，思想也活，沙心不禁倾耳窥听。

"我们隔壁有个小姑娘嫁给日本人了。"

没听见沙康吱声。

"其实那个日本人不是正宗日本人，是中国人和日本人的混种。"

也没听见沙康吱声。

"听说那个日本人在日本没啥名气，只开一爿杂货店……"

沙康还没吱声。

"小姑娘一时也走不脱，护照下来最起码还要半年多。那个日本人上次来，带给她一只小喇叭，人家都去看闹档，我就是不去!"

沙心听见沙康在咳嗽,沙心想,沙康也许是受不住了。他站在门缝处,多想听到自己哥哥的声音,沙康平时说话的声音是沙哑的,仿佛喉口处隔着一层粗糙的薄膜。然而,沙心连这沙哑的声音都没听见,沙康只是在房间里踱步,脸上勉强地带着几丝难堪的笑意。他的女朋友还在说话,声音低了点,不像刚才那样慷慨激昂。

沙心有意无意地又来到了屋后的那片绿野上,快傍晚了,太阳骄傲地挂在西半天上,绿野上偶尔有几个人走过,小河边有人胡弄着用小网兜在捞鱼虫。沙心漫步散心,他想着沙康,自己的哥哥怎么有这么大的耐心,和这么一位俗不可耐的女朋友坐在一起,而且一坐就是半天!

在绿野上走乏了,沙心又回到了自己的屋子,仄身躺倒在床上。那边房间的门还是不卑不亢地开着一条缝,妈妈在厨房里炒菜,油香弥散,扑鼻而来。说实话,沙心是敬佩哥哥的,哥哥知识渊博,思想深刻,以前,常常喜欢和沙心谈谈聊聊,然后跟他讲人生、理想。沙心觉得,只要哥哥一开口,就有闪光,就有雷电。就因为这,沙心和哥哥很亲近。然而最近以来,沙心却觉得哥哥渐渐地远去了。美国作家斯图尔特的一篇短篇《爱》,前前后后才二千多字,沙心冒着酷暑,一面擦汗一面拍蚊子,总算结结巴巴地翻译出来,双手捧上,请沙康"提提意见,不吝赐教"。谁想搁在那儿两个多月,沙康连翻也没翻过,这事怎么说呢?沙心向他要回,他找了半天才在枕头下摸出来,一起摸出来的还有双臭袜子。

总而言之,沙心固执地觉得沙康去远了,和以前一样地去远了。那时,沙康也不过十八岁,说声"在家靠父母,出外靠朋友",手也没来得及挥几下,就随着移动的火车去江西插队落户了。接着,入团,入党,当标兵、积极分子,沙康咬着牙五年没回家探亲。家里吃饭的时候,妈妈时常精神恍惚地在桌上多放一双筷子,这不是祭奠,只是习惯。

五年后,沙康回家探亲,风尘仆仆,疲惫的脊背又黑又亮。沙心满心欢喜地端上盆热水,看着哥哥说:"洗洗吧。"多年不见,他有些难为情,看哥哥,手臂上有肌肉,额头上有皱纹,嘴唇上有胡楂,他又挨近哥哥,偷偷地比试比试,惊喜极了,哥哥没自己长得高。

"妈!"沙康突然大声嚷嚷,"弟弟呢?"

正忙着杀鸡宰鹅的妈妈一愣,奇怪地指着沙心说:"这不是吗?"

沙康把沙心拉到跟前,闭上了眼睛,深深地吸口气,猛地把沙心紧紧地拥抱在胸前,良久,才用那沙哑的声音喃喃低语:"长这么大了,小弟……"沙心被哥哥紧紧抱着,气也喘不过来,哥哥身上陌生的热气和着从远方带来的泥土味,在尽情地散发,沙康觉得,哥哥仿佛离自己很远很远。

沙心在冰凉的席子上翻了个身,喘息几下,又翻了个身,不知不觉地睡迷糊了,朦胧间,听见沙康在叫他吃饭,又听见妈妈说:"别,让他睡吧。"听着,觉着身上飘落了一条薄薄的毯子,凉风习习,眼缝间,见是妈妈摇着大蒲扇,正在轻轻地摇,轻轻地摇,给自己打风送凉……

三

夜深了。

路灯下吆五喝六打牌的也都散伙了。

屋后绿野上传来虫鸣蛙叫,令人心烦。月光如水,轻柔温存地飘洒进窗,照在床上。四尺半的床睡两个人,一个沙康,一个沙心,兄弟俩,沙康睡在沙心的脚跟后,沙心呢,也睡在沙康的脚跟后。

依着月光,沙心看见哥哥的双脚了,这是一双曾经和地球贴得最近的脚,脚后跟磨出了一大片厚厚的淡黄色的茧皮,那茧皮上横七竖八地布满了肉的裂缝,裂缝上,似乎还有隐隐血痕。这些年来,沙康是赤着这双脚在人生道路上走过来的,最后一次,是高考制度改革后,他眼睛一亮,回上海三个月复习功课,然后,带着自己的一支钢笔,又向会计借了一支,上考场时,也是赤着脚,仿佛宽宽的光脚板踩在田埂上,噼啪噼啪响。

他穿上鞋是进大学以后,三年多了,旧日的印记还是那么清晰。沙心凝视着哥哥的脚跟,翻来覆去睡不着。黑夜中,他听见沙康长长地叹了口气，于是他也长长地叹了口气。

"睡不着吗？"沙康用脚背拍拍弟弟的胸脯。

"嗯。"

"为什么？"

"没什么。"

"哥，"沙心说，"我每天都在写日记。"

"孤独的表现，"沙康不以为然地说，"你是没地方排遣自己剩余的感情和思想了，只好到日记本上去寻找。"

沙心有些恼怒："你这话是从《青年心理学》中捡来的，那本书是日本人写的，那个日本人是……正宗的！"沙心想起了哥哥的女朋友，那位手戴黄圈圈的女朋友。

空气沉闷了，沙心明显地觉察到，沙康浑身一颤，他知道自己说走了嘴，心里很不安。

"能看看你的日记吗？"沙康问。

"最好别看，"沙心见哥哥没生气，定定神，然后说了一句自认为很有必要其实是多余的话，"写日记，我是在和自己争辩中升华。"

"升华吧，睡觉，梦里去。"对这种争论，沙康并不感兴趣，他从来没把沙心当成自己的辩论对手，沙心是比自己小十岁的弟弟，在人生道路上，弟弟的思索很少，因为弟弟走过的路也很少。一些喜欢提出深思熟虑的观点的人，或许把这兄弟俩划成两代人，这种划分有理由，但沙康没有很好地思考过，还是睡觉吧，月光如水，何乐不为？

绿野上有一条肮脏的小河，小河里哺育着成群的蚊子，仲夏之夜，和着暑气一起向人们包围而来，家里的门窗上了纱面，但蚊子嗡嗡叫着，无孔不入，打死十二只，还有一群在进攻。

还是睡不着，兄弟俩都睁开了眼睛，在夜色迷朦中忽闪忽闪。

"哥，"沙心先开了口，"你在胡乱找……"

"说下去。"

"找……老婆。"应该说妻子，或者说爱人，老婆是陈旧的词汇。其实沙心知道，他之所以寻找这个陈旧的词汇，是那个手指上戴着黄圈圈的人，也很陈旧。

沙康不作声。

"你已经定了？"

"没有。"沙康的声音在打战。

"你对那个人……你爱那个人？"

"现在还没爱上。"

"那是为什么呢？"沙心说，"你还把她带到学校里去，在同学面前炫耀……"

"不是炫耀。"沙康打断弟弟的话，说，"是造舆论，是让大家知道，我有了女朋友，毕业分配，决不能到外地去！"沙康说着说着，快吼起来了，谁也没看清他的脸，也许发青，也许涨红了。

哥哥变得如此粗俗，什么时候变的？沙心"啪"地打亮了灯，灯光刚一闪,又听"啪"地一声,是沙康关熄的。

一阵沉默以后,随着蚊子的嗡叫传来了沙康低沉的,仿佛是很遥远的声音。"小弟,你真的还小,"沙康的声音在夜色中显得很庄严,"这种由人摆弄而自己却无可奈何的分配,在我的生活道路上始终像张网,妈妈也许说对了,要活络点,活络点……我中学毕业,'一片红'插队落户,才十八岁的人远离家人去远方,在农村这么多年里,为了和家人团聚,受了多少窝囊气,上大学以后,现在又临毕业分配,关于分配方案传说纷纭,搞得人心惶惶……"

沙心从来没有听到哥哥这么认真地和自己讲话,哥哥的声音越来越低,最后只听得一丝游移不定的呢喃。

也许哥哥的话是对的,但是沙心只能理解,不能接受,他对哥哥的敬佩快要崩溃了:哥哥也是陈旧的。

"小弟,"沙康又用脚背拍拍沙心的胸脯,说,"你那篇译稿《爱》呢,我最近好不容易结识了一位《译林》杂志的副总编,寄给他准能发表。"

"真的?"

"当然,这位副总编来上海组稿,他请我去新亚饭店以酒会友……"

沙心那颗满怀希望的心突然一沉,哥哥曾经多次发表过小说、散文,在文坛上,作为青年作者也颇具小名声。他有许多文友,约稿信连绵不断……

"哥,"沙心慢吞吞地说,"我还是自己投稿吧。"

"投给谁?"

"编辑部。"

"有熟人?"

"没有。"

"你很崇高,"沙康突然揶揄着沙心说,"人们都喜欢用崇高来玩弄自己的感情,虽然明明知道这是无稽的,但依然贪婪得很……现在,你也学会了。"

"你这话又是从什么书中捡来的吧?"沙心不服气。

"是的。"沙康很坦率。

沙心觉得,哥哥以前用皮肉熬出来的真理都已经被用完了,如今他枯竭了,但他会走捷径,像扫描器一样在名人名言中寻找格言,并且依靠卖弄格言来过日子。

哥哥真可怜,他枯竭了。

夜深了,月亮被浓浓的乌云裹住了,天空漆黑一片,沙心沉默着,他听见了沙沙沙的声响,一滴、两滴、三五滴,屋檐上也滴下了水珠,下雨了,淅淅沥沥,和着轻微荡漾的夏夜之风,似乎在洗刷着这个世界。

沙心睡不着,睁大着眼睛在床上折腾,"哥,"他又叫唤起来,"我考外语学院了,体格检查的通知已经收到了……"沙心对哥哥还是有信心的,他鼓足勇气把这个秘密讲出来,是因为他相信哥哥会感到高兴,并且支持他。

沙康没有声息。

沙心听见脚后跟已经传出了浓重的鼾声，一阵一阵，沙康多毛的鼻孔里响起了浓重的鼾声。

雨下大了，风也大了，哗啦哗啦。

绿野上，一片水淋淋的世界。

沙心从枕头底下摸出一把电动剃须刀，这是新买的，是送给哥哥三十岁生日的礼物，哥哥真地老了。

四

太阳，早上好！

沙心在绿野上念外语，他看见沙康推着自行车，后轮架上捆着一个行李铺盖。沙康朝他招招手，走了。

沙康说："论文再不交不行了，四年里就这么一篇论文，要搞得像样些，也许要放进档案袋的。"于是他为了省下路上的来回时间，住校和同学们挤铺位去了，粗糙的手在阳光中向沙心挥了一挥，笑着的嘴咧了一咧，去了。

其实，沙康住校还有其他用意。沙心听妈妈在厨房里对哥哥说："毕业分配已经到了紧要关头，人不在学校里要吃亏的。"睡觉前，妈妈还叮嘱道："找你谈话，你就说结婚证明都打好了，家具买好了，房子也有了，就等分配好了结婚……"

沙心知道，自己偷着报考大学的事，现在对妈妈讲，实在不是时候。他烦恼地在绿野上走来走去,小河水清悠悠,也很安静。沙心手里捏着那张体格检查证,汗涔涔的。河水里映照出他的脸,波纹一动,他的脸扭曲了,然而同时,也把他的记忆唤醒了。

快四年了,那天,哥哥一举中元,考进了师范大学,妈妈双手直哆嗦,她捧着那张录取通知书左看右看。正是深秋时分,夜色笼罩着屋后那一片绿野,月光如水,如水的月光洒满在半空中。灯下,沙心凑过头去,想看看那张录取通知书,妈妈说:"别急,妈妈还没看好。"总共才二三十个字,妈妈已经看了半个钟点了,沙心也很高兴,妈妈额上的每一条皱纹都在舒平,眼角溢出欣喜的泪水。沙康回上海复习功课时,妈妈替他买烟,泡茶,那时妈妈还没退休,中班下班回家,看见沙康还在灯下读书,进屋时脱下鞋,光着脚轻轻地走,生怕扰了沙康。她嚼咸菜怕出声,睡觉怕翻身。一次沙心不知为什么笑声响了些,妈妈居然恶狠狠地在他后脑勺上拍了一掌,拍完了,又后悔那一掌拍得响了些。

同样是两张通知书,然而遭遇却迥然不同,不是妈妈偏心,这里面似乎有许多值得思索的问题。沙心脚底生风,不知不觉地跑回家来,他打开衣柜,那里面有只小提箱,箱子塞满了爸爸的来信,爸爸"支内"好多年;每封家信妈妈都放进小提箱里,渐渐地,小提箱塞满了。

"你翻些什么?"妈妈正在洗菜,"早饭到现在还不吃,大饼油条,还有豆浆……"沙心要找一封信,那是爸爸很早很早写来的信。

"问紫鹃,妹妹的……"那边,妈妈有意无意地哼起了绍兴戏,自从《红楼梦》上映以后,妈妈发疯似地看了又看,哼了又哼,回到家来还品头论足地说长道短,徐玉兰、王文娟、林妹妹、宝哥哥,渐渐地,妈妈嘴上也有意无意地哼了起来,尽管字不正腔不圆,却也有她自己的感情和味道。

是的,沙心总算找到了那封信,信纸信封都已发黄,上面还有斑斑酱油渍。沙心最感兴趣的是上面写着的那首打油诗,诗曰:"小子读书不用心,不知书中有黄金。早知书中黄金贵,明灯高挂念五更。"

老掉牙的诗又勾起了沙心儿时的记忆,那时沙心还小,沙康没考取重点高中。爸爸来信了。信中气呼呼地责骂着:"没出息的,给我滚出去!"那天刚吃完饭,妈妈神情严肃,叫沙康跪在洗衣板上,然后拿着爸爸那封信。说:"我念一句,你跟一句。"

就这样,念一句跟一句,在妈妈膝间惊慌失措的沙心也学会了:"小子读书不用心……"

三遍念完,沙康不肯再念了,皱皱眉头,也许膝盖痛得忍不住了。

"念下去!"妈妈一拍桌子,饭桌上的酱油瓶翻倒,弄脏了爸爸的信。

那天夜里,大家都没睡好,沙康咬着牙热汗一身,妈妈在他的膝盖上揉啊搓的。

"我们省吃俭用为了谁?还不是为了培养你们将来上大学。

我们家祖祖辈辈从来没有过大学生,你重点高中都考不取,将来怎么考大学呢,真不争气!唉,真不争气……"躺在一边的沙心悄默声儿地听着,听妈妈翻来覆去地叨叨这通话。

那是十多年前的事了,如今一切都在变迁,沙心无力地把信放好,然后把身子埋进沙发,双手托腮,凝神望着妈妈的背影,这背影已经消失了往年的健壮,然而尽管衰弱,却还是挣扎着,挣扎着,为了沙康和沙心以后的生活。沙康在坎坷的生活道路上折腾了十几年,妈妈不吱声地奉陪了十几年,如今她又为沙心操碎了心:每月二十元积蓄,十年后,二千多元,然后,结婚、养孩子,妈妈有妈妈的生活程式,这程式虽然古老,却充满了无私的母爱……

沙心沉默着,两手打战,鼻子发酸,他痛苦极了,他实在无法接受妈妈这种古老的生活程式,无法忍受这种母爱。他的心底涌起一阵阵急切的希冀,他还真希望能像哥哥当年那样,跪搓板,跪三天三夜也行,逼着自己去读书,上大学。然而时过境迁,一切都变迁了。

"小子读书不用心,不知书中有黄金,……"沙心喃喃地念起了这首打油诗。

"什么黄金用心的,嚼舌头,"妈妈莫名其妙地笑了,"别吵,七点半到了,无线电里放《红楼梦》里的唱段《问紫鹃》。"

也许,妈妈真地已经把那往事忘得一干二净了。

沙心把捏在手里很久的体格检查证重新放入口袋,他决定搁一搁再说。

他走出门去,一个深呼吸,绿野上那股还未散尽的清晨的气息扑鼻而来,天朗气清的日子。

他背后,门缝里传来徐玉兰悲凄的唱腔:"……妹妹的诗稿今何在?……呀呀……"他似乎懂得了,妈妈醉心于《红楼梦》的原因。几十年了,弹指易,度日难,爸爸就快退休回家了,一家人团团圆圆,哥哥如果安排在上海工作,自己每天去工厂里上班,这家人家就再也不用担心离别了。

沙心在一个弯道口止步,哥哥是从这儿离家去插队落户的,八年以后,又是每天从这儿去师范学院上课。这一折腾把哥哥折腾老了,爸爸、妈妈,也都在这些年中迅速地变迁着,如今,这变迁的结果却要由沙心来承担。沙心感到委屈,也感到愤愤不平。

绿野上,沙心的背影在慢慢地移动,二十岁的年轻人,他正在思索着。生活,皮笑肉不笑,给他带来了无穷无尽的咀嚼。

五

沙康三十岁生日即将来临,妈妈准备了许多菜。

"这次生日成双作对了。"妈妈喃呢着,时不时跑到后窗侧耳细听,听听远处有没有自行车铃声。

然而沙心却对那只戴黄圈圈的手充满了厌恶和蔑视。

沙心盼望哥哥回来,他有许多话要对哥哥说。那天,他瞒着妈妈去中心医院检查身体,穿白大褂的医生说他有心脏病,于是他又被穿白大褂的护士带去做心电图,测验结果如下:"窦性心律不齐,平行室早,阵发性室上速,左心室……"

"要注意休息,千万不要剧烈运动,最好能住院休养。"

"大学不能念,自学也行,我们许多大夫就是自学成才的。"

医生、护士笑容可掬,白大褂在沙心眼前一晃一晃。白花花的一片,沙心觉得脑子里一片空白。

他走出医院后,在一条肮脏的马路上徘徊,发呆似地盯着一根电线杆子,然后再盯着另一根电线杆子,一根接着另一根数,喃喃地数着,最后软绵绵地斜靠在一棵粗大的法国梧桐上,泪如雨下,阳光直直地把茂密的树叶影子打在他额上,那额上,一片阴影,又一片阴影,随风蠕动着。

这些天来,他还是天天清晨出现在绿野上,蔓草茵茵,向着青草更青处漫步,早晨的阳光在他身上洒下温情脉脉的柔光,他的影子在绿野上,移动、移动,很是沉重。

他的腋下夹一本书,可是没见他取出来念几声,琅琅读书声消失了。沙心盼望着哥哥快回来,他真想再听听哥哥那些格言,前些天,他还暗自嘲笑哥哥卖弄格言过日子。可是,当他的生活中涌起一个小小的波动时,他身上那种依赖性就蠢蠢欲动,像一棵孤傲的、自以为能独立于世的小柳树,在暴风雨稍稍施展一点威风的时候,就东摇西摆,想找到一点依靠。

沙康回来了,那是一个朝霞还没完全褪去的清晨,翩翩单骑,轻快得恰似一只云雀,嘀铃铃的鸣啭声中,穿过晨曦飞来了,绿野上没有留下车辙。

越来越近,沙心贪婪地看着哥哥,哥哥是消瘦了,满脸胡楂,爬在鬓角、下巴和唇片上,黑绒绒的。

"小弟,"沙康跳下车,伸手把沙心一把拖过来,"我,过生日来了。"

不知怎的,沙心感到一阵无法抑制的兴奋,他突然伸出左手无名指,在哥哥面前晃了一晃,刚想做个黄圈圈的手势,又好像悟起了什么,把手缩了回去。

沙康似乎没看见,但又似乎看见了没领会,神情严肃地露出一丝笑意,宽大的手掌在沙心单薄的背上拍了拍。

"哥哥,"沙心表现出少有的亲昵,他摸出那把电动剃须刀,说,"这是我送给你的生日礼物。"

"小弟,哥哥老了,是吗?"沙康看着弟弟,他接过剃须刀,似乎明白了弟弟的意思,用力握住弟弟的手,他们两人的手掌已经一样大了。

沙心抬头,猛然间看见哥哥眼角有一丝湿漉漉的润意。

"走,回家去。"沙康把自行车交给沙心,径自往前走了。

沙心踉踉跄跄地跟在后面,他看着哥哥那矮墩墩的结实的背影。他看见哥哥打开剃须刀,在脸颊上、下巴上胡乱抹动起来,"嚓啦嚓啦"硬硬的胡楂在飞速转动的刀片下消失,消失了,这声音倔强,是雄壮的音乐之声。

绿野上,静悄悄。

阳光泛白,空气在静谧中颤动浮散。

沙心突然听见一丝很低微的歌声,是哥哥那沙哑的嗓音,唱得波澜壮阔:

生命的星,不要离我去远方。

生命的星,不要黯淡了光芒,

这首歌就叫《生命的星》,王健词,谷建芬曲,据说,是常为中年人唱的……

"黄圈圈"毕竟没有来参加沙康的生日仪式,不知是没请她呢还是请了她,而她没来,反正谁也没有提起她,连妈妈也是。

又是一个沁人心脾的早晨。

沙康漫步来到绿野上,四周静极了。不远处晨光朗然,他看见沙心又在琅琅读书了。昨晚他和沙心在心的默契,感情的合拍,理智的意会中谈了一宵,没有一句格言。

沙心也看见哥哥了。

眼睛,四只男人的眼睛互相凝视着。

他是记者

一

天,还没亮。

咯吱咯吱,沙康摸着黑起床了,床架子被他摇得咯吱咯吱响。

他怕吵醒宿舍里其他人,尤其是鼾声如雷的胖子。他摸着黑,悄悄地摸,找他那件插队落户时穿的小夹袄。深秋了,夜凉,晨也凉。

小夹袄的贴袋里放着鲜红的记者证,他穿好衣服,然后,开门,关门,走了。

胖子糊里糊涂地翻了个身,又打起呼噜。

出了报社,坐两站十八路电车就到昌林菜场了。从沙康身边疾走而过的,都是些老头老太,臂弯里挎着小菜篮,嘴里不干不净地骂山门。

"这死人小菜场,菜卡里配给的菜也买不着!"

"有本事开后门,没本事喝西北风!"

如此等等。菜场里飘然而来的是阵阵腥气和烂菜皮的气味。

三天前,他接到一只匿名电话,浓重的苏北口音结结巴巴地告诉他：昌林菜场后门猖獗，而且是经理亲自批条子开后门，小民百姓半夜起床排队买不到好菜。希望报社派人来调查……

"你是哪一个？"沙康用苏北话问。

"我是菜场职工。"

"尊姓大名？"

"……不必了！"

"我们一定保密。"

"……不必了。"

对沙康来说，这是一种召唤，况且昌林菜场后门猖獗早有所闻，苦于"捉"不牢。于是，沙康这三天来天天凌晨赶到菜场，溜达溜达，寻找破绽，很想顺藤摸瓜，摸出个大瓜来。

菜场里到处是长龙，人们吵吵嚷嚷的挤作一堆，沙康紧了紧小夹袄，也挤了进去。鱼摊前尽管有几个戴红袖章的纠察在拉拉扯扯地维持秩序，可是人们还是搅成一团，挤扁了的竹篮子在空中晃动，尖叫声此起彼伏。一会儿工夫，沙康冒汗了，气，也喘不上了。他解开风纪扣，把浑身的热气像放蒸气似地放一点出去，定定神，凭着个儿小，又朝里钻进去，看看有没有短斤缺两，柜子下有没有藏私货，柜子后有没有伸进什么熟人的篮子挎包。

"插队！"

"插队！不要给他插进去！"

"把他拖出来！"

几只戴红袖章的手臂把沙康拦腰抱住，他，真的给拖了出来。

不计较，不计较，沙康朝那几个满脸怒气的老头浅然一笑。然后循声找去，找到了肉摊前，这儿，也在吵架。

卖肉的是个满脸粉刺的小伙子，嘴里叼一支烟，烟雾喷在一个泼大姐脸上。沙康注意到他胸前的工号是"75"。

一问才知道，75号把排骨都塞进柜台下的一只筐里。泼大姐呢？一定要买排骨，而75号呢？一刀切给她两斤像肥皂似的厚膘肉。于是，吵。

泼大姐双臂抱胸，一屁股坐上柜台："我要排骨，不要肉！"

"肉就是排骨，排骨就是肉。"小伙子油腔滑调地唱了一句。

人们哄笑，沙康也止不住微微一笑，他凭着职业的嗅觉，估计肉摊前这一幕也许会帮助他找到他想找的线索来。于是他不声不响地排到了队伍的尾巴上。

75号已经把泼大姐晾在一边，掌刀掌秤，又做起生意来。队伍慢慢地向前移动，一支烟工夫，轮到了沙康。

"我要买排骨。"沙康扔掉烟蒂，指着柜台下那只筐。

"靠边，靠边！"75号根本没把他放在眼里。

"卖不卖？"沙康的声音像水枪里打出来的水，又冷又直。

"不卖！"

"那你卖给谁？"

"和你不搭界。"75号神秘地耸耸肩。

"卖给认识的人，是吗？"

"Yes，"小伙子打了个响指，直言不讳地说，"谁叫你不认识我？"

"现在……"沙康研究着他脸上的粉刺说，"我们不是认识了吗？"

"你？你……这种料，配、配认识我？"

沙康把头凑近75号的耳根子，悄悄地说："我是记者，配不配呢？"

"记者？"没想到这话被一旁的泼大姐听到了。她一骨碌地跳下柜台嚷起来："小伙子，可不能冒充记者呵，玩不起，玩不起，要犯法的！"

"就是，"小伙子也来劲了，咬着半截子烟，"记者？哼，看煞你不像，浪头大来稀，我就是开后门，你去登报嘛！看你识几个字！"

沙康有些脸红，他知道人们心目中的记者，应该像电视剧里的郭凯敏那样：小分头，秀郎架，风衣裹身，抽起烟来像婴儿吸妈妈的奶头那样认真，然而这一切他都没有。

"吵什么，吵什么！"红袖章老头精神抖擞地又来了，扯住沙康往外拖。

用记者来吓唬人吗？真没出息，可事到如今也无路可走了。沙康无可奈何地亮出了记者证。人们眼光都凝集在他身上，排在后面的人伸长脖子踮起脚，似乎沙康是西郊公园里的动物。

红袖章老头已无影无踪，泼大姐忙不迭地拍着沙康的肩膀："算了吧，都是小青年，托的人多，情面难却。"她居然替75号说情了，"你报上登一登，他半年奖金就泡汤了……"

75号怔了半天才醒悟过来，不吱声地从柜下拖出那半筐排骨，朝沙康乜了个白眼："说吧，要多少？"

"我？"沙康友好地拍拍75号的肩膀，"我一片骨头屑都不要，"说着把泼大姐拖到柜台前，"她排第一个，后面的排好队，一个个挨秩序来，不要挤……"

一眨眼，半筐排骨卖完了。

"朋友，"75号冷冷地说，"头头开后门你管不管？"

"当然管。"沙康装着不感兴趣地说，"不过头头总是头头，后门再大总不会是头头开的。"

"顺这儿往前走，拐过鱼摊子，再朝左，卖咸菜的塑料棚后面有只小冷库，"75号突然恶狠狠地低声吼起来，"他妈的，经理亲自批条子，只要你眼睛不瞎，开后门的队伍比这儿还长……"

沙康抚摸着下巴刚刚冒出来的胡茬，满心喜悦，右手竖食指，对75号发出个暂停信号："我的眼睛不瞎，左眼右眼都是1.5，再说一遍，是小冷库吗！"

75号把头扭过去不理他。

沙康走了，75号望着他矮墩墩的背影，莫名其妙地又打了个响指。

二

今天是星期天，照例的业务会。《日报》社会部三十八个记者编辑除了病假的、外借的、外出探亲的、外出调查的、还有睡懒觉没起床的，还剩下二十五个。九点正学习，可是一直到九点三十六分五十四秒才陆续到齐，每人手捧一杯浓茶，膝上摊张当天的报纸。胖子最后一个到，昨天夜里跟公安局去捉走私，半夜零点上床，天没亮又被沙康咯吱咯吱的搅乱了梦。这会儿，他咬着豆沙包，睡眼惺忪地来了。

"沙康呢？"主任把表凑到深度眼镜片前，问胖子。

"天没亮就走了。"

"哪儿去了？"

"不知道。"胖子打了个饱嗝。

主任是个五十多岁的老报人，宽厚地一笑了之。

两年前沙康刚进报社时，主任眉飞色舞地说："当记者的，什么都要知道，专才没有，通才不可少。锦江饭店里的土耳其浴室；三层搁马桶放在哪只角落里；城隍庙沧浪亭里的茶；龙华火葬场有多少大厅、中厅、小厅，都要知道。甚至，连怎么捉卖淫的，都要了解。不要脸红嘛，小伙子，"主任拍拍沙康的肩膀，"先跟着老同志去跑一跑吧。"

沙康没有跟着别人跑，他自己有腿，菜场、自由市场、小吃店、牛奶站、五金店，都跑过。他喜欢写批评稿，自由市场里短斤缺两；小吃店里豆腐浆掺水；牛奶站的牛奶成箱成箱地不翼而飞，只要有线索，他就会像狼闻着血腥味似地循味追踪。

"开会吧，不等沙康了。"主任给窗台上的盆花浇完水，招呼着,"来来来,集中些,不要坐在门口。"然后呷口茶,清着嗓子说,"最近一个时期来,读者对我们报纸意见很大,归结到一点,就是说我们的报纸太'平',特别是批评稿少,不尖锐。"主任又呷了口茶,"昨天总编办公室给各部印发了一封读者来信,信中提出了一连串的问号,问记者是不是打字机?问编辑是不是只会出黑板报?问《日报》是不是专门用来包套鞋的?……很尖锐。总编辑要大家好好思索一下,讨论一下。咳,咳,咳……"主任咳嗽了。

话音一落,记者们就交头接耳地说开了。

胖子在修指甲,他也想说一个问题,那就是马庄路菜场的营业员和鱼贩子串通一气的问题。这时,电话铃响了。

是胖子的电话。

听完电话,他闷头不语。

电话是昌林菜场的金经理打来的,告诉胖子说《日报》有个叫沙康的记者来调查走后门的事情,金经理问胖子和沙康的关系怎么样,请他打个招呼。菜场嘛,当然应该认错,过一会儿就会送上一份深刻的检查,只是千万别登报,一登报可什么都完了。

"我们昌林菜场可是连续三年的先进单位呵!"金经理再三叮嘱着。

金经理的声音胖子是熟悉的,自己老婆生孩子那阵子,曾经从金经理手里弄了不少紧俏货,金经理总是笑脸相迎,笑脸相送,可今天金经理却以理所当然的口气,此一时。彼一时,金经理,到底是做生意的。

胖子对会议心不在焉,他一心想的是金经理要他打个招呼,他知道沙康的招呼是难打的,他觉得自己像条搁浅的船。

三

热气腾腾的小排骨汤刚送到嘴边,一愣神,又搁下了。透过油腻的玻璃窗,沙康看见走廊里一排队伍,这队伍没有色彩,记者编辑的衣服还是十年前的老样子,咖啡、铁灰、海军蓝,还有一两个穿草绿色军装的,像一堆灰烬,一朵美化生活的火花都没有。每逢星期六,报社福利科为了改善职工伙食,不知从哪儿弄来的紧俏货:羊肉、蹄髈、脚爪、门腔、肝肚、鱼鲜,每人选购一种,二斤为限。今天卖的是鲨鱼、带鱼和胖头鱼。

沙康是十二点钟回到报社的,食堂里还是热汤热饭。小排骨汤二角五分一客,喝一口,满嘴油。他看着窗外的队伍,很想说一句挨嘴巴的话:这不也是在开后门吗?

"沙康,刚回来?"胖子从人堆里挤出来,双手高举两包鱼鲜,像带着炸药包,"我替你带了两斤,明天大礼拜,红烧清蒸,弄半斤香绍酒……"胖子说着拉条长凳坐下,两截肥胖的腿架二郎,使人想起两袋交叉叠起的面粉。

擦了油嘴,小排骨汤的鲜味还在胃里荡漾。沙康点一支烟,又递一支烟给胖子:"鱼,我不要了,统统归你。这个礼拜天我得起写稿子。"

"什么稿子?"胖子明知故问,还把手贴着沙康的脑门开玩笑,"你寒热有没有,礼拜天还那么卖力?"

"昌林菜场的后门,终于被我捉牢了!"说这话时,似乎有一阵军鼓在沙康心里奏响。

胖子一抬下巴:"人家的检查都送来了,是菜场的金经理派专人送来的。我看'饶'了他吧,写份材料送副食品公司,附上菜场的检查。"

这么快的检查?经理也许不用人脑思想,而是用电脑。来一点红思想,来一点绿思想,噼噼啪啪地按按电钮就检查写成了。这种检查还不如一张马粪纸,可居然明目张胆地来哄骗记者了。哄骗完毕,小冷库那头走后门的队伍照样像响尾蛇似地乱扭乱甩。

沙康又想起早晨的事了。75号说得完全正确,小冷库门前的队伍足足有三五十人,沙康不声不响地排在末梢,轮到他时,掌秤的伸出只手:"拿来。"

"什么?"

"条子,经理的条子。"

"给。"沙康把记者证塞到他手里。

于是,他被客客气气地请进了经理室。

烟。茶。点心……

来者不拒,又冷又饿的沙康狼吞虎咽地吃光,然后在杯子底下压了五毛钱。

经理的眼睛像两片鱼鳞,忽闪忽闪地盯着那五毛钱,似乎要从这五毛钱开始研究沙康。

冷库那边,是开后门的。

条子,是经理批的。

照顾关系户,也是没有办法的。

哎,这是关系户一览表,经理很坦率,从抽屉里抓出一大把沾着腥味的条子。

经常协作,你来我往,否则,环卫所不给你车垃圾,煤气公司不给你修煤气,自来水公司不给你接管子,洗衣坊不给你洗工作衣……

"其实,你们当记者的见多识广,眼皮底下这种事多如牛毛,"经理像一本《形式逻辑》,"所以……"

"哪里哪里,我是来这儿长长见识。"

经理笑了:"其实,走后门的也真作孽,每人才买几只肚子、几条黄鱼。"

"都是你批的条子吗?"

"是的,别人没权批,否则,这后门豁然开朗了。"

"那么说,现在的后门仅仅是一条门缝?"

"是咯。"经理又笑了。

"尊姓?"

"姓金,金银铜铁锡的金,金木水土火的金。"

茶凉了,换一杯。又凉了,再换一杯。

沙康把那些纸条一张张地抚平，算了一阵子，结果如下：肚子二百斤、小排一百二十斤、皮蛋四百只、鲨鱼五十斤、红壳鸡蛋两箱（每箱五十斤）、蹄髈十八只（其中前蹄六只，后蹄十二只）、鲳鱼两冰半（每冰三十斤）、带鱼五冰（每冰三十斤），还有肺头、猪心、猪腰若干斤。这些都是今天早晨从冷库那条后门……缝？……里出去的。

沙康又查阅了账单，发现今天早晨柜台上小排骨卖了八十斤、带鱼卖了二百斤、蹄髈卖了八只、皮蛋卖了三百只、鲨鱼卖了四十斤。红壳鸡蛋、鲳鱼、肚子一只也没上柜台。

居民的小菜卡上明文配给每户二斤鱼，可是只有百分之四十冒着寒冷半夜起床的才买到。

"那么，还有百分之六十的居民呢，他们吃什么呢？"沙康强按肝火，盯着金经理忽闪忽闪的眼睛。

"吃……空心汤团，"金经理很有些实事求是的作风，"不过，我已经想办法调来了一批杂鱼。"

"就这么解决问题吗？"

"当然，还得靠大家努力建设四化，丰富物质生活。"金经理嘿嘿地笑了起来，"经理这个位子，难坐呵！"

"那你就写辞职书，报上登一登，帮助你解难。"

金经理还在笑，笑得雍容自得，拍拍沙康的肩膀，没有再吱声，只是笑。

一笑万事休！

临别,经理的手和沙康的手握在一起。"再见。"金经理笑着说。

"对,我们报上再见。"沙康也笑着说。

这回,金经理不笑了。

四

星期天,办公室里空无一人。

民间疾苦,笔底波澜,沙康笔走龙蛇,三千字的通讯,三个小时的喷云吐雾。末了,他一笔一画地写上标题:《昌林菜场里的一幕闹剧》。

皮沙发座垫上一圈很大的瘪塘,毫无疑问,是胖子的杰作。

昨天,胖子和沙康勾肩搭背地上楼时,胖子说:"你总是写批评稿,五金店、南货店、木材行都得罪完了,以后真碰到点自己的事情,叫天不应、呼地不灵,谁还来睬你?"

"断六亲,是吗?"沙康吐掉烟蒂。

"就是,何必呢?我看昌林菜场的事不要捅上报了,以后逢年过节,红白喜事,也好有个叫应。"

"怪不得你三天两头发捧场稿,什么新喜酒家受到顾客欢迎,什么电视机二十厂保质保量……"

"都是事实。"胖子打断沙康的话。

"那么,我也是事实,你是事实的代言人,我也是事实的代言人。"沙康咽下一股胃酸,"所不同的是我常常遭白眼,你常常有根肉骨头啃啃。"

胖子的办公桌就在沙康的对面,书、报、纸、笔、红蓝墨水,整整齐齐。玻璃板下还压着一条格言:

"铁肩担道义,妙手著文章"。

"他妈的!"插队落户时的脾气又上来了。那时这种粗话琅琅上口,现在也不逊色。进报社以后,上楼下楼,手里拎着公文包,铮亮的皮鞋碎步走。沙康常常思忖着:记者编辑天天弄得忙三火四,难道就是为了有根肉骨头啃啃吗?尽管人们常用报纸采包套鞋,可是事无巨细,老百姓吃了亏还是往报社跑。每天,天刚亮,接待室门口就排起了上访的队伍,寒风中抖,暑热里烤,五层楼的报社竖在他们心中,不该是个青天大老爷吗?

沙康抚摸着电话机,感到一种很想与人说话的孤独。

突然,电话机真的像一只喘不动气了的老蟋蟀,吃力地叫了起来。

"找谁?"

"小胖在吗?"

"不在,今天是星期天。"沙康把听筒紧紧地贴在耳朵上,从声音听出好像是昌林菜场的金经理。

"他说好等我电话的。"

"你是哪儿?"

"哦,我姓金,金银铜铁锡的金、金木水火土的金,你呢,哪一位?"

"金经理，"沙康平静地道一声，"我姓沙，叫沙康。"

"对了，对了，听出来了，小沙，一回生，二回熟，我们的检查看了没有？希望你常来走走，帮助我们整顿工作。对了，小胖跟你说了吗？"

"说了，说了。"沙康猛然醒悟了，胖子，他妈的你们里应外合……

"那就好了，"金经理舒了口气，"我和小胖是好朋友，我们以后也是好朋友了，小胖说你是通情达理的……"

"小胖跟我说，"一个恶念闪过，沙康脱口而出，"文章写得尖锐些！"

"什么！"

"要狠狠批评昌林菜场的不正之风！！"

"什么！！"

"标题做得大些！！！"

"什么！！！"

金经理的电话机咔嚓一声断了。

沙康嘴边露出一丝苦笑，这笑，三分是为了自己的恶作剧，七分是为了家丑不可外扬：不让金经理知道《日报》还真有胖子这样的记者！

他把稿纸噼噼啪啪地拍齐，凝视着满是烟蒂的烟灰缸，那里面，还飘着一缕缕绵絮似的白烟，静静地袅袅上升。

出门后在走廊上和胖子撞了头，撞得满眼金花。然后，眼睛盯着眼睛。

"星期天，还来？"

"来看看你。"

"有我的电话吗？"

"没有。"说谎，有时是合理的。

"稿子写好了？"胖子的眼睛下移，像两团火，贪婪地斜视着沙康手中的稿子。

"写好了。"

"真要见报？"

"尽力争取。"

一阵沉默之后，胖子叹口气，肉乎乎的手掌重重地在沙康身上拍了一下，转身走了。

胖子的黑皮鞋在宁静的磨光地板上嚓嚓作响，头也没回。

沙康背过身去，但又突然站住了。背后，他听见胖子停了下来，然后朝他走来了，由远及近，皮鞋声从轻到重。

沙康不敢回头。插队时，他们是一对难兄难弟，过去他知道，只要胖子开口相求，不论是非曲直，没有一次不是心一软，就软下来了。

他感觉到了胖子在他背后站定，粗粗地喘息，但没有开口。

沙康还是没有回头，呆若木鸡似地站着。一阵令人难以忍受的沉默过后，又听见胖子的皮鞋声了，这声音渐渐地远去，拐了个弯，渐渐地消失了。

沙康回过头去，长长的走廊里空荡荡的，一缕阳光在天窗上射进来，在灰暗的地上留下一束光影。

从排字房回来的时候，胖子已经走了，办公室里显得分外寂静。

偶回头，他又看见胖子坐过的那张皮沙发了，沙发垫子上还留着一圈很大的瘪塘，恍如一声沉重而又无可奈何的叹息。沙康怅然地凝视着瘪塘，仿佛要以此来理解胖子。

五

三天后的一个早晨，沙康脸没洗，牙没刷，当然，被子也没叠，披着一件大衣跑到办公室。

批评昌林菜场的通讯见报了，原来的标题是《昌林菜场里的一幕闹剧》，现在被主任改成了《菜场的苦恼》。用老报人的话来讲，这叫"捆一记耳光，再抚两下"。

文章处理得很醒目，二版头条，加花框，三千个字一个不少，最后的署名是：本报记者沙康。

沙康从头到尾读了一遍，然后用粗糙的手掌摩挲着满是胡碴的下巴，笑了。

感觉到背后有一团热气扑来，一回首，是胖子，胖子也披着一件大衣，没洗脸，没刷牙，眼睛盯着沙康手中的报纸。

他们俩谁也没说话，只是一个劲地闻着报上的油墨香。

金经理两只鱼鳞片似的眼睛恍如浮现在沙康眼前,这忽闪忽闪的光,已经不那么令人讨厌了,但却显得愈加模糊不清。

昨天傍晚快下班的时候,传达室摇上电话来,说昌林菜场的金经理又来找沙康了。沙康不耐烦地关照传达室:"就说沙康不在!"

没想到胖子把金经理领上楼,还一个劲地:"小沙,小沙!"

沙康躲进寝室,不行。躲进厕所,不行。躲进锅炉间,也不行。他索性躲进电梯里,五楼到一楼,一楼到五楼,来回升降,人家进进出出,他却像根钉子钉在电梯里。

金经理收到小样后,真的犯愁了。带着一脸愁相找到报社,先认错,然后又交上份检讨,说是第二次深刻的检讨,看看不行,又托胖子来讲情,没料到胖子死活不肯干了,于是,又交上一份今后下定决心改进开后门的决心书。"改进?"沙康惊诧了,"不是杜绝,而是改进?"

"是这个意思,现在的后门门缝很大,经过改进后,使后门的门缝达到最低标准。"

"不开不行吗?"

"不行,不照顾关系户,菜场就会瘫在那里,要车没车,要水没水,要……"

沙康把烟盒里最后一支大前门扔给他,金经理却扔过来一包带嘴牡丹。

这,也不行,不是沙康嫌金经理"意思意思变成了不好意思"。

沙康脾气犟，这稿子一定要登。

"那么，你要登就登吧！"金经理一口气把烟吸了半截。

"金经理，你已经来过三次了。"

"不是三次，是八次，还有五次没找到你。"

"就是，你也别折腾自己了，不正之风……"

也许金经理不习惯沙康不知从哪贩卖的官腔，结结巴巴地吼起来："你，你……也别说了，我豁出菜场的先……先进……荣誉，不要了！但是，小样里提到的关系户，什么供电所、洗衣坊之类的都给我删去！菜场还要经营下去，我这经理还得当下去。你们当记者的大笔一挥，不管别人死活，你去试试看，这经理好当不好当！"金经理的腮，成了猪肝色，过了好一会，才慢慢地退下去。

沙康躲进电梯，倒不是怕这猪肝色，他怕自己，怕自己心一软，放弃了当记者的原则。平生最怕别人当面求情，眼睛对着眼睛，脸对着脸，他喉咙口似乎冒一缕缕哭腔，你也不好受，他的心在怦怦跳，你的心在恹恹地软，于是，就这么软呵软地，软下去了。

电梯又到了一楼了。

门开处，突然闯进一个人来，朝着沙康冷笑。

沙康看见了两片鱼鳞片。

"小沙，你也怕了？到电梯里避难来了？"

"我怕？"沙康一时语塞。

"那为什么躲进这小方块块里来了？"

"我躲？"沙康还是语塞。

"没什么道理的,"金经理拍着沙康的肩膀,叹口气,"你我彼此、彼此。"

彼此?……彼此!沙康想起来了,昌林菜场那些卖鱼卖肉的曾经告诉沙康:金经理有一次也躲在电梯里,那是因为环卫所一帮小青工逼着他批条子买大黄鱼,一人两条还嫌少,撕了条子不算数,还追着经理跑,声言一人至少五条大黄鱼,外加两只肚子。金经理无奈,只好躲进电梯里避难,摇着头对开电梯叹气:"这帮小爷叔,不给他们批条子,你垃圾堆成山也不给你车,天冷还好对付,大热天两天不车,垃圾堆里就爬出蛆来了。"

金经理走了以后,沙康把这些情况兜底翻,全都向主任作了汇报。

主任把小样在玻璃板上摊平,打开台灯,沙康突然感觉到小样上有一层柔黄的光。他看主任,主任也看着他,主任平日里松弛的两腮像花岗岩似地绷紧了。

接着,主任拿起钢笔把小样上的那些关系户一一删去,把标题改成了《菜场的苦恼》。改毕,又抬起头来看看沙康。

沙康不吭气,没有反对。

主任呢,把眼镜摘下,哈上几口水气,用绒布使劲擦镜片,擦完后戴上,然后又把小样细细地看了一通。

"这标题是主任改的吗?"胖子用胖乎乎的手指点点那行醒目的黑体字,脸上笑嘻嘻的。

"废话!"沙康头也不回地嘟囔着,"总不会是我改的!"

"有水平,改得有水平。"

"你又可以去啃肉骨头了。"沙康的脸上也笑嘻嘻的。

胖子没吭气。突然,他把两只肥大的手掌伸到沙康腋下,哈起痒痒来。

于是,两个人滚作一团,哈哈大笑中,两件大衣滑落在地上。

六

拆信、看信、编信,信信信。

通讯登出来以后,三天里收到一百多封读者来信。其中骂菜场的占百分之四十,骂报社的占百分之五十,还有百分之十的来信中,自以为是地空谈治国之道。

"骂报社?"胖子打了饱嗝。

"无非是骂报社为菜场开脱罢了。"沙康也打了个饱嗝。

三天后,他们都不打饱嗝了,昌林菜场暗中联合某些菜场回敬《日报》了。金经理一面写检查,一面咬牙切齿地说:"给他点颜色看看!"于是,报社食堂丰富多采的伙食一落千丈,原来菜是菜、蛋是蛋、汤是汤、肉是肉的,品种多、价钱低。可现在……!最可悲的是报社有名的"四喜肉"也不见了,这对胖子来说是莫大的损失。胖子曾经编过口诀:"汰浴要汰冷水浴,吃肉要吃四喜肉。"现在,他只能吃肉丝了。食堂十一点钟开饭,可人们十点半就等在小窗口前了。要是晚了刻把钟,那穿白色工作服的小姑娘长波浪一晃，塞到你跟前的全是炒青菜，再问一问，她两手一摊，开锅盖，掀蒸笼，那里面真是空空如也，一点也不骗你，然后，她双手托下巴，静静地等你点菜。每逢星期六，往日里买紧俏货的队伍也无影无踪了。福利科那个戴金丝边眼镜的科长尽了最大努力还是不解决问题，不论跑到哪个菜场，当经理的总是一句话："菜场的苦恼，快看"。然后把报纸塞一张过来，无奈，科长只好睁大眼睛，像克格勃一样，在人群中寻找职工家属，"抓住"后，声色俱厉地呵斥道："下次不允许，我们职工自己的伙食都……！"

于是，人们找沙康开玩笑了："你这篇通讯得不偿失，鱼没了，肉没了，肚皮里油水也没了……"

尽管是说着玩玩的，可沙康也受不了。他像做错了什么事似的，感到对不起大家，只要一进食堂，就赶快低下头，沿着墙根走路。这还不算，他索性避人了，每天吃饭，他总是先在食堂外"散散步"，等食堂里的人走完了，他才进去吃，好在插队落户时什么苦都吃过，别说炒青菜，黄连也咽得下去，再说炒青菜碧绿生青，吃了清火，想开些，想开些……

胖子和他来作伴了，一起"散步"，一起嚼炒青菜，他们毕竟是老朋友了。

"胖子，这样下去，你要变柴梗了。"沙康笑，胖子也笑，笑着笑着，肥大的手掌又往沙康腋下伸过来了，于是，大笑。

然而，沙康一坐在办公桌前，他就一支接着一支地抽烟，云呵雾的在他眼前纠缠不清,他期待着这模糊的云雾里传来一声真正的笑,或者哭。

七

那天,又是星期六了,又是照例的业务会了。《日报》社会部三十八个记者编辑除了⋯⋯来了二十六个。一人一杯茶,一张报。

开会前,主任鼓动着恢复了松弛的两腮,郑重其事地说:"沙康对昌林菜场的批评是正确的,我们要坚持原则,至于菜场对报社的刁难⋯⋯噢,我讲错了,"主任改口说,"至于菜场对报社的态度,我们不要计较,当记者的总得受点,受点⋯⋯那个⋯⋯"那个什么,主任一下子没找到词,末了,他说,"希望大家勒紧裤带支持沙康的工作!"

话音未落,大家哄堂大笑,都向沙康投来友好的目光,但谁也没去勒裤带。

胖子看着沙康,一丝笑也没有。

主任忙不迭地擦眼镜片,像在擦刚出土的青铜器。

沙康呢?他看着胖子微微隆起的肚子,笑了。

在那条小街上

这是条小街。从头到尾不过里把路。宽呢，两辆汽车一并拢，旁边骑自行车的就得在扶手上留下一把汗。沿街是几个新村，一式五层平顶，密密麻麻地住着几千户人家，只是靠近裁缝店那儿还有几簇老式的木结构平房，"这儿原本叫'木匠街'看这地板还是上一世纪留下来的……"平房里的人常常这么说。虽然他们被深深地埋在高大的工房群里，却总想借助老祖宗炫耀一番，从而得到安慰。

街头有家商店，卖花布杂货和油盐酱醋，顾客大多是老头老太，人称"老商店"。街尾也有家商店，卖五金电器和笔墨纸砚，顾客大多是童男童女，人称"新商店"。街南有个商场，商场周围有饮食店，熟食店，食品店。街北有个邮局，邮局周围有浴室，理发店和报刊门市部。街两旁种了许多梧桐树。白天，就在阳光下，晚上，就在路灯下，它们总爱把影子倒在柏油铺成的街面上，让来来往往的汽车数着自己的影子驶过去。

数。数到第八棵，再朝左稍稍一拐就到了裁缝店……

顾妈一翻身，床架子就吱吱咯咯地叫唤起来。她朝屋角看去，虽然漆黑中什么也看不见，可她还是要看，那儿睡着她的儿子，千万不能吵醒儿子,儿子这几天一定很累,夜深人静了才回家,"咔嚓"一声脱掉大皮鞋,脚也不洗上床就睡。顾妈把被子拉在胸口上,可是床架子又叫了。"唉,老了,和我一样老了。"

已经是午夜时分,静悄悄的。弄堂口时而有几声小野猫的嘶叫传来,街面一定被露水打得湿漉漉的,阴沟,给水站,垃圾筒,一片宁静,静得被人遗忘了。

她叹口气,为裁缝店,为儿子,为敏敏,也为自己。四斤重的棉被盖在身上感到闷热。于是,她把一只手伸出被窝,贴着床沿有气无力地垂下。这只手,皮包骨头,筋筋拉拉,像一段枯槁了的树干。

"到底啥道理,这裁缝店开张快二十个年头了,从来没像现在那样难守。"顾妈索性坐了起来,两只蜡黄的眼珠里充满了游移忧虑的光。

……真入耳,那么亲昵。似乎是儿子在叨唤。"妈……妈妈……"听见了,是儿子的声音,是那细细的憨腔。顾妈感到有一股热腾腾的血涌来,额上的皱纹被冲淡了。儿子多好呀!刚回家不久,妈呀妈的从早叫到晚,连梦里都在叫,哦,叫吧,叫吧……

自己退休,儿子顶替进了裁缝店,虽说是生产组,可总算有了着落,老实巴脚的人家不想儿子成龙做大事,只求每月有个三四十块的进账。

儿子亲亲热热,当妈妈的自然高兴。何况顾妈已经七、八年没有畅畅快快地听儿子叫了。儿子插队去的那几年,一年一度探亲,进门就是一声喊:"妈。"妈妈高兴又难过,高兴的是又见到了儿子,难过的是儿子的嗓门一年比一年粗,他长大了,真不小了,胡子,毛楂楂的胡子!三十了……可是还没对像。其实也不急,敏敏呢,二十八岁了,不也没对像吗?

不知什么原因,顾妈一想起儿子,就会想起敏敏,于是,又想起了裁缝店。

顾妈的儿子名叫永林。顾妈看着儿子往往会浮想连翩,而永林呢,好像什么都不想,也好像什么都在想。这些天来,他总是闷闷不乐的,一下班独自在街上游逛,踢踢沓沓地拖着那双大皮鞋从街的这一头走到那一头。也不知什么原因,街两旁的梧桐树总是长不大,永林一棵一棵挨着走过去。走完了,再回头。

从哪天起小街上热闹起来了,街沿上摆满了摊设,补鞋的,修钢笔的,卖鱼虾蔬果的,卖葱姜大蒜的,时常也有些跑江湖的,在肉摊前划出块地盘,自称祖籍河南省商丘县人,先露一手花拳,然后就卖起膏药来。排场最大,而且最受人欢迎的是哪些横七竖八的裁缝摊,嘴唇上刚冒出黄毛的小伙子不知从哪学来的手艺,四根棍子支起块台板,木尺、剪刀、划粉、一根长长的软尺服服帖帖地挂在脖颈上,外加一张甜甜油油的嘴,忙忙碌碌地就开张了。在这个社会里,人们喜欢看样做事,只要有一个人起头搞出点名堂,后面便会跟上一大群。永林的目光扫视着街上的一切,他记得清清楚楚:过去这条街上曾经是木匠的天地,从结婚用的双人床到出殡用的棺材,以至大柜小柜,大桶小桶,样样都做。

前几年这儿是花卉盆景的市场，后来成了鸽子的交易处，再后来又做起了金鱼的买卖，现在，裁缝摊如雨后春笋……一辆载重卡车开过，地面微微颤动后扬起一片灰沙，迷蒙中，永林还是独自踱步，慢条斯理的。

裁缝赚钱多，于是众人学一人，闹闹哄哄的大家都来了，那些做衣服的夹着布料明明向裁缝店走来，可是摊子上三言两语就给拖走了，这分明是在抢生意，和裁缝店过不去。

"其实也不怪他们。"永林心平气和的，他知道吃饭是人的第一需要，否则，人们怎样去拥抱生活呢？裁缝店里的生意一天天地清淡下来，人们束手无策，眼巴巴地等待上面拿出办法，拿出让人吃饭的办法来，一天天地，又是一天天……

永林在裁缝的摊里来回的穿梭，有时和顾客闲扯，有时拉着小裁缝问这问那。这儿真兴旺。也难怪这儿兴旺，店里交货一个月，摊子上一支烟功夫，立等可取。何况摊子上的价钱总是比店里压低五分一毛的……

书本上只有大鱼吃小鱼的说法，历来如此。然而现在永林却感到小鱼正在吃着大鱼，一口一口，细嚼慢咽，真厉害啊。不知是谁的妙手创造了这个奇迹。永林把双手插进裤袋，慢慢悠悠地荡着。数。数到第八棵再稍稍一个左拐就到了。进裁缝店不过个把月，迎接他的是一个岌岌高危的空架子。妈妈，敏敏，还有自己。多么好的夕阳呀，一片红光。远处的彩霞在浮散，路边的石子在浴动，连那些卖葱姜老太满是皱纹的脸上都披上了一层奇幻的色影,好一个辉煌灿烂的境地!可是上天入地,路究竟怎么走?

永林斜靠在一根电线杆上心里暗暗思忖着,"昨天……今天……轮到王家大妈了……"于是,拖着大皮鞋的脚步移动了,看他那样子,似乎心事重重,他走进红光里去了,他在为裁缝店的兴起奔走操劳,路旁的梧桐树在他的背后微笑,街上的沙尘舔干了他脚印里的汗水。

"叫他们下来看看,二十几个人只剩下三个了,这店迟早要关门!"敏敏怨声怨气地从墙上拿下那本角儿卷起,纸张发黄了的账本,薄薄的账本在她手里显得分外沉重。"他们不是不知道,裁缝店的困境他们和我们一样清楚,来看看!看什么?除了几张哭丧似的脸……他们拿国家的工资,吃大众的饭,自然能避就避了……打个电话吧。"

他们是谁?众所周知,是那些戴干部帽,抽前门牌的。其实他们也有他们的苦衷,但是为了生活,谁没有苦衷呢?

电话就在隔壁弄堂里,看电话的老头老太清早的就用药棉蘸着酒精擦呵擦的,把那架电话机上上下下都擦得乌黑铮亮。可是谁去打电话呢?谁也不会去的。顾妈自然不会去,跟那些人没有说上两句就会打起抖来。她儿子,敏敏装着漫不经心的样子朝永林一瞥,这人初来乍到的还吃不透,看他那死不了活不旺的样子……用不着屈指而数,剩下的就只有敏敏了,敏敏感到闷气,无聊地翻着账本,虽然账本早已给她翻烂了,可是她还是一张一张机械地翻着,一排排红色的阿拉伯字在她眼前流过,好似一条条血红的毒舌在咬着她的心,半年多来,月月亏损开红灯,店里的职工看着个体户大笔大笔地赚钱分外眼红,虽说自负盈亏,还是改面不换头,多劳不多得,大家一哄而散走了,这烂摊子就摔给了敏敏。每个月的水费、电费、煤气费、工资,这么多人的医药费,这么多人的退休金,就靠三个人这么硬撑着……

敏敏是一组之长,按理说她该去打这个电话。可是敏敏把账本一扔,在缝纫机前坐定了。她用双手支着下巴呆呆地发着愣,大眼睛里泛着死气沉沉的光。

其实电话也没少打,话筒里总是叫人听了发腻的话:"研究研究……不要这么说,还是关心的嘛!"那个"嘛"字讲得特别响,力图显示出自己的身份来。"不要急,要顾全大局,市里正在抓典型,搞试点,快了快了……"这些话,都是他们说惯了的话,也是敏敏听惯了的话,随便是谁都能学着讲得惟妙惟肖。你就是跪在他们面前磕上一百个响头,把头皮磕破,把头颈骨磕碎,他们也还是这么几句话,不是他们没有类似人的情感,而是恶习难改了。

一只苍蝇嗡嗡地飞着,在房间里几个盘旋后落在敏敏的领子上。敏敏虽然不追求花枝招展的打扮,却也要把花衬衫的领子翻出来,像两片花叶托着清清淡淡的脸庞。可是直到现在,敏敏才发现领子很脏,衬衫已经一个星期没换了。她的脸微微地浮起一抹红晕,挥手赶走了出她洋相的苍蝇。

也好，就这么度死日吧。早些关门也好，到那时再去设裁缝摊也名正言顺。

月影在渐渐地移动，一天又要过去。敏敏朝窗外看看，街上还是热热闹闹的，天还没黑，一对对情侣就出巢了，女的挽着男的手，男的扶住女的腰，走向幸福的乐园。满街都是个体摊设，裁缝摊以不可阻挡的姿态在蔓延，一张张年轻的、不可驯服的脸在为生活强绽笑容。

敏敏全身的神经好像被谁用力捏了一把，一下子抽紧了。

"太心急，至少还能留个三年五载的。"当敏敏一刀剪下大辫子扎起短辫梢的时候，顾妈心里一阵惋惜。在顾妈看来，尽管敏敏已经二十八了可总还是个姑娘，姑娘就应该留大辫子。街上来往的姑娘家花花绿绿的都有，顾妈一个也不起眼，不知什么原因，如对敏敏就是特别关切，其实这里面也没什么深奥的学问，就因为顾妈有了个三十岁的儿子嘛。

顾妈呆呆地坐在床头，她好像睡着了。

"妈……"儿子那粗憨中带着一丝嘶哑的声音又传来了，在漆黑漆黑的夜色中颤颤悠悠，把顾妈从迷迷糊糊的梦中摇醒了。风从窗缝里钻进来，吹落一绺白发在苍老的额前飘呵飘的。这叫声于别人也许不觉得什么，可是当妈的却偏偏要独自占有。朦胧中，"卟哧"一声，顾妈忍不住笑了。

……叫吧，叫吧，妈爱听……

"妈!"顾妈一惊,干嘛大声嚷嚷的?"妈!""妈!""嗳……"顾妈疑愕了。"妈!"儿子大声叫个不停,一声急似一声。顾妈匆匆起身拉开灯。

灯亮了,昏昏沉沉地看着这母子俩。

顾妈提心吊胆地走到儿子床前,儿子满头都是晶晶点点的汗珠,嘴角淌着一缕缕口水,呼噜呼噜睡得正香。

"妈!"

"怎么啦,永林?"顾妈浑身一抖。

"叫敏敏……"儿子居然梦见了敏敏!顾妈心里感到一阵熨贴。

"叫敏敏……打……电话……"永林蹬去被子,鼾声更浓了。

儿子在做梦,牵动着母亲的心,当妈的也惶惶惚惚了。叫敏敏去打电话,哼!顾妈心里不知什么滋味,她知道儿子梦见敏敏是假,梦见电话是真,儿子心里只有裁缝店那些五颜六色的衣料布片,剪刀直尺,划粉熨斗,还有那斑斑驳驳的墙壁和一走动就叫唤的地板,还有那些叽叽喳喳的大嫂大妈……

没想到儿子对这爿小小的破店也牵肠挂肚的,顾妈给永林掖好被子,用清凉的毛巾擦去儿子的汗水和口水,依着灯光,她慈柔地看着儿子的鼻子眼嘴,霎时,母爱在永林的脸上乱爬。

儿子是个老实人,插队这么多年,怎么学也学不坏。看人家小昌多油灵,在车站边摆了裁缝摊,每月赚到百多块钱,天天晚上凑在灯下数钞票,然后塞进枕头芯子里一觉睡到天亮。

天是快要亮了，起早买菜的人已纷纷奔向菜场，从那些脚步声里可以听出，这些人中有蹒跚的老太，也有活蹦乱跳的孩子……天还没亮，人们就为生计操劳了。

这一夜，顾妈没睡好。

一个人活着，总想看看世界的。于是，永林又在夕阳的沐浴下慢慢吞吞地踱步了。

余晖把懒懒散散的光填满了每一个没有阴影的空隙，把最后的一个微笑向人们展示。

"接着！"一颗糖飞来，永林接过一看，是小昌，小鼻子小眼都在笑，颈上挂着一条皮尺，像一条柔软的蛇把他牢牢地缠在摊子上。旁边男的女的，老的少的，不少人等着量体裁衣。小昌朝永林眨眨眼耸耸肩，永林也不置可否，把糖塞进嘴里。

"做一样大小，尺寸大小都一样。"小昌嘀咕着，"向左转，来再向右转，好，胸脯挺起来，对，就这样……"被他摆弄着的是对十三四岁的孪生兄弟。"是的，妈妈说尺寸大小一样，我们是双胞胎。"这话准是妈妈事先教好的。"回去告诉妈妈。"小昌用尺量着："你看，你背有点驼，他却笔挺，所以你那件的后爿，后爿，看清楚了，就是这块，要比他长五分……"

真替他高兴，永林舔着嘴唇，把最后一丝甜味咽了下去，火爆子脾气变得水样柔和，一只饭单围在腰间，身上粘满了丝丝拉拉的断线，头发三七开，挑出了头路，笑嘻嘻的，再也看不到当年插队时咬霉干菜、吞酱油汤的那副苦相了。

"客气点不吃亏。"小昌凑过头来说:"否则这帮小鬼就来给你开玩笑了,今天拿走你的尺,明天偷了你的剪刀……噢,来了来了。"小昌连忙回身摊开一块蓝的卡:"我看过了,你老二位可以套裁,既节约又实惠,省两钱买只鸡滋补滋补,或者买斤糖去哄哄孙子喽……"

永林走到小昌背后,欣赏着好朋友的背影。他胖了。妈妈时常提起他,说他发福了。当然,他是用自己勤劳的双手在生活,而且生活得非常深刻,他也是新中国的青年,他变了,谁也没注意过他,他的身影曾经在幼儿园闪过,在学校里闪过,在穷山恶水中闪过,现在,他的身影又在裁缝摊前闪动,他就这样莫名其妙地变了。

"你别净看我赚钱,"小昌拍着鼓鼓的口袋,"这风里日下的,不容易呵,每天早上你们店还未开张,我就站了半个多小时了,中午你横下来打个午觉,我得硬着头皮晒太阳,晚上你自由自在地逛马路,我还要手脚不停地干,劳动节,我加倍劳动,国庆节,你们三天假日,我呢,照常服务,好像这国家与我无关似的……"

永林知道他的话还没讲完,但是顾客来了,他的上帝来了,他得去招呼。

"国庆节。"永林的脸红了,红得像一张大红纸。这张大红纸就贴在裁缝店的门上,上面写着"欢度国庆,休息三天"。这几个字是永林用毛笔颤颤抖抖地写上去的,一落笔,三天的时间就放跑了。贴上去后也没人再去撕下来,一场雨过便褪了色,渐渐发白了。

永林在裁缝摊里穿游,谁也没朝他看一眼,没空。人们在争取天黑前的最后一束光,这束光能变成钱,能给人带来生活的希望。

高大的试衣镜就在柜台前面,里面泛着一层冷冷漠漠的光。敏敏根本不想照镜子,然而不知谁的驱使,她已经在镜子前站定了。抵起嘴,嘴唇没以前那样鲜红丰润了,提提眼神,眼睛里可增加了红的色彩,那是一条条血丝织成的网,理一理额前的乱发,令人心寒的是皮肤下正萌动着丝丝皱纹,二十八岁,青春妙龄?流逝的不仅是沉闷和忧郁,一定还有其他什么东西。

"我还是个组长?"敏敏从镜子里看到了顾妈,永林和自己,就三个人。

就这三个人,一根感情的线把他们缠在一起,死守着这爿岌岌可危的店。

电话?裁缝摊?……敏敏感到厌倦了,店眼看就要破产,该归罪于谁?

眼前排列着十几台缝纫机,本来光亮的台板上蒙着厚厚的一层灰。厌倦了,生活悄悄地走了,敏敏闭上眼,迷迷糊糊中她仿佛听见那些缝纫机都响了,大姐大妈们正在机前嘻嘻哈哈地摇晃,这个抖开一块布料。浆味顿时溢满角角落落,那个打开一盒扣子,晶晶闪闪的有机扣子像珍珠在泛光。都是些熟悉的声音："呦，我早上买到两条大黄鱼……""中午我得回去洗衣服……""快，孩子还要喂奶换尿布……""我那儿子考进了技校……""我女儿可是大学……"

不知道是时间在流逝还是自己的记忆在流逝，这些都是几个月前的事！现在一切都已消失。

那一次，敏敏她曾经扔掉电话听筒，在二十几个人的手心里一一划上个大问号。要她们回家后向老头、儿子、媳妇，甚至叔伯侄甥去求救，大姐大妈们互相看着手心，你摊我揉，咧开嘴嘻嘻哈哈地闹开了……

"……一个星期。"顾妈轻轻地掸去敏敏身上的浮灰："阿敏，一个星期交货，你看呢？"不过一个晚上，顾妈就接到电子厂的一批工作服加工活。敏敏看着顾妈满脸的皱纹，还能说什么呢？这下得让裁缝摊长长见识了，接成批加工你们有这个能量吗？

"行！"敏敏真爽快。"行！"二十几个人都很爽快。

吃午饭的时候，人们围着顾妈叽叽喳喳地闲扯，顾妈的碗里堆满了东西南北夹来的菜，一块酱鸡，一条烤小鱼，一只洋芋头……顾妈招架不过来，窘极了。

一个星期交货，这么多活靠这二十几个人每天八小时显然是不行的，可是敏敏却说行。当然行！敏敏脸上冒出了兴奋的光泽，红的嘴，黑的眼，白净的脸，这才是她的本色。咳嗽一声开始讲话了，不，别学那官腔，敏敏把大辫子一甩宣布了：白天做不完，带回去晚上做,业余时间干的活报酬按照工价对半开,五份给店里,五份归个人。"对半开?"人们哗然了,大姐大妈们虽然不会识文断字,但是长期的政治空气使他们常常疑心疑神的。"四六开?""三七开?""二八开?"最后为了不刺激上面,也不太亏待下面,决定来个"三七开",七分给店里,三分自己拿。"三分自己拿!"人们心花怒放了掐指算算,不织毛衣,不看电视,叫老头孩子帮忙做个下手,一星期赚下的钱足够应付煤水电了,弄得好星期天还能买串大闸蟹解解馋。

是的,事后,钱拿到了,煤水电付清了,大闸蟹也尝过了,敏敏,作为一组之长,还有个额外,她受到上面一阵劈头劈脸的批评,批评里还夹着几声侮骂。

希望像一颗苍老的星暗淡了。于是,有人说回乡下,有人请长病假,有人说媳妇养了宝宝,得回家带孩子。胡说八道!敏敏知道她们想着法子在变戏法,只是巧妙不同。她们全到街头摆摊子啦,摊子上赚钱多……要不怎会在一个早晨,走的走,溜的溜,真真假假,假假真真,走吧!

敏敏从沉思中醒来了,就这样,如鸟兽散,店里只剩下三个人了。她抬起头对着试衣镜出神。打电话吧,十只,二十只,三十只,从街道一直打到区局,从办公室闯到人家家里,都是一样的调子一样的腔。

明天是发退休金的日子,再过五天是发工资的日子,怎么办?电话就在那儿闪着乌亮的光,看电话的老头捧着紫砂茶壶在观赏街景,暖暖和和的天气,老人在笑,孩子在叫,谁愿意自找没趣。

如今也只好等了。等着锦囊妙计,能解脱困境的锦囊妙计。顾妈再也不敢惹事生非了,她万万没有想到好心好意的却闯下那么大的祸。她怨自己爱管闲事的脾气,而且以前也有过教训。唉,说来话长,还是在五十年代时,那时顾妈红光满面,壮壮实实。白天在店里干活,晚上呢?街邻中有不少坐月子的"光荣妈妈"没人服侍,顾妈就给她们端茶递水,顺便洗出一盆盆尿布。人家也时常硬塞给她一些糖果糕点什么的表示感激之情。可是以后有人说她白天干社会主义,晚上干资本主义。白纸黑字一股脑儿进了档案袋,顾妈知道:一字入公门,九牛拉不回。这些年来……没想到事隔十几年还是这样,上面不是叫自负盈亏,自找门路的吗?那报纸上不是天天在宣传新经济的吗?顾妈眯着老花眼越想越糊涂了。反正再也不多管闲事了,老老实实地苦着。上面说有典型就等典型,上面说有样板就等样板,上面说什么也没有就什么也别等,在这个样板社会里,反正不要你别出心裁地想什么鬼窍门……

顾妈叹口气,拿过一条中长纤维的男裤装上机。"腰身二尺一,长三尺二",她暗自思忖着:"永林穿着也合身的。"在窗前,永林和敏敏正对着面悄声细语,顾妈心里一阵喜悦:"那条蓝卡其裤子还是前年做的呢。"她朝永林一斜眼:"看,屁股上贴了这么大一块补丁,真难看。"顾妈自言自语地说:"明天就去买新的。"

其实,各人有各人的心事。顾妈把永林和敏敏的事想得美滋滋的,可他们呢?听,声音渐渐大起来了,好像是在吵架,两张脸各有各的神态,敏敏的脸涨得通红,永林的脸气得煞白,年轻人的事其实不用老太婆来操心,你要操心也挨不着份。她们把顾妈甩在一边,大声嚷嚷了!

"一组之长,名存实亡,店里的事究竟怎么办?你有没有打算,没啥打算就下来!"

"下来?"敏敏感到一肚子的委屈"下来就下来,你别发火,发给谁看?我让出来,你当吧,你……"

"我当。一言为定。"

"……"

"什么?"顾妈愣住了,"儿子和媳妇争着当官?儿子,媳妇,不对不对,哪来的媳妇,永林这样闹下去媳妇要飞掉的……这小子,听,又在胡诌什么了。"

"好吧,我早就说过了,那个来替我这个组长,我的工资一半给他,明天……"明敏说的虽然是些气话,可也是针锋相对的。

永林把那份计划重重地甩在柜台上。厚厚的一叠!着是他一个多月里走东家,访东家,天天在裁缝摊子里钻进钻出,做了多少调查研究,一个个不眠之夜,一个个复兴裁缝店的措施推敲……厚厚的一叠!顾妈疑惑地看着儿子,这憨憨厚厚的脑袋里哪来的什么办店计划?这小子究竟要搞什么名堂?

"把一半工资？"这分明是在侮辱人格。永林却也无所谓，生活已经把他摔打出来了，这样几句话在他看来……永林慢条斯理地向敏敏瞥了一眼，这一眼瞥得好，他的目光凝住了，多可怜的一张脸，虽说二十八了，可毕竟还是个姑娘，而且这姑娘……永林的眼前出现了许多姑娘，有的咬着牙关在修拔眉毛，有的对着小圆镜在涂抹口红，有的懒洋洋的不肯走路，说是路走多了腿会粗，有的没有牛奶就用淘米浆水洗脸，说是能白里透红……敏敏，店搞成这样能怪她吗？何况她也做过尝试……可是事到如今，永林看着那份办店计划，别提了！虽说要担些风险，可是不为自己，不为妈，为了敏敏，为了二十几个大嫂大妈，也得搞。

"敏敏，"永林的声音变得柔和了，"敏敏，听我说，咱们搞三个月，谁也别去打电话，自己搞，搞自己的自负盈亏，白天，把台板摆到门外马路上去，十几部缝纫机，两部拷边机，电熨斗，统统上！晚上大家回去做加工生活，对半开！从早开到晚，赚了钱大家分，搞浮动工资，看看到底是大鱼吃小鱼还是小鱼吃大鱼……敏敏……"

"……"敏敏不知所措了。

"三个月以后，我看这组长还是你来当。"

敏敏看看永林，再看看走过来的顾妈，低着头不吭气，心里疑惑不解。

"那时，很有可能我背黑锅！"永林用划粉在柜台上写下"黑锅"二字，一笔一画，像刀刻上去似的，"弄得不好，也可能去坐牢吃官司……"

"坐牢吃官司？"顾妈一阵目眩，敏敏扶着已经站不稳的顾妈，咬着嘴唇，两眼坚定地盯着永林。

数。数到第八棵，再朝左，不，用不着拐弯了，裁缝店已经把家当全部搬出来了，梧桐树荫下，十几台缝纫机一字儿摆开，外加两部"达达"响的拷边机，大嫂大妈二十几个一个不少，顾妈和敏敏，还有永林，支起三块台板当了裁剪师，老商店，新商店，饮食店，熟食店，理发店……今天这条小街上最得意的要算裁缝店了，顾客们夹着布料围了上来，里三层外三层，嘻嘻哈哈，闹闹哄哄，看那个体摊设，小昌，伸着脖颈傻着眼朝着永林这儿看。汽车开过来了，人们哄闹起来，扬起的灰尘把世界蒙得摆摆晃晃的……

永林也觉得摆摆晃晃的，揉揉眼，原来是个梦。

顾妈也觉得摇摇晃晃的，翻个身，床架子叫了，原来是个梦。

敏敏也觉得摇摇晃晃的，坐在床头抿着嘴笑，原来是个梦。

多好的梦啊，明天三个人，不仅三个，店里二十几个都要互相试探了，昨天做了个什么样的梦……

当然，到了明天人们已经把梦丢给了黑夜，而且向白天在索取现实。

巴松,就要起拍了

那一片金黄色的芦苇荡,暮霭里慢慢移步的老水牛;牛背上一点红,那是牧童,嘴上横一支芦笛,把湿润的云气,把淡紫色的地平线都吹得悠悠颤颤的笛声,像一线清澈的流水,缓缓淌过,于是,那大自然、薄暮笼罩着的大自然就显得异样的轻松安宁了……

巴松的哨子也用芦秆制作。紫红色的巴松三尺来长,在交响乐队正中的座位上,描绘着和平的乡村生活。"勃、勃、勃……"指挥起拍了,巴松吹响了,期期艾艾,富有弹性的声音如流似水地漾开。

一

"吹巴松的……"

是他在轻轻地低唤。

从最热闹的南京路来到这儿,得在公共汽车里晃荡两个小时。晃荡完了,再大步急走,然后才到达这儿:一片谜样的树林,一片谜样的芦荡,和长江口谜样的夕阳残照。

他已经走不动了,喘一口气。

树林里,江南暮色温馨的气味在徘徊,落日把最后的余晖塞进树林子里,一道道光束无力地缠抱着皱巴巴的树干,败草静静地散发着霉味,等待着傍晚的来临。

他靠着一棵老树坐下。

他把白发苍然的老脸贴在光影斑斑的树干上,树干上的青苔映着他的脸:沉默。

几年前,他就在这儿看见过吹巴松的。那时,他没想到会看见他;现在,他很想再在这儿看见吹巴松的。可是风吹芦苇,鸦雀无声,眼前只见白浪懒洋洋地拍打沙岸,潮头慢慢地吞噬着枝枝芦根。

他拨开乱莲蓬的针叶,用老人的步履走出树林。

他那双黑色的圆口布鞋早已被沾湿了,暮色在他微驼的背上染濡了一层薄薄的淡光。他个子很高,也很瘦,肩胛耸起,一件半旧的蓝卡其中山装像披风似地飘忽;胸脯,是瘪塌塌的。

眼前一道斜坡,斜坡上芳草萋萋,斜坡下是几丈宽的芦苇荡。极目远眺,荡外水天茫茫,无限静谧。

当了几十年的乐队指挥,也当了几十年的交响乐团团长。明天,他就要离休了,想到这些,他真想挤下几滴老泪来。

其实,谁也没让他离休,年龄虽然过了线,可是别人都装着不知道。是他自己咬着钢笔套,伏在昏黄色的台灯下打的离休报告,然后闷着气一根接一根地抽烟,抽到东方既白。

几个月后,文化局的离休通知书来了。他掂了掂,觉得很沉重。乐团要为他开欢送会,他说:

"也好,那就开吧,一杯清茶,几句颂扬。"他知道欢送会是怎么回事。

一个人和别的人共事几十年,漫长的路上留下了一串脚印,横的、竖的、深的、浅的、直的、歪的,什么样的脚印都有,有时还互相交迭纠缠在一起。他就是这么走过来的。也好,离休了,总算可以求得片刻安宁了。

他看着芦苇荡金黄色的波浪,闭起眼睛,幻想着当年吹巴松的身影。

离休,意味着一个时代的结束,他想把自己的经历像篦头发似地篦篦清楚,可是吹巴松的额上那道猩红色的疤总在他眼前晃荡沉浮。疤,二寸长,竖在花岗岩似的前额上,就像一支巴松的投影。他想起桄木指挥棒脱手而飞的时候,乐队里一片嘈杂,灯光摇曳,吹巴松的两手捂着额,几道鲜血从指缝里流出来,像几根红色的琴弦。

到芦荡前来走走,心情似乎好过了些,空旷的天空上,云霞慢慢褪去了玫瑰色。他记起了几年前一个奶声奶气的童音:

"老伯伯,你哭了?给你吃糖……"声音童稚无邪,似絮絮低语沉浮于清风野雾中。

尽管是幻觉,可是他却惊愕了,失神地举目四顾,江边荡里,不见一人一鸟。

"你看,我爸爸天天到这里来吹巴松,他天天来吹的……"声音在他的幻觉里,像一叶银色的帆,一掠而过,飘向云里去了。

他知道了。

他知道这是《命运》中的命运动机激动不安地叩门后久久不散的回声。

他站在高坡上。从背影看,他又细又长。最后的晚照给他镶上了一道紫红色的边。

他,也像一支巴松了。

二

在乐团里,张三也好,李四也好。都被唤作"小提"或"大提",那吹巴松的,自然被唤作"巴松"了。

月色溶溶,他想去看看巴松。

他和巴松,这多年来已经很难说谁对谁有恩,谁对谁有仇了。就为那道疤,他觉得心中总是折腾着一片抹不掉的阴影。可是,话说回来,巴松也不是没有对不住他的地方。他不想计较,为此,他又觉得可以有那么一点居高临下感,或者是音乐里常常用的"超越感"。

从满目霓虹灯的南京路踅进一条小弄堂,仿佛踅进了一条狭窄昏暗的小缝。路,是"弹格"路,湿漉漉的,沿街面的住家门一开,污水就朝黑暗中哗地倒了下来。一丝凉意沿颈项爬进背脊,抬头一看,楼上有人在晾尿布,竹竿子一头搭在自家窗台上,一头搭在弄堂对面人家的窗台上,像万国旗那样随心所欲地迎风飘扬。

巴松,还住在三层阁里吗?

十几年了!他歉疚地摇摇头,自己就是这么当团长的……

心中仅存的那点"超越感"已经不翼而飞了。是呵,当了几十年的团长,临到离休之日,才想到了"巴松还住在三层阁吗"之类的问题。

十几年前,他低着头,猫着腰,摸着黑,循着富有弹性的声音钻进了三层阁。老虎窗下,一个腼腆的小伙子在翻乐谱,这就是巴松了。他拍拍巴松的肩膀,巴松的额头在昏暗中一亮,这额头结实坚硬,像花岗岩一样。

巴松吹了一曲《龟兔赛跑》。

哨子含在富有肉感的双唇间,两腮微微地鼓动。"勃、勃、勃……"这节奏,这律动,有笨拙之美,活显出乌龟的形态来。

又一曲。巴松沉浸、他也沉浸到柔和的旋律里去了。他暗自思忖,这声音如果和圆号放在一起,那么一明一暗,人,不醉也得醉了……巴松的声音一下子窜到了高音区。他又在暗自思忖了,这声音如果和双簧管同度吹奏,那么,憧憬、憧憬,他坐在床沿上静静地憧憬:憧憬着少女水淋淋的眼睛在缥缈中闪亮……

他看见三层阁的暗角里有只马桶。

他也看见老虎窗上,一只破脸盆里栽着几根像征着省衣节食的葱。

他注意到，巴松吹的是一支最便宜的"蹩脚货"。也许，他每天放学后在四川路桥上替人推那上桥的三轮车，日积月累，才攒下一支"蹩脚货"来。

半个小时以后，他又猫着腰、低着头、摸着黑，走下了咯吱咯吱作响的木楼梯。

他是很严肃地到音乐学院去谈判的。于是，音乐学院也很严肃地把巴松分配到了交响乐团。

从此以后，他再也没去过三层阁。

从此以后，记忆淡淡，淡如清水，淡如清水了。

三

现在，他又走进了湿漉漉的弄堂，十几年前那样的月色，依然如故。

他踮起脚，划着火柴找门牌号码。89弄，43支弄……东1号，巴松住在西1号。

他拐过一个给水站，给水站水门汀地上泛着冷漠的光。

他又拐过一只垃圾筒，几只野猫在黑暗里撕咬争食。

他步履蹒跚，月光把他脸上的皱纹勾勒得分外清晰。

明天，就要离休了。

明天，早上九点钟，也就是团里每天开始排练的时候，他就要被人奉承恭维一番，说说他的来龙去脉，说说他的丰功伟绩，然后拍拍肩,握握手,在一片亲热得发腻的"常来走走呵"之类的喧笑中被送走了。

鬼使神差,走之前他总想着要来这条弄堂走走,去看看巴松。

这些天,巴松额上的那道疤,一直横在他的脑际,像一条笔直的棍子,直截了当地捣开了他的记忆。

那年,巴松进团了。

他皱皱眉头,这小伙子往日的腼腆怎么不见了呢?

排练厅里,他站在指挥台上对着巴松满脸的骄矜吼道:

"我不要你的声音,我要你的内涵,修养!你懂不懂?修养,你给我吹出来!"

那时,他也不过四十多岁,所以吼叫的时候嗓音很动听,很有力的美。

他看见巴松那花岗岩似的额头在他的声浪里倔犟地亮了一亮。

巴松,起拍了。他忐忑不安地指挥乐队排练《命运》第一乐章。命运叩门,然后是暴风雨,一切顺利。呵,混账,巴松又开始捣蛋了;基本形像的英雄面貌只是在瞬间,对,只是在瞬间由法国号稍微地显露一下,可是巴松却又取代法国号,开玩笑似地吹出了一个不三不四的音调……

于是,整个乐队停了下来。

他满脸怒色,默默地用指挥棒指着巴松。巴松不吭气,若无其事地瞅着他。

半分钟过去了。

他只好也若无其事地起拍了。

鱼咬钩时,浮子急速下沉,这时钓鱼人就把鱼杆往上一甩,这一甩就是最好的起拍。他站直身,张开两臂,从他的背后看,他就像只黑色的十字架。他起拍了,也像钓鱼人那样,一甩……他钓起了一片音乐之声。他呼唤小提琴,呼唤大提琴,呼唤双簧管,呼唤单簧管,他也呼唤巴松。说穿了,他是想呼唤矮子贝多芬……

第一乐章勉勉强强地过去了。

他微微地舒了口气,随手把谱子翻到第二乐章。

除了巴松,全体演奏员都悄悄地凝视着他,等待着第二乐章的起拍。

巴松呢?在打哈欠。

第二乐章需要抒情、沉思、反省、探询……绝对不需要哈欠。

巴松还在打哈欠。

他用指挥棒敲敲谱架,然后板着脸起拍了。

变奏、跳跃性地……没想到巴松这段独奏这么出色!那声音别致精巧,富有弹性,缥缈朦胧,仿佛由远而近,悠悠然,飘飘然。

他心中一喜。

接下去,还是一段巴松独奏,抒情的独奏,弦乐组死心塌地地为巴松伴奏,第一小提、第二小提、中提在后半拍跳跃,大提、倍司在前半拍跳跃……

随着他的指挥棒划出的弧线,第二乐章第二主题发生了激变。

A大调转到C大调，弱奏的柔美消失了，随之而来的是全乐队的强奏，用他从书里看来的话来描绘：这儿充满了主题的凯旋性，主题已经以新的英雄面貌出现了，犹如轰隆隆的雄伟的赞歌，铜管器乐组里小号、法国号不要命地吹。而巴松呢？快加把劲，虽说是和弦，却是旋律的脉搏，主题需要三碗醇酒垫底。

然而，他却听不见巴松的声音，手之舞之足之蹈之，指挥棒再甩也不顶用。

突然，他醒悟了，原来这一段不是独奏，难怪巴松吹得有气无力……他气得脸色铁青，想若无其事也不行了。他一个停顿，乐队刷地停了下来，排练厅里死一样的宁静。

他紧盯着巴松。

巴松依然若无其事。

静极了。

他，突然骂了一句不知从那里学来的粗话，举起指挥棒，用力，朝巴松花岗岩似的须头扔去。

巴松惊慌地一闪，摔倒了。

额，碰在前面一张椅子的钢管椅架上。额，再坚硬，也已经流出了一缕血，巴松的手捂着额，血从指缝里流出来，就像红色的弦慢慢地蠕动在记忆里。

惊恐，揉进了他颤抖的心里，他用双手搓着衣角，死死盯着那缕血。

巴松没吱声，慢慢弯下腰，从地上拾起那根指挥棒，狠狠地折断了。

从此,只要再看见巴松,他直觉得那额上的疤,很像一支巴松的投影……

四

"嚓",又一根火柴划亮,他还在找门牌号码。

他想和巴松一人泡上一杯"大红袍",然后在三层阁的老虎窗前坐坐,莫说话、莫吭声,你看看我的疤,我看看你的皱纹,也许就这样坐坐看看,就能把以往的岁月打发了……

他徘徊在弄堂里。

"老伯伯,找我爸爸的,是吗?"一个甜脆的声音在他背后响起,很像一声笛音在黑暗里吹响。

他回头一看,是个窈窕淑女,牛仔裤,击剑衫,右手提把小提琴。

他把火柴梗子往门牌上一照:"西1号",原来,已经到人家家门口了。

"你是?"

"我认识你,"月光下,姑娘笑了起来:"你是交响乐团的指挥。"说着,她还调皮地在空中划了一道弧。

他已经是六十多岁的人了。没兴致再到姑娘的脸上去研究什么酒窝之类的东西了,可是姑娘脸上分明有两只可人的酒窝,这酒窝也分明唤起了他的记忆：几年前芦荡里奶声奶气的童音又在他耳边回响了……

长得真快，已经成大姑娘了。

姑娘穿一身白色的衣裤，月光下，呈半透明。

"请进屋坐坐，老伯伯，我爸爸一定在看电视。"姑娘在兜里翻腾着掏钥匙。

他突然下意识地摆摆手："不，不不，我随便走走，散散步。"

"你要吃糖吗？"姑娘手里真有几颗糖。

呵，声音和芦荡里一样暖和。

"……你，你还没长大？"他没头没脑地问了一句，惹得姑娘一阵傻笑。

姑娘把钥匙塞进锁眼。

他想象着进屋以后尴尬的情景。

"当心，"姑娘在黑暗中说："台阶有四格，数着走，爸爸额上的疤就是在台阶上摔出来的。"

台阶是四格，可是他已经数不清楚了。

"那天，爸爸回家来，指着台阶骂山门，额上的血迹还没干……"

他仰天一叹。

他用苍老的手抚摸着姑娘柔软光洁的头发，说："我不进屋了。"

"怎么了？"姑娘的问题也洋溢着青春气息。

"你对爸爸说,我明天就要离休了。"

"嗯。"姑娘似懂非懂地点了点头。

他背转身子,慢慢地走了。

弄堂拐弯处,他瞄了一眼,那姑娘,还站在门口发愣。

她,自然是什么都不理解的。

五

沐浴着秋阳,路上法国梧桐的落叶在脚下瑟瑟作响。老远就看见交响乐团门口等着一大帮子人了。待会儿,欢送会开始后,就要耐着性子听一听他们的高谈阔论了。他知道团里有不少油嘴皮,说你坏话时才华横溢,说你好话时,也是才华横溢,还挤眉弄眼,生动得很呢!

手和手握在一起了,他应接不暇。

人群里没看见巴松。

他咽下一口胃酸:"说吧,会在哪里开。"

"在排练厅。"大号用瓮声瓮气的声音回答着。

这吹大号的,身体也壮实得像大号。他跟着大号走进排练厅,等大号的身子挪开后,眼前才豁然开朗。

眼前居然是一支呈扇形而坐的乐队,一律黑色的演出服,男的系领带,女的是晚礼服。看见他进来,第一小提、第二小提、中提、大提、低音提琴都用弓敲着谱架,发出炒豆子般的声音,他茫然了,演出时,乐队队员就是这样来欢迎指挥上台的。铜管组、木管组、打击乐都沉默着,竖琴在低音区滑过一道低沉的叹息,像一道哀怨的光从他心头掠过;这时,定音鼓在最沙哑的鼓面上敲响,深沉、雄壮,那节奏目空一切,一下、又一下……

首席小提琴从座位上站了起来,神情严肃地清了清嗓门,然后说话了,这是一个更年期妇女的声音:"今天,我们在这里欢送我们的指挥,现在,请指挥上指挥台。"

其实,他已经在指挥台上站了一会了,因为没人管他,他无所适从,只好按习惯,到指挥台上落脚。

"指挥就要离开我们了,一切的一,一的一切……"

诗朗诵,首席小提琴认认真真的脸给了他一种启发,当年欢蹦乱跳的姑娘居然也老了,眼角边也有鱼尾纹在乱扭乱摆了,这么说来,自己是该离休了。

他像扫描器一样在乐队里寻找巴松。

巴松没来。

巴松坐的那张椅子空着,坦露着猩红色的椅垫……

他用手指弹着谱架,心怦怦乱跳。

"指挥走过了漫长的艺术生涯,为我们的音乐事业历尽沧桑……"首席小提琴像在演说,声音倒也平和,字正,腔也圆。

介绍生平开始:曾在百代公司乐队里呆过,写过许多名曲,还和聂耳、星海吃过两顿饭;以后么,参加了革命,加入了中国共产党,历任过什么什么……就是那些,杂七杂八的事,早就给惹事生非的记者炒冷饭一样地炒熟了。

他没心思去听这些唠唠叨叨的话。

那张空空的椅子，猩红色的椅垫像一团火熨在他心头上，火辣辣地难受。

四周怎么这样安静呵，明净的大玻璃窗外，看得见蓝天上几片漫游的云朵；乐团的草坪上绿色渐消，抹上了一层黄色的星点，不远处有一排"违章建筑"，过去曾是乐团的车棚……

想到了车棚，自然也就想到了过去。那时，他被"批"、被"斗"、被赶下指挥台，叫他看自行车。

看自行车？也好，他双手插进袖筒，把瘦长的躯体一弓，像蜗牛似地蜷缩在小帆布凳上。有太阳晒晒太阳，没太阳吃几口西北风，好在还能看见绿茵茵的大草坪，看见露珠在阳光下闪亮，招惹着游荡的晨雾。

早出晚归的人们，把烟屁股朝他扔来，大号扔过，巴松也扔过，有意无意间，仿佛他就是只烟灰缸。

他看见巴松朝他扔烟屁股的时候，额上的疤红得要渗出血来。

现在回想那些往事，总感到蒙着一层风尘，但记忆却顽固地要从这风尘里钻出来，在你面前"亮相"。

此刻，首席小提琴还在絮絮说着，眼前百把人的乐队，呈露着一张张神情肃然的脸，沉默不语。这一张张脸恰似一个个音符，曾在交响乐团奏响过不少喜怒哀乐的乐曲。

"我要临时插入一个小故事，"突然，首席小提琴用高八度的声音说:"大家都已看见,巴松这小子今天没有来,大号,你通知他了没有?"

"三天前就通知了,"大号分辩着说:"昨天下午还给他挂了电话。"

是呵,通知了……他想着昨天晚上的弄堂,默默地想着。

"好,可是今天这个位子却空着,巴松曾经欺侮过指挥,可是指挥是怎么待他的呢?指挥平反后,当了团长,你——还有大号你也别躲,也有你的份!"首席小提琴指点着说:"你们不都向指挥认错了吗?巴松这小子也羞答答地去了……"

首席小提琴激动不已,乐队里一片肃静,他知道大家想听听这个故事,也知道首席小提琴往下要说些什么了。

巴松来认错时,一个九十度的鞠躬,结结巴巴地说:"指挥,我……我,对不住你……"

"对不住我?"

"嗯。"

"没的事。"

"……"巴松疑惑地看看他。

他索性装得糊里糊涂地说:"你一定是记错了,没的事!"

巴松半张着嘴,想说什么又说不出来。

"真的,你一定是记错了。"

他看见巴松启动鼻翼,额上的疤汗津津的。

"回去吧,以后好好干就是了。"说完,他拂袖而去。

巴松叹了口气,也走了。

同步,当首席小提琴讲这个故事时,他的回忆也结束了。

何必呢?当时,平反了,当指挥了,当团长了。他知道那些惹过他的人怕……怕他也惹他们。其实,他们还不了解他这个当指挥的,谈不上宽宏大量,也谈不上什么恻隐之心,只像报纸上说的那样:"向前看。"他又要回到指挥台上去了,指挥不是交通警,他指挥的是人,感情和心灵需要沟通。这,就是理由。

六

他还有别的记忆。

一个时常激动着他的记忆。

那是在他看自行车的时候,也是一个深秋的傍晚,他来到了那片能看见长江口、能看见芦苇荡的树林子里。他的心情像灰蒙蒙的天一样暗淡无望,游云像他的脚步,跌跌冲冲。他拨开败草,在一块老树桩上坐下,透过疏枝密叶,凝视着渐渐西沉的夕阳。

渐渐西沉……

他只想到渐渐西沉,没想到渐渐西沉的夕阳会在明天冶炼出一轮崭新的朝阳来。

突然,有一丝低微的乐声从江边传来,如烟如雾……

他捂起耳朵,又放开,然后再拚命地揉动耳朵,呵,是真的!

他循声而去。站上了高坡。

他浑身的血液都要沸腾了,芦苇荡里竟是巴松,就是那个把他当烟灰缸的巴松!

巴松正全神贯注地在吹他那支"星海"牌,声音飘然、飘然、飘飘然。

巴松也憋不住了,原来如此,原来巴松也不甘心天天吹样板戏,也躲进芦苇荡里来了。

巴松吹的是《命运》第二乐章和弦那一段,如果没有记错,当年,为了这一段和弦他曾在巴松额上抹下了一道疤。久违了,多么熟悉的主题,深沉雄壮……

巴松还热爱着真正的音乐。他心里在暗自嘀咕:如果巴松原谅了他的粗暴,那么他可以原谅巴松的一切;如果巴松不原谅他的粗暴,他也可以原谅巴松的一切,只要爱音乐,只要爱人类,只要巴松还是巴松……他无力地靠在一棵老松上,紧盯着巴松的侧影,眼角微微地泛着润意。

一个奶声奶气的童音出现了:"老伯伯,你哭了?给你吃糖……"一个女孩子从树林里钻出来,脸颊上的酒窝天真无邪地滚动着。

女孩子才三尺高。他赶紧用袖子在眼角上一横。

"你看,"小女孩用胖乎乎的小手指着芦苇荡里的巴松,说:"我爸爸天天到这里来吹巴松,他天天来吹的……"

喊着爸爸,小女孩像只蝴蝶似的飞向芦苇荡……

他赶紧隐没在树丛里。

他知道这是《命运》中的命运动机叩门后久久不散的回声。

他又在疏枝密叶小看渐渐西沉的夕阳了。夕阳,渐渐西沉,却显得坦然,自信,深沉得很那……

七

宽敞的排练厅里,阳光透过大窗洒下一片温暖的光。首席小提琴的话讲完了,整个乐队沉默着。

一片金黄色在眼前闪耀。定睛一看,是大号,手里托着一块匾,匾上赫然几个字:"人去音不去,音乐人方乐。"

"指挥,这是我们全体给你的留念。"

"嗯……"他居然也脸红了,不安得像个孩子。

他愧对这块匾。他想到了交响音乐会寥寥无几的听众,他想到了音乐厅前交响乐票子打对折还退不掉。有一次,他还看见一个外国乐队在台上不屑一顾的轻蔑眼神,那是因为我们的听众在第一章刚结束时哗然鼓掌,以为全部作品都完了。而他是交响乐团团长,又是首席指挥!突然,他真后悔为什么要打那张离休报告,他还想振奋,还想着多年来的事业,可是如今却要飘然远去了……

他看着那块匾,然后用老人慈祥的眼神,柔情万分地看了看乐队,慢慢走下指挥台,离开了排练厅。他那件蓝布衫,飘飘忽忽,指挥台前,人们疑云重重。

没有间奏曲。

他又出现在指挥台上了,蓝布衫变成了笔挺的黑色燕尾服,手持指挥棒。

他用浑沉的声音对全体乐队队员说:"谢谢!"他鞠了一躬,"请大家用《命运》的英雄主题来送我!"

他站直身子,张开双臂。乐队呢,琴已上肩,哨子含在唇间,打鼓的两只眼睛溜圆地盯着他,执弓的手,已经渗出汗气了,不知谁打亮了聚光灯,整个排练厅金碧辉煌。

他又看见那张空着的、猩红色的椅子了。

起拍的手迟疑不决,他想念着巴松。

乐队微微骚动,大家伸长脖颈互相对看。他,也在看,寻找一丝仿佛来自天边的声音,这声音远远地,悠悠地飘然而来了。

乐队平静下来,眼睛都看着右边那扇玻璃门。

于是,他也看见了。

玻璃门是用白漆漆过的,在阳光的照射下呈半透明,门上凝固着一个侧影,和那次在芦苇荡里看见的侧影一样,抱着那支"星海"牌。双唇紧含哨子,运气三尺半,吹的是《命运》英雄主题的和弦。

大号兴奋地吼叫起来:"巴松!巴松!"

首席小提琴也惊叫着:"指挥,你看,这小子,他来了!"

指挥已经看见了,已经好多年没这么欣喜过了,指挥微微颔首，对着玻璃门，他喃喃吐出几个字："来吧、巴松，就要起拍了……"

狼山贼水

早晨起来,"大镜面"顶在李长腿脑门上。

这柄枪亮闪闪的有八成新,一只胖乎乎女人的手紧攥着。手上的汗毛一根根又黑又硬,不用说准是个劫道老手。被枪顶着的李长腿惦念着同炕的老婆:老婆一准也被枪顶着。她性子暴烈,逼急了会甩开头发拼命的。李长腿扭头想看看她,然而脑袋被枪重重地压着扭不过来。

李长腿唤了声:"田田!"

"我在。长腿,管着自己吧。"炕梢头传来田田的声音。

李长腿心里一乐,老婆还没死,跟我一样乖,快不动。刚过鸭子河就撞上劫道的胡子!腰里轻盈空灵,枪早给摸去,还动什么呢!

"田田!"李长腿又唤了起来:"脑袋上真凉快哪!"

他这一声唤唤得有板有眼,把胡子都逗乐了。

这是一间光腚碱土房,又矮又小。独处野际,不见围子。糊窗的黄表纸早已撕成碎条条,被风吹得哗哗响。墙薄如纸,隔墙有耳,微闭着眼的李长腿听见窗外有细细的人语声。一个说:"这一男一女一人一支二十响,来路不明。揍死算了吧。"另一个说:

"他妈的你就知道摊横梁子。""那你说咋办?""摸了枪,牵走马,卡下钱片子,放了。""放了也得罪人,不如来干脆的,日后干净,少个冤家。""老哥,看你还挂个佛爷。""兄弟,这一男一女被枪压着还冷笑热哈哈,留着日后难对付。说不准会是咱们兄弟的死对头……"

李长腿还是微闭着眼,竖起耳朵听着。

那女胡子脸上露出说不准是敬佩还是惊奇的表情。浑身一抖,把枪口压得重重的。她啐一口朝窗外嚷着:"他妈的,放屁捂着点!"

"是喽。"于是窗外一片寂静。

李长腿看女胡子。细细琢磨这女人身上的每一个部分。她的一只脚踏在炕沿上,鞋子和衣服一样,都是黑缎子面做成。鞋底沾满泥,还有朝露的湿意。看来昨晚赶了不少路。

炕梢头有一阵窸窸窣窣的骚动。随声又起了吆喝:"别他妈的放野。你这娘们,也俊得可以了。"李长腿知道田田沉不住气了,可当他听到那边又传来一阵淫笑后,漫天的血气一下子冲上了脑门,可是脑门上有枪顶着。

女胡子怒目圆睁,腾出左手从腰里拔出枪。手一挥,屋顶被打穿一个洞,子弹呼啸着直上重霄。枪响后,炕梢头一片安宁。

女胡子吼一声:"哥们,谁要是欺侮女人,可别怪老娘不义气!"

话音未落,几个人闪进屋来。为首的是一个英俊小伙子:长得标标溜直;他身着白褂子、白裤子,浑身上下山清水落一尘不染。他站定,抖开衣衫,腰间露两支驳壳,噼啦啦乱拍一阵,问:"谁打枪?"

"我打枪!"女胡子歪歪嘴。

小伙子一看是她,话头软了半截。问:"打啥啦?"

"放颗冲天炮,热闹热闹。"说着就有了笑声。屋子里十来个胡子个个笑得鸦形鸠面。

"笑什么,枪一响,屯外的绺子就赶来扑食啦。快提起神儿,牵着马,赶着车,上道吧。"

小伙子打了个胡哨,胡子一个挨一个退出屋去。屋里只剩下那女胡子了。女胡子也跃开了身子,李长腿一个鹞子翻身坐起,看见田田也已经坐直在炕上了。"别动!"女胡子左右开弓,两把"大镜面"张开机头对准他们。屋子外面,哨声乱响,马嘶蹄碎。

"把枪还我!"田田突然恶狠狠地嚷道。

"枪?"女胡子被这声嚷,嚷得出乎意料。

"把枪还我!"

女胡子不吭气,一步步逼近。李长腿看这女人脸盘子像个大葫芦,黑油汪汪地冒;唇上还有一丛黑蚕似的胡须,极脏极腻。

"把枪还我,我跟你比比枪法。看谁的枪管直!"田田说话不知轻重,也不看看何时何地何种处境。李长腿不禁惘然。这种时候该掏句话松松劲儿,何必碰碰撞撞,比什么枪法!

女胡子突然飞起一脚,把只五十来斤重的树桩头勾起,然后朝田田踢去。田田头一偏,树桩打在墙上落下来。田田捡起扶正了,坐在屁股下。

胖女人脸上静下杀气,笑了。说:"这位妹妹有种。我看不如挂了咱这绺子,推牛抢马,有吃有喝。到时候你果然枪管子硬朗,弄个女炮头当当。"

"你别甜言巧语了,看来你是不敢跟我比枪法了。"

女胡子一口黑暴牙咬得格格响。说:"好吧,今天老娘没时间奉陪。咱该上道啦,后会有期。先挂个情分,以后有缘,老娘一定跟你比个高低。"

说完,女胡子庞大的身躯已灵巧如燕地闪出屋门。

李长腿和田田赶紧下炕。待他们冲出门外,在刺目的阳光下,马队已经远去。马蹄声累累坠坠地敲打着地面,扬起一片白茫茫纱幕般的尘土。尘土里,只见马队最后有翩翩两骑,一白一黑。白的便是那英俊小伙,黑的便是那女胡子。

第一章　草甸枪声

"你是谁,我是我,
　压着腕子闭着火……"
"再念一遍。"
"你是谁,我是我,

压着腕子闭着火……"

"妥了,念熟了。"走了几里地,寂静的令人无聊。李长腿教田田念胡子的黑话。田田聪明,没念几句便念熟了。李长腿手罩在眼上四处张望,他腿长,个子也就挺高,摇摇晃晃的。他尿憋急了,就随地撒尿。撒完尿,抬起脑袋,看见田田的身影已隐隐约约地浮动在草甸子边上。于是,李长腿甩开长腿飞步赶去。他们俩总算进入了茫无边际的大草甸子。

草甸子静得出奇,绿茵茵好像一幅无限大的绿地毯。其实走近了就看清:草是显得很稀弱的。它在碱土里长得纤瘦羸弱。有几朵红色的萨日尔花像几滴鲜血浮在茫茫绿雾上。初夏日照长,草甸子在阳光普照下,呈绿色半透明状态。草被平稳,时有风吹,吹起波波浪浪,毛茸茸有质感。李长腿走进草甸子,越走越感到草甸子大小如无边的海、越走越觉得自己渺小犹如草茎一根。心里闷得难受,只有波起波伏的绿色,没完没了地在作机械的晃动。天上的云依旧洁白如洗。

他们的目的地是治安大队长盛太的驻地哈彭店。

可是他们已经意识到自己迷路了。

李长腿顺手摘下几朵萨日尔花,簇成簇,想往老婆头上插。却被田田一巴掌把花打得七零八落。

李长腿不吭气,撤到田田背后。

"这么大草甸子,连个鬼都没有。"田田撩起绉巴巴的旗袍擦着额上的汗,抱怨着说:"刚入地界就遇上劫道的胡子。没枪没火,看盛太笑话你。"

李长腿还是不吭气,举头看天。天上白云好似抹了奶油,白得厚重实在。

已经是下午四点了。他们还在草甸子上漫无目标地行走。

渐渐地他们看见远处有了羊群。羊群游云般在绿色的草甸上移动。等他们走近了,羊群咩咩地围成圈,羊头和羊头拱在一起,光留下羊屁股和沉甸甸的羊尾巴,对着爆爆烈烈的阳光。一只牧羊狗蹲在羊群边,黄拉拉的皮毛闪亮闪亮,两只狗眼凶狠地盯着来人。

"人呢——"李长腿放声大喊,喊声去而不返。

"人呢——"田田也大叫,叫得草甸甸更加静默了。

李长腿灵机一动,说:"打狗!"

"对,打狗!"田田来劲了,捡起碱土块朝狗打去。

狗被砸疼了,狂吠,凶狠地朝田田扑来。扑起一片尘雾。

"当心被狗掏了,这狗厉害。"李长腿往草地上一坐,扯出烟袋,烟便袅袅飘开。

狗叫得猛烈凶狠,把草甸子上的空气叫得躲躲闪闪。李长腿悉心抽烟,无限舒畅地喷云吐雾,欣赏田田有板有眼地收拾那狗。狗体格健壮,却笨得出奇。田田笑嘻嘻手中玩一块土疙瘩。于是,那狗只是叫,却不敢扑,四条有力的狗腿,刨起碎土、草屑,乱飞乱舞。

"来人了,"李长腿放掉烟灰,说:"是个娃。"

坨子上真的出现了一个娃。娃从坨子上下来。光着腚走近时,那狗也不叫了。

"娃,过来。"李长腿扬扬手。

谁知娃却站定了,两只眼睛看着陌生人露出一丝恐惧。

"娃,别怕,问你个话。"田田脸上堆起笑容。娃看见田田的笑容更加发怵,不敢走近,也不敢逃跑,小眼睛忽闪忽闪的像两只虻子飞来飞去。田田想走近去,怕吓跑了娃,只好扯开嗓门嚷嚷:"娃,别怕呵,咱们是过路的。找治安队盛太大队长,盛大队长的兵都在哈彭店吃营饭。这哈彭店往哪走呵?"

娃踟蹰不前。这时,坨子上一声枪响,娃软绵绵地倒下来无声无息,小手抓把乱草痉挛不已。田田扑上去抱住娃。娃已经在倒气,倒完气便一动不动了。这枪打得贼准,从背后直捣心脏。背心留下一只枪眼,血汨汨流。

李长腿已经扑上了坨子。田田放下娃,也上了坨子。

无际的草甸子上有一粒小黑点是一人一骑,马蹄声还隐约可闻,只是已经跑远。没有马,没有枪的田田万般沮丧。杀娃的就是这个逃走了的枪手。田田要是有枪决不会让这枪手的枪口再冒出烟来!

娃静静地躺在草丛里。牧羊狗悲切切地趴在一边,被枪声惊散的羊群重又聚拢,围着娃咩咩叫。

坨子上依然站着李长腿。草甸子在他眼珠子里闪闪地发绿。

草甸子一马平川。这是一片绿色的诱惑,草原里凸出凹进的土包土坑星罗棋布，那枪手打了放羊娃，就这样轻轻松松地催马跑了。可他为什么要把一个十来岁的放羊娃打死呢？早不打晚不打，偏偏在李长腿和田田问话的时候打呢？自从过了鸭子河，算得上是件蹊跷事了。李长腿和田田都感觉到在他们背后，有一双眼睛和一张阴鸷的脸。他们把娃埋了，牧羊狗死活不肯走。也罢，由它守着主人。李长腿和田田赶着羊群往那枪手消失的方向慢慢走去。那里虽然神秘莫测，但总有一个去处。

已是黄昏，草甸子上风渐大渐盛，草被风吹得东歪西倒，凄惨无限。夕阳抹在草甸子上，泛起耀眼的鹅黄，却是一种悲凉和孤独，也不声不响地有了冷意。羊群慢条斯理地撕开绿雾，朝西移动。田田拾块土疙瘩朝带头的公羊砸去，于是羊群走得快了。

身后有叮铃当啷的声音渐渐传来。一看，是辆三套驴拉的胶皮车。驾辕的叫驴个子挺大，毛色黑亮，把车轱辘拉得飞转。可是赶车的还是不住地打鞭，鞭声脆响，像爆竹开花。车老板约摸四十好几，生就一张马脸，下巴极大，脸上毛发俱无。光头青皮显出弯弯曲曲的青筋，极瘦，骨影可见。黑褂子湿漉漉汗如雨下，裹着竹节般的身子骨。他吁吁吆喝着，声音磔磔粗裂。

赶车赶得极有兴致，车超过羊群时如入无人之境，把羊群冲得四散。

"操……"田田张口就骂。

李长腿却很有耐心地把羊群收拢。

毛驴车急匆匆赶路，却在不远处卡进了土坑。一起一落，车斜了。车上两只榆木箱子掉下来。"操!"车老板放下架子跳下车,用土块填了车轮子,狠狠一鞭子,驴感到痛,奋力拉车。十二条驴腿胡乱挣扎,可是车却纹丝不动。李长腿和田田赶上去帮忙,三人三驴一用力,车跃上坑,稳了。车老板歪歪嘴,笑了一笑,抖了抖身架子,算是谢过了。李长腿和田田又去搬那两只跌落下地的榆木箱子。车老板却拦住了。他自己跃上前去,双手一抱,把箱子抱上了车。田田大惊,这箱子足有半只棺材大,为什么这样轻。里面究竟装着啥?车老板上了车,扬鞭赶车直溜溜地窜出多远。李长腿一眼瞥见箱子上有两个油墨刷的字:"长春。"

"老哥,"李长腿亲切地一声唤,"前面是啥地方?"

"我也是瞎三溜四,摸着道走。谁知道前面是啥地方。"

"搭个车吧,就两人。"

"那羊呢?"

"弃了。"

"不行。老弟,没看见毛驴跑累了吗?"车老板赶着车走了。驴脖上的铃声给草甸子带来一阵鼓噪。铃声远去时,暮色降临了。

李长腿和田田都是外乡客,摸不清夜幕笼罩下的草甸子。只觉得空旷无边,无依无靠,到处墨黑墨黑,仿佛隐藏着无数杀机和危险。羊群在夜色里好像一大团云模模糊糊地蠕动。李长腿和田田便跟着这团云慢慢地走动。田田问:"夜里可有狼?"李长腿说:"谁知道。"田田说:"这下可好,没了枪,碰上狼就得分尸裂骨啦。""是呵,"李长腿说:"它得个饱啦。"田田说:

"羊可是狼饵,快扔了吧。"李长腿说:"扔不了啦,羊会追着你跑。"田田说:"那就等着喂狼吧。你这副长腿,够狼啃半天。"李长腿也说:"还有你这漂亮的脸蛋子,够狼嚼一冬了。"

草甸子上起了风,呼呼响,夹带着细沙碎石,麻酥酥地打在脸上。没膝的草东倒西歪,发出窸窣声。果然,风里还夹带着一股隐隐约约的狼腥气。狼嗥了,好在狼还在远处,起码有三里地。田田不知从哪儿弄来根棍子,塞在李长腿手里说:"你打!"李长腿笑嘻嘻地说:"打啥?""打狼呗!""还早呢。"李长腿干脆就地坐下不走了。他抬起头若有所思地看天上的星星。不一会狼来了。李长腿站起身子,顺手一摸。田田紧紧依偎着。李长腿说:"给我棍子。"只听见田田的牙齿咬得格格响,说:"不,我来打。""那行,我他妈的就用这一百多斤肉跟狼干。"

真是狼来了。十几条狼慢悠悠走近来。羊看见狼来了,还没碰上狼的尖嘴利牙,却自己先干了起来:外面的往里头挤,里头的往外面拱。李长腿和田田半蹲着,有这么大一群羊,就好似穿了件厚厚的大皮袄。狼湿漉漉的鼻子压得低低的从草丛里一步一步探过来。狼身上特有的腥臊气如烟如雾地四下里弥散,绿豆般的光点阴沉沉地跳上跳下。他毕竟是打夜战的好手,鬼魂一样窜来窜去飘忽不定。有几条狼不知是高兴还是慌张,扑地打个滚,支起两条前腿仰天恶嚎,嚎得悲悲切切凄凄惨惨。月亮出来了,草甸子被抹上一层金沫子,草叶在摇晃,摇晃的草叶子里是狼在凶残地茹血。可怜的羊一只只瑟瑟打抖描绘着自身的懦弱和窝囊。

血雾在夜色里跳荡,狼舌头耷拉在嘴边舔来舔去忙得不亦乐乎,狼似乎又多了几条。月亮越来越亮,变成一颗悬在天上的照明弹。狼渐渐逼近了李长腿和田田。看样子是捱不过去了。

李长腿盼望着黎明快些到来,可是天边依然漆黑。田田操起棍子摆开了架势,坚持到天明还是可能的。

"啪——"草甸子上响起一声枪。接着,枪声大作。子弹曳着流光往来穿梭,被枪声淹没的还有亢奋的马蹄声。黑暗中也看不清谁在打枪,谁在骑马。凭经验,李长腿估摸着不下三五十人马。这些人马来得突然也来得奇怪,他们把几十条狼团团围住使劲打,打得鬼哭狼嚎。枪法也好,一枪灭一双狼眼。狼也来了劲,前赴后继,颇有些视死如归的气概,死一只来一双,死命扑咬,马嘶惨烈。马上的枪手枪管真他妈的直,弹无虚发。一个喷嚏功夫,渐渐,狼群乱了。三五只狼瞅空子从马肚子下闪身溜走,余下的狼哭着叫着,只听见一声悲壮的野嚎,狼儿们便像得到了什么号令,四散奔逃。草丛里的窸窣声也渐渐静下来。马蹄声追寻而去,也越去越远了。

李长腿和田田为躲流弹趴在地上。等到四周寂静时才站起身来。这时东方发白,朝阳没露脸,先喷出血来把天边染红。草甸子上也真是血流成河,死羊、死狼遍地都是;没死的狼倒在草丛里哀鸣。

李长腿默坐沉思。

田田操棍子在草丛里寻找未断气的狼。找着了便一棍子打出脑浆血污来。

草被踏倒一大片，马蹄印子像盘残局。

阳光把草苗苗晒烫时，田田把狼都斩尽杀绝了。她筋疲力尽地从草丛里冒出头来，喊道："长腿，我刚才跑上前边那个坨子了。照直走，翻过坨子就见着屯子啦！"

"嗯那，"李长腿含糊不清地说："照直走？这条道可是越走越奇呵！"

"也真是奇怪，这伙人马究竟是受谁指拨的？"

"说不清，娃子给打死了，狼也给打跑了，打了就走。来得快，走得快；来得奇，走得也奇。"

"长腿，那你看咋办呢？"

"这样吧，这条道是个陷阱。这伙人马分明是想把咱们引了去。不过就是陷阱，咱也得跳下去，不入虎穴焉得虎子。咱们俩分头行动，我照直走，你往南边去，照这条道走下去看样子是难到哈彭店了。谁知是个什么去处。你还是往南边去，好好打探，趁早找到哈彭店，跟盛太接上头。"

"不行，咱俩得一起走。"

"一起走整不好两个一起完蛋。分头走不管怎样还能留下一个。咱们的事业刚开始，不能意气用事。"李长腿的眼里流出款款深情。他抚摸着田田的头发说："听话。"

"倒也是，长腿。"田田突然笑容绽开，说："两个都赔了那才窝囊呢！不过你得往南边去，我照直走。"

"胡说八道!"

"我说话算数,不要争了!"

李长腿万般无奈地站起身。说:"也好,不过你要多加小心。"

"你才多加小心呢。"

"别磨嘴皮子。"

"我可比你强。"

"好吧,走着瞧。"

夫妻俩握了握手,又亲了亲嘴。田田的旗袍叫风吹得不住翻飞。可临走时,她还是像模像样地立正,给李长腿敬了个军礼。

第二章　草头大王

一九四六年的春夏。日本人投降的兴奋劲慢慢过去了。嫩松平原上的这片草甸子上,蒙、汉、回、高丽、锡伯、保安、土家,还有满、壮、彝、黎、苗、达斡尔、鄂温克各民族多年来杂居着生息繁衍,草甸子沃野千里,池沼密布。各种各样的民族、部落、军队在这里斗殴、杀戮、抗争。原始时期捕捉野物的石器留在临近池沼的沙丘大岗上,箭镞、头盔和戮满窟窿的骷髅在早已倾塌的古城墙下暗淡腐蚀。布满绿锈的古币在湖泊中、芦苇丛生的小岛上俯拾皆是。商周时代留下的鬲、鼎、钵、杯、罐被人们用来盛放羊奶。关于如烟如雾的神话传说就像鹰隼翩翩,数千年来盘旋在草甸子的上空久久不散，草甸子并不是一个淡泊无欲的静潭，绿色的血流淌了千年之久。零零星星有一堆浓烈的黄色隆起却毫无生气，这便是坐落在草甸子上的所谓屯子。烟筒指向蓝天如墓碑肃立，碱土垒成的土屋低矮灰暗。一张张麻木无表情的脸上布满灰尘和污秽，在阳光照射下显得狰狞恐怖。毛驴呆立在胶皮车边仿佛已经呆了几个世纪。马老实地鼓动两腮嚼着草料。牛在昏暗的栏子里隐下庞大的身躯，只露出两只铅块似的眼珠。猪浑身漆黑，礁石一样凝止在屯边的污水坑里。还有鸡，还有鸭，还有鹅，摇摇晃晃都在阳光下走得昏昏沉沉。这就是屯舍景像。草甸子上蒙族人居多，那是十四世纪迁入的。明仁宗洪熙年间，蒙占东部鞑靼部落内乱，元太祖的弟弟哈布图哈萨尔卜四世孙奎蒙克塔斯哈喇被厄鲁特蒙古所破，避地嫩江。经兀良哈允诺，在其领地游牧，号嫩科尔沁。打那时起，草甸子上便鼓起了一个个蒙古包。然而几个世纪来，蒙族人渐渐改变了生活方式，蒙古包变成了碱土屋。他们脱下袍子，穿起裤子；脱下靴子，蹬上了圆口布鞋。

　　光复了，这地方就没人管了。于是三五个人一把刀，七八个人一杆枪，当起了胡子。成群结队地在草甸子上呼风唤雨，草头王遍地都是。打家劫舍的有，抢马推牛的有，杀人越货的有，贩毒走私的有，奸淫妇女的有，绑票敲诈的有，为报私仇的有，为避仇家的有。当然也有杀富济贫，匡扶正义的。草原之大，大如青天。多出几绺子胡子，就像天上多出几片游云。骑着马，挎着枪，头戴软帽，腰里加着"大镜面"，腿肚子里插着尖刀，穿衣打扮不讲究，只要能遮体避羞，女人的花裤衩也穿。一支胡子队伍骑着马轰隆隆地开过，看似一条花里胡哨的长蛇。里面有摇身一变的汉奸、伪警、小偷、惯贼、流氓、地痞、江湖客、流浪汉，什么样的人都有。听他们唱的谣曲："当胡子，不发愁，花钱好似江水流。吃大菜、住妓馆，枪就别在腰后头。"更有"遍地英雄起四方，有枪便是草头王"的警句。歌声在草甸子上游来游去。信奉这些话的胡子八成是为官和钱而来的。

这伙人马是匪首包干查的队伍。三五百人，自封大队长。下设中队长一把，小队长一箩。挺胸凸肚皮在草甸子上游荡。天不怕，地不怕，阎王老子也不怕。有酒一日三餐灌，羊腿子斜背在肩上。包干查是个蒙族人，几年前在满洲国日本军事学校念书。日本人投降后。包干查失去依傍，灵机一动，摇旗呐喊，收罗草甸子上的乌龟王八蛋羔子，成立了西部治安队。北上查干泡，南下孤家小店，东起套呼太，西至乌兰敖都。屯舍八十一，集镇四十九。霸住了草甸子西部方圆几百里的地盘。当上草头王没几天，瘦干脸就叫鱼肉菜鲜填成了圆嘟嘟的盘子脸。为了叫人放尊重些，包干查还戴了一副平光眼镜。眼睛在玻璃片子后面如小蝌蚪游来游去，硬是鼓捣出一股文不文武不武的气息来。

包干查鞭响三下。中队长、小队长颠着屁股跟跄过来，下马、立正、敬礼，前后左右弄得有点四不像。包干查骑的菊花青是匹少见的好马：大个挺精神，脑瓜茬子也好看，打着响鼻四下里转圈。包干查把马勒稳了，清了清嗓门眼，说："进屯子后，该干啥就干啥。当官的管好当兵的,当兵的管好马匹骡子。站岗料水的提着精神。去吧。"中队长小队长去了,包干查身边站着吹牛角号的司号员。包干查一鞭子甩过去,说:"我操你奶奶!"于是司号员便瓮里瓮声地吹响了牛角号。一时三刻三五百骑欢腾雀跃,马蹄把大地当鼓面一顿乱捣,尘土飞扬,遮天蔽日。当官的也好,当兵的也好,逼直了嗓门嗷嗷乱嚎,扬鞭催马,向屯子冲去。马也激动了,厉声嘶鸣着撒开四蹄狂奔。待尘土渐渐息了,屯子才又隐隐约约地显出灰黄色的轮廓来。一切依旧,只是马队进屯后,烟筒里都冒出炊烟来。一缕缕黑烟冉冉扶摇上青天。

包干查在一家大户人家的客厅里坐下,挥挥手。当家的便牵着菊花青去蹓了。一桌子的好酒菜,包干查独斟独享。酒一下肚,疲乏顿消,精神也旺起来。额上的青筋暴出来像蛇一样扭动。

这时,屯子外来了三匹驴拉的胶皮车,铃儿响丁当。料水的哨兵憋足气喊道:"你是谁?"

"我是我。"

"压着腕子。"

"闭着火。"

胶皮车在屯子前榆树下站稳。车老板翻身下车,挺神气地喝道:"请羊蹄子说话!"

"嚰,好大的口气!"放哨的拉了拉枪栓,问:"什么来路,给报个号!"

"别废话!"来人一鞭子挥过来,哨兵给打蔫了。便怏怏地把车老板带到一间泥屋前。自己进屋,啪的立正,说:"报告中队长,来人了。"

羊蹄子是包干查手下一条莽汉子。包干查扯大旗后,委了个中队长给他。这时羊蹄子正打盹,听见哨兵来报,嘀咕一声:"谁?"

哨兵伸长脖颈朝门外问:"谁?"

车老板一乐,说:"张大下巴。"

哨兵又把头缩进门里,说:"张大下巴。"

羊蹄子也乐了,直嚷:"张大哥,他妈的快请进。"羊蹄子挪动着那二百来斤肉的肥重身躯,扑到门口,把张大下巴引进屋子。张大下巴却瘦得如同一根老干葱,跟羊蹄子站一起,还没羊蹄子的小腿粗。

"带什么货来啦?"羊蹄子的小眼睛贪婪地眨巴着。张大下巴一背手,解下一只成猪头,扔在羊蹄子怀里。猪头臭烘烘已走了味。羊蹄子又扔给哨兵,说:"炖了。"

"老弟,还有货哩!"张大下巴一挥手,说:"跟我来。"两人来到院子里,张大下巴跳上毛驴车,把那两只榆木箱子拍得砰砰响,说:"升官发财都他妈的靠这玩艺儿了。"看羊蹄子傻不里叽的不醒悟,张大下巴从怀里掏出两卷白绫绸子,说:"党国的委任状。看,一张是团长,留给包干查大队长的。一张是团副,那就是你老弟的了。"羊蹄子如梦初醒,喜滋滋地问:"那比县太爷还神气了?""那可不。"张大下巴说:"箱子里都是委任状,连长排长的货居多。最大不过是营长。待会儿咱们就赶着车去见包大队长。"羊蹄子紧紧盯着张大下巴那块青铜器似的大下巴,沉吟半晌,才说:"张大哥,你来晚了,包大队长已经投共产党了。""当真?""当真。""啥时候?""前几天已谈妥了。草甸子上建骑兵独立团。""独立团?""嗯哪,各路绺子的人马都拽一起。东部的盛太当团长,共产党派人来当政委,兼副团长。他妈的包大队长只给了个营长。""那你老弟呢?""连长!"羊蹄子又恼又羞地一跺脚,说:"要不是看包大队长的面子,老子决计不干了!"

张大下巴叹道:"看来老弟你也失了血性。我这批送上门来的宝货看来是没人要了。得,赶车回长春吧。"说罢斜眼看着羊蹄子,装出要上车的样子。这下可把羊蹄子给遭塌了,二百来斤重的庞大身躯粘粘乎乎地拦住大板车,说:"大哥,你别性急,事情还没完。包大队长正跟盛太争团长,共产党派来了一男一女,急着找盛太。我在青山坨子那儿一直跟着他们。见他们正套问放羊娃子,便把娃子搁倒了。也许他们迷路了,颠着屁股跟我追来。包大队长要我把他们引到狼窝堡来,不让他们跟盛太接头。为这一男一女,我操他妈的一夜没睡,跟狼群泡在一起,还救他们哩。老子从来没这么伺候过人,包大队长今天住狼窝堡,专等这一男一女。要抢在盛太前面跟他们说话。戏没唱完,弄不好会翻。大哥,你留下看看再说吧。"

"一男一女?""是呵。""男的可是高个子长腿?""是。""女的年纪轻轻,一身旗袍?""是。""他妈的送到嘴边的肉给放跑了。"回想起昨天在草甸子遇见的一男一女,张大下巴拍着屁股蛋上的驳壳枪后悔不迭。

"他们什么时辰到?"

"估摸着晚上才能到这儿。"

张大下巴抽出手枪,说:"那我先去宰了他们!"

"那不可行,大哥。"羊蹄子急得满头冒油,说:"那得罪了包大队长。他也不是好啃的骨头,不会老老实实听共产党的。"

"那你老弟呢?"

"我?"

"是呵,你跟共产党走呢还是跟党国走?"

"我?"

"我说的就是你呵!"

"我?"

"你是不是得听包大队长的?"

"那可不,包大队长与咱们兄弟可已有不少年头了。"

"好呵,我说老弟,"张大下巴拍着大车轮子说:"你们这个绺子好比一辆大板车。你和包大队长呢,就和这两只轮子一样,缺哪个都不行。该他妈的谁听谁的?"

"这可不敢说,包大队长是驾辕的。兄弟我只是拉套的。"

"你手下有多少人马?"

"二百。"

"都听你号令。"

"以前是,现在可推不动啦。"

张大下巴莫名其妙地笑了起来。笑声听去悲惊凄惨还有点酸溜溜的味道。看来羊蹄子是个软塌塌扶也扶不起的废物,原想通过他把包干查的人马揽过来。谁知羊蹄子不中用。张大下巴是国民党军统北满站军事组副组长,奉少将站长王力的命令潜入嫩松平原。一九四六年冰雪融化季节,嫩松平原上拉杆子起局,立地为王,占山为寇的胡子多如牛毛,这片草甸子上的蒙古胡子无论枪法、马术都是第一流的。王力抖着脸上一棱一棱的横肉说:"去吧,到草甸子上去捡一个骑兵团来。"张大下巴方脱下毕挺的呢子军装,装扮成一个乡巴佬,赶上火车。下火车后,又弄了一辆毛驴车,来了。他兴冲冲地赶来,却碰上羊蹄子这么个窝囊废,真叫人沮丧。包干查的狡猾阴险,刁钻毒辣,那是久有耳闻的,只是不曾交过手,事到如今,看来跟包干查会面是在所难免了。张大下巴运气凝神,在快落山的夕照里憋足了劲,踮起脚举起瘦如干柴的手臂,在羊蹄子熊样的肩头上拍了拍,说:"那好吧,咱们这就去见包大队长!"

"行!"羊蹄子顺手揪过一个兵。吼道:"赶着车,跟上。"

包干查这些天来也快愁死了。日本人一投降,原来金光灿烂的打算像草甸子上的风一吹而过。还算好,这些年来刀枪里没白滚,眼快手快把懵得没头没脑的人马打点起来,扯起了治安大队的旗号。不管你共产党来也好国民党来也好,我他妈的维护治安,没有功劳也有苦劳,这就能交代了。只是共产党也好国民党也好二虎相争二龙相斗,到最后究竟谁能坐天下?这个谜把包干查的心血都掏空了。前些日子共产党的吉江军分区给了个营长的衔。先干着再说,反正人马在手心里攥着,只要不出草甸子,谁也奈何不了。憋不过气来的就是草甸子东部的盛太。他凭什么当团长,来指挥我?还有,深井子的三里三绺子老不听话,占住那几个肥得流油的屯子天皇老子都不尿。这伙人马虽说才百来人,可个个都是草甸子上有名有姓的枪手。他们插在西部中间,方圆百里的一块大肥肉里就好比插上了一把剜肉的刀。包干查犯着心思,看也不看张大下巴,只是对羊蹄子微微颔首,说:"兄弟,你坐下。"

张大下巴光站着,心里起火。他好歹是一个副组长,在长春,师长、旅长见了面也得打个哈哈,到这没脸面的穷地方来竟受这个没脸面的草头王的窝囊气。不过也没法子,重任在肩,心字头上一把刀,忍了吧。

少校团长。包干查看着白绫绸子的委任状,也真叫人眼馋。他叫张大下巴坐下,脸上稍微露出笑意,说:"张副组长,这委任状当真?"

"那可不。"张大下巴拿出正规军的派头,说:"包团长,军中无戏言。我祝贺您荣升。带上队伍吧,到长春后,您就是党国正规军的少校团长了。"

"什么?"包干查没好气地说:"到长春去,干啥去。到了长春,还有我包干查说话的地方吗!"

"包大哥,"羊蹄子开腔了:"到长春有吃有喝。咱们扛家伙起绺子图个啥？不就是图个乐嘛！"

"你懂个屁，别多嘴。"

"是。"

"包团长。"张大下巴一声唤。

"我不是你的包团长。"

"那你情愿当共产党的营长了？"

包干查一怔，和共产党拉扯的事怎么让张大下巴知道了？于是瞪眼看羊蹄子："你多嘴了？"

"是，包大哥。"

"腮帮子揍几下我看看。"

"是。"羊蹄子抡起巴掌在自己的脸上真真假假地搧了几下。

"行了。躺着去吧。"

"是。"

羊蹄子走了。留下包干查和张大下巴两人对阵。

"敬礼！"包干查突然来了个标准的立正敬礼姿势，把张大下巴吓了一跳。这家伙怎突然间判若两人？其实刚才有羊蹄子在，包干查非得摆出点既是大哥又是大队长的劲儿。张大下巴是长春大地方来的人，当然不能得罪。包干查说："张副组长，不是我不愿跟党国走，只要党国一声令下，我包干查铁着心跟着干。不过我有一句话要问：你们对东部的盛太有何打算？"

张大下巴自然对这争风吃醋的场面有见识。他冷冷一笑，说："当你的参谋长怎么样？"

"他的人马也归我指挥?"

"那当然。"

"他的人马可比我还多一点哪。"

"那就看你怎么指拨了。他如是挤了你,由党国出面整治他。"

"当真?"

"那当然。"其实张大下巴并不负责与盛太联络。但箭在弦上,不得不发。射出一支空心箭,先骗了包干查再说。他微微一笑,摆摆手,跷起二郎腿,用在长春办公室的口气说:"那么,带上队伍跟我走吧。兵贵神速。"

"不!"

"又怎么了。"

"你得替我把三里三绺子扭过来。"

"三里三可不在我的眼里。要他的绺子干啥。"张大下巴对三里三早有风闻。他不想节外生枝,自找麻烦。他的任务就是收编包干查的绺子。

"有了三里三,我就不怕盛太跟我捣乱了。看来还得劳您张副组长的大驾了。"

张大下巴感到自己的下巴愈来愈沉重。他看着包干查说:"包团长,这事可让兄弟我为难了。我这两箱子委任状里没有一张是给三里三准备的。三里三是什么人,草寇!你包团长才是当今英才。你何必粘上他才上道呢!"

包干查看张大下巴皮笑肉不笑那模样,双手抱拳,对张大下巴微微一揖，也绽开两朵笑花，摇摇头，神情难测。他一句话都没说，径自走出屋子。

张大下巴独自留在屋里。天色已近傍晚，他心里别提有多急。共产党那一男一女快要到了吧，得抢在前面跟包干查谈妥。这个小眼睛也真难对付，好话说了半箩，谎话也说了半箩，可他就是跟你粘粘乎乎不上套子。张大下巴听见包干查在屋外喊："杀猪、宰羊、备酒，准备开席！"这顿酒宴是为共产党那一男一女准备还是为我张大下巴准备的？张大下巴一片迷惘。

第三章　太行儿女

两天以后，当一只黑洞洞的枪口对准李长腿的时候，哈彭店到了。李长腿轻轻地朝枪口吹了口气。十五岁就当兵吃军粮了，见识的枪口还少吗！况且还是一支老掉牙的"大盖子"。他漫不经心地在一个泡子边坐下，解开又长又臭的绑腿，脱了鞋，洗脚。绑腿带子飘飘悠悠在草丛里如蛇静憩。是该憩了，整整走了两天。泡子里的水清洌凉快，波纹一圈圈以他的脚杆为中心漾开去。李长腿看看愣在一边的那个兵，究竟是兵还是匪？那兵手里端着枪老老实实地站着，似乎还有点羞涩。"在哪儿吃军粮呵？"李长腿正用绑腿带子擦脚，擦得通体舒畅。"盛大队长的治安队里。"兵回答说。真是到了哈彭店了。李长腿目不转睛地看着这个不知什么时候从草丛里钻出来的兵。紧打紧地瞧,仿佛怕这个兵一下子又没了影儿。这个兵像征着盛太,像征着哈彭店,像征着目标,像征着几天来的艰难跋涉已经结束。李长腿爱怜起这个兵来:"在这儿守着啥呀?""守着你。"兵挺忠厚,说:"盛大队长的弟弟盛大耳朵盛营长吩咐了,大伙儿分头把守。有外乡客来,一男一女,男的是长腿子,女的穿旗袍。守住就别放了。""行!"李长腿站起身拍尘土时便被飞扬的尘土裹住了。兵在一边笑,李长腿也笑了。说:"这么大风沙,咱们走吧。见盛大队长去。""不。""怎么啦?""还有个女的呢,我得守着。"

和田田分手已有两天了,不知田田一路上是否妥帖。盛太就在不远的镇子上,找到了他也就是穿过整个大草甸子来到了尽头。可是田田还在草甸子里折腾。李长腿沉静地怀念着她。

田田在太行山的短枪队当队长。听说李长腿背了行李到东北去干些鬼子投降以后的事,便寻死觅活地要跟着一起去。"这家伙,"和蔼的首长说:"活埋了她也不顶事。她还会爬出土坑去的。"于是,田田和李长腿便成双作对地编入了开往东北的第四干部团。临行前,和蔼的首长说得挺好,说东北有用不完的精良武器,堆积成山放在那儿没人拿。一路走来,石家庄到山海关的铁路不知叫谁给扒了,只剩下铁轨下的枕木七零八落地在地上扔着。干部团一百多人沿路像播种似的留下三五个,六七个,八九个。有一个姓李的本家在玉田一带留下后,收编了各种各样的队伍。第一天还是连的建制,第二天便成了营。第三天又成了团,第四天独立师的旗子已经飘得洋洋得意了。枪是真的堆成了山。苏联红军不要这些破玩意儿,国民党又不能给,八路军的大部队虽然赶得心急火燎,却还是没能赶到。干部团不能老守着这些枪,只好浇上汽油放把火烧了。烧得天地间弥漫出杀气腾腾的黑烟。

两人一步一回头,走出了关外。关外的铁路保存完好,他们算坐上火车,紧赶慢停好不容易赶到了吉江军分区司令部后,李长腿和田田都累倒了。

晚上,军分区司令曹里怀和政委郭锋请他们夫妇俩喝酒。对李长腿介绍了草甸子上目前有两股最大的武装:一是盛太,手下有六、七百人马;二是包干查,手下有三、五百人马。我们要把他们及其他绺子合并起来组成个骑兵独立团。这事情参谋部已经跟盛太和包干查分头谈妥:由盛太当团长,你当政委兼副团长,包干查当一营营长,盛太的胞弟匪号叫作盛火耳朵的当二营营长。另外,蒙古进步学生韩云青带着大同会两百多个学生正在军分区接受训练。训练完以后组成三营,由韩云青当营长,归入独立团。这个营由蒙古、锡伯和其他兄弟民族的进步学生组成。到时候对你的工作会有极大的支持。

盛太和包干查以前都是伪满警官,现在当了称霸一方的胡子头。你去以后,要多做工作,改造好他们。

"我呢?"田田在一边不高兴了,说:"你们光和他说话,我去干什么呢?"

"别急,"郭锋说:"有你干的。这些胡子跟草甸子上的村村屯屯、大车店、驿站、教会、道门都有千丝万缕的秘密关系。你去当公安局长,管好地方上的事务,斩断他们黑蜘蛛似的网络。给独立团的改造瓦解工作做好策应。"

李长腿的裤腰里掖了三只金戒指,一包大烟土。这是他的全部活动经费。他还带了枪,他的老婆田田也带了枪。可是当他疲惫不堪地走进哈彭店盛太的营盘子时,已经一无所有了。枪和财物都被大屁股女胡子半道劫走。老婆田田这会儿也不知在哪儿呢。

盛太没在营盘子里。"上哪去啦?""哈,小老婆家。""哪个小老婆?""木船划过鸭子河的那个。"当兵的一问一答。李长腿不吱声,过了一袋烟功夫,院墙外面马蹄声惊天动地,盛太来了。他还穿着伪满警服,腰里拎大洋刀,胸前钮扣全拉开,露出蟹青色的胸脯。李长腿看人喜欢由下往上看,最后才看到一张被大烟土熬得精神抖擞的脸。脸是黑的,嵌两只凶狠的狼眼。他目光锐利,但也有一茬茬的柔情。

"这位就是盛大队长。"于是握手。

"这位就是八路军的代表。"于是又握手。

盛太大嘴一咧,露出黑葡萄似的大黑牙,说:"什么代表,这是政委。以后我就是他妈的团长了!"

"是,团长。"当兵的一起肃立。

"滚!"兵滚了之后,盛太说:"政委,傍黑天咱们痛痛快快地喝几盅!"

"等你两天了。"盛太长叹一声如释重负地说:"杀了两只羊,等你不来，我一人独享也没兴致。看，扔泡子里沤肥了。"盛太兴奋地眨着狼眼左顾右盼，突然想起了什么。问道："还有位女代表呢？""呵，她已经到前旗镇去了。她是新来的公安局长嘛，公务挺忙。"李长腿不能把迷路的事实说，耍了个花腔。他估摸着盛太有四，五十岁的样子，令人吃惊的是当盛太脱下外套时，竟端出一身强壮的肌肉，漆黑闪亮，跟他那匹乌龙马一样。

李长腿站累了，蹲下。泥沙地里蚂蚁成群。盛太说："蚂蚁的屁股是酸的。"李长腿愕然，问："你尝过？""当然。"盛太说："草甸子上的东西我都能吃。"院墙外面静得出奇。营盘子里只有几声马嘶和几声乌鸦的拍翅声。静下来时，李长腿听见屋子里开水煮沸发出卟卟声；看见屋顶的烟筒子炊烟袅袅。

在弥漫着羊膻味的酒席上，李长腿听见两个兵在对话：

"政委？政委是干什么的？"

"政委就是陪团长说说话的。""那不跟团长的婆娘一样了。"

"谁他妈的也搞不明白。"

"嚆，那团长他妈的有五个老婆了！"

"别胡说，政委跟团长的官衔可是粘粘乎乎一般大。要不团长还请他喝酒，咋不请你喝。小心枪揍了你王八羔子。""你别嚷嚷，你看政委喝这么多酒，说话还是和和气气，跟老太太一样。"

"倒也是，他妈的。"

第四章　娘们枪准

田田踽踽独行走的凄惶。草甸子上落下了的夕阳。很快,天已傍黑,夜幕悄悄来临。渐渐走出一个灰黄色的屯子来。远远看去,如一堆黄土,近屯处有一片坟包。突然,坟包后面跳出一条汉子,哗啦啦拉着枪栓喝问:"什么来路?"没等田田回答,又把手在裤裆上擦了擦,二指头并起来在嘴里打了个响亮的口哨。转眼间七八骑从屯子里翩翩飞来,为首的便是五大三粗的羊蹄子。看见田田时像看见了老相识满脸堆笑,目光扫了田田,又去扫了田田身边,问:"那个长腿子呢?"

"你们是什么人?"

"包干查包大队长的人马。在此恭候多时了。长腿子呢?我在问你呢!"

"远走高飞了!"

羊蹄子闷了气。他哇的一声吆喝,就有小崽子拿了黑布条上前说:"先委屈一下,蒙上眼。"

被蒙上眼的田田突然被几只有力的手举起,扔在一匹马上。田田翻身骑稳了。慢悠悠地走了半袋烟功夫,听得有人喊:"八路到——"

"嚷什么,"田田听见一个声音在说:"到了就给我带上来!"

除了黑布条,只见眼前依旧是片坟包,屯子已被甩在脸后。原来坟包是绕屯子转的。夜的凉风把坟包上的杂草枝桠扯得东倒西歪。在一块倾倒的大石碑上，田田看见了一张戴眼镜的圆脸。他身边站好一大绺子人，挎枪提刀的杀气腾腾。田田没有看见的是一棵大榆树背后，还站着曾经在草甸子上相遇过的张大下巴。张大下巴铁青着脸不动声色地关注着眼前的一切。

"你是什么人？"

"想必是包营长了吧。"田田站稳了，朝圆圆脸浅然一笑，又朝羊蹄子呶了呶嘴，说："你不是派这位老哥恭候我多时了吗，怎么还问我是什么人呢？"

包干查一时语塞，两眼朝羊蹄子射出两道冷光，说："你又多嘴了？"

"是，大哥。"羊蹄子使劲擦汗。

"就你一个？"

"是的。"

"那个李政委呢？"

"李政委往东走了。"

"什么！"包干查霍地站起身来，花了几天的心血，精心策划，就为了把这两个共产党钓上钩，抢在盛太前跟他们讲价钱。这下可好，去的还是个政委，就来了个娘们。

"包营长，我可是到前旗来干公安局长的。不是你绑来的秧子。"

在场的兵也好，官也好，都大吃一惊。叽叽喳喳地议论起来：

"呵，来了个当官的。"

"官还不小呢？"

羊蹄子忍不住吆喝起来："他妈的还是个娘们！"

"别放屁了！"包干查用手枪柄敲着石碑说："你他妈的娘们也当上了公安局长。我包干查手下三五百人，就当个营长。你们共产党眼里还有我没我？什么包营长，老子是国军的包团长！国军几箱子委任状等着我和众兄弟，不信你到屯子里瞧瞧。他盛太算什么？弟兄们，给我把这娘们捆了，吊树上烤了！"

忽拉一下围上十几个人，拔出匕首在田田眼前闪闪晃动。

张大下巴从树背后摸到羊蹄子耳边。两人交换着喜滋滋的眼色，乐不可支。

"包营长。"田田根本没把这当回事，说："我可是你请来的。"

"放屁！我何时何地给你下过帖。"

"不是吗，坨子卜一枪把放羊娃打死；半夜里又有马队冲了狼群。你苦了我，又救了我。一条弯弯曲曲的小道一直把我引到这里。这不是你请我的吗？"田朝眼前张牙舞爪的匕首看了看，说："这是汉子们干的事吗？"田田显出嘲笑，说："这么多男人捆我一个女人，还动刀动枪，捆我烤我，老不要脸。直说了吧，一个女人当了共产党，连命都不在乎，还怕什么刀呵枪的。"田田拨开人群，走到包干查跟前，厉声喝道："凭你这德行就想当团长！你有何能耐，说呵，我跟你比试比试。比什么？是飞马打鸟还是枪掐草根。十来个男人联手捆我，算不得好汉！"

听说开枪见火，众胡子高兴得手舞足蹈。比枪法是他们平时的娱乐,家常便饭,还能把饺子塞到鼻孔里去!

在众兄弟的欢呼声中,包干查和田田被捆着骑马驰入屯子。找一家有火院的,把当家的赶到小屋里去。包干查不可一世地抖抖肩说:"弟兄们,给她枪。我倒要见识见识这娘们的枪法!"

田田手里有了枪,心里就踏实了。她把枪里里外外仔细看了。子弹上膛,机头张开,这是一支可以连发的二十响,烧蓝未褪的好枪。

包干查和田田并排坐在炕上。他们中间隔着一张小炕桌。桌上一灯如豆,照出满屋子的狰狞面容。他们俩面对窗子,窗子外便是大院。院子挺大,所以院墙挺远,约有百步之遥。土墙上排列整齐地插着防贼的苞米茬子。一个又瘦又干满脸烟容的老兵跳来蹦去地对田田和包干查讲明比赛规则:盘腿坐,坐须如钟,身子笔直,不能前后倾斜。右边十棵苞米茬子归包干查打;左面十棵苞米茬子归田田打。每人打十枪,枪必须连发,专打贴着墙头的茬子根。看谁掐得整齐。

众胡子勾肩搭背,凝神屏息,等着枪响。张大下巴和羊蹄子额上渗出油汪汪的细汗珠,也等着枪响。

老兵扯着嗓门喊:"放!"

一片枪声,墙头弥漫着火药味和灰色的烟雾。苞米茬子在枪声里舞之蹈之,一个个蹦到半空中。漆黑的夜色中分明看见一道道红色的流线,交织成刚状。枪声很快停息,烟雾也很快散去。只见墙头上二十棵苞米茬子不翼而飞。但仔细瞅了,只见左面苞米茬子被掐得一崭齐,墙头仿佛被铲过似的;而右面的苞米茬子虽说也都被枪崩了,可根头却像被狗啃过似的,差参不齐,如一副残缺不齐的老牙。

面对这样局面,没人敢吱声。只有一个人结结实实地喊了声:"好枪法!"这个便是包干查。他对田田竖起大拇指,说:"这支枪我送你了!"

话音未落,只见一条庞大的黑影从人群后面挤上来,举枪就向田田搂火。只听一声枪响,倒下的不是田田,而是那条黑影。它挣扎了两下摔倒在地发出闷闷的响声,痉挛之后,才渐渐舒展四肢,躺安静了。田田定睛一看,被打死的是羊蹄子,而打枪的竟是包干查。

屋里哗然,大小胡子惊愕不已,疑云顿生。包大哥玩枪掐草根在平日里就好像玩把戏似的,根本不放在眼里,"一铲平"是常有的事。怎么今天偏偏输给丫共产党的娘们?羊蹄子是包大哥最好最忠的兄弟,为什么今天话也不问就这么一枪打死了?

包干查的枪。还冒烟。他看看田田,噓地吹一口。

"包营长,多谢了。"田田还坐住炕上,默然无语,凝视着地上那二百来斤重的尸体。

包干查神色暗淡,呢喃而言,说:"不必了,这头蠢猪他妈的打黑枪,差点坏了我姓包的义气。咱们输了枪法不能还输了理。请多包涵。"说着,头也不回地走出屋去。屋门外站着张大下巴怒目圆睁,牙齿咬得咯咯响。包干查也不理会他,仰起脖子,对着初起星光的夜空长叹一声:"要是三里三在,今天准能赢!"

张大下巴看着他那上下活动的喉结,闪身上前,眼里发出幽幽的光,阴沉着脸,说:"包大哥,借我一匹马。"

"行。"

"哪匹马?"

"你的菊花青。"

当包干查回到屋里在灯下闷声独饮时,听见他的菊花青一声长嘶,接着便有一串清脆的马蹄声往深井子方向去了。包干查心下明白,张大下巴是找三里三去了。他紧蹙的眉头舒展了开来:输了枪法,送了羊蹄子,仅这两步棋,张大下巴就给逼着就范了。想到这,包干查冷冷一笑,自言自语道:"什么军统北满站行动组。他妈的还是副组长呢!獐眉鼠眼跟老子花言巧语玩手腕,扯淡!"

第五章　张大下巴

菊花青是旺好走马,行得又稳又快。夜里风大呼呼地迎面吹来。张大下巴的泪水被风儿从眼角里吹出来成喇叭花贴在眼角深勒着的鱼尾纹上,湿漉漉一会儿就有了寒意。随着菊花青的一沉一浮,说什么到草甸子上捡个团回来?张大下巴哭笑不得。真他妈的官越大放屁越轻巧,使他后悔不迭的是选择了包干查这股绺子。早知今日,不如去收编盛太,也许能顺当些。原以为有羊蹄子这个朋友搭桥牵线，谁知包干查当着众人面一枪揍死了他。包干查不是个等闲之辈，这一枪不是分明告诉我不把三里三取来就别提他妈的收编的事！女共党枪法也未必胜过包干查。包干查是有意输给我看的。这家伙玩把戏呢！走着瞧，只要把三里三拉过来，到了长春，看他妈的老子怎么玩你！

前面就是深井子方圆几十里的榆树林了。菊花青没打愣就窜入林子。于是，月光如水，把树枝树叶的影斑朝张大下巴没头没脑地打来。菊花青还是没遮没拦地使劲飞跑。张大下巴听见稀里哗啦断枝裂杆的声音。

突然，林子里起了尖利的飞哨。

张大下巴勒住缰绳，翻身下马，老老实实地等着来人。黑暗中有人在喝问：

"你是谁？"

"我是我。"

"压着腕子。"

"闭着火！"

林子里窜出几条人影，都拤着枪，一下子把张大下巴给围了起来，还前后左右四处瞧瞧。看张大下巴确是单枪匹马，便有胡子仰起脖子朝一棵四人合抱的老榆树上喊："对对脉子碰碰码子喽！"

老榆树高不见顶，如伞复盖，投下极大的阴影。老半天，树上才赤溜下来一条精壮汉子。张大下巴料他是个水香头，讨好似地朝他一笑。

精壮汉子不苟言笑,开口便问:"爷们从哪来?"

"称不起爷们,"张大下巴规规矩矩地回答:"在包干查包大哥那儿吃饭。"

精壮汉子把菊花青牵过来,掰开马嘴看牙齿。自言自语道:"四岁,是包爷的马。"接着便和气些了,问:"是路过是候着?"

"我要见你们掌柜的。"

"那就来抽口烟吧。"

"中!"张大下巴见顺利通过卡子,右手攥住左手腕。按在左胯边上,一弯腰,算是行过了礼。那精壮汉子也懂得礼数,双手抱拳举过左肩,往后一伸,算是回了礼。

一行人翻身上马,精壮汉子留下三个崽子看哨料水,陪着张大下巴隐入林子,马蹄声渐弱渐无。

三里三是个黑高个。威风凛凛站在那儿像块铁疙瘩、三里三叫什么名儿别人全忘了,他自己也忘了。他从小干胡子勾当,枪打得极准。东北地盘里,除了鸭子河上游的打五洋,论枪法他谁都没放在眼里。他还喜欢玩女人。有次骑马过路,看见个长得漂亮的小媳妇,便想玩上手。谁知人家女人不愿意,撒腿就跑。崽子们要追,他笑笑说:"早哩,让这娘们再跑一会儿。"渐渐地女人越跑越远,跑成一粒小黑点。这时,三里三才挥起一枪,随随便便地把这女人给打死了。于是他便给自己起了个匪号叫三里三。意即三里三之外,不管是好人歹人、山狼水贼,一枪即中。

这不仅震慑了草甸子上人大小小的胡子，同时威名远扬。有钱的大户人家怕胡子来抢，常常在围子的四角修上炮台，出高价请枪法好的枪手来守护。三里三自然是争相邀请的头号种子。"中！"三里三有请必到。吃饱了喝足了，说："抬上去！"便往藤椅上一躺。家丁们便把三里三抬上炮台。打围子的胡子一看炮台上躺着三里三，便偃旗息鼓，知趣地撤走了。

月黑风高。张大下巴来访。对此，三里三并不在意。叫人搬块榆木桩子，让张大下巴坐下了，便自顾喝酒。满屋子的人哼着小调喝着酒。还油腻腻捏着打牌，臭烘烘围在一起。

张大下巴双手抱拳举过左肩施礼，说：

"西北连天一片云，

乌鸦落在凤凰群。

君是君来臣是臣，

不知哪位是真君。"

一听这话，三里三便知道来者是个陌生客。他坐在炕上没动，嘴巴子一捻，说：

"君是君来臣是臣，

不知黑云是白云？"

张大下巴听三里三话里不客气，心下不悦，豁出血性子说：

"黑云过后是白云，

白云黑云都是云。"

说完，张大下巴伸直左手中指，无名指和小指指向自己。这便是告诉了三里三：众兄弟都是一家子人，因有要事商议，并不是随便闯入踩盘子的。三里三一看，心下明白，便伸直右手掌的中、小指，掌心向身，用暗语告诉张大下巴，大掌柜在此。有话则长，无话则短，有事就快开口吧。

其实张大下巴要说的话无非一两句。他挑明来意后，三里三沉吟不语。日本人投降了，光复了，可是草甸子上一片混乱。三里三是聪明人，知道这样的混乱局面迟早要结束，迟早会有能人来收拾这个烂摊子。榆树林子里的日子长不了啦。三里三知道自己除了打枪骑马行，别的没能耐，早就想找个光彩的窑子靠上去入伙。包干查？草甸子上倒是有名有姓的人物，兵强马壮，又是发达过的人，眼光准，会做人，处事稳当。可他妈的包干查是不是汉子，怎么派个鼠头獐目的家伙来会我。是看不起我三里三？还是手下没有会捉耗子的猫？

张大下巴忍着性子，坐在榆桩子上腰板挺直，精神抖擞，等着三里三的话。三里三依旧坐在炕上喝酒，陪他一起喝的还有二掌柜齐小哆嗦。齐小哆嗦也是有名有姓的枪手，瘦小的身材，脖子却挂着个大肉瘤，老是哆嗦。齐小哆嗦平时专使坏心眼。今日里等着他拿主意，可他却傻了眼，对三里三说："大哥，这事他妈的双手捧刺猬，拿不起放不下，家有千口，主事一人。还是你拿主意吧！"

一瞥眼，三里三见张大下巴支愣着耳朵听，也不避他，还叫声："爷们，喝口酒吧。"

"称不起爷们，不喝啦。"张大下巴煎心煎肺地熬了半夜，仿佛又瘦了一圈，只有下巴大得现眼，说："包爷还等着回话哩！"

"那就请自个儿方便了。"三里三不再搭理他。沉静片刻，又不知怎地热血沸腾、吆五喝六，跟齐小哆嗦划拳狂饮了。

进来个条子脸的人，瘦得筋筋拉拉，放锅里煮也不起油。张大下巴没料到这世上还有比自己更瘦的人。条子脸脸无二两肉，都是横着的骨头碴子，两只毒眼没有一丝热气。这人便是三里三绺子里专门掌管绑票敲诈的秧子房，匪号金甲龙。胡子们把票子唤作秧子。每一个绺子都有个管秧子的头，叫作秧子房。金甲龙心狠手辣，草甸子上每根草都能让他榨出二两油来。金甲龙进屋便说："大哥，二哥，那小崽子咋办？当家的不来赎，飞片子送了几回，没人搭理。小崽子胯子里爬满蛆，躺床上哼哼呢。我看扔林子里喂狼得了。"

"不行，"齐小哆嗦抢着说："小崽子这小鬼硬气，将来有出息。我昨天已把他收作义子了。"

"那也不怨我。他家老太太真他妈的抠，死活不肯花钱赎。他妈的该怨谁呢？"

"我说兄弟，小崽子可是我的人了。昨天乖模样地叫了我干爹，"齐小哆嗦的肉瘤胀得通红，说："这小子喝酒也行，能喝三二盅了。什么当朝一品卿，两眼大花翎，三星高照四季到五更……他妈的酒令行得也是灵巧。我说兄弟，扔了喂狼，亏你想得出。"

小盅子原是个有钱人家的独生子。前年被绑了票，往来传话的花舌子前前后后送了二三十封信，赎金一压再压。可他家老太太抠钱眼怎么也不肯来赎。还说："孩子还小，长大也不知是个葫芦还是瓢，再生一个不就完了吗！"齐小哆嗦眼光远，见这小子心眼灵巧，人小鬼大，以后是块好料，不忍一枪揍死，便用火皮兜子把孩子装里面背着。渐渐地孩子和他有了感情，一起喝酒，一起行酒令，齐小哆嗦还给孩子起了个匪号叫作小盅子。小盅子天生聪颖，口齿伶俐，酒令背得滚瓜烂熟，成天逗齐小哆嗦的乐趣。孩子疯长，八岁了。齐小哆嗦便让他自个儿骑马，还专骑没鞍的马。几天下来，小盅子的屁股给马背铲烂了。正赶上天热，又不洗澡，小盅子还犟，不吭气，忍着痛跟绺子在草甸子上东西南北地奔波，结果胯子里烂出了脓浆水，还生了蛆。

"二哥，"金甲龙见齐小哆嗦自然得让三分，说："那也得把蛆治死了，没汤没药，看怎么治呢，只好用火烤了！"

"烤吧，这小子能挺住。"三里三插嘴道："烤胯子可是我的老本行。"说着便卷起袖子。

金甲龙在炕梢头放个炭火盆。张大下巴也帮着往里通炭火。

小盅子来了，脚步挪得吃力。这小子天生丽质，细皮白肉。见火盆子烧旺旺的，便知道要烤蛆了。他眼都不眨一下，见齐小哆嗦，唤声："干爹，给我盅酒吃！"

"躺炕上吧。"三里三跳下炕，一只腿抬起，脚踏在炕沿上，对张大下巴说："我要抽口烟！"

张大下巴来了劲,说:"兄弟给你拿火。"当时,盆里的炭火烧得噼哩叭啦跳火星子。张大下巴顺手从盆里捏出一块烧得通红的木炭,走到三里三跟前。见三里三根本没刁烟袋子,心里明白,便往炕边一蹲,火炭把他的手烧得吱吱叫,可张大巴没事似地豁着大嘴眯眯笑。

三里三坐炕沿上,撸开大花裤腿,露出黑黝黝的大腿根子,说:"先放这!我得先给小盅,脱裤子。"

"别,先放我这!"张大下巴也坐炕沿上,撸开裤腿,把火炭搁自己的大腿根子。刹时间,一股刺鼻的皮肉焦臭味弥漫开来,满屋子的人都盯着张大下巴看。

三里三有意放慢动作,眼角挤出光朝张大下巴看。他给小盅子松了裤带,又扒裤子。小盅子的裤子都叫脓血粘了。于是,三里三轻手轻脚绣花似地慢慢扒。

张大下巴面不改色心不跳,依然乐呵呵,还数着小盅子胯里蛆虫,一三五、二四六,数得津津乐道滴水不漏。

半晌,三里三才伸出手来拿走了火炭。小盅子也真是个硬崽子,痛得满炕打滚,黄豆大的汗珠如雨一样下,却咬紧牙关死不吭声。

齐小哆嗦在一边冷眼旁观。

烤了蛆,金甲龙把小盅子抱走了。三里三提了酒葫芦,请张大下巴上炕喝酒,开口便说:"爷们,好样的。包大队长有你这样的棒汉子,这口窑我靠了!"三里三转身对齐小哆嗦说:"你看呢，二掌柜？"

"靠了！"齐小哆嗦大声说："早就该靠了！"

"不过，"三里三露出凶恶的眼光，说："包爷那儿我有几句话要说在前头。第一句话：朋友一千不算多，冤家一个也不少。我三里三从今往后跟包爷算是交上朋友；第二句话：狼走天边吃肉，狗到天边吃屎。我三里三干胡子也有多年，靠了包爷的窑子以后，该咋干还咋干，干的还是多年的老营生；第三句话：一个师父一个令，一个和尚一个磬。我三里三听包爷号令，但我的人马还得归我管；这第四句话是：没有弯弯肚子，别吃错刀头子。我三里三的人马犟着哩，今后如有得罪，请包爷多多包涵。就这四句话，请带给包爷。至于包爷有何难处，兄弟我这管枪包打一面！"

"中！快语！"张大下巴说："包爷一不想踩老哥的地盘；二不想争老哥的鱼肉；三不想抢老哥的兵马。"张大下巴心想：只要三里三就范，他妈的包干查这条老狐狸就得跟我上长春，当他妈的团长。那女共党就得捆树上烤了。到了长春，包干查就得颠屁股跟我跑。张大下巴把喜字咽住肚里说："小葱拌豆腐，一清二白。话说明了好办事。包爷让兄弟我来，也带上一句话：师父领进门，修行在个人。包爷就是佩服您老哥，想巴结个朋友。至于以后怎么干，老哥您自便。什么时候不舒坦了，老哥想走，打个招呼放串鞭炮送您上路！"

"好，一言为定！"

"决不失信!"

张大下巴这才感觉到大腿根叫炭火烧过的地方痛得厉害,却不敢哼。看屋子里,睡倒的人都醒了。大家坐着听他们说话,一个个像泥菩萨。张大下巴明白,这些人都是横踢马槽桀骜不驯的汉子。强将手下无弱兵,个个都是顶呱呱的枪手。兵不在多而在于精,有这支人马抓在手里,便是日后往上爬的资本了。想来想去,张大下巴乐不可支,接过三里三的酒杯一饮而尽,抹了抹嘴,居然欢快地叫唤起来。

"喝吧,爷们。今日快活,多喝几盅!"齐小哆嗦拍拍张大下巴的膀子,扭头对三里三说:"大哥,我去查查岗,料料水。"胡子们把放哨的唤作水香。只因当时还没钟没表,点炷香看时间。一炷香点完便换岗睡觉去,故曰水香。

张大下巴喝迷糊了,趴炕桌上瞌睡。三里三也喝迷糊了,也趴炕桌上瞌睡。

天快亮的时候,张大下巴醒来,突然心里一紧。他还牵挂着一个人,那就是田田。这女共党正在包干查那儿想着法子玩把戏呢。得抢时间,一刻也不能停了。他推醒三里三,约定三天后带队伍狼窝堡见。此时此刻,张大下巴做梦也不曾想到,以后的好日子对他来说已经不多了。当他满怀喜悦离开三里三的盘子,当他骑着菊花青在榆树林子里狂奔时,当他已经看到了狼窝堡那影影憧憧的灰黄色影子,当他盘算着包干查将大碗酒大块肉为他庆功,当他恶狠狠地想象着田田被捆树上烤成焦炭,当他想象着自己带着包干查和三里三八百人马进长春,当他为自己的肩章领章上多出几颗星而陶醉时,啪的一声枪响,一颗致命的子弹不失时机地飞进了他左面的太阳穴。子弹头在他瘦骨嶙峋的脑袋里犁出一条沟,然后从容不迫地从右边太阳穴飞出来,飞入了茫茫草甸子和空气化为一阵轻烟。张大下巴渐渐失去神采的目光绝望而又愤怒地最后一次扫视了神秘而又安详的草甸子,软乎乎地从马背上滚落下来,掉进了半人深的草沟里,和许多无名的白骨躺在一起了。也许多少世纪以后,他那硕大无朋的下巴骨会像古陶器一样,成为无价的出土文物。

菊花青愣了一下,咴咴叫了几声。看张大下巴躺那儿一动不动,也就不搭理他,自顾朝狼窝堡方向跑碎步。这时,榆树后传来一声胡哨。菊花青耳朵竖起,听到了主人的召唤,喜滋滋地回头跑来,在包干查面前打着响鼻。包干查冷冷笑着,手里握着枪,跑到张大下巴跟前说:"张副组长,委屈你了。"说完又朝他脑袋上补了一枪。他旁边站着齐小哆嗦,大肉瘤挺得硬硬的。包干查一拳捶他胸脯上,说:"好样的,兄弟。三里三把队伍带来后就把他干掉。你老弟就是我的二掌柜啦。到长春去?扯淡。只要咱们兄弟齐心,草甸子上要啥有啥!"

这时,天已大亮。

第六章　胡子常八

常八爷吊着膀子在家门口晒太阳。膀子上捆一卷白布，布上还有血痕隐隐。

常八爷兄弟八人，死剩他一个。他祖上也是草甸子上大户人家。地千垧，马成群，牛羊更是一堆一堆地论了。常八爷十一岁念私塾，之乎者也和三皇五帝都在嘴上溜达过。十七岁在张作相的队伍里当兵。十八岁又在奉天南满中学念书。以后，又到长春五十六团马参谋那儿当差。二十岁回到前旗，满满盈盈的家业已被他七个哥哥败尽。常八爷没有享过祖上的福，到了三十六岁了，他还没想成亲。他看草甸子上一天比一天混乱，这样的混乱也正好哈着了他的痒处。别人一天三变变出个草头王，他发了狠心，说干就干，找三叔去。三叔手里有枝枪。

几天前一个月黑风高的晚上，常八爷裹一身夜霜，走到三叔家里，说："叔，我来看您了。"

三叔闻声没好气地说："老八，把门关上。黑夜更深的来干哈？"

"叔，"常八爷笑开了，"我刚从白城子来。看，给您带凉糕，还有老白干。"

"那可好。"三叔已经睡了，炕上还挤着热烘烘的姨。

"我放桌上了。"常八爷脚下一滑踢翻一只瓮，便顺势捻亮油灯。屋里亮堂时，三叔正披衣起床。

"叔,听说您买了匣枪?"

"是喽,簇新。"

"我看看。"

"中。"

三叔当下从枕头底下把枪抽出来,说:"买这枪,叔可花了大本钱呢。"三叔把枪掂在手里左右摆着玩,见常八爷贪婪的神色,说:"老八,你当过兵,看看这枪可是好枪。"

"中!"常八爷接过枪,爱不释手。

"老八,我知道你爱玩枪,是吧。"

常八爷的姨把白净脸从被窝里伸出来,也乐呵呵地说:"当家的,那就让老八玩两天吧。"

"也行。"

常八爷激动得浑身颤抖。说:"叔,给我子弹,我出去照两下试试。"

子弹是姨从枕头底下抠出来的。常八爷接过,顶上膛,当下一甩手,把三叔的脑袋瓜子穿了个窟窿。弹从右边太阳穴飞出来时还拖着一只眼球和一缕白糊糊的脑浆。三叔慢慢地斜着倒在炕上。姨穿着背心短裤头子一蹦而起。愣愣地看着常八爷和倒在炕上的当家的。脑袋一下子转不过来,说:"老八,你这是……是怎么啦?"

"我取枪来啦。"常八爷抿嘴一笑,充满野性的眼神牢牢地抓着姨。他想起姨才四十岁,比三叔小十二岁。看着姨这软乎乎的身段，原来已经有些乏味的事又变得神奇莫测了。

"姨，你还等着挨枪子儿吗？"常八爷冷笑热哈哈地说。

"姨，别嚎了。都这么大年纪了，该明白了。把裤衩脱了吧。"

姨把嘴张大大的，眼睛也瞪大大的，好像看到了一个飘飘忽忽的恶鬼。可是四周一片寂静。姨绝望了，哭泣着扑倒在冰凉的泥地上，跪在老八面前，泣血似地说："老八，老八……"

"怎么啦？姨！"

姨摇着老八的裤腿，苦苦哀求："不能呵，老八。不能呵……"

可是姨错了，她雪白的大腿又给老八的欲火上加了一瓢油。老八急不可待地在解裤子了。

"别装羞了。来吧，姨。咱们上炕睡。炕还暖着呢。"

姨平静了，眼神痴呆呆地说："老八，放了我吧。平日里你叔待你不错呵。"

姨昏过去了。醒来时发现自己已经躺在炕上，浑身一丝不挂。老八头上冒着热气，红光满面，一副心满意足的酣畅神情。

姨愤怒了。趁老八没防备，跳起来发疯似地朝他左膀子咬去。常八爷叫唤挣脱时，一块血淋淋的肉叼在了姨的嘴里，屋子里又发出一声枪响。接着，常八爷捂着膀子出来了。他伸了个懒腰，呼吸着新鲜空气，咕嘟一句："叔、姨，你们是两挂鞭炮一齐放——响到一块去啦！"

常八爷在迷蒙的光雾里缅怀常家当年的兴旺景像，海市蜃楼式的幻觉不时在他脑海里浮现。他从马棚里牵出三匹马。这是常家仅剩的三匹马,都是难得的好马。一匹是从俄国人手里抢来的顿河马,黄黄的皮色在阳光里闪闪发亮;一匹是稍矮的吉林宛马,这马适应性强、有忍耐力;还有一匹是山河马,性子暴烈,却能吃苦。三匹马的脑瓜子都很漂亮,眼珠子挺大,前膛宽,耳朵竖,尾巴正,蹄子站着笔直有力。常八爷给马上了鞍子,朝屋里喊:"完了?嘿……"

"完了!"两条大汉应声从屋里跑出来。这是一对双胞胎:黑脸膛的叫大米饭,是当哥的;红脸膛的叫小米饭,是当弟的。这哥俩也就是这对狗杂种也是草甸子上杀人越货无恶不作的恶人。也怪他俩的老娘不积德,生这么一对宝货。生一个已叫人恶心,偏偏又是两个。当下大米饭沿墙根撒尿,小米饭挨近常八爷说:"粥煮熟了。"

"行,用灰火煨着。"

"煨了,一时凉不了。"

常八爷骑了顿河马,大米饭骑了山河马,小米饭骑了宛马,带了家伙,翩翩三骑消失在绿意蒙眬中。

常八爷也有过几年倒腾大烟的匆匆岁月。贩客们提起他没有不吐舌头的。常八爷从不往肚里吞保险套。他觉得那太窝囊了。他把尖刀往大腿上一拉,像拉一条拉链,翻出两唇粉红色的肉。常八爷脸不变色心不跳,把保险套放几个进去,用针缝了,绑上纱带子,叫大米饭和小米饭用担架抬上火车。火车上的警务看他血淋淋的样子以为刚动了手术,起了怜心,还替他张罗床铺。常八爷舒舒坦坦一觉睡到天亮。这当然都是以往的生涯了。现在他只要伏在坨子后面,见有贩客匆匆走过,便用刀子逼住。几瓢凉水灌下去,让人乖乖地把保险套给拉下来。大米饭和小米饭是他的左右膀,对那些倒了霉的贩客,老实的留下东西滚蛋,不老实的便用刀子剐了。人们把常八爷叫作"勒脖子的",意思很清楚,饭已经到了口里,硬是不让咽下去,掏出来,抢了。

晚霞一层暗似一层,草甸子上已经灰蒙蒙一片了,空气静得虚无飘缈,马蹄声越来越响,空中充满了突突波波的声音。没有风,没有雨,也没有尘土,只有一丝丝沁人心脾的凉味。想打个哈欠,却让马给颠散了。常八爷兜里装着从三叔手里"缴获"的匣子枪,和大米饭,小米饭策马狂奔。晴天的夜晚,鸭子河潺潺水声透过河畔的葱茏树木隐隐传来,好似孩子的呜咽,哭出一片荒凉。常八爷放慢马如饥似渴地享受这一片荒凉。大米饭策马狂奔,小米饭也跃上前去。两骑相并,马鞭子在空中像条黑色的蛇扭来扭去。三人在月夜的草甸子上不停的快马飞奔。

"八爷!快到了吧?"大米饭满头是汗,就那块疤不留汗珠子。

"快到了,"常八爷漫不经心地说:"鸭子河渡口边第二个坨子就是。"常八爷用马鞭指了指前方。第二个坨子,正是他多年来杀人越货的地方。

"哥!"小米饭追着大米饭,夜空里传来他欢欣的叫声。

三更过后,屯子东头有一团人影晃动。狗无精打采地吠了声,不知为啥又缄默了。人影慢慢移到西头推推搡搡，还牵着马。那是常八爷他们回来了，到尾子跟前把马拴了。大米饭进尾子甩出几把草喂马，然后他们三人，还有二男一女。这二男一女都被结结实实地捆着，嘴里塞了草唔唔地咕嘟。门打开，所有的人进屋。然后，门又像只困倦的眼睛闭上了。

过了一个时辰，门又开了。大米饭端出一盆血水，哗地一声倒在尾边不远的烂水泡子里。泡子里顿时泛起无数血沫子。小米饭也出来了，伸个懒腰。说："好困呀，这三条狗的血太多，老放不完。"大米饭一笑，把小米饭拖进屋里。烛光忽闪忽闪，常八爷已经在炕上

睡迷糊了，鼾声震耳，二男一女的尸体就搁地上，赤身裸体，脖子上抹了刀。刀口的流血处还在抽搐仿佛想诉说什么。大米饭伸二指，说："八段烟泡！"小米饭接着说："那可是满把票子呵！""不！"常八爷不知哈时候醒了，说："是两把匣枪！"

屯子外荒芜的野际，一群野狗慢条斯理地徜徉，仿佛等待着一轮新的朝阳。偶尔发现几根不知是人还是兽的碎骨，便咆哮起来，互相撕咬追逐。常八爷看着大米饭和小米饭兄弟俩，心下渐渐明朗。抢烟泡换钱换枪，这是他的第二步棋子。这步棋赔上了躺在地上的二男一女，接下来他要走第三步棋子。听说鸭子河上游的打五洋快到草甸子了。得想法子把他治住了。常八爷在草甸子上名声不好，谁也不愿跟他起局子绺绺子。要不他这身本事这副毒肠子早就有千儿八百人马握在手里了。常八爷自己也明白。

于是他想物色一个人缘好,名声正,又能飞马打枪在胡子里一呼百应的人物。打五洋就是这么个人物。推他出来起局子,打打五洋的旗号办事,干了好事有常八爷一份,干了坏事有打五洋顶着,何乐而不为呢?草甸子上来了共产党,盛太、包干查、盛大耳朵都有了官衔,就他妈的把我常八爷撇在一边。共产党不也看重人马枪炮嘛,谁有人马枪炮就给谁唱好听的。常八爷心事重重,他算计着打五洋到草甸子的日期。有了打五洋,就能聚集人马,有了人马,就能讨官衔,有了官衔,常家就会兴旺起来。草甸子每一根草就得姓他妈的常!

大米饭和小米饭睡着了。多毛的鼻孔里吹出一阵阵浊气。常八爷朝他们看看,第三步棋得把这两个饭桶赔进去,只要打五洋就范,值得。大米饭后脑勺上的白月亮正在渐渐地暗淡,天快亮了。

第七章 黑胖蝴蝶

前面的十字街口,是草甸子上最热闹的地方了,瓜果蔬菜,还有凉糕狗肉,都在那地方卖。火车站离这也不远,这是个四等小站。几天才有一班车喘着粗气在这儿加水添煤,顺便吐出几个人来。可是紧挨着火车站的那块臭水泡星罗棋布的空场子上,却成天停着几十辆毛驴车,黑鸦鸦一片。车老板一动不动,浑身漆黑跟毛驴一样,抱着鞭杆子打盹。毛驴也一动不动,草甸子上最高的建筑物就是十字街口那幢三层小楼了，还是日本人造的。当年是日本人的司令部，现在成了共产党的公安局。小楼高耸，俯瞰整个草甸子。一片绿油油，风吹草动波起浪平，这块地盘子多么诱人。张大下巴一枪毙命，田田安顿好包干查，便让包干查套了驴车送到了这儿。这儿便是草甸子的中心集镇前旗镇，政权尚无，先干起了公安局长，控制混乱局面，维持治安。她像模像样地当起地方官来了。

　　李长腿和盛太带着队伍剿匪去了。包干查不听盛太号令，一营的人马按兵不动，仍旧在西部。而三营还在军分区没完没了地训练。只有盛大耳朵的二营跟着去了。也真是笑话，胡子打胡子。田田透过三层楼的玻璃窗看着街景。二十四岁的她站在那里确实显得嫩了一些。从包干查那儿回来已经几个月了。这几个月里，她紧打紧地抓了几条眼线在手里：干木匠的老泰，赶大车的汪财涌，还有流里流气的大个子马福林。走东串西，有情况便来报告，或者干脆抄起家伙跟着干。田田也杀了不少人，那都是该杀的货。贩卖大烟的，强奸女人的，还有到处散布谣言蛊惑人心的一贯道道徒。刑场是东头的沙坨子，已叫血染黑。青松越长越肥，围着沙坨子吹落一地金黄色的松针。可治安秩序还不见好，半夜三更的这儿响一阵枪，那儿爆一颗日本人的瓜式手榴弹；东三夹子的白杨树上挂了一串人肠子，汪汪地淌着血。这治安秩序究竟怎么搞呢？田田站住窗前蹙眉思索。就说前旗镇上的妓院吧，禁！能禁得了？在镇上灰不溜秋的一堆屋子中，有一幢鹤立鸡群的二层土房，那便是前旗镇出了名的妓院来香阁。人们把老鸨唤作大茶壶。田田曾经抖着威风到来香阁前悠转，却差点被嫖客当"点心"，有几个目光滞呆地围上来了。"不许动！"田田抽出枪来，心里别别乱跳。当午在太行山抓俘虏也没这会儿紧张。她气急之下朝天一枪，枪声嗡嗡响过去后，周围已没人影。空气纯净，只有大茶壶的肥肥身段倚在门口笑。

已经好些天没去来香阁了。田田是地道女人，她看见那些不地道的女人就恶心。破鞋秦大顺的女儿秦姑娘，刚抓到手就跑了。这一跑也许就惹麻烦，不说马福林缺德，这秦姑娘就是个妖精。还是一个月前的事了，马福林撞进门来。也不立正，也不敬礼，说："盛大耳朵在马营泡子秦姑娘屋子里！"

田田捡过皮带把腰捆结实了，插两支二十响，就要出门。

"我也去！"马福林说。

田田知道马福林生性好色，而且不能自拔，去了没好事。便瞪了他一眼，径自备了马，得儿得儿往马营泡子去。好久不见李长腿，田田当然想得慌。听说盛太心存不良，跟了共产党还走三顾四，往李长腿的玉米饼里下毒药，幸亏被一条馋狗叼去做了替死鬼。田田想到李长腿的处境，心里就火烧火燎。白鼻梁马已跑得浑身冒汗，田田还是一鞭一鞭地催。

在马营泡子，田田的二十响机头大张对着盛大耳朵。盛大耳朵乐了："政委太太，还有半壶酒没喝呢！"秦姑娘鬓发如云，散乱在白净的腮边。

田田一把拖过秦姑娘，说："这婊子归我了，你们要是再对李政委起贼心，就到东头沙坨子上来会她！"

抓回秦姑娘，田田找汪财涌，找老泰，都不在。只好把秦姑娘交给了马福林看押。马福林晃着孔武有力的身躯，骨节咯咯响，把秦姑娘拖进了楼下堆煤渣的小屋里。当天晚上，马福林就把秦姑娘奸污了。秦姑娘不哭不闹。田田问她时，她还满脸欢欣，笑成一朵花。说："政委太太，不怪大个子。"马福林被五花大绑捆在屋角里，秦姑娘上去就是一个耳刮子，打得昏天黑地。打完后，秦姑娘说："这可是咱自愿的。"鸡叫时分，秦姑娘偷偷解开了马福林。马福林以为鸿运高照，天上掉下只野天鹅，拱巴拱巴便可成鸳鸯。于是，偷了枪、放了锁、牵了马，把秦姑娘抱在马上了，扬手一鞭，跑了。秦姑娘可娇人啦。在草甸子里采仙草给马福林吃。吃下没眨两下眼皮子，便七窍流血死了。死时牙齿发黑。据说还冒一股黑烟。对于马福林的死，田田没有什么哀思可以寄托。可惜的是一个如花似玉的人质给跑了。秦姑娘要是跑到盛大耳朵那儿，那杀人如麻心狠手辣的盛太和盛大耳朵将会怎样对待李长腿呢？隐隐之间，田田意识自己做了件蠢事。

楼下一辆大板车，老实巴交地停着。胶皮轱辘上沾满了泥。架辕的是匹很有劲的小黑公马。舒舒坦坦把湿漉漉的鼻子在地上移来移去啃青。这是老泰的车。老泰的报告来得挺勤快，三五日来一次，总是敌情严重，老泰满头大汗，正在楼下歇着。今天的情报倒是真的重要：女胡子花蝴蝶进来香阁了。来香阁是个什么去处?是妓院、也是胡子们买卖枪支弹花的地方。花蝴蝶一定是弄子弹去了。老泰二十出头,却不知羞耻。对田田嚷嚷:"小心花蝴蝶的裤裆!"田田脸微微一红,问:"怎么啦?""她裆里还藏把小撸子哩!"

田田使着双枪,拨筷子似地点子几个战斗人员。这些人都是到公安局来打杂的。听说上来香阁,都来了劲。草绳往腰里一勒,提刀背斧子,军容整齐。跟田田一路碎跑,冲进前旗镇午后的光雾里。来香阁的窗紧闭着。今天的来香阁有些反常,门前冷清,大门也关上了。院子里只有一匹黑马和几堆冒热气的马粪蛋。田田一挥手,几个战斗人员便刷的一下呈半圆形,顶住了门窗。田田心里乐坏了:花蝴蝶,久违了!自从鸭子河边被劫后,田田一直在寻找这个又黑又臭的女胡子。花蝴蝶,匪号真灵秀。可打听下来,花蝴蝶就是那个女胡子。花蝴蝶长得牛粪一样,却嫁了个标标溜直的小伙子。小伙子匪号小白乌。这对狗男女手下握一个绺子,独来独往,天马行空。

"跟着我,"田田对老泰说:"要抓活的!"

"中!"

"传我话,"田田又说:"都留点神,把门窗堵上!"

"中!"

"老泰同志,"田田啐一口,说:"你现在跟共产党办事了,不能说土话。要说是,不要说中。"

"是!"

守了半天没有动静，田田一脚踹开门，冲进来香阁。后面跟着老泰和几个浑身肌肉绷紧的战斗人员。屋子里一片昏暗。麦秸秆编的帘子放的低低的，只有高案上露几点孔还飘着缕缕清香。点的是艾蒿香，田田认为应该发生的情况一点也没发生，屋子里静得出奇。黑暗中没有听见喊杀什么的，也没有刀枪碰撞的声音。从炕头看到炕梢，连只虱子都没查着。尾子有大小六间房。田田在昏暗中摸了一间又一间，屋子里杯是杯碗是碗。杯子里冒热气，碗里有几片瓜子儿和几粒小青豆，就是没人影。

"老泰，这咋回事？"田田问。

"田局长，"老泰说："准定有事儿，要不热热闹闹的来香阁成老坟头啦！"

"说的是！"田田说："老泰，留两人警戒，其他人跟我上楼！"

田田上了楼。她穿日本人的靴子，把楼板踏得吱吱叫。其他人也马前马后跟着。田田说："六个房间，一人搜一个！"

客厅中央有呼噜呼噜的喘息声。田田看见大柱子边有团黑影。仿佛蹲着一头又肥又壮的东北黑毛猪。

"什么人？"田田趸入墙沿，掂枪喝问。

"什么人？"其他五间房间里的五个战斗人员闻声跳出，把黑影围得水泄不通。

黑影不安而又愤怒地挣扎。

老泰一枪托打下一片帘子，屋子里豁然开朗。"花蝴蝶！"老泰惊叫起来。

花蝴蝶浑身一丝不挂地被麻绳捆在柱子上。黑油油的皮肤闪动着狰狞的光芒。两只眼盯着田田。她的两臂被反绑着,身体成坐势,两条又粗又黑的腿弯曲着夹紧,遮避羞处。那眼光,又恨又恼又羞又恶,气急败坏。可怜她喊不出声,嘴被自己红色的短裤头子塞死了。

作为女人,田田立刻理解了这种眼光。她大喝一声:"是男人都给我滚下楼去!"男人都滚了。木板楼梯上传来一阵很不情愿、委屈万般的踢沓声。

花蝴蝶不动了,硬邦邦坐在那里。

"花蝴蝶,还认识我吗?"田田把枪装进套子,从靴子里拔出刀子,三下五除二,割断一把绳子,花蝴蝶活了。说:"烧成灰也认得。悔当初没把你揍死。"

"臊货!"田田看花蝴蝶一身肥膘,笑了。说:"快把衣裳穿了。"

鸭子河边劫道的事喊醒了,花蝴蝶失了劲,可嘴上不饶人。说:"我知道这案子还没冷。你他妈的有种到草甸子上来跟我斗。没这份血气吧!老娘在前旗也是数得上的人物,放个屁都能肥田!"

田田得意地转一下身子,心里高兴。说:"花蝴蝶,还跟我比枪法吗?"

"把枪给我,我跟你比。"花蝴蝶穿了衣服便不可一世了,派头挺大说:"你没见我没枪吗?他妈的连裤裆里的小撸子也给摸去了。"说完,往炕上一坐。

"行了，花蝴蝶。"田田也往炕上一坐。两人隔个炕桌，桌上有半碗茶、半斤瓜子儿。喝茶吃瓜子，两人如同两姐妹。田田往楼下喊："都把枪收起来，坐炕上喝茶去！"

花蝴蝶见田田像回事儿，便说："鸭子河边我对不住你，还当你是过路客呢。今天，你有什么话照直说，说完老娘还得赶路。"说着花蝴蝶把二手指塞进嘴里打了个胡哨，屋外还了声极亲昵的马鸣。"马还在。"花蝴蝶高兴了。

"大茶壶呢？"

"跑啦，"花蝴蝶往田田跟前抓了把瓜子，像是拉家常。说："这婊子约我今天见礼，半斤大烟换她五颗带子弹的匣子枪。谁知她黑心黑血地整了几条汉子，一见面就把老娘捆了，连枪带大烟都卡走。你说这是仇不是仇，要报不要报！"

"我问你大茶壶去哪儿了？"

"谁知道，兴许投鸭子河上游她亲哥哥了。"

"她亲哥哥是谁？"

"打五洋。"

田田沉吟。这个打五洋，她听李长腿说起过。这人原先是鸭子河上游的一个贫苦农民，世代耕田。日本鬼子的铁蹄踏上松嫩平原后，曾有一度挨家挨户地检查瘟疫。男女老少都得脱精光让鬼子医生东听听西摸摸。打五洋的妹子就这样叫鬼子在昏暗的土屋里奸污了。打五洋一气之下，用把铡刀砍了五个鬼子。鬼子追来后，打五洋便带着妹子逃走。爹妈、老婆、孩子都叫鬼子给挑死了。打五洋把妹子留在鸭子河下游，自己纠集了二十几个汉子重返鸭子河上游跟鬼子干起来。鬼子投降后，打五洋仿佛有口吃不着饭似的不知干啥好，便沦为胡子。他的绺子人不多，却精。都是上好的枪手。在鸭子河流域名声如雷。那天，在烛光下，李长腿跟田田说完这些，叭着叶子烟，一声不吭。田田知道他为打五洋的事犯愁了。

原来大茶壶就是打五洋的妹子。还有一段弯弯曲曲的演变史呢。

屋外，马又嘶鸣。

花蝴蝶一甩手，说声"回见"。然后下炕，走到门口时突然激动地说："你是鹰、我是鹞，你乘龙、我坐豹。你他妈的挂我的绺子，我可就插双翅上天入地了。想想吧，入我的伙。"花蝴蝶满怀希望地看着田田。

田田不动声色，微微一摇头。

花蝴蝶叹口长气，转身欲走。

"慢，我还行话呢。"田田暗自好笑。她靠近花蝴蝶，凝住劲，突然往花蝴蝶脚下使绊子。谁知花蝴蝶纹丝不动，而自己却差点摔倒。花蝴蝶傻头傻脑还以为田田闪了脚，一把扶住，说："走道当心。"

田田突然抽出手枪，指住花蝴蝶的心窝。厉声说："你还想走，你现在是共产党的俘虏。你走三家抢四家，打家劫舍，抢夺成性，犯了天大的罪，就这么拍拍屁股走了。要走也行，到公安局去！"

花蝴蝶愣了片刻。一笑,说:"你把我当秧子摘了?"

"是呵!"田田索性逗弄地说:"你出多少票子,说吧。"

"要黄的,要白的还是要大烟土。找个花舌子给小白马送去,叫他来赎。不过这些钱你迟早得给老娘还清。"

"别说傻话啦。跟我上公安局去吧。"

花蝴蝶还是转不过神来。说:"鸭子河边老娘看你是个女英雄,今日里你怎么啦?"

花蝴蝶的大黑马又在嘶鸣了。雄壮激越的嘶鸣把花蝴蝶的神情拉扯到了广阔天际的草甸子上。多自在呵,策马狂奔。多舒畅呵,左右挥枪。多他妈的叫人羡慕呀!

神色迷惘的花蝴蝶做梦也没想到常来常往的来香阁,今日里成了个黑窟窿。被扒了衣裳、光屁股捆在柱子上丢人现眼。这共产党娘们倒不错,人长得俊,枪在手里玩得如同一根绣花针,就是说话颠三倒四,真真假假,叫人玩不过来。他妈的鸭子河边结了缘,还真不让走。不让走就不走,坐下喝碗茶跟她玩玩吧。

田田在太行山时看见过首长做政治思想工作。也不难,总是那么几句话。这时她也想学学,便唠唠起来。说:"你打双枪?""那当然.我这两支枪左右开弓,百发百中。""我也打双枪。"田田笑容可掬地说:"我们都是女人哟,你说是吗?""女人咋啦?翻天覆地的事就男人能干。""你干胡子杀人没有?""杀啦,"花蝴蝶说,"干胡子的哪能不杀人。你不杀人就给人杀了。""你杀了人,有人命债。老百姓要杀你,你看咋办?""那就杀我吧。"

花蝴蝶笑嘻嘻地伸出手掌做了个砍的动作。忽然看见田田举枪瞄准自己，心想这下倒好，玩成真了。于是浮想联翩：枪口黑洞洞在眼前晃来晃去模糊成一张大嘴巴。渐渐地嘴巴里吐出一抹蓝色的烟雾，像蝴蝶一样飘飘洒洒。花蝴蝶缓过神来，枪声已经响过。不知怎么没听见。背后墙上的年画上画的是老佛爷，老佛爷的鼻子被打焦了。"你不行，"花蝴蝶喘了口气，说："你的枪没准头。""我不想撕了你。不过，你倒也不怕。""怕什么。死也不难，就是惦着小白马。"想想好笑，田田真的笑了，笑久了也不行，还得说正经事："我说花蝴蝶，你我都是穷苦姐妹，"田田想起首长经常说的那些话，便说："都是苦出身。以前是叫穷逼得没路走才当了胡子。有句话说：穷山恶水出刁民嘛。现在共产党来了，帮助穷人闹翻身。你该改邪归正啦！"花蝴蝶卟哧一声笑了，嚷嚷道："别胡说八道，我可是大户人家出生，是有身份有钱财的人。库里刀枪、圈上牛羊，胡家围子可是草甸子上响当当的人家。你不行，枪没准头，说话也不先摸摸底。"田田的脸蛋子嫣红嫣红，扫了花蝴蝶一眼，一只肉滚滚的长虫子正曲曲弯弯地蠕动在她高高的颧骨上，恍如翻山越岭。花蝴蝶居然不痛不痒毫不在乎。这张丑陋不堪的脸当枪靶子打能打得稀烂，可是田田不能打。她念着李长腿的话：对胡子能拉则拉，能哄则哄，目的是要安定草甸子。让咱们的部队安安心心地在东三省打仗。再说，现在就李长腿和田田两人。在军分区训练的第三营至今还没到。要揍的话，也只有几个甩不响的战斗人员。要真打起来，成千上百的胡子也难对付。田田总算明白政治思想工作并不容易做。不过，她毕竟有经验，有阅历，有一计不成再施一计的本事。她眼珠子一转，又说道："我是女人，共产党里女人也能当大官。你看我，不就是公安局长嘛。你也是个有本事的女人，何必要干胡子呢。去！把小白马拉过来，我让你们俩都当官。"花蝴蝶一巴掌把颧骨上还爬着的长虫子打得浆水横流。说："当真？""那还有假，你当胡子，不也指望着有朝一日弄个一官半职吗？西部的包干查，东部的盛太不都投共产党了吗？姓包的当了营长，姓盛的当了团长。团长就是县太爷呵！"见花蝴蝶沉吟不语，田田又说："想想吧，以后整个天下都是共产党的了。"花蝴蝶站起身在屋里来回走动。楼梯口出现一只光秃秃的脑袋。那是老泰不耐烦的张望。他在楼下等好久了，便上楼，看这两女人究竟在干啥。

花蝴蝶终于说话了："一言为定。你现在放我回去，我把小白马和咱这个绺子的人都拉过来。""不能失信！""那当然！""行！"田田乐不可支。她有一种了不起的感觉，两片嘴唇几句话便解决了一个绺子。花蝴蝶出去的时候激动不已，撞翻了桌上的茶碗，打在地上留下一摊深深的水渍。

傍黑天时，花蝴蝶骑着她的大黑马得意洋洋地漫步在夕阳晚照的大草甸子上，她从心底里嘲笑那个共产党娘们。看她那模样就不能投共产党。投共产党就吃玉米糊糊，穿破衣烂衫逛街去。笑话！女共产党人不错，就是太傻。前面就是塔虎城了。黄溜溜的土城墙被夕照抹成金黄色光芒四射。这是一座荒废破败的古城。

几百年以前的繁荣景像早已荡然无存了。辽金时代城墙四周盛产胖头鱼的护城河已变成一道道杂草丛生的沟壑。远远看去，城墙好似一溜光滑的山坡。坡上铺满星星点点的小白花，恍如当年鏖战中死去的士兵冤魂不散，还在夕阳残照中摇曳。城墙上下遍地皆是砖瓦残块、陶瓷片、古铜钱、铁蒺藜、红烧土，还有偶尔见到的骷髅和土兵器。它告诉人们这里曾是个商贾如云、作坊遍布的重镇，也是一个兵戈交错、狼烟四起的古战场。花蝴蝶策马驰入塔虎城。又跃上城墙，眺望渐渐被晚霞吞没的占战场。大喝一声："操——"如盆的大嘴仿佛想把红彤彤的落日当鸡蛋吞下肚去。远处暮霭里有一个土黄色的小屯子，那儿已是炊烟袅袅了。小屯子叫孤店，顾名思义，这是一缕何等孤独、何等寂寞、何等空茫、何等苍白的幽魂。然而花蝴蝶却对它梦魂牵绕。因为那里是她和小白马的地盘子。有了这个窝，什么天上人间，都滚他妈的蛋！

第八章　疑云密布

李长腿艰难地从马背上跳下来。青骢马大汗淋漓，惨烈地长鸣。

公安局门口艳阳高照。李长腿回来，对田田说来是幸福无比的。只是李长腿不如以往精神，显得憔悴疲乏。枪挂在肩上像小学生的书包一样晃荡着。而且李长腿是独自一人回来的，盛太的人马连半个都不见。像往常一样的长臂搭在田田肩上，可田田却感觉不出以往的亲昵和温情，沉甸甸犹如一只大铁勾子。长腿把全身重量都压在了这只膀子上，赶路摇摇颤颤。田田揽过手去扶长腿的腰。长腿"喔哟"一声，叫得凄楚无比。

进了屋，疑云密布的田田像猜谜似的把李长腿的褂子掀开。她愣住了，患了伤寒似的从头冷到脚，还一个劲地颤抖。李长腿整个背上结着鱼鳞般的伤疤。田田对李长腿的背了如指掌，就不过三五粒棋子儿似的黑子，啥时候突然变鱼了？

"是盛太和盛大耳朵用滚油浇的。"李长腿索性把褂子脱了。屋子里也暖和。他说："伤没全好，见见风，好得快。"田田一屁股坐在炕沿上喘粗气。李长腿也坐下了，照例把膀子搭在田田肩上。田田又闻到了熟悉的汗味，又感到了长腿的血在潺潺流动。李长腿告诉田田：盛太早就想把他赶走，嫌他这个政委碍手碍脚。不让抽大烟啦，不让玩女人啦，"他们赶我走，我也不走。便在玉米饼子里下毒药；半夜三更放火烧屋子；放出涎水滴嗒的疯狗来咬我；还让我骑烈马，想摔死我。可我大难不死。硬是活下来了。前些天有个姑娘一人一骑跑得汗淋淋。一到团部就找盛太和盛大耳朵。又哭又叫。我正喂马，突然扑来几条大汉把我捆了。三块土疙瘩支起油锅。扑腾冒烟。我被按倒在地，油就浇下来了。"田田一把抹下半桶眼泪。哭着说："都怪我，那姑娘是个婊子。我怕他们害你，我把她扣了当人质。"李长腿一笑，说："别说啦，我全知道了。他们浇了我，我还是不肯走。将养些日子，伤好多了。

后来想想,得,先回来住些日子,把情况向军分区首长汇报下,再作打算。再说,咱们也好长时间没见面了,怪想念的,于是就回来了。盛太冷笑热哈哈地送了一程,盛大耳朵躲在屯口的磨房里打黑枪。没打着,把马尾巴打短了。"

李长腿三言两语把个故事讲完了。似乎与他无关。他讲得轻松自如,轻描淡写。可是每个字都像盛大耳朵的枪,点点滴滴打在田田的心坎上。

李长腿干脆把长裤也脱了,只剩下短裤头子。他坐炕沿上,赤裸的两条长腿吊在那儿摇摇晃晃。田田看着这两条多毛的不断摇晃的长腿,觉得周围的一切也都在摇晃。桌子在摇晃,凳子在摇晃,罐子、缸子在摇晃,摇摇晃晃的又变成了婆婆丁草、车前草、豚草、萨日尔花、苦菜花、艾蒿花、马奶子花和整个草甸子。

草甸子确实在轰轰隆隆地摇晃,因为有一双如船的大脚踏上了草甸子。这人就是来自鸭子河上游的打五洋。

庙台下三五百人挤作一堆看台上的二人转。尖利的唱腔划破天空仿佛要撕裂整个草甸子。人们伸颈跕脚看戏文。一个十来岁的孩子身边站着个大高个也在看戏文。孩子仰脖子看高个,倒抽一口冷气。这人怎么看不到顶!

这人就是打五洋。

几个媳妇装搔弄痒地嘻嘻哈哈。猛一回头,血都凝住了:这人是罗汉再世,怎么脸上疙瘩上还长疙瘩!

这人就是打五洋。

打五洋单枪匹马,他来了。草甸子轰隆轰隆地摇晃。

三里三眼睛通红,那是熬夜熬的。

"大哥!"齐小哆嗦递过把崭新的驳壳枪,说:"去,把打五洋干了。草甸子上论枪法数你第一,可眼下打五洋来了,别怪兄弟我不哈着你,你的名声得被他占去一半。干了他吧,当机立断,别含糊。干了打五洋,你大哥还是你大哥,谁也不能小瞧你!"包干查嘬着烟袋子不吱声,把灯挑亮些,才看见他的皮肉下漾动着蛇样的微笑。三里三、打五洋,不论死哪个都成。草甸子上能人越少事儿就越好办。他低着头,灯光把他的脸扭歪了,其实他的眼睛一刻也不曾松劲,死死地追寻着三里三的目光。行,齐小哆嗦快把三里三说动了……

孤店的上空繁星满天。虱子在炕上笑吟吟地乱爬。炕上搂着抱着睡着花蝴蝶和小白马。对于打五洋的到来,他们漠不关心。他们只想守着自己又甜蜜又富足又火辣辣的窝。孤店不孤,他们是成双作对的两个小冤家。

三岔沟的长江龙绺子只有五个人。喝完酒,烧了屋子,一人一骑在星光下飞奔,投奔打五洋去!长江龙是个大蒜鼻子、脾气暴烈的汉子,说去就去。其实他还不知道打五洋在哪儿呢。管他娘了,草甸子总有个尽头。

穆家营子的大志疙瘩绺子二三十人,围一圈坐着,叭哒叭哒咬着叶子烟。已经坐三天了,茶不思,饭不香,就靠叶子烟撑着。大志疙瘩不知疲倦地问:"弟兄们,咱绺子要不要去投打五洋?"

三天了,该问百八十遍了吧,还是没人吭声。你看我,我看你,拿不准主意。

秦姑娘披头散发地跳上盛大耳朵送给她的锡伯马,也不管衣衫零乱,赤脚光丫,没命似的朝草甸子深处逃去。月光下,她像一道黼色的磷光,消失在黑夜里。

盛太要借她的头。

她的头是盛大耳朵的,谁也不能借。盛大耳朵裤子没系完,从后脖颈拎出两把枪,逼着自己的亲哥哥吼道:"把秦姑娘还我!""秦姑娘跑了。""放屁!""你这小子……"盛太仰天长叹,说:"为一个娘们,把枪指到亲哥哥脑袋上来了,没出息。打五洋来了,这不明摆着,草甸子的主人是他妈的我们盛家弟兄俩。共产党供着咱。国民党呢,看着吧,也快来烧咱这炷香了。谁都他妈的得哈着咱。为啥,就因为咱兵强马壮,草甸子上数第一。打五洋这一来,草甸子上乱了套,小绺子都投进他的裤裆里找尿喝。他成了,共产党也好国民党也好,就得哈着他,把咱兄弟俩撇一边去。慢慢地草甸子上的风就转了向。到那时还有咱盛家兄弟的好?咱们已经走过了道,为个秦姑娘把政委给气跑了。你他妈的还打黑枪,幸亏没打死。西部姓包的小子憋足了劲跟咱为难。共产党提着咱,压着姓包的,咱不能没有共产党。秦姑娘啥玩意,婊子!草甸子上女人用车拉都拉不完,哪个女人没几点红。你他妈的就贪秦姑娘!"一顿臭骂,把盛大耳朵的枪骂蔫了。盛大耳朵逼直嗓子说:"那就杀了这娘们!"

"是喽，"盛太欢天喜地，说："这才是我的好兄弟。把秦姑娘杀了，宰下脑袋去见李政委，认个错，再把李政委请回来。咱得把李政委牢牢地攥在手心里。"

"行！"盛大耳朵豁然开朗，说："我去追秦姑娘，提她的脑袋来见您大哥！"

马儿呀、你慢些走呵慢些走……可是草甸子，风呼呼响，盛大耳朵的马走得疾快如飞。

玉米糊没喝够，就得走了。田田在李长腿的绑腿里又插进把匕首，说："我不再闹了。你走吧，小心些。骑马骑不稳路上找辆大板车坐坐。见着盛太也替我问……问个……好。你不是说，他假着来，咱也不会真着去。不行了再回来，公安局里有我呢……"

没等盛大耳朵提秦姑娘的脑袋来请，李长腿就赶着暖暖和和的太阳去了。阳光照在他背上，抚摸似的好受，还有些不可言喻的痒丝丝的快感。打五洋来了，草甸子上少不了有一阵子闹腾，得按住了。李长腿朝哈彭店方向策马走去。他想，见了盛太和盛大耳朵，第一句话该怎么开口呢？想了半天没想成，可是他在想，马悠闲地跨着慢步，踏着朝露刚退还带湿意的草原向前走去。

当人们为打五洋闹得鸡飞狗跳的时候，常八爷依旧不慌不忙地站屋门口晒太阳。他在温馨的阳光里一动也不动。打远处看，只有他吐出一缕蓝烟时才显出是个活物。他又在门槛上坐下了，脚下有成群蚂蚁。常八爷专心致志地给蚂蚁数数。常八爷是个不为人们注意的幽灵。尤其在其他绺子的眼里，常八爷不过是个不成气候的小无赖皮子。可常八爷不服气,也不甘心。他眯起眼睛,看见大米饭和小米饭在草甸子上戏马,活泼泼地高兴。常八爷笑了,他笑得胸有成竹。

打五洋来了,草甸子为此而震撼。

(编者按:以上为长篇小说《狼山贼水》的开头数篇章。该小说因被某出版社遗失原稿而无法面世。以上篇章因有刊物连载而得以保存,或可借此而窥长篇之一斑,亦为不幸中之幸事。)

龙华荡三异僧

一　拙猊不语　心有五色舍利

明嘉靖年间，天广地平。申江流水脉脉含情，于西南方向蒿草原野里，叉开九条支流，其中有一条宽不出一跃的小河便是龙华港，为何称港？因有驳船停靠，装卸龙华寺常年香火，故渐成小埠，唤作港，港岸两边，因为水势冲击，泥沙拍落，夕照也暖，河岸上芦苇丛生，计不下千顷，于是这片邑地，便有其极响亮的名称：龙华荡。

荡里有宝货，这便是三国吴赤乌年间由孙权营造的龙华塔和龙华寺。龙华寺也有宝货，那肥头大耳的拙猊和尚便是寺中一宝，他身高九尺，胖如肉堆，剔去浑身的肥膘，光骨架也有一百五十斤，寺中僧侣笑语道："拙猊便是香炉，只是不冒烟、无火无气，心宽固然体胖。"平日里，拙猊独处一室，时时念经，不忘课业，身边一柄琵琶，一根铁杖，他坐如炉鼎，姿势日夜不变，从来不与别人多语，哑了一般，纵然在他头上溺尿，也好比圣水沐浴，其乐无穷，实在空闲寂寞，拙猊便抱起那柄琵琶，在夜深人静的时候，借窗栅格里泻进的如水月光，舒动又肥又粗的手指，弹拨拢拈，正如白居易《夜琴》诗描绘的那样：

蜀琴本性实，楚丝音韵清。调慢弹且缓，夜深十数声。

入耳澹无味，惬心潜有情。自弃还自罢，亦不要人听。

拙猊人极厚道老实，家贫，父母早亡，兄弟姐妹九个，在饿疾相逼中各自奔命如鸟兽散。拙猊自小寄食江湖，作浪人游，二十岁那年，他饿倒在龙华荡芦苇丛里，被云游僧韬法师救起。韬法师见拙猊面黄肌不瘦、神失精不散，力薄骨架大，便启动神功，制成良药，让拙猊连服七七四十九天，将拙猊泡制成一个胖得出奇，大得出格的汉子。那一日秋阳已薄，龙华荡里残血洒地，鱼游鳖藏，芦苇曳风，拙猊将韬法师按坐枯石上，纳地便拜，磕头七七四十九响，以谢救命之恩，拙猊像熊一样爬到韬法师膝前，呜咽如童子般泣道："法师，我憨得无能，但即便无能，只要法师一句话，我拙猊向死不归！"

韬法师捋动白须，长叹一声，道："拙猊，我在龙华荡芦苇丛里度日数年，就是为了这镇塔之宝！"韬法师挥起铁杖指向烟霭冉冉中的龙华塔，道："这塔顶上有一盘，盘里养着两条鲤鱼，鲤鱼时时跳跃，溅动水珠。但不论干旱火灾，盘中水总是不枯不溢，多少如初，这盘便是镇塔之宝。"

韬法师气已渐短，声音小了下去："有了这盘，龙华荡才得以风调雨顺，百姓安生，而失了这盘，龙华荡便有黑风妖雨，吞噬生灵。老衲那日为你制药，不意被五步毒蛇咬了一口，破了气血，只恐一朝逝去，故今日将这柄铁杖这柄琵琶与你，但为老衲守住此宝，以天下利为己任，削发为僧，入龙华寺修炼，寺中一真法师会收留你的……"说罢，韬法师口中鲜血喷涌，狂奔狂跳，大叫："拙猊，铁杖何在？敲老衲头顶！快！快！"拙猊闻言，挥杖打去，韬法师带笑而死，只是白糊糯的脑浆溅了拙猊一脸，拙猊一抹脸，抹出大把大把的泪珠，他不知自己做得对不对，只知道自己是听从了韬法师的话，而韬法师的话是不会错的。拙猊跪视韬法师血浆涂塌的身躯，摸一把，尸身正在渐渐冷却。拙猊拔腿便跑，跑到龙华镇上茶肆里，茶肆里有一奇大水缸，缸重四百斤，加满水便是八百斤，拙猊倒了缸里水，茶肆里顿时翻江倒海。拙猊拨开四散奔逃的茶客，双手把缸举过头顶，一路疾跑，跑到荡里韬法师尸身边，纳地磕了四十九个响头，然后把韬法师尚未僵硬的尸身抱起，做成盘腿念经状，坐入缸内。又拔芦秆三亩，在缸下点火烧起。那火烧了七七四十九天，烧得昏天黑地，到了第四十九天，缸内飞出一只白鹤，冲入云霄，羽化仙子一般。拙猊朝白鹤连连磕头，然后背起铁杖琵琶，往龙华寺见一真法师去了。

数年后，由一真法师精心传教，拙猊得其飞檐功真谛，但他平日里从不露手，也从未飞檐上塔观看那宝盘，每日经诵不已，但心里却朗照八荒明顾四野，于窗格子里见塔上动静。龙华塔独立龙华荡已千年之久，相传公元247年，也就是吴赤乌十年，当时当地，西竺康居国的会和尚身怀五色舍利，过龙华荡。孙权听说高僧会和尚道德高重，佛法无涯，过龙华荡时见此处风月皎好，圣光潜动，就在龙华荡结茅修行。孙权便请会和尚殿前相见，会和尚见孙权后，当即劝孙权行佛法，并道："有佛骨舍利，神光照耀万方。"孙权道："舍利何处可得？"会和尚道："贫僧怀中可得。"孙权道："舍利可得，当为塔之。"于是，会和尚请孙权拨出茅屋一间，封了门窗，自己在屋里案几上放瓷瓶五只，将五色舍利分色放入瓶内，然后经诵，然后挥泪如雨，哀声痛哭，三七二十一日，会和尚眼睛里哭出血来。此时，只见五只瓷瓶里突然射出五种颜色的神光来，五朵大莲花舒动枝叶，飘冉瓶口。当下，会和尚便请来孙权，孙权大喜，急急敕令建造龙华塔和龙华寺。从此以后，龙华荡浦上渔船安稳，草莽间祥光烛天，钟梵隐然，风调雨顺，国泰民安。会和尚死了以后，将宝盘的事托给了一个云游和尚，云游和尚单线相传，代代相传，传入韬法师，韬法师死后，便由拙貌守着宝盘了。

那一日夜间，阴雨绵绵，一团黑云，又一团黑云，在塔尖上飘过。已尽漏时，拙貌盘膝独坐，在寺里经诵，他心里时时刻刻燃耀着五色舍利的神光，恍如当年，梦入赤乌，想起数千年来相传的宝物，也想起自己的神圣职责，不觉心重。龙华荡黑森森雨淋一片，芦苇丛里时有野狐哀鸣，也有恶狗狂吠。雨季时节，河水泛滥，哗啦啦啦地拍打着沙岸，发出空寂却又阴森恐怖的声音。一群野鸥从夜空里掠过，喳喳乱叫，也有狼嚎，哭泣一般。镇上人家门窗封严，已入梦泽，时不时有婴儿惊梦，啼哭如血，龙华荡恍然一个噩梦。

拙貌闭目但并非养神怯倦，多少年来，他不敢有一时一刻的松懈，不论白昼黑夜，他从未睡过觉。静坐静听，静心静观，于静处察不静之情。

有极细微的水声传来，如蚊蝇嗡嗡。拙猊侧耳细听，不觉起疑，这水声不像河水哗哗然无拘无束，也不像碗里粥汤那样凝动有余，这水声尽管和雨声一样来自空中，又不像雨声那样跌落直下，这水声好似一只鸭子在空中浮冉，不慌不忙，不惊不悸，悠悠然潇洒自如。拙猊掀开眼缝，往那塔顶上一瞧，果然，盘中有人影蠕动，那人影神形逸动，举止安然，不知有何妄图。

"哪一个敢盗宝物！"拙猊心中如雷鸣般轰然作响，他顿时惊起，操起铁杖冲出禅房，由于他的运动，整个龙华寺晃动摇摆，地震一样，许久后才歇静。

二 竹禅有笔　墨涂泖水之鱼

凌晨，住持和尚一真法师坐禅，只见殿堂上离乱拉杂，烛台上香鼎滚落，布幡飘斜，连弥陀菩萨都移动了。"阿弥陀佛！"一真和尚双手合十，才想起昨夜寺中的一番摇晃，想来是荡里有龙卷风刮过，虽然殿前狼藉，好在檐顶不曾卷去，风停雨霁，阳光又有暖照微微洒下。一真叫九个小沙弥收拾殿堂，然后低吟一声："了昱！"

幡布动处，慢慢走出了昱。了昱和尚形容枯瘦，萧萧一竿清竹，虽瘦却有精神，举步之间难解其道行究竟有多深。他终年以一瓯薄粥度日，不贪其他，也不贪其多，故有人曾赠他小诗一首，诗曰：

云房方十笏，香奁小一粟。

中有苦行僧，终年一瓯粥。

一真有唤，了昱恭敬上前，一真说道："昨夜风大，摇了本寺，现寺中物什无损无缺，你快快去各禅房查查，看有没有沙弥着了伤痛。"

了昱得言，行即奉事。

查下来，寺中僧众皆好，禅房里唯独缺了拙猊和竹禅。了昱无言，并不将此情报告一真，他对一真法师道："禅房如寺，寺中人俱在，无损无伤，经诵也好……"看着一真放心而去的飘然背影，了昱托颐而思：拙猊和竹禅究竟去何处了呢？

他从怀里探出三炷宝香，点起，屋里顿时香气弥漫。了昱口中念念有词。鼻息里有凝重的气息渐渐流出冲击香火，一刻，香紫烟向西南方向飘动，最后竟如棉絮般凝住在香火头上。了昱枯坐片刻，一笑，连唤三声："泖水！泖水！泖水！"

然后再笑，笑得令人发寒，毛骨悚然。了昱和尚本来就长得鸠形鹄面，这一笑，阴森森如同鬼怪妖魔。

话说拙猊和尚，黎明微熹的时候，确实气喘吁吁地赶到了泖水，铁杖扛在肩上，两只又肥又大的光脚板，啪哒啪哒来到泖水野际。

昨天半夜里看得塔上有人盗宝盘，他冲出禅房，狂奔塔下，然后拿出修炼了数年的飞檐功，顷刻之间，上了八层之塔，二话不说，举杖打去，只听轰然一声响，盗宝人唤声："不好！"接着便无影无踪，拙猊四下看顾，找不到人影，只好作罢，当他再细看宝盘时，宝盘也不见了，连同盘里那两条鲤鱼一起不知去向，拙猊连呼连叫，撒腿大哭。于是，一时间龙华荡里风声雨声哭叫声混成一片，野狼刁狐也都吓得噤却了声音。半晌，拙猊才缓过气来，顿然醒悟：那宝盘不是被盗人盗走，而是被自己恶狠狠的一杖连同盗人一起打飞了，杖是朝西南方向打的，那么那宝盘也一定是在西南方向了。于是，拙猊胖鼓鼓的脸上绽开两朵笑靥，他抹去满脸又臭又咸的泪花，扛起铁杖，用飞檐功下得塔来，连夜往西南方向寻去。

拙猊寻到了泖水。

泖水发源于烟波浩渺的太湖，一路蜿蜒而来，在松江县始成泖水，有上泖、中泖、下泖三泖，最后都流入申江。拙猊的脚板打响了下泖的野际，正是凌晨，泖水上已有渔人撒网捕鱼，洗衣妇也下到水梯上洗捣衣服，养鸭少年撑扁舟一叶，竹竿下自有鸭子成千上万。牛漆黑，在田里挣扎拉犁，羊群咩咩，啃着道旁的青草，啃青的还有几条憨驴。晨曦笼罩，牧笛吹晨，划破宁静，那每日升起的朝阳，已在翠绿的田野边露了头，正是雨水季节，虽然雨停了，风息了，太阳也有了，然而泖水还是涨得极凶，水面宽阔清澄得很。

拙猊到时，只见一群渔人围在一起，私下窃窃，交头接耳，突然大惊失色，四散奔逃，连渔网竹篓都扔下不管。拙猊迎面撞翻一个老头，一把抓起，问："何事如此慌张？"老头战战兢兢地说道："师父不知，今晨捕鱼，奇事咄咄，那两条大鲤鱼网都网不住，网住了，鱼鳃鼓动，网绳便断，定是鱼妖，师父，快放了我，只因平日里捕鱼杀鱼吃鱼，如今鱼妖寻命来了……"拙猊闻言大笑，扔下老头，去看那两条鲤鱼，心想何处有这样的宝鱼，定是盘中那两条鲤鱼，有了鱼，那宝盘也定然在了，当时心下大喜，奔到河边。果见两条大腿般粗壮的鲤鱼在河里悠然戏水，时而吹起水泡连翻，时而划动波环圈圈，看见拙猊站在岸上，那鱼儿居然也会相视一笑，然后不约而同地尾巴一甩，往上游游去。拙猊见鱼儿游去，心里着急，提起铁杖，顺着河岸，跟着游动的鱼儿也向上游奔去。

转眼间到了中泖，那泖水上涨得又快，眼看要漫到野际里，风声也紧，在拙猊的耳边呼呼作响。过了中泖，又到上泖，上泖水流得极迅疾，故河面并不宽阔，河岸两旁，还有沙泥微露，拙猊一面跑一面紧紧盯着那两条大鲤鱼。但是，在一簇鲜嫩碧绿的水草处，鱼失去了踪影，拙猊急出一身冷汗，苦于不会水性，只好继续沿河岸狂奔。远处有模糊黑影一片，定睛一看，原来又有一群人在那儿蠕动，跑到近处，拙猊大喜，那群人个个翘起肥臀，满身臭汗狂喷，围着一起搬一只大铁盘。那只铁盘有一张圆桌面大，上面刻有龙凤麒麟图样。一半陷在泥沙里，尽管盘子倾斜着，但里面的水却不流出来，定是宝盘了！拙猊喘过气，再看那群人，屈指一数计有十五六个，一边喊号子一边想把铁盘搬起来，可是那铁盘却纹丝不动。拙猊喳喳乱叫,像拨芦柴秆似地将众人拨开,冲上前去嗨哎一声,盘子动了,再嗨哎一声,盘子被拙猊举起了,众人惊得连连咋舌。拙猊举着盘子想走,想想不对,噢,对了,还有那两条大鲤鱼呢,拙猊无可奈何地叹口气,两眼朝平静的水面出神。

泖水岸边,绿柳如丝,风也飘飘,雨后洁静,炊烟袅袅。拙猊正出神,听见古柳下有人在念禅诗:

挥手辞尘世,飘然陟翠峰。法身千嶂月,闻性一声钟。

洗耳听清梵,安禅傍古松。森森鳞甲老,拿攫欲成龙。

扭头看去,原来是寺中竹禅和尚。竹禅和尚长得清秀挺拔,是禅林里少有的美和尚。手中一支笔,泼墨弄水,顷刻间便有人物老树、鱼虫走兽。此刻,竹禅正依着古柳,口中念念有词,手里握杆秃笔,聚精会神地在画着水中游鱼,拙猊凑过头去一看,乖乖!竹禅画的正是那两条大鲤鱼,当下心中起疑:我他奶奶地闯了祸才急巴巴跑到泖水来,你竹禅和尚没来由为啥也从龙华寺跑到泖水来,而且跑得比我还快,莫非盗宝贼就是竹禅你这个秃驴子!

"竹禅,你为啥盗宝!"拙猊一声吼,柳叶纷纷落下,他拖着铁杖,朝竹禅跑去。古柳下竹禅微微一笑,伸出那支笔,拙猊的铁杖正挥在笔端,奇怪的是笔端的毛根根竖起,不曲不弯也不断。

这秃驴子内功好精好深!拙猊当下收起铁杖,想想动手一定不是竹禅的对手,于是问道:"老实讲,昨夜是不是你在盗宝盘?"

"盗宝盘者有，但非我也。"

"那么究竟是谁？"

竹禅浅然一笑，道："诗必禅，禅必诗，诗中画必是禅，禅中画亦是诗。要知盗宝人，与你同吃一钵粥……"

"谁？"想想寺里安宁的晨钟暮鼓，拙猊心中发毛。

"了昱便是。"竹禅说罢，拂袖便走。

拙猊眼前浮现出一块又黑又枯的木头疙瘩，了昱在他眼里便是一块不起眼的木头疙瘩。一听：盗宝贼是同门同宗的了昱，拙猊火冒三丈，挥起铁杖要往回去，这时，远远飘来竹禅的声音："找了昱？你哪是他的对手！"

"怎么啦？"

"他一口气便能把你吹到申江里去！"

想不到寺里竟有这么多好手，平日里都不声不响地闷着，有了事情，便全都亮相了。原以为自己无敌于天下的拙猊，当下灰溜溜地蔫了。

两条大鲤鱼在水里游得悠哉悠哉，拙猊想：反正宝盘还在我手里，鲤鱼也还在眼前，不管你竹禅还是了昱有多大本事，到现在为止宝盘还不曾被盗去。想着想着，拙猊扑哧一笑，放下宝盘，脱下裤子，赤条条地走进水里去抓鲤鱼。两条鲤鱼见拙猊下水，仿佛知道他不会水性，嘲弄似地朝河心游去。拙猊无奈，站在水里垂头丧气。正沮丧间，只见对岸柳条丛中一块黑枯的木头疙瘩活动起来，拙猊一看大惊失色，原来是了昱。只见了昱拨开草障，一蹦一跳来到岸边，见拙猊狼狈有相，却毫无表情。了昱人影瘦小，如一只长脚蚊子趴在岸边，鼓起两腮，运功撮神，朝河心那两条鲤鱼使劲吹气，说来也怪，河面上涟漪不起，波浪不兴，但那两条鲤鱼却乖乖地朝拙猊游来，游到拙猊膝下乖乖地不动了，这时拙猊只觉得有一股阴冷的气息在脚杆四处蔓延，叫声不好，拙猊连忙抓起鲤鱼朝铁盆里一扔，然后逃也似地跳到岸上，嗨哎一声喊，举起铁盘往来路上走。回头看河对岸，那了昱也不知去向，只见柳条丛里一影晃动。

完了上泖，又走中泖，完了中泖又走下泖时，拙猊见竹禅在前面一箭之地一步三摇，风度翩翩地走着，又回头，叹了一口气，百步之遥，了昱正不紧不慢地跟着，他们这两个秃驴子究竟要干什么，拙猊想想自己的武功及不上他们，又想想韬法师临终的嘱托，心里惨然，无限伤感。这时，已近午时，大道两旁是一片绿油油的稻田，牛叫驴唤，鸡飞狗跳，好一派景色。

三　经楼失火　了昱命归佛途

佛法非僧不扬。龙华古刹于赤乌十年以来，僧众如云，经诵朗朗，到一真法师，据有的记载说已有数十个住持了，其中有会法师、观竺、所澄、谛闲、文果、功极、月溪、志拱、深意、本泉、同透、槐卿、静再……一真法师继承衣钵，明扬宏义，在寺里大小僧众沙弥中间，自然有着至高无上的权威。

竹禅、了昱回到寺里,一真法师视如不见,依然烧他的香,念他的经,敲他的木鱼。

拙猊是最后一个回来的,因为他举着铁盘,先上了塔顶将盘放好,然后才喘着粗气回寺。他一路走来一路在想,竹禅和了昱都不像偷宝盘的,可又都像是偷宝盘的。这两个贼秃驴子武功都比我好,以后护盘,费力多了,但愿他们俩不是偷宝盘的货。

一真法师见拙猊回来,道:"拙猊!"

"师父!"拙猊双手合十,低头露顶。

"哪里去了?"

"泖水"。

"泖水干啥去了?"

"昨夜有风,把我刮去了。"

"连十岁的小沙弥都没被刮去,你这堆货这么重却被刮去?"

"师父……"

"善哉。拙猊,做功课去吧。阿弥陀佛……"

拙猊出门,只觉有股阴风也随即散去。竹禅在庭中闲步念诗,了昱在扫地。太阳暖洋洋,拙猊窃喜,他怕一真刨根追底地问下去露了馅。可是倒好,一真问半句收半句,问得拙猊心惊肉跳,又问得拙猊心花怒放。拙猊扫了竹禅和了昱一眼,心里一悸。那两人也正在用眼角斜着瞟他,脸上的肉绷紧紧的。拙猊想想不放心,借炽烈阳光看塔顶,塔顶上铁盘安在,便放了心,又看竹禅和了昱,怎么?这两个贼秃驴子也在看塔顶,看完后一先一后都朝拙狁龇牙咧嘴地笑了笑。

雨晴后几天,阳光强烈,把大地照射得干燥如柴,而且夜夜风紧,呼呼犹如天上游龙飞过。

有天夜里,一个小沙弥弄火烛时不当心,把一炷香掉进藏经楼,于是大火燃起,烧遍了佛天佛地。一真法师脱下袈裟,挽起袖子,一桶一桶朝井里舀水。寺院里鬼哭狼嚎,众和尚见经楼着火,仿佛烧着了祖典祖坟,痛不欲生,拼着命救火。一时间人影晃动,急急忙忙如同鬼蜮。尤其那闯祸的小沙弥,操起两只蒲团往里冲,扑扑打打,想扑灭火苗。无奈那夜风紧,呼呼地调戏火苗,火苗被惹动后不要命地往上蹿,顷刻间酿成一场大火,将寺里最要紧的藏经楼团团围住。僧侣们闻到一阵阵焦臭味,冲进去一看,原来那小沙弥早已被烧死,躺在地上缩成一团灰球了。

"阿弥陀佛,阿弥陀佛……"僧众们口中念念有词,照样泼水救火。可是井水一桶一桶,根本无法抵御越来越烈的火焰。火势蔓延,藏经楼佛家祖宗的精粹良言在岌岌可危里颤抖。

在大火毕剥作响和一片喊救声中,和尚们突然听到了一阵尖利的号哭声,那是一真法师发出的。于是,众和尚也一起号哭起来。

就在几年前,嘉靖皇上大发宏恩,广布雨泽,颁给龙华寺一真法师《大藏经》一部。钦赐既下,一真法师便进京谢恩。不料皇上只赐了一真法师金环紫衣,一真也不敢多问。退下后,才有太监道:"《大藏经》尚在名山藏纳,皇上特遣卑职同法师取经去。"

所谓名山，其实便是高不过百尺的佘山。佘山之小，恍如薄土一抔，山上虽有青苍，却无奇花异木，仅竹林野篁，乔松古柏，稀疏松影间有幽径曲曲弯弯，也有小溪流蛇一样顺山势东游西游，但在泖水一带，此山也算是顶峰绝高了。四野虽有丘岭起伏，不过一两枚螺蛳壳而已。所以，当一真法师带领一班和尚随那太监来到山上后，正是夕阳衔山之际，晚晴如血，染红山冈，云在天上飞动，还有归林的晚鸟，啾啾作声掠过红霞满飞的天空。此一时，彼一时，晨钟暮鼓里香烟蒸腾的和尚们此时此刻不觉心旷神怡，狂逛佘山。直至暮色已浓，天边如铅色下垂，才来到一只洞穴前，扒开封土。取出纸已发黄了的经藏，取经之时，才发现年长时久，有鼠蚁窃窃破坏，藏经已有破损。一真法师心痛之极多唤小沙弥奋力取经，用黄布包了，背下山去。下山时，已是夜色，打了松明油火把，一路下山，回首看，佘山小小，也有月光下的历历骨影。

回到寺里，一真法师正对着一大堆黄黄的破纸发愁。突然小沙弥来报，重庆华严寺曼陀法师到了。一真大喜，连忙夺步出门，迎迓曼陀。此曼陀学业精深，经验宏富，尤其是各类经书，吞得下吐得出，故各地寺庙有关经书之事，常请曼陀大驾。一真听说曼陀不早不晚适时来到，自然满心欢喜，心下窃窃高兴，连忙迎进方丈室，行礼毕，便开口言整理《大藏经》事宜。曼陀听罢笑容漾开，道："法师休烦恼，贫僧前来，正是奉了皇上之命，特地来为法师修葺《大藏经》助一臂之力……"

事不宜迟，当下便开始动作，检点之下便有了眉目：《大藏经》全部共1731函，每一函计13卷，故共计有9503卷。而这部《大藏经》可悲可叹：完整无缺者359函，计4667卷，残缺不全者319函，计4147卷，完全散失者53函，计689卷。

一真法师信佛虔诚，对佛教经典当然是无比崇敬，看到《大藏经》损失参半，自然不甘心。于是便恭请曼陀暂斋寺里，诵《大藏经》经文，然后命寺中众僧提笔的提笔，磨墨的磨墨，打水煮粥，一片闹腾，将《大藏经》残缺部分由曼陀口授，众僧操笔，一并补抄，俾成完帙。完工那天，一真法师纳叩曼陀，连声"阿弥陀佛"。并令僚众们烧起高香，霎时间龙华寺里紫烟飘缈，恍如仙境，弥陀菩萨笑口常开，大肚容喜，众和尚也互相拜礼，庆贺寺中有宝。一真法师让几个力大的和尚，其中当然有拙猊，挑了经书，上藏经楼，将《大藏经》整整齐齐放入经箱，并把箱子放在大厅正中。

举行这个仪式的时候，数百名和尚一起诵《大般若波罗蜜多经》。一时间经诵齐鸣，法器丁当，木鱼笃笃，无数光脑袋闪闪发亮，龙华寺上空佛照普射，铺天盖地，显示出佛教教徒们笃信志坚、不忘祖宗的风骨来。

然而时过境迁，一星火苗，一阵恶风，藏经楼便被熊熊烈火包围起来。烈火烧得心安理得，也穷凶极恶。火舌极毒，渐渐向众僧心头上的心肝宝贝，当然也是和尚们头顶上的佛光蔓延而去，藏经楼在风风火火中哀叫。

和尚们心里都明白：藏经楼里纵然有千百部佛典烧了也就烧了，可就是那部《大藏经》不能焚毁。《大藏经》在佛典中有至高无上的地位，又是皇上钦赐，更何况每个和尚为了补抄整理这部经典都耗了心血！一真法师那声尖厉的号哭听来令人毛骨悚然，平日里一真法师与人总是心平气和，不曾有过一句重话，今日突发哀号，仿佛是心上被插了一刀。众和尚心下也哀切，于是更加奋力从井里打水，拼命朝火势最旺处泼水。可是井水一桶一桶地舀根本不解决问题，火势越来越大了。

一个和尚大叫一声冲入火里，拙狼在一边看得清楚，也听得分明，火里吱吱作响的是火烧皮肉的声音。他又看见那和尚已冲上楼去，一定是去抱《大藏经》的。可是经箱长长一列重如泰山，根本无法搬动。于是又有几个和尚冲入火里，拙狼也想冲进火里去，可是想想冲进去以后那塔上的宝盘便无人看管了，再说盗宝贼一定乘乱动作，要万分小心，这样想来，他才抑制住了。

这时他听见旁边竹林里有人在念诗，诗曰：

今寺犹存古刹名，草桥路滑有人行。

尚嫌残月清光少，不见波心塔影横。

定睛一看，此人是竹禅。竹禅正倚靠着几根粗大的竹子，打开一把玉扇，手持笔一枝，在扇面上画什么。拙狼听得出这首诗是唐人皮日休的诗，曾几何时，皮日休过龙华荡，龙华寺与龙华塔均毁于兵火，故作此诗。可是现在众人都在奋力救火，这竹禅倒好，一边悠悠然画画，一边还胡诌古人诗句。他念这诗用意何在?拙猊火冒三丈,刚要冲过去责骂竹禅,突然听得僧众们发声喊,然后又是一片悲切的哭号,哭得天开地裂。

原来冲进火里的那几个和尚以佛典为重不惜牺牲性命,在火里挣扎搬动经箱。然而经箱丝毫不动,和尚却一个个倒下,路归西方极乐世界去了。空气里弥漫着一股股人肉焦臭味,像一缕缕不眠的孤魂在长天阔地里漫游。

此刻,一真法师已噤声,他面色铁青,盘膝坐在蒲团上,一声不吭,然而两行清泪却潸然而下,慢作长流。

"了昱……"一真法师唉道。

"师父,我去了!"火光里传来了昱的声音,嗖地一下去了。拙猊正惊诧间,又看见了昱上了龙华塔顶,那身影和那日被打下去的身影一模一样。拙猊更加惊诧,了昱又想盗宝盘了?但想想一真法师刚才的一声唉和了昱的一声答,拙猊又是迷惑又是心跳。他提着铁杖,一言不发,凝神屏息,看着了昱的一举一动。

这时,仿佛从天上降下了奇迹:龙华塔塔顶的宝盘处有一股极大的水流奔泻下来,直冲龙华寺大火凶猛处,这水重得出奇,压得大火抬不起头来。宝盘里好像蓄着一条大江,江水奔腾而下,真应了李太白的诗句"黄河之水天上来"。一条又粗又大的水流哗哗哗地从宝盘里奔涌而出,向大火扑去。顷刻间,火势渐渐减弱。

这时,一真法师又唤拙猊了:

"拙猊,何在?"

"我在这里呢,师父!"

"飞檐功练得如何了？"

"师父多指教！"

"去，上塔顶，把了昱背下来！"

背了昱？拙猊满腹狐疑，但师父的话是不能违背的，便实实在在地道一声："是，师父！"他放下铁杖，冲出寺门，运足气，转眼间上了塔顶。

在塔顶看龙华寺的火势，确实已是强弩之末了。了昱见拙猊上来，也不吭声，依然长脚蚊子般趴在盘边，朝盘里吹去。那两条鲤鱼被吹得死去活来，搅动盘水，于是盘中水便奋然跃出，成一条长龙，向火势最猛烈的地方冲扫而去。拙猊看得分明：水到之处，火舌便灭，半炷香工夫，龙华寺藏经楼的大火被扑灭了，只剩下寥寥火星还在作不死的跳动闪耀。众和尚提着水桶在作最后的灭火事宜，藏经楼被烧去了一半，但是大藏经却保住了，完好无缺。

拙猊觉得脚杆上阴气逼迫，又有软绵绵的物体倒在了脚背上，低头一看，是了昱。了昱面色如灰，却笑得灿烂，他拉着拙猊的手道："兄弟，看来我要到佛途上去了……"

拙猊大惑不解，但不好吱声。

了昱浑身无力，也不开口，只是瞪大眼睛看着拙猊。拙猊突然想起师父一真法师的话，便道："我是来背你下塔的！"

说完，他背起了昱，此时了昱已轻如一片云。拙猊很快下了塔，把了昱背到方丈室里。

一真法师老泪纵横,抚着了昱的手说不出话来。拙猊也明白了:为了救这场火,了昱拼出了多年练就的功夫,此刻,已是功散气消,即将去了。了昱躺在一真的禅床上,眼睁睁地看着拙猊,突然荡开笑容道:"兄弟,不是那日晚上被你打了一杖,我的功不会散得那么快……阿弥陀佛……师父,"了昱又对一真法师道:"那日也怪我多事,想玩玩盘里的鲤鱼,不料吃了拙猊这一杖,真是佛法无边,有缘便有原,不如智智清净为好……"

　　说罢,了昱松了气息,脸色渐渐黑去,额上却泛出一条青痕来,这道青痕便是拙猊杖击处。拙猊见了心乱如麻,刚想说几句,只见了昱面带笑容闭起了眼睛。这时,方丈室里的阴气也散去,弥漫起一阵阵极好闻的旃檀香气,久久不散。

　　拙猊不语,抱了琵琶来坐在了昱尸前,不声不响,举手弹了一曲《圆寂词》,琴声切切如泣,和着一股股焦糊的气味一起冉冉升天。琴声里,一真法师诵诗一首:

　　东台高峻叠层峦,图画天开法界宽。

　　缭绕烟痕连泰岱,逶迤山势赴长安。

　　悬崖倒泻泉千丈,沧海初升日一团。

　　万古清凉留圣迹,那罗延窟卧龙蟠。

　　诗毕,听见有扑哧扑哧的声音仿佛来自天际,众僧看了,那塔顶上有银光两道上下腾跃。拙猊心下明白,是那两条鲤鱼在跃水,可是拙猊知其然,却不知其所以然,那两条鲤鱼为何今非昔日,如此猖狂地跃动呢?

四 黑猫叼鱼　拙猊拼打竹禅

了昱圆寂，僧众们称之为佛雄圣英，一起肃立经诵不已，庙堂里烧起了三百炷三宝香，紫烟迷蒙里。一真法师从自己的箱箧里取出银环紫衣护藏，盖在了昱的尸体上，随后令小沙弥捧来笔砚，磨浓了墨，为了昱写下一幅对子：

常寂常照密严土，无量无边法性身。

龙华寺三百和尚一起念响了唱经，经诵里哀切悲鸣、呜呜咽咽。庙堂左边是金彩绘幡十幅，右边是日月锦幡十幅，中间香坛上宝香升烟，烛光四起，雕镂铜器五样，木鱼刻出海上波澜，念三声阿弥陀佛，道几句佛途光照，大莲花几朵，也开放得水淋淋恰如泪水浸了一般。

有几个小沙弥力大无穷，不知从何处搬来两只大缸，众僧一见。经唱得如泣如诉，都知道了昱即被焚成一团灰烬，往西方极乐世界去了。

僧群里慢慢走出了竹禅。

竹禅脸色红润，看似酒后微醉，桃花一般，右手一支笔，左手握一幅卷轴。竹禅慢慢走到拙猊面前时，浅然一笑，拙猊粗鼻恶嘴地哼他一声，竹禅也不计较，又走到一真法师跟前，等一真一段经诵完，竹禅展开手中那轴画，众僧都看得分明，是一幅了昱扑火图。那了昱黑枣般一枚，口中鼓动气息，吹动铁盘子里水，两条鲤鱼跃然,一泓水哗哗地自天而降,直扑经楼大火。图自然画得极好,有墨韵,也有了气势,人物极像,画得了昱如同生还。拙猊见了,想:竹禅秃驴子居然还有这一手,往日只听说他泼墨弄水,不料玩得这般奇妙,心下也不觉暗自佩服。

这时,庙堂里寂静无声,众多和尚被竹禅这幅画吸引,停了经诵,肃立看画,只有那如同棉絮般的烟雾还在无声无息地飘动。突然,"喵"的一声,有猫叫从梁上传来。拙猊眼尖,看见一只黑猫在梁上叫唤。此猫奇大,犬子一般,两只眼珠凶光毕露,爪子也尖利,肚子下面一撮白毛,尾巴像一条蛇。

众和尚正惊异间,只见竹禅将手中笔一挥,那猫便极听话地隐了身子,动作轻盈迅疾,不知其所止。

一真法师收下竹禅的画轴,递给贴身小沙弥道:"收作方丈室什袭……"

竹禅听了此话心里很高兴,方丈室什袭都是要流传千古的珍品,这幅画也可以享此殊荣了。

正高兴得昏头六冲,一真法师又轻声轻气地问道:"竹禅,黑猫从何而来?"

"师父,"竹禅恭敬而答,"此猫奇怪,十年前,小僧早起坐禅,发现鞋里两道绿光,心疑之下,又看,才发现是只小猫,冻得瑟瑟打抖。小僧不忍,便养了此猫。此猫跟随小僧整整十年,从不出禅房一步,也听话,不食鼠鸟,更不食生血,每日以一钵粥与小僧和吃,不知今日为何窜出禅房,扰乱庙堂。小僧一定严加管教……"

一真"哦"了一声,便不再追问。这时,小沙弥进来,说:"师父,什件都已备好。"

一真法师摇摇头,一摆手,然后抚摸了昱尸身。尸身已冰凉,一真便运起气功,用手掌奋力擦了昱全身,半炷香工夫,了昱尸身有了软意。一真便将了昱尸身扶起,盘膝坐定,令小沙弥将檀香木烧成灰用水和成浆,在了昱浑身涂,再将了昱坐体抱进了昱的禅房。一切事了后,一真法师结集众僧,疾声道:"了昱救本寺寺宝《大藏经》,现已圆寂命归佛途。本佛有四大圣地,地藏菩萨道场九华山也是一处。九华山有肉身和尚肉身殿,本寺了昱堪称佛家圣徒,平日以一瓯粥度日,圆寂后体内清净,五脏均无杂迹,且智智清净之佛徒,今日老僧作主,也将了昱肉身,留存千古!"

众僧一听此话,肃然起敬,之余,又喜形于色。特别是那拙貌,不觉笑出声来。他对了昱的壮举早已佩服得五体投地。况且曾不明不白地打了了昱一铁杖,心下实为不安,现在可好,一真的决定,仿佛了昱犹在,每日可见,也可作每作歉悔,将了显尊为菩萨,念一串经诵,拜三个俯仰,以此慰藉。

事后,拙貌在龙华荡野外拔来两棵碗口粗的松树,种在庭院里,并为两棵松树起名为"记功"、"颂德",以纪念了昱,一真法师为此还作诗一首,曰:

记功颂德种双松,慈荫他年仰祖风。

古刹重兴青嶂外，梵宫高倚白云中。

经唱了，头磕了，松树也种了，诗篇也写了，龙华古寺除了少了半幢藏经楼外，晨钟暮鼓，一切依旧。

然而，拙猊却不能安下心来，这倒不是为了了昱头上那一杖，而是龙华塔顶上日日夜夜腾跳不已的两条大鲤鱼。自吴赤乌十年至今千年之久，这两条鲤鱼一直不忘清净，安详卧水，如今经楼满把火，了昱一条命，却使两条大鲤鱼如此反常。拙猊不知即将会发生什么事，每日里坐禅房，心里细细掐算，却也算不出什么名堂来，于是疑云团生，坐立不安。

风和日丽一天，天朗气清，拙猊又坐禅房，看见竹禅又倚竹林里，舒伸雅怀，一面低吟浅唱，一面弄墨作画，好不自在。竹林里有口井，和尚们唤作龙井，井中水清纯明净，即使竹禅常年洗笔刷砚，也不能污其点滴。

阳光安宁，拙猊却觉得异常，甩了甩脑袋细细察看，才发现往日里腾跳不已的那两条大鲤鱼失了声息，龙华塔塔顶上无风无云，安谧平静。拙猊想想不对，便拖了铁杖，踅出禅房，到塔下后一运功，便上了塔顶。上去一看，不禁气得哇哇大叫，原来铁盘边匍匐着竹禅那只大黑猫！大黑猫爪子前是两尾残存的鱼骨，而铁盘里两条大鲤鱼却失了踪影。大黑猫吃了鲤鱼，在阳光下伸个懒腰，心安理得地捋理猫须，见了拙猊，不慌不忙，也不躲避，笑眯眯地朝拙猊"喵"了一声。

拙猊的五脏六肺仿佛都着了火，浑身上下一百多块大小骨头咯咯作响，一怒之下，举起铁杖朝大黑猫打去。那黑猫虽然大如猛犬，但是一杖之下，即刻脑浆迸流，鲜血狂喷，四条腿弹了弹，抽搐而死。

由猫马上想到了竹禅，拙猊拎起血肉模糊的大黑猫，急急匆匆地下了塔，一路叫骂，冲到竹林子里龙井边，一看，已不见竹禅踪影。于是，拙猊一路寻来，寻到山门，只见竹禅正悠然作画，恍如仙子。

这山门是明正德丙子年冬季造的，造门者是龙华寺的一个不知名的和尚。山门上端朝南有"龙华"二字，背后朝北处有"古刹"二字，字上积满落尘，而且已结成凝固物。竹禅正爬在山门上，用一把扫帚扫落灰尘，给山门洗脸。竹梯便倚在山门石柱上。

拙猊怒气冲冲寻来，一脚踢翻竹梯。又一甩手，把死猫朝竹禅扔去。聚精会神的竹禅毫无准备，被死猫打翻，从山门上摔了下来，还没弄清原由，拙猊的铁杖便重重地打过来了。好在笔不曾脱手，一举，挡住了铁杖，竹禅一个腾起，才看清大黑猫已经死得彻底，便有怒气冲天，挥笔朝拙猊打去。

竹禅原是西蜀梁山人，曾随川中大侠学了绝技铁笔功，更何况他生性颖悟，年少时映雪里孜孜不倦，并以理念化入武功，故武功更加出神入化。那拙猊虽有飞檐功，却只能飞檐走壁而已，真正交起手来就远不是竹禅的对手了。

转眼间，拙猊的额上已被竹禅点了一笔，点得拙猊晕头转向，眼冒金星。拙猊今天是拼出来干了，明明知道不是竹禅的对手，却咬咬牙，豁出去了，这叫作"拼死吃河豚"。只见他晃了晃，稳住身子，铁杖横扫，带起一股强劲的恶风，朝竹禅打去。竹禅一矮身，铁杖滑顶而过，光秃的头皮被风吹得微微带麻。竹禅趁势朝拙猊左脚背点去，拙猊吃了痛，一个趔趄又站稳了。于是他重新来过，由上而下，铁杖高举直落，朝竹禅的天灵盖直劈下来。竹禅欲闪，脚下踏着了那只死猫，软乎乎地站不住，他不忍心踏上死猫，正犹豫间，被拙猊铁杖削着了左臂。当然一阵裂心裂肺的疼痛，痛了便有怒气，竹禅朝拙猊的胯间点去，竹禅这一招是恶毒的，只要打中了，拙猊的千斤巨力也就烟消云散了。竹禅的笔将点到时，想想不忍心，又缩了回来。就在这一伸一缩间，腿上又吃了拙猊一杖，幸亏竹禅功夫精到，要不然真挺不住。拙猊打得手顺，一杖一杖尽往竹禅要害处打，打得满脸油汗，热气蒸腾，自然也就龇牙咧嘴，面目可憎了。

　　一个腾挪，竹禅跳出圈子，定下心来，想，这个秃驴子平日里平平静静，并无火气，从不与人争是非，也从不见他与别人动手动脚，干嘛今天冲着我使恶呢？竹禅是有脑子的，便大声道："秃驴子！"拙猊也大骂："你才是秃驴子呢！"竹禅又道："黑猫与你有何干系，作啥打得这样惨，出家人杀生违了戒条，当心来世有恶报！"

　　"你这秃驴子来世才有恶报呢。"拙猊停下手脚，喘着粗气道，"你放黑猫吃了铁盘里的鱼，你这贼秃驴子，看打！"拙猊又操起铁杖冲上来。

竹禅一笑，心中明白了，便道："这鲤鱼好生闹腾，实在该吃！"拙貌大骂："该吃个屁！"

竹禅也不多说，想想拙貌是为了护鱼才一反常态，发如此大火，以死相拚的，也罢，就随你转两圈吧。心里明白，便踏实了，腿脚也有了章法，一来一往，拙貌的铁杖下虽然险像环生，然而竹禅功夫到家，不妨来个"舍命陪君子"。

两个和尚你来我往，打得昏天黑地，却都无损毫毛。山门前草被踏平，树被削断，两个和尚好似两只蟋蟀，嚯嚯鸣叫，雄风斗威，只是如同儿戏。

正酣斗间，山门石柱后有人窃笑，然后有人影闪出，是一真法师。

"竹禅，拙貌，都住了手！"修一真法师发话，焉有不听之理。更何况竹禅早就不想交手，只是无法脱身；而拙貌也明知打不过，也想早点收场。一真法师这声吼，来得正好，于是两人都见机住了手，朝一真法师合掌而拜，等两个抬起头来，咦，一真法师已飘然而去，留给他们一个潇洒背影。

竹禅不语，以笔代铲，在山门口挖了个坑，将猫用草包了，然后埋入，堆上黄土，浇上一掬清水，静默片刻，仿佛这里还会种出一只猫来。

拙貌在一边冷眼相看，也不说话，看得久久，看那竹禅在土前念念有词。便看得乏味，拖起铁杖走了。走时当然频频回首，看龙华塔塔顶，塔顶上铁盘安然无恙。于是他定下心来，摸摸额前脚下的伤痛,如风如火地回到禅房,依然念经,依然默诵,依然顾着那塔顶的宝盘。

五 拙猊面壁　竹禅返归西蜀

转眼间到了晚秋,草短霜白,时常寒风。龙华古刹在寒冷的秋凉里屹立,寺边的古树,除了几株长青松柏外,大都飘秃了枝杆,露出极爽朗的树骨。黄昏时分,暮鼓咚咚,漫延在天涯海角,还有悠然梵钟,长鸣不已。

竹禅择一日黄昏,闲步庭院。庭院里枯叶索索,一派清凉。抬头看天空,看出漫天彩霞,渐渐,彩霞去了,落下孤霞一朵。于是,竹禅吟一句:"落霞与孤鹜齐飞,秋水共长天一色。"然后怆然,长叹,愁苦不已。他漫步走出龙华寺,过龙华塔,又一路漫无目标地走去,走到了龙华港,那里萋草一片,芦荡森森,船舸东摇西摆,如水鸭浮水,咿呀乃桨声,都是唱晚的渔舟。舟前立一两只鸬鹚,也倦得昏昏,茶炊饭灶,渔人们正在做晚饭。竹禅今日不携笔墨,无心作画,只是信步走走,悲切切仿佛失路之人。他慢走缓行,进了一片高过人头的芦荡,走了一阵子,忽觉脚下粘乎,一看,满脚泥浆,知是又到了河边。河边没有迷津,只有鹤汀凫渚。竹禅处在一片夕烟暮霭里,他在龙华寺数十年,仿佛刚刚领略如此仙境仙景。其实万般景境,不如一片心境,竹禅欲哭无泪,仰天长叹,他遥望高耸入云的龙华塔,久久凝视。

耳边有龙华寺隐隐梵钟,竹禅听晚钟向来诚心笃意。龙华寺雄踞吴越之地千年余,其间屡遭兵火天灾,但是那钟声却永远不动声色,给人以安详宁静的慰藉。竹禅静听钟鸣,夕阳流红,给竹禅镶了一道金碧辉煌的光边。

和拙貌交手的事已过去十五年。此间,拙貌视竹禅为仇家,同居一寺,同食一钵,然而见面之下,拙貌总是以白眼相加。竹禅慢慢悟解出一个想法来,这拙貌平日逆来顺受,从不发火,为了那塔顶上的盘和鱼却如此猖狂,这里面一定有名堂。

数十年来,竹禅有水墨相伴,毫笔一枝,居龙华寺粗茶淡饭,无非是为了这只铁盘。年少时,四川那个大侠告诉他:铁盘是宝中之宝,护宝乃是习武之人的美德,并要他居龙华寺七七四十九年,期满后不管宝盘如何,可以一篓行李返回故里。而如今,屈指算来,四十九年期满,竹禅也成了七十岁的老头了。

竹禅感叹,也得意,就此三五步小走,吟出一首七律来,诗曰:

行年七十老头陀,满眼风光会也么。

万法皆空忘物我,寸丝不挂泯机梭。

穿衣吃饭两来意,瞬目扬眉一笑过。

任运随缘消岁月,了然无佛亦无魔。

昨天夜里,竹禅在禅房里焚香默坐,用两枚竹爻算命,算了一夜,结果是:世缘已满,何处来回何处去。一把纸伞,一只被裹,碎银三五两,纸笔两套,行李都捆扎好,竹禅想一走了之。不管一真还是拙貌,谁都不打招呼不相辞,做和尚不是他的本意,只是为了那大侠的一句话，熬去了七七四十九年大好时光，如今便可潇潇洒洒地归去。种春风二亩田，度七十老来稀，一走之下，海阔天空。

然而，毕竟对龙华荡有了四十九年的感情，更何况大黑猫吃了两条鱼以后，龙华塔便微微倾斜，却没有倒塌，就这么斜着玩斜风戏斜雨，已整整十五年之久。于是，竹禅临行之前，偏偏要再到龙华荡走一走，看看自己耗去大半生的地方。

第二天清晨，管柴炊的和尚发现多了一钵粥，查找之下，竹禅不见了。竹禅这一走，把拙猊紧张得横汗一身，他顾着那只宝盘，几天几夜不眨眼，想想盘里鱼已被偷吃，铁盘如果再失去，一来辜负了韬法师的遗言，二来自己这半辈子熬下来也白费了。拙猊也老了，比竹禅小几岁，却也是青天瞖眼，不如当年了，和竹禅一仗干下来，不知什么原由，力气也衰去了许多。

拙猊变得更加沉默不语，想想自己这一辈子过得委屈，又想想《菩萨本生鬘论》里摩诃萨青舍身饲虎的故事，于是心下也有了安慰，便如此，做一天和尚，撞一天钟。竹禅去得奇怪，但是去也就去了，去了以后也没有发生过什么奇怪的事情。拙猊每日坐禅，坐着坐着，越坐越肥，两只雄乳居然如女人的奶奄拉下来，肚子大得油光水亮，说来也怪，越是苍老，拙猊的皮肤越是滑润油腻，拙猊也窃窃自喜，以为自己得了什么真谛，可以长生不老了。

谁知三日后黎明时分，有小沙弥来唤拙猊。一进门，尖声尖气地嚷道："拙猊师父，方丈唤你去！"

拙狨面壁不语。

"拙狨师父,星宿殿前庭院开裂了!"

拙狨依然面壁不语。

"拙狨师父,这次不是骗你,是真的事情。"

拙狨还是面壁不语。

也许平日开玩笑惯了,小沙弥一调皮,操炷香来朝拙狨肥肥的臀上烫去。

"吱"的一声,皮焦味传出,小沙弥吓了一跳,想想也怪,拙狨师父怎么还没反应。

拙狨在想什么呢?拙狨的灵魂已经飘入佛天佛地里去了。他的梦魂把他引向了《菩萨本生鬘论》里去:两乳被割,鲜血淋漓,又与女伺同眠。城南有小道,道口有铁门,铁门上有牛头马面,还有饿虎舐颈血食人肉,唯留余骨。三只黑猫,各叼两尾鲤鱼,俱被一只苍隼夺去。于是山洪暴发,波涛汹涌,龙华塔歪歪斜斜,摇摇欲坠,龙华荡鬼哭狼嚎,狐鸣狗泣。大海,平波稳浪,佛光普照,金灿灿耀眼光芒……

小沙弥唤声:"拙狨师父!"把拙狨的肩膀扳过来一看,吓得心惊肉跳,灵魂出窍。此时的拙狨,已失去了平日的慈眉善目,脸色发青,还露出两只獠牙来。

一真法师闻声匆匆赶来,看了拙狨,双手合十,"阿弥陀佛",拙狨的眼睛大睁,却早已失却了神色,如同两块铅块沉沉。

拙狨圆寂了。

六 荷花池水　莫把光阴流过

拙猊突然圆寂，举世惊愕，众和尚魂不守舍。只有一真法师若无其事，举起右手，在拙猊的眼皮上抚了又抚，抚了半刻，拙猊的眼睛终于闭上了。就在这时，狂风骤起，暴雨狂泻，万里无云的天空一下子布满了黑鸦鸦的乌云，电闪雷鸣，震耳发聩。突然，一声巨响，仿佛天崩地裂。

一个小沙弥面无人色地爬滚而来，顾不得擦去满脸满身的泥浆，结结巴巴地说道："方丈，星……星宿殿庭……庭院里裂……裂开一条大……缝……"

一真闻言仰天大笑。星宿殿前的庭院里凌晨时分便有一条极细微的裂缝，起初还以为是地老鼠的行道，小沙弥还用柳枝戳着玩耍，谁料这条裂缝越来越大，随着刚才这声巨响，已变成丈把宽的一道裂缝了。

一真癫狂痴笑，甩着袖袍跑到庭院里，雪白的胡须飘呵飘恍如一朵白烟。确实，裂缝不长，仅百步之遥，但极宽，可作一条溪流，只是干涸无水。一真知道裂缝无事不来，便叫众和尚结集庭前，焚了香火，点了烛光，一应法器木鱼尽敲尽打，还唱魂似地唱起了经诵。

众和尚看着那条裂缝，裂缝已停止了扩展。突然，裂缝里射出万道金光，一真令小沙弥前去看了，小沙弥惊叫："金箱一只！"

果然，裂缝里慢慢升起一只偌大的镀金石箱。一真令小沙弥打开看，小沙弥一面查看一面报道："古钱两缗！系北宋徽宗年号！木鱼一尊！系古桐木质！龛盒五只！永乐帝年号！《佛说四十二章经》一部！系宋太祖开宝四年敕品！方册式每页十行，每行二十字！系龙藏版《金刚经》一部！"

小沙弥语音未了，先吓得丢了魂似地跳起来，跑到一真法师跟前："方丈，还……还有……"

"还有什么！"一真厉声问道。

"还有了昱、竹禅、拙猊三位师父！"

"胡言乱语！"一真捋捋胡须，举步间，袍衫飘拂，走到石箱前，果然，箱子里端坐着三尊佛像，高四尺，大小如真人一般，三尊佛像真是了昱、竹禅和拙猊，活龙活现，气色俱佳，恍如三僧再现重世，一真见此异常情况，自然也大惑不解，进而想想了昱、竹禅、拙猊这三个和尚平日里的怪事怪语，心下一片疑云。

一真唤小沙弥们聚力而动，把三尊佛像搬入方丈室，这时，箱底豁然开朗，原来箱底便是一块琅琊石碑，石碑上有行云流水般的草书，一真法师便细细读来，书曰：

"了昱、竹禅、拙猊，乃三异僧，本性非僧而是作僧，便成异僧。数十年守护龙华塔上镇塔之宝盘，你不知我，我不知他，他不知你，然你中有我，我中有他，他中有你。人人只知唯我一人守护宝盘，而不知其他，于是人人出力，宝盘得保。寺间有火凶，保寺则盘水涸，水涸则了昱亡。竹禅有猫，叼鱼鱼亡，于是塔便斜。但塔斜便斜,终究不倒,固宝盘依在。是故竹禅世缘期满返归西蜀之日,亦拙猊圆寂之时。三僧于佛门有缘,故有三僧像长留人世,唯此唯此,而已而已,勒此石碑以告。"

刻碑者不落款,不留名,也无朝代年月。

一真长叹数声,捻了佛珠,一遍又一遍地念那段往生偈:"去得干净,去得干净,去得干净,莫负山僧忙报信,悬崖撒手蹈虚,那有尘缘些子剩!来得好!来得好!前日是前生,今日是今生,大地一轮红日晓,和尚们,吃饭饱,休论闲是闲非,却把光阴错过了……"

这时候,有一阵狂风吹过,大雨突然停住,云开处,天地明亮。

这事来得稀奇,一真法师修炼多年,却也不曾见识过,然而咋舌之余,接着而来的却是诗情乱动,才心不宁。一真法师又要舒伸雅怀,惹笔墨咬文字了。他令小沙弥端来笔墨,信手一首七绝,写得迅疾如飞,诗曰:

懿行慈怀世所知,一心念佛愿生西。

临终满室异香馥,榻涌莲华事太奇。

诗毕,一真法师一甩手,把笔墨扔得不知去向,抬头看龙华塔,那龙华古塔依然耸入云霄。千年古塔,千年古刹,永存人间,天高地迥,宇宙无穷,此中三异僧,一言既赋,四韵俱成!

纪实文学

太阳在呼唤

> 人:宇宙的精华,万物的灵长。
> ——莎士比亚

在这个洒满阳光的世界上,每个人都有自己的需要,自己的追求。陈喜德,这个浑身上下都散发着倔强气息的青年工人,不要这也不要那,他只想要一轮太阳,而且是太阳的精华——太阳能。

一九七五年初春的一天,那本装潢极其一般的《国外科技动态》杂志偶然地到了陈喜德手里。犹如九级地震,陈喜德的心里霎时被震开一条条不安的裂缝!杂志中有篇文章告诉人们:根据地球上每天所消耗的能源计算,不出一百年,地球就要被挖空了。而人类对地面每年接受的八十亿千瓦的太阳能却没有好好利用,我国在这方面的研究几乎是空白!

于是,陈喜德向太阳伸出了殷切的双手:能源!能源!……

有人担心他的学问,有人嘲笑他异想天开,有人讥讽他多管闲事,也有人嗤之以鼻:一个初中毕业的工人,头上还扣着顶"反革命分子"的帽子,哼!

陈喜德是那场横扫一切的"大革命"的牺牲品。一个二十出头的纯真憨厚的年青人，就因为不同意批斗厂里的"走资派"，硬是被扣上了一顶"现行反革命分子"的帽子！这顶帽子是够可怕的。但，是不是反革命，他自己心里最清楚，他问心无愧。他陶醉在自己的追求中，忘却了不幸和烦恼。

每天傍晚，图书馆靠东的一张椅子成了他的专座。在这里，陈喜德的模样是引人注目的，除了鼻梁上那副旧的黑框眼镜，他身上似乎没有一点书生的斯文气，五大三粗的身材，一头刷子似的短发，更使他增添了几分粗犷之气。他的那双不大的眼睛，却在镜片后面闪着睿智的光。这目光是深沉的，充满着信心和毅力。《太阳辐射能》《太阳能利用》《太阳能论文集》……一本一本叠起来，把他淹没了。宇宙、空间、太阳、地球，广袤的世界里奥秘无穷，陈喜德没有心思去采集美妙的传说和神奇的梦幻，只因为上不通天文，下不熟地理，所以他需要的数字、公式、定义、推导，一条条硬是吞下肚去……

太阳离地球，距离实在太遥远了，然而它每天都在用火辣辣的光芒呼唤着这位太阳能迷。

一年多过去了，陈喜德宽阔的额头上刻下了一道道皱纹。在图书馆里究竟啃下了多少书，他忘了。他记得的只是浩瀚的书的海洋，只是关于太阳能的种种学问。他像是一个地球的使者，一步一步艰难地向太阳挺进，他和太阳越来越近了。

全家福

妻子身着洁白闪光的礼服,柔软飘逸,依偎在丈夫胸前,脸上透出甜蜜的笑,可摄影师还是叫着:笑,笑,再笑点……

慢一点,再慢一点醒就好了,这么美好的梦。

妻子揉着惺忪的睡眼,看看窗外一方深蓝色的天,再看看在身边打着呼噜的陈喜德。丈夫累了,不要惊醒他,天不要亮就好了。

陈喜德的妻子小张,是个文静柔弱的女子。当陈喜德被戴上"反革命分子"帽子后,许多人疏远他了,小张却一如既往,把自己最纯真最炽热的爱情献给了他。小张觉得陈喜德可靠,是个可以信赖的好人。在陈喜德最苦闷的时候,她毅然和陈喜德结婚了。

有一天,陈喜德从图书馆里走出来,用身边仅有的一元钱进一家旧货商店里买了十块小圆镜。他想做阳光的反射光斑重迭试验,为制作太阳能高温炉做准备。回到家里,他搓着手,不安地向妻子谈了自己的打算。

"行,你上天摘太阳,我帮你扶云梯。这一辈子,我反正跟定你了!"

他抱来了一架木梯子,让妻子扶住,自己带着小圆镜子上了屋顶,妻子捧着温度计,紧接着也上来了。脚下是他们家,一间不到九平方米的亭子间,瓦片在吱吱乱叫。太阳容光焕发地挂在中天,夫妻俩分站在屋脊的两头,当陈喜德手中第一块镜子的反射光斑照到妻子手上的温度计时,妻子的声音是脆生生的:"二十六度!"第二点光斑复上来,声音便愈加清脆"三十五度!"第三块:"四十二度!"第四块:"四十七度!"第五块:"五十度!"第六块以后,每块使温度计上升两度!陈喜德只觉得一阵欢悦——一千块,只要一千块镜子聚焦反射。就可以达到摄氏两千度的高温!太阳能高温炉有指望了!

为了研制太阳炉,陈喜德几乎把家都搬到厂里去了。每天黄昏,在工厂的一堆废料边,便会出现一幅奇怪的"全家福"。

一、二、三……刚满四岁的小维维在数着家庭成员:爸爸,叫陈喜德;妈妈,叫张丽莉。还有呢?在小维维的心目中,家庭成员远不止三个,水泥地上零零落落的铁皮、镜片,爸妈手中挥着的锤子和耍着的剪刀,还有尺、笔、线、凿、锯、咕咕叫的电钻、哗哗响的焊枪……这些,不是也一直和爸妈,还有小维维在一起形影不离吗?每天傍晚,等人们下班,妈妈就带着她到爸爸厂里来了。小维维觉得,这里也像是他们的家。

缺少人手怕什么,陈喜德有这么好的妻子!妻子病退在家,没有工作,却天天"上班",路远,陈喜德咬咬牙为她买了一张月票。叮叮当,叮叮当,陈喜德把一块块剪好的铁皮给妻子,然后教着她把铁片敲成一块块扇形底板,底板能托住镜片,镜片能和远离地球的太阳遥相呼应,把太阳的能源收拢来。

没有费用怕什么,陈喜德有勒紧肚皮的裤带!这些年来,每月扣去八元钱的饭钱,到手的实际工资没有超过三十元的。妻子没有工作，女儿还小，除了一家三口的生活开支，陈喜德还要为妻子买月票，并且硬是挤出了一百二十元买镜片的钱。钱的数目不大，在有些人是挥手即去，然而陈喜德要弄到这笔钱，得花费多少心血呵！

叮叮当，叮叮当，妻子在敲铁皮，女儿在一旁帮着整理。这么小的手，这么嫩的皮，千万小心不要划破了！阳光洒在小维维的脸上，天真、活泼、可爱、逗人，陈喜德常常出神地凝视着女儿。小维维呵，你理应去幼儿园，在万花丛中和小朋友们一起唱歌跳舞捉迷藏。可是，她只能跟着爸妈听敲击声，一下，两下，三下……女儿虽小，却在学算术了，妈妈敲一下，她数一个数，数到后来她数不清了：镜片底板一共1096块，锤起锤落，每块底板要敲一千次以上。把1096乘上一千，形成了一长串的闪着太阳光数字，四岁的孩子怎么能记得住呢！

太阳从烟雾灰屑中投下了温暖的光，照在这一家三口疲倦而又欢欣的脸上。陈喜德一家人，都围着那一轮可望而不可即的太阳转，仿佛只要有了太阳，他们就满足了，就其乐无穷了。

熔 点

都是旧梦了，何必重温。不，没有历史哪来现实？陈喜德永远也不会忘记一九七七年那个风狂雨骤的夏天。那时，他还只是刚刚在图纸上完成了太阳能高温炉的设计。

亭子间门口有架七曲八弯的木板楼梯，又窄又陡，而且黑洞洞伸手不见五指。这儿没有七十二家房客的嘈杂，只有陈喜德越来越显得沉重的脚步声。无论妻子多体贴，女儿多亲昵，都抹不去陈喜德脚步声中的忧愁、烦恼和悲愤。人们的白眼、冷言冷语，这些他都能忍受。由他们说去吧，我干我的，只要不来剥夺我的事业，剥夺我的最后一点自由！但，现实比他想的更为严酷。他在厂里的一位忠实的朋友无意中听到一个消息：厂里要抓阶级斗争，准备把陈喜德当活靶子，并且和公安局联系好了，要斗他，抓他。倔强的陈喜德怎么甘心被斗被抓，怎么忍心眼看自己心爱的太阳能研究半途而废！七七年八月十二日，陈喜德"出逃"了，他撇下妻子女儿，却带走了一大叠太阳能研究资料。

仲夏之夜，狂风暴雨说来就来。望着窗外哗哗的风雨声，妻子抱着小维维，看着陈喜德的照片一动不动，像一尊凝固了的雕塑。"妈妈，他们为什么要抓爸爸？研究太阳能不好吗？"女儿细声细气的问话，像钢针刺着她的心。她使劲摇着头，止不住的泪珠却哗哗滚落下来。

此刻，陈喜德正蜷缩在一幢工人新村的大楼梯下，迷迷糊糊地睡着了……

多么难熬的日日夜夜呵！

医院急诊室里，陈喜德被查夜人推醒了："你陪哪个病人？"陈喜德急中生智，指着一个昏沉沉的老汉说："我爸爸。"这才避免了一场麻烦。

人民公园的长凳上，几夜没睡的陈喜德倒头便睡，被纠察抬进办公室一个多小时还没醒，差点被送回厂里"归案"。

上海不安全，他到了苏州，也是险情迭出。没几天便又回到了上海。

陈喜德有什么罪呢？他没有一丝奢望，他只想太太平平地搞太阳能研究，为国家和人民造福，可是，为什么把他撵得身无立锥之地呢？陈喜德抬头看天空，太阳还是那么明亮，那么炽热。哦，太阳呵太阳，为了追求你、探索你，人类历史上有过多少牺牲者呵，从《山海经》中那个"与日逐走"，最终"道渴而死"的夸父，到哥白尼、布鲁诺、伽里略，各种各样的苦难，追随着那些探求太阳奥秘的人，坐牢、幽禁、被烈火焚烧……可现在是二十世纪七十年代呵！

一抹浓浓的阴影，掠过陈喜德的心头。他曾经想到死。然而即便死，他也要人们了解他的无辜，理解他的追求。他连续给局党委写了几封信：

"……我虽然被迫离开了厂，离开了家庭，但我的心始终没有离开过党，我的思想一直没有离开要为人民作贡献。我抱定一个宗旨，就是哪怕到我生命的最后一息，我也要为研究太阳能的接收奋斗……"

写完信，陈喜德附上了在三十九天流浪的日子里写成的两份资料：《太阳能自动钢板切割机的设计方案和试制报告》和《关于太阳能利用的几点设想》。在这些资料的第一页上，他工工整整地写了一行大字：献给敬爱的党、可爱的祖国。

接着，陈喜德又给女儿写了一封信，没有悲悲切切。女儿还小，细细的眉毛，好奇的眼睛，小鼻子小嘴，多可爱呵。每次走过玩具店，她总要用力扭着妈妈的手说："爸爸以后会给我买的。"这话是安慰自己还是安慰做父母的？陈喜德真的没钱，否则他一定肯把整个玩具店买下来给小维维。

"亲爱的小维维……今天，爸爸要和你永别了，他是受人陷害的，是清白的！……爸爸给你留下一份太阳能研究资料，这是爸爸心血的结晶，希望你懂事识字以后就研究太阳能，这是一项造福于人类的事业……"

写到这里，陈喜德眼睛湿了。小维维从小受苦受累，没吃过一根棒冰，没吃过一只大饼，可怜可怜她吧，别在她幼小的心灵里撒上一把苦涩的盐。他，终于把信揉成团塞进了口袋……哦，陈喜德不能死啊，他不能离开这个世界！

陈喜德终于没有死。这是什么缘故呢？说东道西的人很多，可谁也说不清楚。还是妻子理解他，她说：铝的熔点是680℃，黄铜的熔点是980℃，钢的熔点是1532℃……孩子他爸爸，他心里揣着一个太阳，他没有熔点！

人与人

下班铃打过以后，人流从工厂的大门退去，工厂安静了，只有警卫室的几个老同志还在门口转悠。陈喜德又开始了"业余活动",他和青年工人谢魏松和郑志铃拿着皮尺和图纸,正在厂房顶上为设计太阳能热水器忙碌着。小谢和小郑,是两位热情而又好思考的小青年,在陈喜德最困难的岁月里,他们向他伸出了友谊的手。在他们看来,在这个厂子里,陈喜德是最卖力最能干的工人,厂里的哪一项技术革新没有他的功劳呢。陈喜德的太阳能研究,得到了他们热情的支持和帮助。此刻站在屋顶上,他们的心思是一样的。太阳能热水器如果成功,可以解决厂里四百个工人的洗澡用水,这样一来,能省多少煤、多少人工!陈喜德正在屈指算计,突然觉得房顶下那辆卡车边有人盯着他。

小谢和小郑也发现了:"阿德师傅,是门房警卫。"陈喜德知道警卫又在监视"反革命分子"的活动了。不妨,这是他的职责,就让他跟着好了。像陈喜德这种身份的人,居然在屋顶爬上爬下,怎么能让人放心呢?

虱多不痒,债多不愁。陈喜德落到这种地步,对于这类跟踪、监视已经不屑一顾,可是苦了两位小青年。谢魏松本来就有个"右派"父亲,现在又加上一个"反革命"的阿德师傅,这就够他受的了。郑志铃恰恰相反,他有个光荣的劳动模范父亲,根正花红,可居然也和陈喜德粘在一起了,掰都掰不开。七七年春天,小郑要入团了,就因为他常和陈喜德在一起,厂里的干部们决定推迟他的入团审批会。

陈喜德两袖清风,要想买块放大镜做试验也无能为力。郑志铃悄悄地把父亲放照片的放大机上的那块镜头拿来给了他。

他们还把外厂一位热心太阳能研究的姑娘小周找来了。小周也不怕陈喜德这个"反革命",跟着一道起劲地干起来。"阿德师傅,""阿德师傅,"小郑、小谢和小周他们叫得多真挚多亲热。

陈喜德感动了,多好的同志,多好的朋友,陈喜德不觉得孤独了,他感到有人理解他,有人和他在一起,心里充实多了。

太阳能热水器的图纸送到公司的一位工程师手里,这位工程师,说话向来是轻描淡写的:"这种东西要是行,市里早就推广了,用得着你搞!"

陈喜德怎么会忘记这位工程师呢!就在他利用下班后忙着试制太阳能高温炉时,工程师同志曾经踱着方步从工厂对面的公司办公室里走来。小谢和小郑也在,他们为陈喜德鸣不平了:"陈师傅搞科研,自己掏腰包呢!"

陈喜德默默地望着工程师,他多么希望能听到一句支持的话,哪怕是看到含有同情的一瞥!

工程师的话是冷冰冰的:"谁叫你搞啦?还是趁早收摊吧,影响生产,找你算账!"

工程师同志呵,你拿着国家优厚的薪水,你难道不脸红么?你以为别人就都应该像你一样无所用心吗?有人看见了,你的那本为应付考核而买来的英语初级教材上,A下面有个"爱"字,B下面有个"皮"字,C下面有个"死"字。工程师尚且这等水平,一个初中毕业的工人想研究太阳能,搞什么发明创造,当然是异想天开啦!

这位工程师的表演是够精采的,开始是嘲讽、训斥,而当陈喜德成功以后,他却又俨然摆出了高明领导的架势,并且雄赳赳气昂昂地在陈喜德的发明下面署上了公司的名字。公司的发明,自然有他工程师的一大份。在太阳能高温炉前留影时,他戴着干部帽,穿着中山装,口袋里插着两三支钢笔,心安理得地居中站着……

这样的干部,毕竟是少数,生活中还是好人更多。陈喜德怎么也不会忘记,一天,有一辆黑色的小轿车开到厂里来了。小轿车不停在办公室门口,却一直开到陈喜德试制的太阳炉边上才停。车上,走下一位两鬓斑白的老干部——呵,是建工局的陈局长!原来,他听说这家厂里有人试制了一台太阳能高温炉,便兴冲冲地径自赶来了。老局长围着太阳炉转了几圈,饶有兴趣地仔细看着,然后问赶来迎接的厂领导:"这是哪些同志设计试制的?"

"哦,是……""是陈喜德!陈喜德!"在一边看热闹的工人抢着回答了。

"快,陈喜德,局长找你啦!"人们找到正在车间里干活的陈喜德,他一下子懵了:局长找我!

找错人了吧?人们连推带拥把陈喜德拉到太阳炉边上,局长抢上一步,紧紧握住了陈喜德那双满是油腻的手,有力地摇晃着:"好,有志气,年轻人!有什么要求?你提吧!"

陈喜德只觉得周身一热,眼睛里变得一片模糊。这些年来,他遭过多少白眼,听过多少嘲讽,现在,这位领导着十数万人的局长热情地握住了他的手,而且还亲切地问他有什么要求……陈喜德有千言万语要吐,喉咙却似乎被什么哽住了,他只是呆呆地望着局长,一句话也说不出。

局长和善地笑着说:"回去考虑一下吧,年轻人,三天以后到局里来,直接找我!"

三天以后,陈喜德到局党委去了。无巧不成书,在走廊里正好碰到公司的那位工程师。工程师一愣:"你!你来干什么?谁叫你来的?""局长让我来的。"陈喜德回答得平静而又坦然。工程师板着的脸松下来:"哦,那我带你去。"他居然一把拉起陈喜德的手,忙不迭地敲开了局长办公室的门。

局长和陈喜德作了一次长谈,他夸奖陈喜德,鼓励陈喜德,并且满足了陈喜德关于进一步搞太阳能研究的一些具体要求。一老一少,推心置腹,谈得那么融洽,那么投机,却冷落了边上那位一脸媚笑的工程师……

一出办公室的门,工程师便换了一副面孔,狠声狠气地对陈喜德说:"以后再不许自说自话找局长了,凡事要一级一级来!"

陈喜德不过淡淡一笑而已。有什么奇怪呢?人嘛,就是这样各有千秋,有小谢、小郑、小周,有陈局长,就必然会有他工程师。没有这种差异,生活或许要失去平衡呢!

幸　福

是的，陈喜德终于成功了！

一台新颖的太阳能高温炉，奇迹般地出现在工厂的废料堆边上。它像一朵巨大的莲花，直径3.85米的花盘闪烁着缤纷的光彩，挑战似地傲然仰视着太阳。

一九七九年八月十二日，烈日当空，太阳炉的1096块镜片第一次对准了一个焦点，在那白光耀眼的焦点上，一块黄铜顷刻被熔化了，冰冷坚硬的金属，飘出缕缕紫烟，变成了炽热通红的液体，一滴，一滴，从托盘上往下淌着……

成功！成功！太阳炉周围响起了热烈的掌声和欢呼。小谢、小郑和小周还有许多兴奋的工人们，把陈喜德团团围了起来。

陈喜德，此刻他作何感想呢？为了这一天，他付出了生与死的代价，在太阳炉那奇异的光彩里，凝集着他全部的心力与血汗，汇聚着他所有的痛苦和欢乐呵！且慢考证这台太阳炉在科学上的地位，或许也会有人不以为然的。然而请想想，设计它的，创造它的，是这样一位普通的青年工人，他头上顶着可怕的帽子，肩上背着沉重的包袱……比起他的韧性和劲头，那么，蚂蚁筑窝、蜜蜂营巢简直都算不了什么。是的，陈喜德成功了，这成功是辉煌的，不同凡响的，他应当欢呼，应当大笑。然而陈喜德却说不出一句话，只是用他那抖抖索索的手，从上衣口袋里掏出半包揉皱了的飞马牌香烟，激动地分发着……

可惜陈喜德口袋里只有这半包"飞马"牌,此刻,他的身上倘若有金银珠宝,他也会毫不犹豫地大把大把撒给人们的。真的,有什么能比把理想变成现实更欢乐更珍贵呢!

陈喜德政治上平反以后,他用加倍的努力,给人们开出了一张清单:

内循环式太阳能热水器、太阳能混凝土干燥装置、太阳能高温炉、太阳能烘箱、太阳能烘房……

真可以开一个太阳能研究成果展览会了,这是他献给国家和人民的礼物。

报纸上介绍他了,信件像雪片一样从全国各地向陈喜德飞来:

同志、老师、专家、叔叔……呵,多亲热!人们对陈喜德的称呼一下子变了,这些称呼很平凡,却像甘泉在陈喜德干涸的心田里泛起清粼粼的碧波。信中的内容也是五花八门,要求他讲学,要求拜他为师,最多的是来求援的:森林资源保护,中药干燥加工,冷库储藏食品,社员节约柴草,生产队烘干粮食……江苏省江阴县有一位科技迷,从报上看到陈喜德的事迹介绍后,在一块镜子上精心镂刻了"向太阳要能"五个大字,专程赶到上海送给陈喜德,他说:这是无数关心太阳能研究的人们的心意!……哦,原来人们的吃穿住行都和太阳能有关,原来世界上还有这么多太阳能迷,陈喜德心醉了——多好的祖国,多好的人民!

陈喜德发明的太阳能高温炉搬到了新成立的能源研究所,陈喜德研制的内循环式太阳能热水器经鉴定通过后投入了批量生产,陈喜德设计的太阳能烘房出现在沸腾的工地上……陈喜德也从工厂调进了能源研究所,所里的领导和室里的同志们都关心他,爱护他。生活和事业,都向这位倔强的年青人展开了更为宽广的道路。但,谁能说前面就没有风浪没有曲折了呢?

太阳能高温炉伫立在研究所的院子里,陈喜德常常要走到它身边默默地看一会,想一会。那1096块镜片整齐地围了一圈又一圈,它们的目标都是那个能熔铁化钢的焦点,它们的心多齐呵!陈喜德仿佛觉得自己变成了太阳炉上的一块镜片,和许许多多镜片一起,把目标对准了那个焦点……

真的,假如人们的心思和干劲真有那么集中该有多好,每个人是一块镜片,每块镜片都对准一个焦点,那么,只要太阳还在我们的头顶闪耀,胜利和成功,就会和我们在一起!

生活的旋律

王小鹰　乐维华

音乐,是人生最大的快乐;音乐,是生活中的一股清泉;音乐,是陶冶性情的熔炉。——冼星海

1——3——5——3——1——
啊——啊——啊——啊——啊——

"……静静地吐音,像流水一样……对,让声带很薄很薄地闭拢……再来一个。"老师认真地说完又专注地弹起了琴。

1——3——5——3——1——
啊——啊——啊——啊——啊——

仿佛有一条蔚蓝色的小河,载着稠密的绿荫和细缓的波纹,轻轻地流呀流呀,流得那么柔软,那么光滑……

这是在哪里呀?——我们的音乐室。我们万航渡路第六小学的合唱队正在排练节目,准备参加全区会演!

啦——哦——依——呀——哪——

"好,好极了,接下来我们练第一首歌,'校园的小白杨'。"

"当我入队的那天早上,我在教室前面栽下小白杨。当我当上优秀队员,小白杨也长得又高又壮。啊,快乐的小白杨,你同

我一起成长……"

"……响的地方不要到达饱和点,要控制声音,把情绪唱出来,以情代声……"老师充满感情地弹起了前奏,眼前仿佛出现了青青的校园和挺拔的小白杨,红领巾在绿叶间火一般地飘扬……

老师叫姜小路,中等个儿,鹅蛋型的脸,一双眼睛又大又亮,透明得让人望得见心灵。她走起路来风风火火,说起话来爽爽气气,给人以开朗、乐观的印像。只有眼角那几条不为人注意的细纹,才显示了她三十五岁的年龄和经历过的种种磨难。

她曾经有过小白杨般幸福的童年和少年。她是上海音乐学院附中的学生,专业:钢琴。父母期望她能到国际音乐比赛中去夺一枚奖章,小伙伴们亲昵地称她"未来的钢琴家",可小路有自己的愿望:她迷上了声乐,立志要当一名女歌唱家。十七岁那年,她瞒着家里人,偷偷去报考兰州军区空政文工团,考取了!毅然放弃音乐学院舒适的学习环境,到大西北去,为了什么?唱歌!呵——理想产生的力量往往是任何物质力量所无法比拟的。

从早到晚,她只是一个劲地吊嗓子,对着镜子练口型。几个月了,竟连兰州城大街的模样都不知道。她接受了第一个角色,在歌剧《红松林》中饰演小男孩,虽然不是主角,虽然要把头发剪得很短很短,她还是欢喜得睡不着觉了。窗外有一弯明月,亮晃晃,像舞台上的水银灯,天空上缀满星星,闪闪烁烁,像舞台下观众的眼睛;风儿卷着树叶哗啦啦地响,像满剧场掀起的掌声……她笑了，笑自己即将成为现实的美丽的理想。以后，表演唱、二重唱、独唱，小路成了文工团一名年青的歌唱演员。

然而正当小路踌躇满志的时候，突发的"红色风暴"把她从登上女歌唱家艺术峰顶的阶梯上抛进了"狗崽子"的黑坑。

"父被隔离，兄弟下乡，母病重，速归。"一纸电文像一场瓢泼大雨，把她淋得浑身冰凉！

"妈——妈——！"小路风尘仆仆地赶回家，一头扎在母亲的病床上。妈妈的头发白了，人瘦了，枯涩的眼盯着大女儿："小路，复员吧，回家吧，妈妈……需要你！"

她不能忤逆妈妈的心意，她要尽女儿的孝心。她回上海进厂当了一名工人。她变得闷闷不乐，银铃般的笑声消失了，常常一个人望着天际的一朵云发愣——没有歌唱的生活难道能算生活吗？

"延安文艺座谈会上的讲话"发表三十年纪念日，厂领导找到小路，要她在厂里组织小分队排节目！

"啊！我又要唱歌了！"小路多兴奋，她轻轻地哼起了心爱的曲调。脸颊红扑扑；眸子晶亮亮……

小路在群众文艺会演中表演出色。她被选进了工人文化宫合唱班，当上了声乐部部长。三个月后，她又考进了上海市舞蹈学校！

"……啊，快乐的小白杨，你同我一起成长……"

你听，此刻孩子们的歌声多么明亮，多么动人！

"第二首歌,'台钟'。"

"……台钟的声音多么美妙,随时好像发出忠告,每当你虚度年华的时候,它会带着时光悄悄溜掉。滴答、滴答、滴答、滴答……"

"……跳音要唱得轻快,要有弹性,就像皮球拍在地上弹起来,你们每个人,都像一只小皮球,滴答,滴答,滴答……滴答……"姜小路的心和着这"滴答"声跳荡,往事也随之轻轻地波动……

长乐路上的一幢普通的石库门房子,二楼亭子间临街的两扇窗里,飘出一阵清丽悠婉的歌声。朝朝夕夕,从不间断,常引得路人停下脚步,仰颈张望,侧耳倾听。街前街后都出了名,"蒲园对面住着个歌唱家呢,天天练唱,一条马路都听得见!"

这是姜小路的家——一间普普通通的小房间,没有大橱,没有五斗柜,除了挤在屋角里的双人床外,屋中最显目的便是那架钢琴了。小路结婚时什么都不要,东攒钱,西攒钱,就为了买一架钢琴和一台录音机——她那时还在舞蹈学校当歌唱演员,音乐把小路的整个身心都占据了!

但她怎会想到,人世间除了美妙的歌声,还会有妒嫉、造谣、暗算?!由于她的勤奋,使她经常处于艺术上的优势,因而触犯了某些人的"尊严",更由于她秉性刚直坦率,想什么说什么,因此而招来了无端的厄运。

她突然被舞蹈学校退回工厂了。这第二次毁灭性的打击把她的精神支柱摧断了！她躺在床上，呆了傻了，聋了哑了！

"小路，心里不痛快，自己屋里唱唱，我来当听众。"从大西北探亲回家的丈夫最了解小路的心了，他抚着妻子发黄的面颊，这样劝着。

"我要听妈妈唱歌，妈呀，唱嘛。"乖巧的小女儿也扯住了小路的衣襟。

丈夫推，女儿拖，把小路按在琴凳上了。她又开始练唱了。不为了演出，只为了自己的心灵。一朝一夕，从不间断，吸引了左右街坊和过路行人，也招来了许多拜师的姑娘和小伙子。她认真地辅导前来求教的青年。她受伤的心得到了抚慰和希望。

有一天，小路的一位学生兴高采烈地跑来报喜："姜老师，我考取文工团了，人家说我的唱法很有修养。"

小路愣了愣，明白过来，浑身腾起暖烘烘的热流：我原来还真能教好学生呀！小路的眼前突然展现了一幅五彩缤纷的图画，像发现稀世珍宝一样，她发现了自己新的价值。

"我申请当一名音乐教师，即使当小学教员也干！只要能教音乐、教唱歌！"小路，在追求重新建立的理想时，又表现出当年的那股执着劲来。

区教育局的同志为她的自荐勇气、献身精神所感动，于是，姜小路成了万航渡路第六小学的音乐教师。

"滴答滴答……台钟每时每刻不停地敲，为了创造幸福……"你听，此时孩子们的歌声多么清脆，多么动情！

"第三首歌,'让我们荡起双桨'。"

"让我们荡起双桨,小船儿推开波浪,海面倒映着美丽的白塔,四周环绕着绿墙。小船儿轻轻——飘荡在水中,迎面吹来凉爽的风……"

"……歌声要透明,要像清清的水面拂起的一阵小风,小风吹起的一层微波……"姜小路说得动情,整个身子就像波浪在摇晃,汗从她宽宽的额头上渗出……

哦,这是怎样的一所小学呀!校舍坐落在狭窄的弄堂里,紧挨着高高低低的油毛毡房顶,屋檐下吊满了各种衣裤和尿布……小路的心里聚起一团疑惑,横上一抹担忧。值得欣慰的是,碰到了一位热情宽厚的好校长,"小路同志,喏,录音机由你保管,要进修,我帮你开证明,放手教吧,孩子们多需要音乐哟!"

小路怀着巨大的激情和希望第一次登上讲台,面前,是四十几双好奇、顽皮、天真的眼睛。小路用自己明亮的大眼挨个儿打量着;他们的皮肤不像市中心的小孩那样粉白娇嫩,他们的衣着不如市中心的小孩那样鲜艳美丽,他们的父母大多是小摊贩和苏州河上的船民,终年在咔吱咔吱响的运输木船上辛劳,无暇顾及孩子们的教育。听说,这些孩子挺捣蛋,骂粗话,打人,有的还会小偷小摸……然而,从他们亮晶晶的眸子里,小路看到了质朴的美。

"……音乐无所不存在。你们看,人的呼吸,就是三、四拍的节奏,人走路,就是二、四拍的节奏。大自然里有音乐,风儿哗哗哗，雨儿沙沙沙……"小路娓娓动听地给孩子们讲开了，"要建设一个文明的国家，少不了音乐。音乐能够给人美的享受，能陶冶人的性格，能增加人之间的感情，能使大脑得到休息……"

教学进行得很顺利。小路信心倍增。"我要组织一个儿童合唱队，这是普及音乐最好的办法。"她的建议得到了校领导的支持。她振奋极了，因为心中藏着一个宏伟的计划：发展我国自己的儿童合唱事业，赶上国际一流水平！

小学里的音乐教师应该是最轻松的了，不就是教孩子们唱几首歌么？可是，小路却忙得恨不得把一个身子劈成三片。除了一个星期上十几节课，每天早上，她要组织合唱队练唱；每星期，她要去音乐学院、少年宫进修；晚上，她要去观摩各种音乐会，还要到图书馆查资料；还要和其他小学的音乐教师一起磋商研究，还要访问孩子们的家庭……深夜回到家，浑身骨架子像散了似的。

"神经病，你这样干，谁多加你奖金了？"有人这么劝她。

小路惊异地望着说话的人："为什么要加奖金？我得到了许多许多……"世界上有许多东西是无法用钱来计算的。

为了让孩子们对歌词有感性的认识和理解，小路决定带合唱队到金山去参观。汽车载着一车的欢笑和歌声，孩子们像一群春天的鸟儿。可小路却在为自己发哑的喉咙生愁。

"姜老师，喏，'胖大海'，我妈妈说，喉咙哑了就得吃这个……"一个学生把一瓶"胖大海"塞给小路。

"姜老师，我这里也有，是爸爸昨天去城隍庙买来的。"

姜小路望着堆在膝上的十几包"胖大海",眼泪涌上了眼眶……平时,经常有孩子往小路办公桌上放面包,经常有孩子要求替小路擦自行车……人生最大的享受是什么?你的工作,你的努力得到了承认和赞赏,你因此受人尊重,受人爱戴,还有比这更幸福的么?

有一天,一位长得虎头虎脑的男孩来找姜小路,他下巴抵着胸膛,轻轻地说:"老师,让我退出合唱队吧!"

姜小路吃了一惊,她扳住他的肩问:"张兆胜,你说什么呀?"

这个张兆胜是学校出名的皮大王,十几岁了还读四年级,学校老师谁见了谁皱眉头。在一次音乐课上,姜小路叫大家练声,他却故意唱起歌来。同学们都以为老师非剋他不可了,但姜小路却惊喜地说:"张兆胜,你的嗓子不错,来,到讲台上来,给大家做试唱!"他简直不相信自己的耳朵了,以往老师对他总是竖眉瞪眼的,可姜老师的脸上带着多么可亲的笑容呀!他唱了,唱得又准又亮,姜老师在全班着实夸奖了他一番。从此,张兆胜着迷似地爱上了音乐课。姜小路决定让张兆胜参加合唱队。有些老师怀疑地说:"当心一只烂萝卜搅混了一锅汤!"姜小路却相信音乐的魅力能改变人的脾性。张兆胜终于成了合唱队的主要演员。

张兆胜仰起脸看着姜老师,小路发现他的眼中闪着泪花。"老师,我,连累你了……"原来,今天,张兆胜在上算术课时熬不住又和人家打闹了,老师训他。"你还算合唱队队员吗?去问问姜老师,你们合唱队都是怎么搞的?!"张兆胜难过极了,人家说他千声坏他不在乎,谁要说合唱队和姜老师一声坏呀,他心痛了。"姜老师,让我退出吧,省得人家说你,说合唱队!"

姜小路被他的诚意感动得半天说不出话来……"小张,你既然知道你不听话了,会给合唱队抹黑,那你以后干什么都要想到你的行为关系着合唱队的名誉,一定要控制自己,好吗?"

张兆胜用力点了点头……

"……做完了一天的功课,我们来尽情欢乐,我问你亲爱的伙伴,谁给我安排下幸福的生活?小船儿轻轻——飘荡在水中,迎面吹来了凉爽的风……"你听,此刻孩子们的歌声多么整齐,多么优美呀!

"第四首歌,勃朗姆斯的'安睡歌'。"

"……快快睡吧我的宝贝,窗外天已黑,小鸟回巢去,太阳也休息……两眼要闭好,妈妈看护你,好宝贝,安睡吧……"

"……慢一点唱、轻一点唱,非常安静非常安静地唱……唱着走进梦中……"姜小路弹琴的双臂缓缓地起伏着,像是怕惊动了孩子们甜美的梦境……她的眼前映出了一张可爱的娃娃脸,酷似自己的大眼,和丈夫一模一样的鼻嘴——伊蔓,我亲爱的女儿,此刻你在干什么呢?一定是孤单单地坐在空落落的教室里,你在做功课?还是托着腮帮眼巴巴地等妈妈?小路有一个多么聪明的女儿呀!有一次去参加一位伯伯的追悼会,回来,她就在钢琴上默奏出哀乐的曲调。喜得小路和丈夫直搂着她亲吻,发誓要把女儿培养成音乐家！可是小路没有实践自己的诺言，小伊蔓常常撅着嘴说："妈妈一点不喜欢我，妈妈教了那么多学生唱歌，就是从来不教我！"

"妈妈……太忙了呀！"小路歉疚地对女儿说。

小路的丈夫在外地工作，自己又早出晚归，小伊蔓怎么办？她才刚刚上小学呀！在领导的帮助下，小路把女儿转到自己学校附近的小学里读书。每天清晨，她硬着心肠把睡意正浓的女儿拖起来，带着她赶到学校，女儿到教室里去看书，她去帮合唱队练声。放学后，女儿就一个人留在教室里做功课；等妈妈来领自己一起回家，常常是等到日落西天，月上树梢，肚子饿得咕咕叫，妈妈才会拖着疲乏的身子来接她。

小伊蔓，乖孩子，不是妈妈不爱你、不疼你，人活在世上不能只为了小家庭呀，妈妈经过多少曲折才找到了理想的工作，恨不得把所有的力气都付出来，再累再苦也心甘。小伊蔓，人为理想活着，才算真正的生活，你懂吗？一定懂的，一定会懂的！

"……快快睡吧，我的宝贝，窗外天已黑，小鸟回巢去……"悠扬安静的歌声在简陋的音乐室里回荡，在五彩缤纷的晚霞里飘绕……

"同学们，今天排练到此结束了，再见！"

"姜老师再见！"……

姜小路软软地坐在琴凳上，用手背抹去额角的汗珠，排练耗尽了她全部精力，她真想就这么闭上眼，沉沉地睡一会。不行，小伊蔓还等着她呢？小路用力站起身，匆匆地走出音乐室。

长长的走廊里挂着一排光灿灿的奖状，小路情不自禁地立住脚，每天每天，她总要对它们看上一会："少年儿童布谷鸟歌咏比赛一等奖"、"百灵鸟合唱队奖"、"文艺会演一等奖"……小路长长地吁了一口气。

她曾经向往当一名歌唱家，如今，她是一名普通的小学教师，也许，她的学生中一个也成不了音乐家，可是，谁能说她的理想不辉煌，不宏伟呢！

迎着绚烂的霞云，小路的胸膛被博大的音乐充满了。

片 段

——王小鹰印象记

王小鹰是一九七八年初进华东师范大学念书的,我们这些人当初从课堂走向社会,现在,又从社会走进课堂里来了。十年积存,积存出一批"精华"来。刚进学校那天,一个怀抱婴儿的妇女在廊里徘徊,婴儿在哇哇地啼哭,她全然不顾,拖着行李铺盖,无神的双眼里仿佛在寻求以往的梦,还有一个皮肤黝黑,额上有刀刻般皱纹的汉子,坐在墙角里闷闷地吸烟,屁股底下垫着的脸盆瓷色剥落,但"插队落户干革命,一身献给……"的字样还依稀可见。

"我属猪,你呢?"老张问小张。

"我也属猪,比你小一圈。"小张答老张。

"以后,我们是同学了。"老张拍拍小张的肩膀。

那时节,人有疲倦之色,却无休息之意,额上尽管还留着风吹雨打的印痕,而青春却照样欢蹦乱跳。

我被"捉差",当了个临时发饭菜票的。人们已经饿了,蜂拥而上,把我团团围住。这时,我看见两只辫梢在人堆里晃动,低头不见抬头见,她额上没有一丝刘海,光得像块鹅卵石,看上去最多二十五岁。

"谁说的！"她咯咯咯地笑起来："阿拉老太婆了，还来念书。"说着，领走了一叠饭菜票，签名纸上留下了"王小鹰"三个字。

"她就是著名诗人、画家芦芒的长女。"

"她今年三十二了。"

"她已经出过一本书了。"

望着她翘起在后脑勺上的两只小辫，人们议论纷纷。

"这小辫像羊尾巴。"属猪的小张说。

"不，这是青春的尾巴，"属猪的老张说："她抓着青春的尾巴，到师大来了。"

王小鹰在班级里很活跃，出黑板报，出壁报，出墙报，什么活动都有她在场，我们在操场上踢足球，她也会邀几个女伴在一边观看，一面看一面说："小张真是只小猴，老张是只老猴，跑不动了。"有时还会喊几声加油，看见一个危险动作，她会捂起眼，尖声叫唤。团支部组织舞会，她也掺进来跳几圈交谊舞，三步头、四步头，她自以为跳得很好，然而别人看来，却充满着良好的乐感和紧张的动作之间的矛盾。

记得一次班级里搞了一个晚会，美其名曰："浪漫晚会"。晚会上有一项内容就是轮流"摸彩"表演节目。王小鹰颤抖着手打开彩纸，一看，她表演的节目是：唱电影《怒潮》中的主题歌。忸怩了一阵子，她唱了，红着脸唱了。唱到"送君"的"君"时唱破了音，于是她手一摆，好像很有气派地说，"重来过！"不巧，第二遍唱时又唱破了，再重来过。就这样，这"送君"送来送去不知送了几回,同学们哄堂大笑。

也许就是因为王小鹰的认真,以后,大家一定要选她当班里的学习委员,所谓学习委员,就是每个月到教材科去领一回学习材料。尽管这些材料是库存了几年卖不出去的东西,然而王小鹰还是认认真真地去领了,单趟半里地远,她抱着一厚叠超过她头顶的材料,呼哧呼哧喘着气,摇摇摆摆地走来,她不要别人帮忙,她的脸一会儿从左侧探出来,一会儿从右侧探出来,探一探路好走不好走,她的身影已经很小了,可是一抱起那叠材料。就显得更小了。

课堂里,王小鹰的座位旁是一个比她小十二岁的女同学,她们一起听课,记笔记,有时候画几张仕女和山水,当然,也免不了说说皮鞋式样和衣服料子之类的事情。在学校里,尽管大家可以非常融洽地在一起"清谈"、"恳谈",或者围着热锅吃涮羊肉,然而一到了考卷上,那种激烈的竞争气氛就哗地抖落出来了。

王小鹰对考试成绩看得很重,这也许是年龄大的同学的一种"通病",和比自己小十二岁的同学站在同一条起跑线上起跑,她怕落后,这种落后意味着淘汰。其实,王小鹰知道自己的脑子很好使,但我从来没有看见她拐弯抹角地卖弄自己的聪明。每次考试前几天,我总看见她扔下饭碗就往教室里跑。夏天,通风的教室里位子一早就给占满了。冬天,朝北的教室可无人问津,王小鹰只能裹一件军大衣,哈着冰凉的手,在朝北的教室里复习功课。她始终认为:一个作家,要有那么点灵气和情感,同时也少不了知识来垫底。

王小鹰的作品自有王小鹰的魅力，不少读者来信中往往有意无意地在猜测，王小鹰究竟是个什么样的人，其实近在眼前，远在天边，只要是王小鹰的作品，无论哪一篇里都有她，而且不必费心去寻找，作品里的王小鹰总是以她那独特的女性笔调和情趣，在你面前微笑。

她一直把《翠绿的信笺》看作是自己的处女作，那是一九七九年十月发在《作品》上的一个短篇小说。

"以前你不是出过一本中篇的吗？"我当时好奇，所以这样问她。其实好多同学都了解她，以前，她还发表过不少短篇和儿童文学作品，甚至还有人暗暗地打听她一共拿到过多少稿费。

"以前的都不算，"她像那次唱歌时一样，手一摆，好像很有气派地说："重来过！"

她喜欢重来过，在否定之否定的程式里生活和奋斗。

《翠绿的信笺》是那年春季脱稿的。写成后，她在宿舍里拿给同学们看，我也看了，记得南窗前温暖的阳光下，她悄然坐在一边，没有一丝笑。不吭气，默默地注视着那份传来递去的稿纸。末了，大家都这样认为：小说里星明左一声"小静"，右一声"小静"，这小静不是别人，正是王小鹰自己。熟识王小鹰的人都知道：王小鹰二十岁时打起背包去到黄山茶林场，整整六个春秋，她的理想、事业、爱情、性格、思想在这个雾气缭绕的地方摔打锤炼，六年后，凝聚出一个王小鹰来。

《翠绿的信笺》里写的就是她自己,确确实实,一点也不假。难怪当同学们七嘴八舌地议论时,她居然羞于把自己初恋的回忆重新映现在公众面前了。

以后,她发表的《相思峰》里的榴儿、《淡淡的木樨乡》里的帆姐、《别》里那个不知名的妻子、《这里有口幽幽的潭》里的蓉蓉等等,这些人物在眼前晃来晃去,总是散发着王小鹰自身的审美趣味和情操格调。

王小鹰很受别人尊重,这种尊重来自一种可以信托的义和情,还有她的善良和自尊。

大学生是和挑剔在一起的,对王小鹰的挑剔也是难免的。一些自以为涉世很深的人对王小鹰的作品用三个字来概括:"没思想。"其实,王小鹰三十多岁的人了,积之跬步,成之千里。她的身后。有一本厚厚的生活教科书。当年,爸爸妈妈被游街批斗,她哭着爬上台去,被人一脚踹下来,成了"狗崽子"。到黄山茶林场后,她也经历了生与死,灵与肉的考验。以后她又到了机电设计院,到了华东师范大学。世态炎凉,那些看惯了的笑脸变成了白眼,那些一直沉默的人却在她危难之际伸出勇敢而火热的双手。她曾经"抱着寻求桃源般美好,安宁胜地的遐想来到风景如画的黄山茶林场,幻想在'明月松间照、清泉石上流'的大自然中、吟诵'水流心不尽,云在意俱迟'的诗句,以求得心境的静穆,然而,生活又一次扑灭了幻想……"应该说,严峻的生活扑灭了她的幻想,而没有扑灭她的本色,她无时无刻不在思想,与其说她的作品没思想,不如说她思想了以后,献给了人们这种"没思想"的作品。她在"没思想"中思想,她的面孔上从来没有过那种自以为是的深思熟虑。也有人为王小鹰惋惜,认为凭她这种难得的文学素质,何必去写那种过了时的纯净质朴的感情呢?王小鹰表示出一种坚定的无可奈何,双手一摊:"除了这种感情,我没有别的了,如果这是过了时的,那么,我也只好甘当落伍者了。"挑剔并没完,就是王小鹰作品中表露出的那种善良的感情,也有人认为是一种糊里糊涂的善良。对此,王小鹰回答得更干脆:"如果所有的人都有这种糊里糊涂的善良,那么这个世界就不糊涂了。"

王小鹰早就不写"生活是多么的艰难呵"之类的日记了,这是因为她真正领教了生活的艰难,爱情需要坚贞不屈,友谊需要义深如海,还有舍己为人的胸怀,百折不挠的勇气,这些都很艰难,不是儿戏,生活的美需要歌颂,这也很艰难,决不是美学上的错误。王小鹰在一篇文章里写道:"这些我曾在书中读到的、无比钦佩赞叹的人与事,都在我的周围顽强地表现着生活的美,美的本质。"

一片草叶,一支芦秆,风花雪月,鸟木虫鱼,还有别人喝酒时通红的鼻子,睡觉时伸出被窝的脚丫头片子,你皱皱眉,弯弯腰,笑一笑,嚷一嚷,她都会生出一脉感觉来。一个同学在学校的荷花池畔闲步赏月,月,细细的一弯,挂在深蓝色的天空上,也不知哪儿来的一股灵气,赏月的随随便便地吟一句:"一弯月,像个素衣少女、躺在天空上……"这声吟,毕竟还有些个意境,随风入耳,让过路的王小鹰听见了。第二天我在教室里碰到她,她还喋喋地说:"……那个人把月比喻为一个躺着的少女,精彩!"

她在生活中感受美,感受别人还没有感受到的和别人已经感受到的美,时时刻刻地感受着。王小鹰有她自己的感受观,她在生活中感受着一切美好的事物。感受美从某种意义上来说已成了她人生观的一部分;而写作,只是一种感受美、歌颂美、陶冶性情、净化心灵的手段。

创新、创新、再创新。这也许是八十年代时髦的口号。然而王小鹰却没有空去恭维。她固执地把文学作为一种艺术来追求,为创造美而孜孜地笔耕,艺术创造美,而不是创造新,美中必有新,新中却不一定有美。前者是艺术概念,后者是历史的政治的概念。

头悬梁、锥刺股的人不一定会成为作家,而作家却一定要有那么点头悬梁、锥刺股的精神。王小鹰有多少天资灵气,这可以去追问她的作品。但她有多少头悬梁、锥刺股的精神,这可以去追问华东师范大学文史楼315教室,也可以去追问第八宿舍513房间。

有一天上完美学课,我看见王小鹰额前的一绺头发曲卷着,上面焦痕斑斑。打听了以后才知道是被火烧去的。

记得她当时用手扯住那绺头发,皱起眉头数落着:"这鬼学校,十点钟就熄灯了,连鬼火都不如!"确实,第八宿舍的灯十点整全部熄灭,王小鹰每天晚上钻进帐子里写小说,窗外繁星满天,帐子里一支小蜡烛忽闪忽闪,照出王小鹰的坐姿。那天晚上她写着写着,夜深人静时,瞌睡袭来,她不知不觉地垂下头去。结果,"嗤溜"一声,头发烧了。还算惊醒得快,要不,第二天学校里就会传出重大新闻来。

早些年,老作家杜宣经常找芦芒谈天说地。一个夏夜,他倏然起兴,问王小鹰长大了做什么。王小鹰摇头一笑:"还不知道。"杜宣半开玩笑地说:"那么,和爸爸一样,写诗、写文章?"王小鹰一听,不禁笑了起来:"我才不干呢,我看爸爸写诗的时候,用毛巾把头包起来,那样地苦。""是苦,也是甜的。"杜宣说。"不干,不干……"王小鹰带着一串笑声一溜烟地跑开了。这段故事杜宣已经写进王小鹰的小说集《金泉女与水溪妹》的序言里了。

时隔多年,芦芒猝然而逝也已数年,然九泉之下他如念及王小鹰,一定会像杜宣所说的那样:"未竟的志愿,已有小鹰在继承,芦芒该感到释然了。"

那天,我看着王小鹰焦痕犹存的那绺头发,问道:"你还记得你爸爸包头的毛巾吗?"她下意识地举手抚摸着焦发,久久沉默,微微轻吟。我知道她又想起她的爸爸了,这是一位和女儿们亲热得勾肩搭背走路的爸爸。

不知从什么时候起,人们发现王小鹰从她的作品中消失了,取而代之的是生活在她周围的人。她的一些朋友们看完了她的作品后,把杂志往茶几上一搁,呷几口茶,然后很有把握地说:"这些人都听王小鹰讲起过……"

确实,王小鹰早已注意到在作品中开拓新的人物。《香锦》里,她用冷静而实在的笔触,描绘了一位生活在她身边的保姆。在《第三位是男客》中,她一点也不吝啬地写出了自己对年过古稀的外婆的了解。她那位在上海人艺当话剧演员的妹妹,做梦也没想到《片段》里都是平时自己讲给姐姐听的故事。《墨渍》则写了当初在设计院里的描图员们。《雾重重》在美如仙境的雾境里,展现了黄山茶林场一位遭受不幸的女友。《别》里,王小鹰从妻子细腻缠绵的心情出发,写了她的丈夫。为此,她的公公很爱读她这篇小说,固执地说这是王小鹰最好的小说。

最近,她的中篇新作《星河》在《小说界》上发表,一位朋友一气读完,然后激动得失声叫了起来。"你看,多像呵!素素就是织织,大诚就是冠大,小奋就是露露!"

确实,我也有这种强烈的感觉。织织、露露……这几位都和王小鹰有十多年的友谊,她们在生活中走自己的路。很明显,王小鹰以她独特的女性的感受和"美癖",向着更广阔的生活而开拓了。美的力度,像一把犁头,耕耘在格子纸上,体现着一个她早就懂得的真理:"丑就在美的旁边,畸形靠近着优美,粗俗藏在崇高的背后,恶与善并存,黑暗与光明相共。"尽管生活光怪陆离,闪烁着时而平淡时而奇谲的色彩,但王小鹰有一个原则:写自己熟悉的,而且是能激动自己的。《星河》里的那几个人物,都是王小鹰十几年来有意无意地观察的积存。跟她在一起的时候,她经常不管别人愿听不愿听,津津有味地讲叙着自己的好朋友们。织织、露露……这些人经常被她挂在嘴上,她们以前怎么样,后来怎么样,现在怎么样,谁跟谁有过那种关系,谁跟谁有过这样的经历,她叨叨地说,免不了发几声感慨,突然有一天,灵性突入,念头忽起:为什么不写写她们呢!十几年的积存在她心里泛起了,像风暴一样激动着她,岁月的回声在她心里荡响,于是,有了素素,有了小奋……

王小鹰常对我说,她想到黄山茶林场去看看,那儿是她生活过六年的地方,有着无穷无尽的回忆和思念。这话不知从哪年哪月就说起了,百八十遍都有了,可是,由于琐事烦多,至今还未曾如愿。黄山茶林场一直像一团雾围绕在她心头。我认为王小鹰的《雾重重》是她的力作,仅那开头一段写雾的文字,就足见王小鹰对黄山茶林场的难忘之情。"起雾了。乳白色的雾从山谷中汩汩地淌出,缓缓地漫上山坡,散成一片轻柔的薄纱,飘飘忽忽地笼没了整座九曲螺峰……"王小鹰接下来写的故事,包括她对黄山茶林场的全部感情都蕴藏在这令人心醉的雾里了。

"不行,这雾里的人们是值得歌颂的。"在饮食店里吃辣酱面时,王小鹰对我说。"要不,我怎么向这六年生活交代!"真的,她说这话时眼角润湿,雾也许积存在她心里,只等触发,便会变成清泪两行,泣不幸之人们,歌难歌之伟绩。

南京,扬子江南畔,紫金山麓,有个名叫陈吟的青年女工。她把王小鹰唤作"姐姐",这并不是因为她只有十九岁,而是因为她右脸颊上的先天性面神经瘫痪……

"女儿的心是水做的。"王小鹰的心,也是水做的。她坐在文艺会堂休息廊里的藤椅上，细细读着陈吟的小说稿《半条命"老楚"》，当她知道陈吟是个先天性残缺的青年姑娘时，心也许真像水一样软下去了。当时，我正巧在，看她呆然无光的眼神里，空白，还是空白。

几天以后，她打了个电话给我。"我要到南京去了，去看看陈吟。"

说实在的，王小鹰不能算一个先进编辑，她只是了解到十九岁的陈吟是个"理想姑娘"，在残缺的痛苦中拥抱理想，写成了这篇《半条命"老楚"》的小说。

"这姑娘不简单，"王小鹰在电话里对我说，"这姑娘还小，真作孽……"

"你仅仅是同情她吗？"我几乎是咬着话筒在说话。

"不是，你知道吗，这篇小说是陈吟在病床上写的。"

"你大概又想起了烧焦的头发了吧？"

"将心比心……"听筒里传来了她的笑声。王小鹰不爱走南闯北，游山玩水，更不爱出差，敦煌、海南岛、棒槌岛……许多山湖好友长期羡慕的地方，都曾给她提供机会，请她去开会、参加笔会，她都谢绝了。唯独这常来常往的南京城，因为出现了个陈吟，于是她搭车去了，独来独往，平时连过马路都会紧张一阵子的她，独自去了。

两天后，她回来了，又打电话给我；"真吓人，一下火车就碰上小流氓了，没话找话，还要帮我拎包……"

"你喊嘛，火车站这么多人……"

"后来，一个标准身材的姑娘向我走来，一见面就叫我'小鹰姐姐'，我猜测着叫她陈吟，她真的是陈吟，我们俩谁也不认识谁，就凭着第六感觉……"

以后，王小鹰用她那固有的带着描绘性的口气告诉我，那天晚上，她和陈吟睡在一张床上，絮絮语语，一直谈到深夜还不能入眠。最后，是陈吟先响起了低微的鼾声。王小鹰比划着说"我无法入睡，月光泻进屋里，我看着陈吟的右脸颊，心里说不出的滋味……"

在一九八二年六月号《萌芽》上，王小鹰为陈吟写了一篇报告文学；《她有一颗美好的心》。

王小鹰确实是一个善良的女性，什么作证？一个同学脸上长满粉刺，王小鹰焦急地说："你女朋友怎么办呢？"半小时后，她买了一瓶银耳珍珠霜来给那个同学。你生病发烧，她买了橘子苹果来看你，坐在你身边等你退烧，仿佛你是只电炉，插头一拔就会冷却似的。

爱生活、爱自然、爱朋友、爱亲人、爱看、爱想、爱写、爱画、爱笑、爱哭……这便是我印像中的王小鹰。

他不是"多余的人"

——记翻译家智量副教授

"俄国生活的百科全书"《叶甫盖尼·奥涅金》第五个中译本最近刚一出版,华东师大的新华书店里就沸腾了,刚到的五百册书转眼间所剩无几了。书店门口,学生们簇拥着一位白发苍然的老人,争先恐后地请他签名留念,有人还为他搬来了椅子。他就是《叶甫盖尼·奥涅金》第五个中译本的译者、华东师大的副教授智量。

他看着蜂拥而来的学生们,激动不已,多年来所有的欢乐和痛苦似乎都漾开在墨香扑鼻的书页里了。

屈指数来廿九春

屈指数来,已有二十九个春秋了。一九五六年。风华正茂的智量在社会科学院文学研究所当实习研究员。一日闲暇中,他随口用俄语背诵着《叶甫盖尼·奥涅金》中被称为"诗中之诗"的第八章第四十六节:"……在那儿。一个十字架,一片荫凉,如今正覆盖着我可怜的奶娘。"在一旁伏案工作的何其芳默默地听着,赞赏之余,便对智量说:"你把'奥涅金'译出来吧。"

凡是研究俄国文学的人都知道，《叶甫盖尼·奥涅金》在俄国文学里犹如珠峰一样。多少人想摸它一摸都深感心有余而力不足。从四十年代起至八十年代整整半个世纪中，仅仅出现过五个中译本。当智量着手翻译的时候，才只有吕荧和查良铮的两个译本。

二十八岁的智量开始攀登珠峰了，每天译一节，译稿与日俱增。两年后就拿出了初稿。然而天有不测风云，厄运来临，他被赶出文学研究所，送到河北农村去劳动。

译诗写在片片烟纸上

几年以后，智量的右派帽子被摘去，但他的译稿无论送到哪个出版社，答复却还是那句话："搁一搁再说吧。"船触礁了，然而沉浸在"奥涅金"十四行诗里的智量还只知其然，而不知其所以然。他还是一遍遍地磨，反复修改。那些年里，他又被送到甘肃农村劳动，白天下地干活想着十四行诗，晚上就凑着如豆的油灯，把译诗写在一片片烟纸上、包装袋上、草纸上。《叶甫盖尼·奥涅金》是第一部诗体小说，普希金为此创立了独特的"奥涅金诗节"，智量认为翻译旨在传达原意，尽可能让中国读者不失真地欣赏普希金优美的诗句。所以他把翻译视作科研来搞。数十年中，他整整修改了十遍。难怪有人说："整部'奥涅金'智量能倒背如流。"别林斯基说：《叶甫盖尼·奥涅金》是普希金"最心爱的孩子",现在,它又多了个父亲,那就是智量。

一九七八年,搁在出版社整整十五年的译稿丢失了。智量闻讯差点昏厥过去,然而经过多年的磨难,他深谙曲径通幽这个道理。他托了熟人去找,两天以后。果然在出版社的乱纸堆里找到了,他的"孩子"终于失而复得。

《叶甫盖尼·奥涅金》的智量译本被选入《普希金选集》第五卷中,对此,智量说:"我只是接过了先行者的接力棒而已,我希望有人再把我的接力棒接过去。"

残阳如血,不久前的一个黄昏。智量来到了汾阳路三角花园处,那儿曾塑有普希金的胸像,现在,塑像虽然早已不在,然而诗魂犹在。他沉思良久,欣然自慰:把"奥涅金"这个"多余的人"呈献给广大读者,这无非证明:我不是个"多余的人"。

画坛一怪谢春彦

和谢春彦朋友一场已经十周年,握几把手,喝几杯酒,在残书破席间说三道四,交谊也就是如此。

听说他的漫画在全国漫画大赛中获得了一等奖,心里祝贺他,却没有向他表示过,最近的画坛上,他肯定是个风流人物。

对于他的诗画,我心存欢喜,不过我嘴上从来不说,人前背后都一样,就像月过竹林,只有竹影,没有竹声,所以常常弄得他很扫兴,于是我也很扫兴,但是扫兴之余,我们依然友谊。

初识谢春彦的时候,他有颗硕大的脑袋,现在还是如此,他有秀发和美髯,将坚挺的五官掩映在黑幕之中,人称"大胡子","谢胡"便是。

几年前他在新加坡举办画展,展厅里需要他一张正面的脱帽的自画像,于是他把自己画得很潇洒。不料画展期间许多人流连于这幅自画像前,欲出重金购买。为此,有个诗人写了如此的诗句:"谢公魂断新加坡,美元数计掉头颅。"

我窃以为谢春彦的胡子是非凡之物,不仅可以蓄养精神气血,而且还有某种虚幻的音乐的感觉,也是许多朋友摸着自己光洁的下巴深深羡慕的东西,他的女儿有过一幅画,画中是爸爸的头颅一枚，无法计数的胡须被拉直，成为一根根垂钓的鱼丝，可见他的美髯也得到了女儿的重视。女儿也确是他的知友。

我以为他养须是假，养个达摩是真。他画的达摩个个有美髯，出神入化，怀真养拙，已经没有了笔墨之痕。看他看熟了，再把他的达摩也看熟了，就有了物以类聚的悟想，把这种想法透露给他，他自然很高兴，说："我是达摩家最小的兄弟。"

说到画达摩，最有印象的是那年夏季在衡山上，当时我们正置身于一个笔会中，山上老僧知道他是个名声大震的画家，就请他画一幅达摩。

谢春彦有一副和他的头颅极不相称的赢弱身板，两肋瘦骨嶙峋，弹上去有金属的声音，就借着这副身板，他画达摩画了个通宵达旦，一直画到蟋蟀登堂，晨曦微露。当画被取走时，他伤心得神情恍惚，两只眼睛四处搜寻着可以搁下这份伤心的地方。

谢春彦也画裸女，中国画画裸女画到他这种份上，就可以在画坛上伸伸腿了。他画达摩时枯笔横扫，透出渔樵消磨宇宙的古意，而他画的裸女，则用意气飞扬的文人画线条，画中裸女或卧或倚、宛在水中央，肌肤间仿佛透出微微暖息。他画达摩时允许我在一边敬烟递茶，我也由此无数次地陪伴他画出无数个达摩，但是事关裸女，我就只有品赏画的资格。我从来没有看到他画裸女时的整个操作过程，只知道他画裸女的时候必须对金樽，坐素月，这样才能把裸女画得一尘不染。

还有谢春彦的漫画。茶肆酒吧，公交的士，猪马牛羊，男盗女娟，世上的闲账，他都可以算计着入画，反正是泥多佛大，泥少佛小，先提起来再说。

丰子恺、叶浅予两位大师是谢春彦的心仪，叶公更是忘年之交，既然如是，那么大师的风情和道心便喂饱了他，他当然也老实不客气，努力加餐饭。

事到如今，谢春彦的画已经有了自己的梦中丘色，三钱羊毛笔，到了手中就不知有笔，仅剩一个笑靥。庄子说：人上寿百岁，中寿八十，下寿六十，除病瘦死丧忧患，其中开口而笑者一月之中不过四五日而已矣。谢春彦钟情于笑，他知道得道者必笑之，不笑不足以成道，但也不能损肺耗肠地笑，因为曾子说过："小人溺于水，君子溺于口。"

读谢春彦的漫画，永远不会捧腹，但一定会笑，笑也笑得哑哑，嘴巴咧开，却没有声息，笑完之后，又觉得其中有柄鹅毛扇，于是像搔痒那样，先笑而后愁，愁之余再读他的漫画，就会渐入佳境，到那时候，任凭炮声四起，也只管打坐了。

谢春彦也有杰出的文思。比如和他一起绿溪散步，他说他看见水中有只玉色的手臂在摇曳；比如说讥弹一个色魔，他说此人浑身都是眼睛；比如说一只彩蝶在园里翩翩，他说有个风骚的女人正扑进门来；比如说他的太太唤他汰脚，他说这呼唤声是风的音乐，水的主题，宇宙的逍遥……总之他的思潮流量很大。

称赞谢春彦的文才者不仅有我，还有海粟老先生。我曾在谢春彦的画斋里看见过一封信，写信者刘海粟，收信者谢春彦。其来历相告如次：

当年刘海粟八上黄山，谢春彦约定前去送行，但突然智商降低，云山雾罩，把送行日期记错了，等到想起来，刘老先生已经在黄山的云海里飘然成仙了，于是谢春彦遥寄小诗一首，以谢失礼之过。海粟大师见信后，用七张尺半宣纸写来了回信，信中有这样的文字："君惠我之诗纵横变化，<u>丝丝入古</u>，大妙。"

沪上画坛有四个怪客，名为"海上四怪"，谢春彦是其中一怪。他的画总是和他的诗文相映成趣，他有左笔，得费新我真经。只要兴致好，墨淡淡水淡淡，月疏疏影疏疏，他就会在画上款款写诗，漆黑的汉字像一只只虱子被他捉到画上，他的笔也就成了啄木鸟的喙。最后，画面上总是被飞泻的墨韵填满，既有好画，又有美女，更有奇书，三个臭皮匠，顶个诸葛亮。

四寸不谢之花，百节长青之竹，千秋不变之人，万古不移之石，天上飞的，水中游的，小窗景，大君子，耕不老也不愁荒的砚田，把谢春彦点化成一个墨庄老农，他每天清晨六点起床，舞文弄墨，还霍霍地磨漫画这把匕首，江湖满地，一个墨将，真是自家冷暖自家知。

谢春彦在画坛上堪称英才，在人情上也对得起朋友，他的哈欠证明这一点。

他打哈欠的时候有狰狞之美，这种狰狞自从我认识他以来已经司空见惯，而且历久不衰。他终日疲倦，而且十有八九是为了朋友而疲倦。

谢春彦好交友,从文魁画伯到引车卖浆之流地都抱拳相迎,鸿儒和白丁经常在他那几只大沙发和几包三五牌前交叉感染。朋友成群,琐事也多了,于是他不得不日理万机。

作为画家,上门来索画看画的自然不必说,来请他帮忙筹办画展、写序作文的也不必说,来请他鉴定丰子恺、林风眠、黄宾虹诸家画之真伪的也不必说。除此之外,还有心情不好,带一瓶酒上门来请他一起喝闷酒的,还有捉差来请他帮忙铺地毯的,还有笑嘻嘻上门来借只电视机看看的,五花八门都有。对此,他的信条是当一天和尚撞一天钟,他常常这样自慰:忙过这次就可以喘口气了。却不知繁杂之事没完没了,只有哈欠温暖终日疲倦,一个哈欠就是一声长叹,恍如远古时代一片滚落的余晖。

"我只有清晨两小时是属于自己的。"最近,他在我的寒舍里听音乐的时候,又说了这番话,无限悲哀,因为他已年过不惑许多。安迪·威廉姆斯唱的古典小品很好,他说这种歌声没有肉丧气,听的时候欲哭无泪,大有英雄失路无可奈何之感。

我认为谢春彦的画前途无量,而他这个人已无药可救。他的画,他的诗,他的书法正在被他的朋友,以及朋友的朋友的朋友的繁杂琐屑所蚕蚀,我希望他少一些无聊,多一点自救。他却给我讲了一个故事:程十发先生有一次为众多画友写字,不料一个理发师傅也来凑热闹,伸手要字,十发先生进退有致,写了一张条幅,上面五个字:"要大家好看"。谢春彦说:"十发先生聪慧超群,我差得远了。"

和谢春彦多次出去开会,每次他都画得鸦形鹄面头大如瓮。烧饭师傅,旅馆小姐,汽车司机,黑猫警长,乃至经理,书记,还有带长字的,人人都能讨到他的墨韵。

谢春彦混进江湖,而江湖却把他混苦了,他空有吞吐古今之胸怀,却无将一丸泥封住函谷口的小技。

我深知谢春彦的习性,所以和他相交十年,还没有认认真真地向他要过一张画,为此,常受到他的表扬,可见他独独欺负我。

去年冬寒,我和他小游齐鲁。我们想到黄河入海口去寻找感受,便在无际的芦苇荡里走了很久很久,风声萧瑟,灰鹤低翔,眼前一片苍凉,偶尔看到远处有穿红袄的村姑隐约,谢春彦就有对色彩的激动。

到了黄河边,冰面已经消融,滔滔黄水像一匹黄色的挽联默然无语,我们静静地凝望黄河,学习古人的风范。

黄河边的滩涂是一片未经开垦的处女地,当河面上的寒风把谢春彦吹得须发倒竖时,他捡起一根枯枝跃上滩涂,在半湿的寂静的泥地上写道:黄河之水天上来。这是被腌制了几个世纪的诗句,但也是老马耕旧地,无荣无辱无咎。谢春彦写这几个字的时候,气喘嘘嘘,臀部翘向广袤的青天,我知道他泪在胸臆,于是便到黄河口他的老家来自作自受了。

据考姜太公和孙武子都是他的同乡。

事到如今,还是取之淡远。

我和谢春彦都被淹没在城市的喧嚣里,偶尔看见他,还是一辆半新半旧的自行车，一只失却光泽沉甸甸的黑包，有的时候胳肢里夹几本画册，有的时候没有。还是哑哑地笑，身板羸弱却也挺刮，只是累极了的时候有熟识的哈欠，走起路来像软脚蟹。

听说他最近养了两只金铃虫，不知道为什么会有这番兴致。一夜灯下画累了，日昏耳倦，但闻金铃嘶叫，他猛吸一口"长健"，提笔疾书道：尽平生力，拼作一声鸣……

胡晓平,中国的歌声

秋天,成熟的季节。

布达佩斯,这座横跨在多瑙河上的音乐之城,快被歌声淹没了。这儿,第二十届布达佩斯国际音乐比赛将要揭幕,来自欧亚二十二个国家的七十多名歌手云集一起,跃跃欲试。进入二十世纪以后,世界上各种国际音乐比赛已超过百数,布达佩斯国际音乐比赛是最有影响的比赛之一。摘取这届声乐比赛的皇冠,无疑是一个辉煌的成就。一九三三年创办布达佩斯国际音乐比赛以来,历届声乐比赛的一等奖都为匈牙利歌唱家囊括。也就是说,在这块哺育过李斯特、巴托克、艾凯尔、柯达伊等音乐大师的土地上,音乐的宝树始终挂满着金果。

湖边河畔,林荫树下,教室校园,各国歌手在加紧准备,到处都洋溢着动人的歌声。

夜色笼罩着一幢绿荫丛中的楼房,亮着灯光的玻璃窗上,映出一个齐耳短发的侧面剪影。她,是参加这届比赛的中国女高音歌唱家胡晓平。比赛前夕,只有她是沉默的。此刻,她在灯下给爱人朱贤杰写信……

"……我一个人在中国大使馆里,我有些疲劳,这几天日子很难过,吃不好睡不好,多少人的叮嘱盼望,多少日子的辛勤劳动就看这一次了,我们中国……"

要拼搏啊,我已经三十二岁了,现在不拼还待何时!夜深了,胡晓平的笔端溢出她的无限激情。

究竟谁能摘取这届比赛的皇冠呢?

古老的多瑙河慢慢地流淌,波浪竖起每一只耳朵,准备倾听所有的歌声。大幕就要拉开了。

在黄浦区体育馆

一九八一年初的一个夜晚,上海黄浦区体育馆的梯形看台上座无虚席。华灯里,观众的表情很丰富,喜怒哀乐皆形于色。

胡晓平上场了,整平衣裙,提起精神,和以往任何一次演出那样一丝不苟。举目四望,周围是一座座眼睛的墙。

第一首,胡晓平唱《我爱你,中国》,一曲终了,场上掌声零落。

东面黑暗的角落里飞来几声粗野的吼叫:"唱《大篷车》!"于是,四座呼应。那时候,港台歌曲和流行音乐风靡一时,不少青年朋友在寻求速度和节奏的刺激,要么疯疯癫癫,要么软软绵绵。

胡晓平站在场子中央。"《大篷车》!"嘈杂的吼叫还是此起彼伏,尖利刺耳的哨声也飞来了。

第二首,胡晓平唱康定情歌《跑马溜溜的山上》。"嘘嘘"

之声盖过了微弱的掌声。

"转过来!把脸转过来!"多么粗鲁。

不转,胡晓平很平静。

"滚下去!"这声音歇斯底里。

胡晓平本来还想把贝利尼的歌剧《清教徒》献给观众,那里面有一首活泼天真的爱尔薇拉咏叹调。然而,歌在她唇边凝住了。

她为这些青年朋友遗憾:音盲!在音乐这个领域里,他们是一张白纸。他们不懂咏叹调,其实也不懂《大篷车》。胡晓平长长地叹息,如果她面前永远是这样的观众,那她宁愿把自己的歌声永远禁锢起来。

胡晓平无精打采地低头走出上海乐团高大的拱门,心里生出丝丝缕缕的委屈。她曾在全市青年会演中获优秀奖,她曾在声乐艺术的道路上含辛茹苦,一心想认认真真地唱一曲,和观众共享欢乐,却被愚昧无知轰下场来……

胡晓平回得家来,把一块手绢哭湿了。

分不清美玉与石头,颠倒了鲜花与稗草,真正的音乐艺术却得不到观众的理解,这对音乐家来说,是多么痛苦!

一天,胡晓平又走过乐团的拱门。突然,背上被人拍了一掌:"挺起身来!"回头一看,是上海乐团团长、著名的指挥家司徒汉。司徒汉在笑,稀疏的头发在风里飘。

先是惊愕,接着,胡晓平会意地笑了。自从那次音乐会以来,司徒汉每次看见她,总是不由分说地在她背上击上一掌,然后唤一声:"挺起身来!"

多好的前辈!胡晓平心头滚过一阵热浪。是的,不能焦急。精神文明的殿堂,需要我们一砖一瓦去铺叠。青年观众的艺术情趣,需要我们引导和熏陶。我们要赢得观众,而不能被挫折吓倒。当然,声乐艺术的道路上布满了墙,翻过一堵又是一堵。她的前面,是灿烂辉煌的艺术宫殿。她的背后,是手掌。

胡晓平推开家门,她的爱人朱贤杰正背对着她在弹钢琴。这位年轻的伴侣,是我国自己培养的第一批音乐硕士,三十三岁,正当华年。他弹的是贝多芬的作品——第十七钢琴奏鸣曲(《暴风雨》作品31之2),随着手指的闪动,沉思、激奋、明净、安谧,旋律不断在高音区和低音区上交替,像征着纵横驰骋的思维活动和情绪起伏。琴键上的暴风雨不断地在胡晓平的心里掀起一个个巨浪,这一个个巨浪是:卡拉斯、卡伐耶、萨瑟兰、斯科托……美国、西班牙、澳大利亚、意大利……屈指数来,当代世界十大女高音歌唱家里没有中国人,中国人也应该对声乐艺术的发展作出贡献!

黄浦区体育馆的嘘声没有把胡晓平淹死。她挺起身来,继续探索着通向声乐艺术宫殿之路。

在艾凯尔大剧院

胡晓平出现在布达佩斯的台上,置身于多瑙河畔艾凯尔大剧院的一片掌声中。

决赛之前,她生了病,差点昏过去,被立即送去医院。而此刻,她却如此宁静。她的风度,是那样朴实无华,落落大方。

布达佩斯国际音乐比赛歌剧决赛开始了。参加第一轮比赛的三十四名选手只有十七名进入第二轮,而这十七名选手中只有八名夺得了决赛权。在前二轮比赛中,人们注意到:才华超群的胡晓平都名列第一。奥地利、意大利等国的评委惊讶地问:"她是不是在意大利学习过?"布达佩斯歌剧院经理急不可待地要来签订合同,希望胡晓平在匈牙利演唱《茶花女》。这次歌剧评委会主任、匈牙利作曲家兼国家歌剧院院长米哈伊夸奖她"是个成熟的歌唱家"。当地电视台在重要节目里播送了胡晓平的演唱录像,观众们成群地簇拥着和她握手、拥抱,要她签名留念,南斯拉夫四个城市、意大利米兰歌剧院等特邀胡晓平演出。

这一切就像梦一般。胡晓平刚到匈牙利时,她曾去布达佩斯郊区巴拉湖游玩,当灰蒙蒙的暮霭吞噬了落日余晖时,她从山坡上俯瞰古老的布达佩斯,布达佩斯是一片灯火的海洋。那时,布达佩斯就像谜一样令人不安。她没有想到能这样顺利地进入决赛,也没有想到多瑙河两岸的人们会对着自己呼喊:"啊,中国!""是中国人!""中国人像一发枪弹打了出来!"

决赛的帷幕拉开,优美的歌声居然同紧张的比赛气氛一起和谐地笼罩着大剧院。胡晓平和一位苏联男高音歌唱家合作,演唱意大利歌剧大师普契尼的《绣花女》片段,她演唱绣花女咪咪,为她伴奏的是韦福根。

舞台就像一个再现的社会缩影,把人们带入巴黎一所破陋的阁楼上,穷困、贫苦,昏暗的灯光散发着冷漠无依的气氛。这时,青年诗人鲁道尔夫和绣花女咪咪巧遇了,一见钟情。鲁道尔夫唱起动人的咏叹调《你小手这样冰冷》,咪咪以天真活泼而深情的曲调唱出《我的名字叫咪咪》,观众凝神屏息,大剧院沉醉在迷人的歌声之中。

曾经有人说过:"东方人敢于登上这个舞台就很了不起了。"说这话自然有其根据。欧洲是歌剧的发源地,一些国家都有数百年的演唱历史,歌手如云,名家迭出。

但是现在人们也应该站出来说一声:"东方人已经站在这个舞台上显示他们的骄傲了。"

台上的胡晓平像一汪深湛的潭水,清秀,素美。她的嗓音甜美动听,似乎在喉口装上了一串优雅的铃。同时,她又有才华超群的技巧,无论是抒情、花腔,还是戏剧性都有一种天然自如的魅力,刚柔并济,动静相行。她不是五线谱的鹦鹉,除了准确地唱好每一个音符,她刻意寻求的是深藏在这些音符下的感情、性格和音乐形像。她演唱的咪咪除了固有的性格外,还带进了欧洲人所远远不如的细腻柔和,从而更加娇美动人。

大歌剧院二千多名观众沉浸在歌声和剧情中,当乐曲的最后一个音符戛然而止时,观众的情绪无法形容。先是鸦雀无声,死一般的沉静。可是当帷幕缓缓闭拢后,人们仿佛从沉睡中醒来一般,掌声、喝彩声、赞叹声、欢呼声,从四面八方向舞台上飞来,胡晓平出来谢幕五次,还未能酬谢观众沸腾的热情和赞美。布达佩斯轰动了,多瑙河两岸都在议论胡晓平,议论中国,匈牙利上空一颗新星在飞翔,这是从中国飞来的星。布达佩斯晚报在一篇评论中说:"不久前召开的中共十二大的意义,对匈牙利观众来说,再没有像这次音乐会决赛中体现得那样清晰。"一些观察家说,中国的复兴比预料的要快得多。

评比揭晓了,胡晓平获得了这届比赛的特别奖和唯一的一等奖。正如匈牙利《人民自由报》说的:观众和评委的意见"是如此一致,这是罕见的"。这是中国选手有史以来在历次国际声乐比赛中获得的最高奖。东方人不仅登上了舞台,而且夺魁了。《匈牙利戏剧报》这样写道:"布达佩斯比赛的某些场面无异将进入国际竞赛的历史中,中国和日本的艺术家推翻了只有欧洲歌唱家才能达到欧洲音乐文化高峰的错误观念。"决定是晚上宣布的。胡晓平禁不住哭了,在一阵阵热烈的掌声中,她却悄悄地躲了起来。当地时间九月二十八日晚上,举行隆重的发奖仪式。胡晓平走上了领奖台,接过了两块金光闪闪的奖牌。

在高芝兰先生家

在布达佩斯有人断言,她一定是意大利教师教出来的。常常有人这样问:"胡晓平是谁的学生?"

"高芝兰先生。"正在给高先生写信的胡晓平自豪地回答。

一九七二年,她父亲在上海碳素厂战高温,听说本厂一位女焊工的妈妈就是高芝兰:一个享有盛名的上海音乐学院声乐教授。当时,他正想为女儿找一个好导师。

那天,她默默地念着老师的名字,在肇嘉浜路的十里绿荫边徘徊,她是拜师来的。她回忆了自己的"唱歌生涯"。小时候在弄堂里开过"乘凉音乐会",念小学时参加过市少年宫的"小伙伴演唱团",一九六六年中学毕业进国棉廿五厂当挡车工。这五年里,也曾是工厂文艺小分队的骨干分子。就这些,再也榨不出值得亮一亮的记忆了。胡晓平揣着一颗怦怦跳的心按响了高芝兰家的门铃。

她默默地进门,默默地坐下,高芝兰教授清瘦修长,和蔼端庄。她细细打量这位登门求教的学生,齐耳短发,圆圆脸,一身朴素的便装,浑身上下漾出质朴的气息。

胡晓平腼腆地唱了一支歌,高芝兰频频点头,歌如其人,人如其歌,天然去雕饰。

"你有一副好嗓子,但得从头学起。"高芝兰爱才如命,随即着手给胡晓平安排了作业。

收下我了!胡晓平内心兴奋的火焰把脸烧得通红。院子里有冬青、石榴、月季、茉莉。那天,这幢院子的花丛里还飞来一只鸟,那就是胡晓平!高芝兰人前背后总是说:"听,她的嗓音天然自如,质地美亮,是纯银!"

几个月后，胡晓平考进了上海乐团，她依旧每星期一次两次地往高先生家里跑，高芝兰没有别的什么想法：尽义务，挤出业余时间，教好这个刻苦用功的学生。胡晓平也认准了这个老师，她觉得这个老师很好，在老师面前，你不敢讲困难，讲了也没用。你身体不舒服吗？可既然到了老师面前你就得唱，你也别想从老师那儿得到表扬，老师的要求是不见底的深渊。

高芝兰早在四十年代就是蜚声乐坛的女高音歌唱家，曾演唱过多部著名歌剧，是我国第一个演唱《茶花女》中女主角的演员，曾先后在美国茱莉亚德音乐学校和大卫·曼尼斯学校深造。她爱胡晓平那种质朴无华而内劲十足的性格，胡晓平初中毕业当了五年工人，一跨进声乐艺术大门后，困难就像一堵堵墙那样竖在她面前，她不吭声，不叫唤，不声不响地一点点啃，艰辛地向声乐高峰进军。高芝兰常常赞叹道："她这种性格是出大才的性格。"她恨不得把自己近四十年来的丰富技能一下子教给胡晓平。

一九八〇年十月，高芝兰去美国探亲，胡晓平突然感到空落落地若有所失，先生走的时候没说多久回来，也不便多问。

半年过去了，高先生还没有回来，也没信来。这一年，胡晓平在上海音乐学院为期一年的进修刚好结束。

"你还是另找老师吧，很多人愿意教你。"

"高芝兰怕不会回来了，你别等了。"

"高芝兰肯定留在美国了！"

胡晓平没有重起炉灶，也没有另投名师。等待吧，等高先生，她一定会回来的。

第二年夏天,高先生回来了。

上海乐团著名女高音歌唱家董爱琳说:"胡晓平最大的优点是尊重和理解老师,对老师专一信任,实心实意地学本事,高芝兰真是幸福啊!"

胡晓平说:"一个人不仅自己要爱祖国,同时还要懂得,别人也爱祖国。"

爱,都给了音乐

人生都有爱情。胡晓平的爱情给了谁呢?胡晓平一家三口:爱人朱贤杰,儿子钧钧。但是他们没有时间相爱。虽然他们婚前也有一段爱情的经历,但是系住这一对鸳鸯的,并不是月老的红绳,而是五线谱上的音符。胡晓平和朱贤杰同在一个乐团里,一个独唱,一个伴奏,歌声琴声,互结知音。每次音乐会结束,他们就踏着月光散步,谈贝多芬,谈莫扎特,谈卡门,谈咪咪,一步一步走向结婚。一九七七年结婚时,胡晓平正在镇江巡回演出,她抽空隙匆匆回家三天,办完事就走,美满的蜜月在他们心里悄然度过。

他们的儿子钧钧一九七九年降生人世,他们有了个三口之家了。可是这一家三口却分三处。朱贤杰在一年前考取了上海音乐学院钢琴系研究生班,住校学习。钧钧养下才二个月,胡晓平就将他寄养给一个六十多岁的孤身阿婆,自己去外省巡回演出。

"我想去看看钧钧。"一场音乐会下来,观众成双作对地走了,也许还议论着女演员的服装、歌声、甚至容貌。有谁想到过,此刻,精疲力竭的胡晓平正拉着朱贤杰要看儿子去。

"这么晚,钧钧已经熟睡了。"

"要去。"平日里温柔的胡晓平变得倔犟了。胡晓平常外出巡演,有时几个月不回家。有一次,她巡演回来去看望钧钧,钧钧居然认不出妈妈了,两只大眼睛闪动着疑惑的光。胡晓平害怕再看到这双疑惑的眼睛。

走吧。他们俩匆匆叩开阿婆家的门,昏黄的灯光下,钧钧四肢大叉地熟睡了,平日里的欢蹦乱跳和牙牙学语,都溶化在一声声轻微的呼吸声里。

胡晓平看着钧钧红扑扑的脸,这张无忧无虑的脸温暖着母亲的心,凝聚着母亲的爱。胡晓平多想亲一下,可是她不敢,钧钧也许正在做梦,梦中有妈妈,也有爸爸,有歌声,也有琴声。最后,胡晓平祈祷似地说:"但愿钧钧多做几个梦。"她又要去巡回演出了。她只知道唱歌,合唱、小组唱、重唱、表演唱、独唱,她下工厂,下学校,大年初一回"娘家"——上棉廿五厂,为工厂师傅演唱,哪儿需要就去那。进乐团这些年来,大大小小的演出她共演唱了上千场。她患有风湿性关节炎,有时候病发了,左腿迈不开步,她就由人架着在台上站好等幕开,唱完后等幕拢了再一步步挪下台。

阿婆常常抱怨地责备他们:"儿子都不要了!"

胡晓平轰动匈牙利的喜讯传来了，阿婆并不知道布达佩斯音乐比赛的意义，但是看到人们喜形于色地奔走相告，她才意识到这是个了不得的喜讯。她终于理解胡晓平为什么不顾家庭的温暖和爱情。"值得！"她对还不懂事的钧钧说。她居然也抱起钧钧在自己的小屋里打起转来。

后 记

受我们华东师大中文系七七级四班同学的委托,为乐维华学兄编集文稿,裒辑成书,已历半年。蒙各方友人鼎力支持,终得功德圆满。此举不独为喜欢维华的朋友留下了一缕思念,亦为当代文坛保存了一份珍贵的文化财富。

维华的文章,健笔凌云,天马行空,意象超拔,文辞灵动。他是华师大作家群中被公认的最富才情的作家。维华的古典文学学养深厚,他对明代散文家徐霞客、袁宏道、张岱、祁彪佳等人尤为推崇。从他的作品中,我们可以清晰看到晚明散文情景相融、清新隽逸的语言风貌,以及那些文思警俏、机锋迭出的构思和描述。上世纪八十、九十年代,维华的作品得了很多的全国奖,散文《潮魂》还被收入语文教材。尽管维华的作品曾引领一代风华,但他并不以文学为大任,所写所发表的作品,随便处置,毫不经意。最可惜的是一部剿匪题材的长篇小说,出版社转入二渠道,竟不知所终,底稿也没留。从本书所收被转载的片段《狼山贼水》中,尚可窥此作品风貌之一斑。当时有先睹者言,此书大可媲美《林海雪原》。他对作品的不经意,也给我们编辑此书时资料收集带来了很多的困难。

他最经意的是什么呢？自由的生命，自主的思想，至纯的情感，至交的朋友。他有很多朋友圈，在每个圈里都是最受欢迎的人。帮助朋友，他从来是没有保留的。他抱中守一，刚正不阿，即便是在最困顿的时候，也从来没有降低做人的格调。三十多年间，我有幸伴他在名山大川中徜徉，塘栖运河，黄山九华，黄海青岛，大别山麓，九寨黄龙，康定贡嘎，凉山琼海等无数胜迹，都留下了我们的游踪，很多的场景在他的散文中都有描述。他热爱自然，热爱生活，珍重友情，淡泊名利。在大家的心目中，他是一个机智幽默、多才多艺的侠客。在他驾鹤西去后，很多朋友和我说，没有了他，我们的生活都变得黯然失色。但愿他的作品，能带给我们美好的回忆，能带领我们走进那纯净的精神家园。

有大师测命，说维华命格是"雪后阳光"，与苏东坡同命，于文人尤显高尚。特借东坡《祭苏子美》文以悼之："子之心胸，蟠屈龙蛇，风云变化，雨雹交加。忽然挥斧，霹雳轰车，人有遭之，心惊胆落，震仆如麻。须臾霁止，而回顾百里，山川草木，开发萌芽。子于文章，雄豪放肆有如此者，吁可怪耶！嗟乎世人，知此而已，贪悦其外，不窥其内。欲知子心，穷达之际，金石虽坚，尚可破碎，子于穷达，始终仁义。惟人不知，乃穷至此，蕴而不见，遂以没地，独留文章，照耀后世。"读此文辞，竟像是为维华写的。惟愿维华的人格与精神，给生者以榜样和激励；惟愿维华的辞采与华章，给读者以美悦和净化。

我们华师大七七级四班，是一个品格贵重、情义深厚的集体。

为纪念维华,大家都尽心尽力,让我深深感动。陈保平学兄撰文悼念,又奔走联系出版。夏中义学兄在百忙中为本书撰写了厚重而又飞扬的前言,精思出彩,深得维华文章之三昧。这本文集,凝聚了厚厚的同窗情义。在此,还特别感谢龚心瀚部长为本书题写书名,同时感谢为本书出版提供帮助的谢春彦、王震坤、孙鸣一、洪智均、周斌、汪涛、沈次农、陈松华诸先生,及维华的爱妻顾红女士、与维华相濡一生敬爱有加的姐妹兄弟,上海文艺出版社陈征社长、徐如麒老师。维华有知,定会感知朋友们的情天义海,欣慰万分。

　　谨以为跋。

耿百鸣

于 2018 年 5 月

图书在版编目（CIP）数据

乐维华文存 / 乐维华著. -- 上海：上海文艺出版社, 2018
ISBN 978-7-5321-6675-6
Ⅰ.①乐… Ⅱ.①乐… Ⅲ.①中国文学－当代文学－作品综合集
Ⅳ.①I217.2
中国版本图书馆CIP数据核字（2018）第090201号

责任编辑：徐如麒
装帧设计：王震坤
封面、扉页题签：龚心瀚

书　　名：乐维华文存
作　　者：乐维华
出　　版：上海世纪出版集团　上海文艺出版社
地　　址：上海绍兴路7号　200020
发　　行：上海文艺出版社发行中心发行
　　　　　上海市绍兴路50号　200020　www.ewen.co
印　　刷：上海文艺大一印刷有限公司
开　　本：850×1168　1/32
印　　张：15
插　　页：2
字　　数：296,000
印　　次：2018年9月第1版　2018年9月第1次印刷
I S B N：978-7-5321-6675-6/I·5321
定　　价：48.00元
告 读 者：如发现本书有质量问题请与印刷厂质量科联系　T: 021-57780459